W0471442

Oksa Pollock

DÉJÀ PARUS

Oksa Pollock, tome 1, *L'Inespérée*, XO Éditions 2010
Oksa Pollock, tome 2, *La Forêt des égarés*, XO Éditions 2010

© XO Éditions, 2011
ISBN : 978-2-84563-463-3

Anne Plichota et Cendrine Wolf

Oksa Pollock

***

Le Cœur des deux Mondes

XO EDITIONS

Pour Zoé. Absolument.

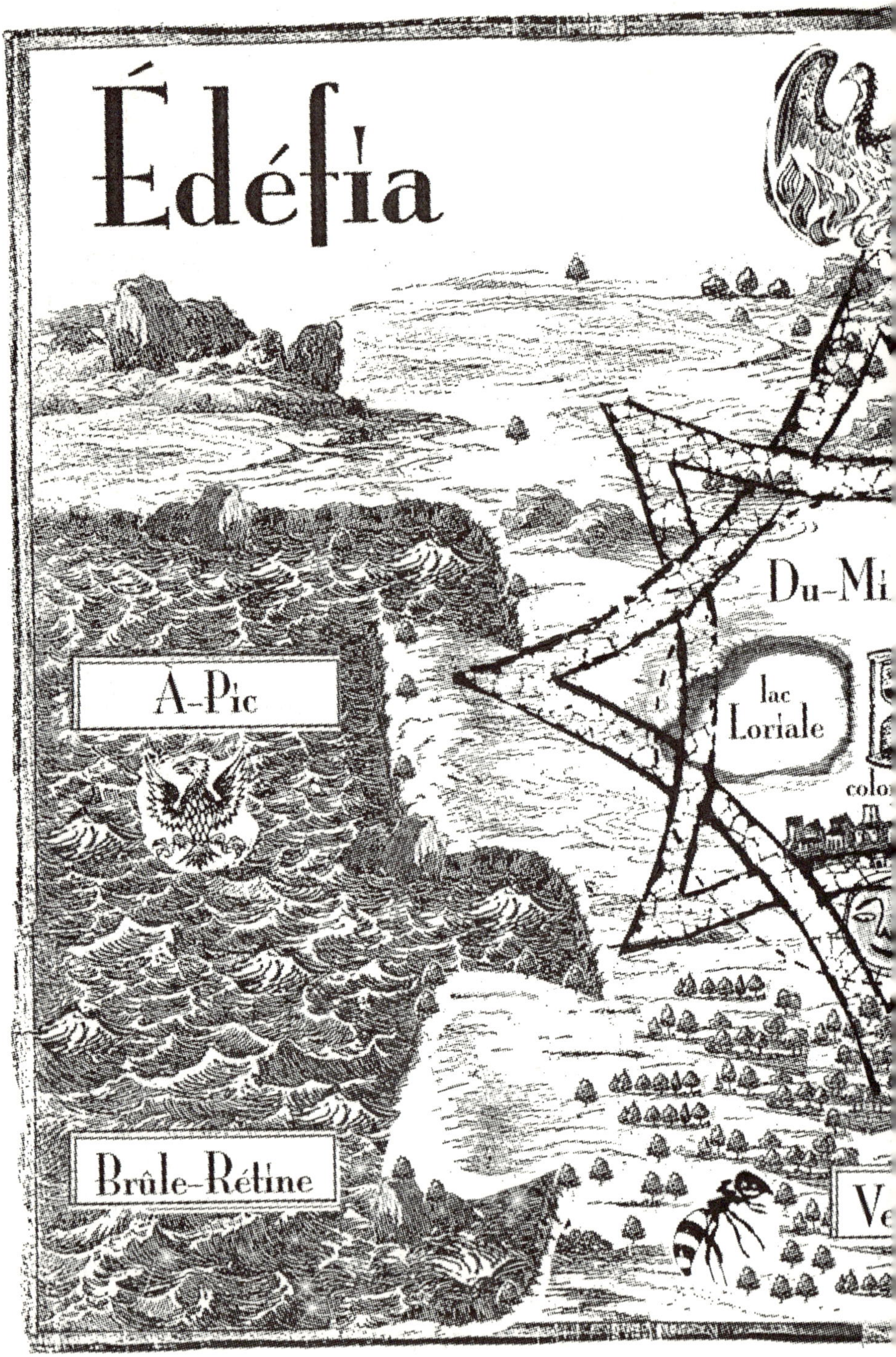
Édéfia
Du-Mi
A-Pic
lac
Loriale
colo
Brûle-Rétine
Ve

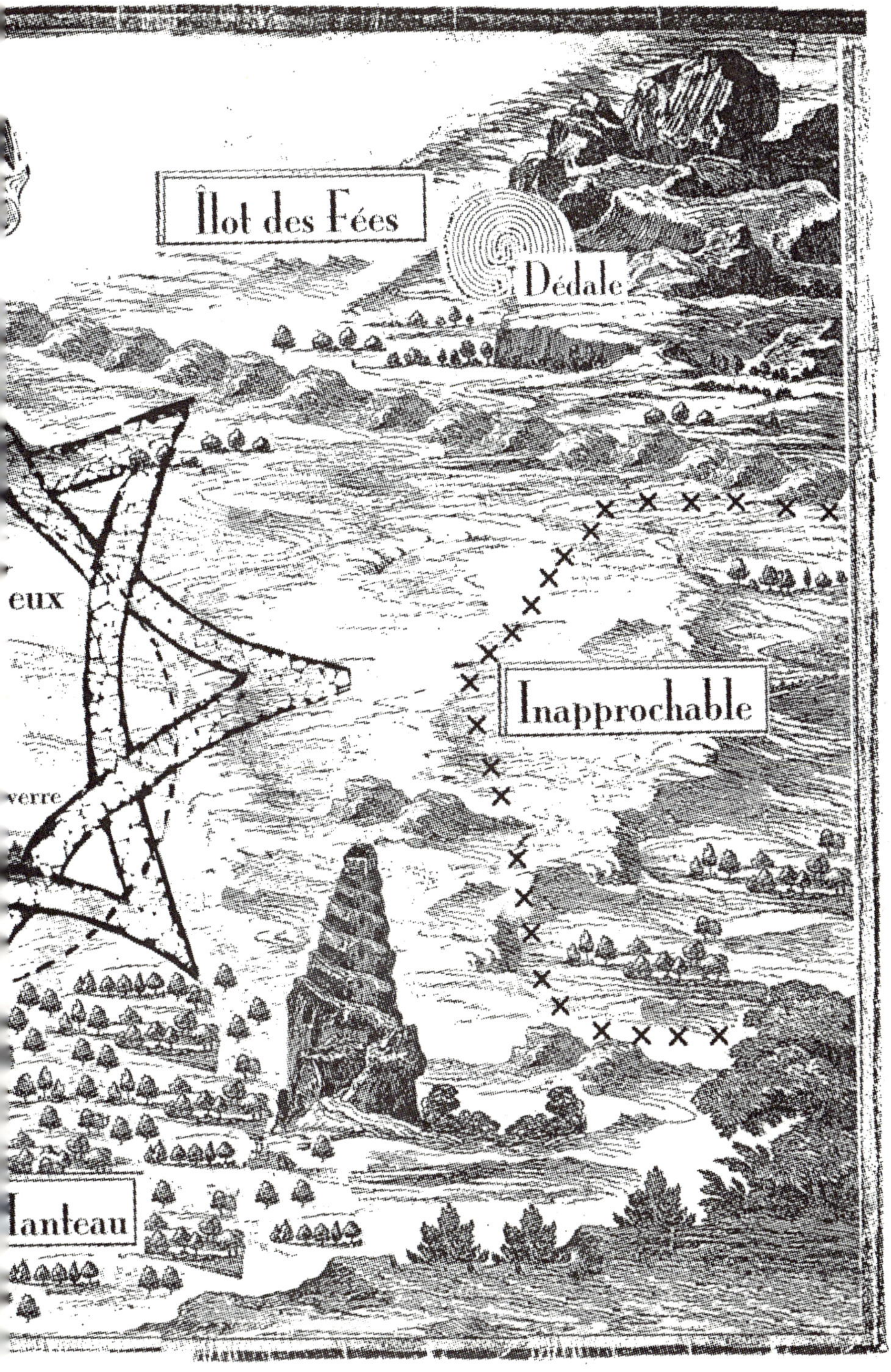

Îlot des Fées
Dédale
eux
Inapprochable
verre
lanteau

L'ARBRE GÉNÉALOGIQUE DES POLLOCK

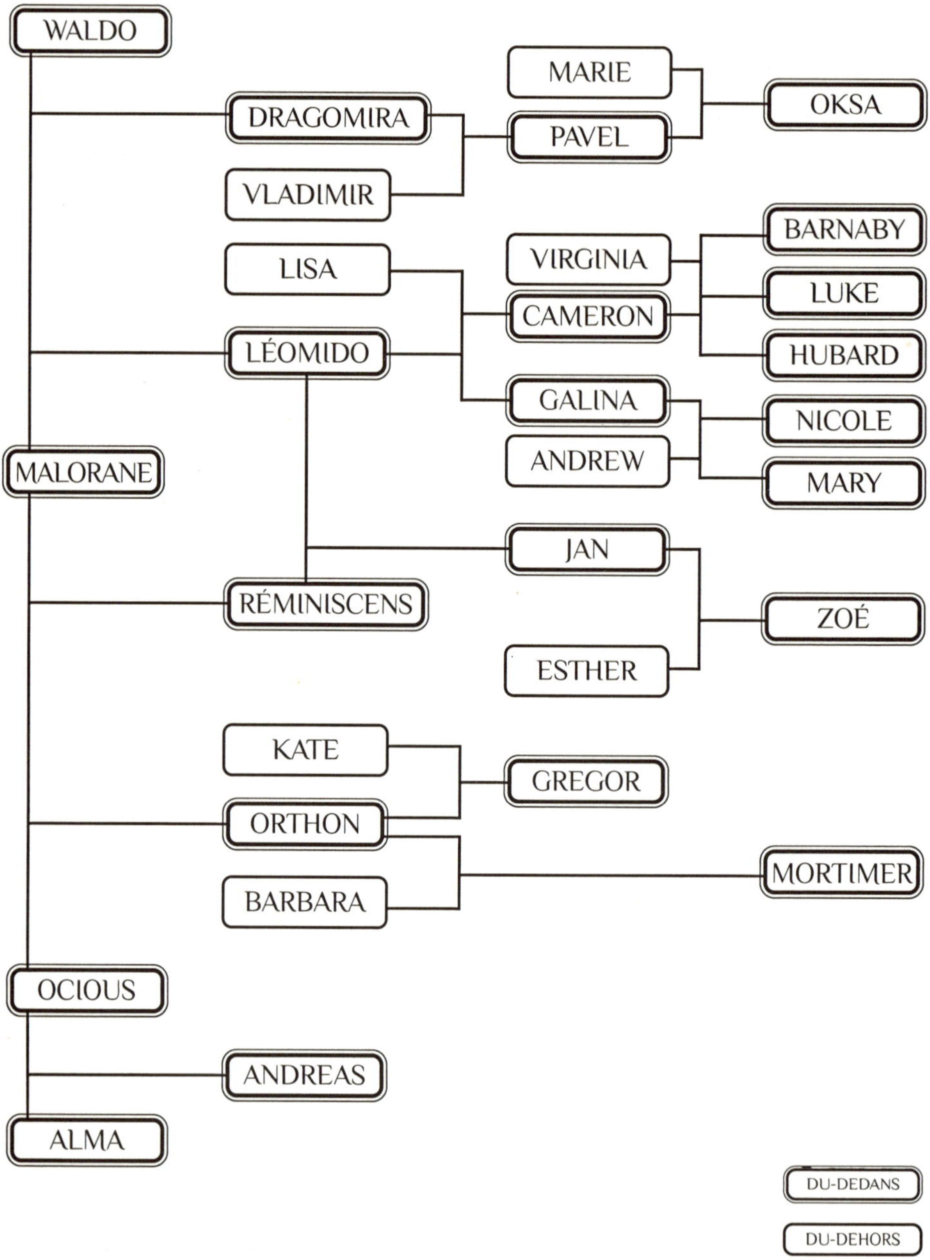

L'ARBRE GÉNÉALOGIQUE DES KNUT

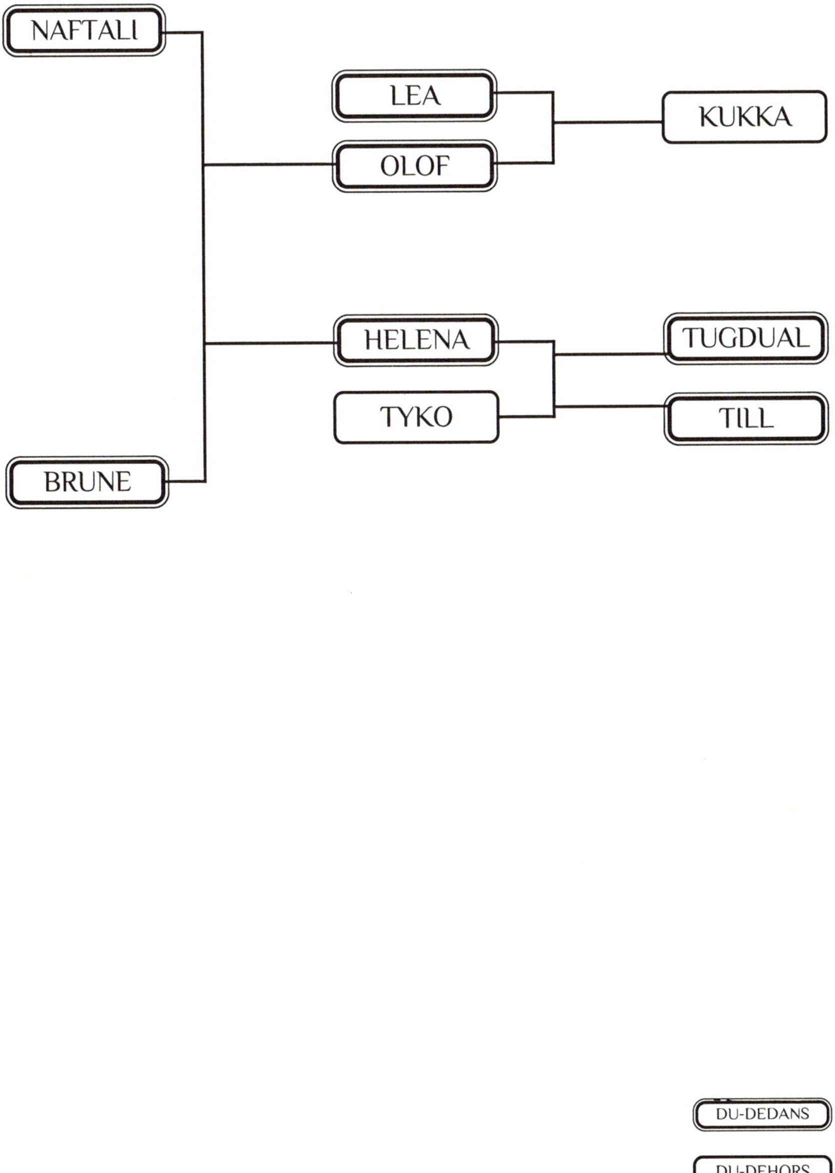

Précédemment, dans... Oksa Pollock

L'Inespérée, tome 1

Oksa Pollock, 13 ans, vient d'emménager à Londres. Dotée d'un caractère vif et d'un solide sens de l'humour, elle est aussi très sensible et attachée à ses proches : ses parents Marie et Pavel, son excentrique grand-mère Dragomira, son meilleur ami Gus. Bref, Oksa est une jeune fille comme tant d'autres. C'est du moins ce qu'elle croit jusqu'au soir où tout bascule...

L'incroyable événement survient le jour de la rentrée à St Proximus, son nouveau collège. Ses parents étant accaparés par leur travail, c'est vers sa grand-mère qu'Oksa se précipite pour raconter sa première journée : les collégiens sont très accueillants – parmi eux Merlin et Zelda deviennent vite des amis – et, bonheur, Gus est dans la même classe qu'elle ! Mais Oksa ne dit rien du profond malaise qui l'a envahie lorsque M. McGraw, le glacial professeur de maths et de sciences, s'est adressé à elle...

Le soir même, il arrive à Oksa un phénomène incompréhensible : dans l'intimité de sa chambre, elle parvient à faire bouger des objets par sa seule volonté ! Elle qui a toujours rêvé d'être une ninja, voilà qu'elle se découvre des dons surnaturels ! Perdue et terrifiée, elle se garde bien d'en parler à quiconque.

Et ce n'est pas fini. Soudain apparaît sur son ventre une mystérieuse empreinte. Cette fois, Oksa met sa grand-mère dans la confidence. C'est alors que Dragomira lui révèle le secret de ses origines : la famille Pollock vient d'Édéfia, un monde invisible caché quelque part sur Terre. Dragomira en était la Jeune Gracieuse, c'est-à-dire la jeune fille promise à le diriger. Mais à la suite d'un complot mené par un Félon, plusieurs dizaines d'entre eux ont été éjectés de ce monde il y a une cinquantaine d'années. Réunis sous le nom de Sauve-Qui-Peut, ils forment une communauté solidaire et secrète qui tente de localiser Édéfia pour y retourner.

Parce qu'elle a reçu l'empreinte sur le ventre, Oksa est la nouvelle Jeune Gracieuse. Elle est aussi pour tous ces exilés le seul espoir de retrouver Édéfia.

Ainsi Oksa découvre des choses incroyables sur sa famille : au dernier étage de leur maison, sa grand-mère abrite d'étranges créatures venues d'Édéfia ! Notamment les Foldingots, deux petits êtres à l'allure attendrissante et à la façon de parler insolite.

Au collège, les choses ne s'arrangent pas avec le professeur McGraw. Bientôt, Oksa se rend compte qu'il est au courant de l'existence de ses pouvoirs. Pourquoi s'intéresse-t-il à elle ?

Pour son anniversaire, Oksa reçoit ses premiers ustensiles de Jeune Gracieuse : un Curbita-peto, petit bracelet vivant qui l'aidera à contenir ses impulsions, et une Crache-Granoks, sorte de sarbacane à usage défensif et offensif.

D'ailleurs, Oksa va pouvoir s'entraîner sérieusement : pendant les vacances, elle part au pays de Galles avec Gus, chez son grand-oncle Léomido. C'est dans cet endroit magnifique que l'aventure prend un tournant décisif : Léomido, Oksa et Gus sont attaqués, et l'agresseur n'est autre que McGraw ! Oksa utilise pour la première fois sa Crache-Granoks et parvient à lui échapper.

Cette agression entraîne la tenue d'une réunion des Sauve-Qui-Peut. À cette occasion, Oksa retrouve Naftali et Brune Knut, deux exilés de la première génération, et leur petit-fils Tugdual, un beau et énigmatique jeune homme…

Mais l'heure est grave : le professeur McGraw n'est autre qu'Orthon, fils du grand Félon qui mena Édéfia à sa perte. Les Sauve-Qui-Peut sont sous le choc. Il est évident que McGraw veut lui aussi retourner à Édéfia, et qu'il veut utiliser Oksa pour cela.

En apparence, Oksa continue de vivre sa vie de collégienne ordinaire, mais en réalité, elle est l'objet d'une surveillance constante de ses parents alors que McGraw multiplie les provocations.

Bientôt le Félon remporte une victoire atroce : Marie, la mère d'Oksa, est paralysée par un mal inconnu qui ronge son système nerveux. Dragomira réussit à stabiliser son état mais une grande inquiétude subsiste. Or c'est d'un savon offert par Zoé, une camarade de classe, que vient la paralysie de Marie : Zoé serait en fait la fille d'Orthon McGraw.

Le Félon ne laisse aucun répit à Oksa : un soir il la piège dans le collège désert. L'attaque est terrible. Les coups magiques pleuvent. Oksa finit par avoir le dessus pendant un court instant qui lui permet de se sauver. Mais à quel prix… La pauvre Mlle Crèvecœur, la professeur préférée d'Oksa et Gus, tombée par hasard au milieu de la scène, sombre dans la folie.

La catastrophe ultime a lieu quelques jours plus tard : Dragomira se rend chez Orthon McGraw, seule. Apprenant cela, Oksa fonce avec Gus au domicile du Félon : ils se retrouvent face à deux Dragomira strictement identiques, si ce n'est que l'une des deux est une « copie » qui masque le dangereux Félon. Une nouvelle et terrible bataille s'ensuit pendant laquelle Oksa doit faire appel à tout son courage pour sauver sa grand-mère. Gus, une fois de plus, va l'aider avec ses simples pouvoirs d'humain. Abakoum, le sage parrain de

Dragomira, clôt ce triste chapitre en lançant sur McGraw la Granok que Dragomira n'a pas la force d'utiliser, la terrible Crucimaphila qui engloutit Orthon McGraw dans un trou noir sans fond.

Sans fond ? Vraiment ?

La Forêt des égarés, tome 2

Une nouvelle catastrophe s'abat sur les Sauve-Qui-Peut : Gus est entableauté ! Il est aspiré par un tableau ensorcelé déposé au collège St Proximus par McGraw, plusieurs mois avant sa disparition !

L'Entableautement est un sortilège destiné à éloigner du monde celui qui a causé un tort à la société. Une entité, le Fouille-Cœur, est chargée d'aider l'Entableauté à retrouver l'harmonie intérieure grâce à un travail sur lui-même. Mais en ce qui concerne Gus, les cartes sont faussées : le Fouille-Cœur a subi un maléfice, il ne distingue plus le bien du mal !

Les Sauve-Qui-Peut décident d'aller secourir le garçon prisonnier. Oksa, Pavel, Abakoum, Léomido, Pierre et Tugdual, accompagnés de la Foldingote, se font volontairement entableauter. S'ensuivent des aventures pleines de dangers et de sortilèges. L'intérieur du tableau est un monde étrange, une immense Forêt-du-Non-Retour entourée de montagnes, dans lequel il semble impossible de trouver un chemin. Bientôt tous comprennent pourtant qu'en unissant leurs volontés ils peuvent se déplacer dans le monde du tableau. Mais partout les attendent des monstres terrifiants, tels les Léozards, sortes de caméléons vert fluorescent, longs de cinq ou six mètres, et très carnivores ! Ou encore les immondes Sirènes aériennes qui attaquent leurs esprits pour s'emparer d'un cœur noble et tendre, et s'en nourrir. Les Sauve-Qui-Peut doivent redoubler de courage et de solidarité face à la mort qui les menace sans relâche.

Malgré les embûches, les liens entre Oksa et le sombre Tugdual évoluent. Leurs cœurs balancent entre affrontement et rapprochement, alors que la place de Gus devient plus ambiguë.

Confronté au danger et à l'angoisse, Pavel, le père d'Oksa, se révèle d'une force et d'un courage qu'il ne soupçonnait pas. Sa puissance intérieure jaillit des profondeurs de son âme sous la forme d'un Dragon d'Encre symbolisé par un tatouage géant sur son dos.

À l'extérieur, Dragomira et les autres Sauve-Qui-Peut veillent à la sécurité du tableau, car s'il tombait entre de mauvaises mains, tous les Entableautés seraient en bien fâcheuse posture. Grâce à Merlin, le tableau est caché tout en haut de la célèbre tour de l'horloge, Big Ben.

Malheureusement, Dragomira est trahie par son amie Mercedica, qui est en fait à la solde des Félons, désormais menés d'une main de fer par les fils d'Orthon. Lors d'une attaque effroyable, Marie Pollock, la mère d'Oksa, est enlevée et emmenée sur une île perdue dans la mer des Hébrides.

Le dénouement de ce deuxième tome est terrible : les Sauve-Qui-Peut ne reviendront pas tous du tableau ensorcelé. La Foldingote offre sa vie pour sauver Gus, et le vieux Léomido se sacrifie lui aussi…

L'on apprendra enfin qu'Orthon McGraw et sa sœur jumelle Réminiscens, qu'ils retrouvent dans le tableau, sont les enfants secrets de la Gracieuse Malorane et d'Ocious, le premier Félon. Ils sont par conséquent les demi-frère et demi-sœur de Léomido et de Dragomira. Cette lourde vérité s'accompagne d'une autre révélation : Orthon n'est pas mort…

Et soudain, alors qu'Oksa vient de retrouver sa maison de Londres, bouleversée par l'enlèvement de sa mère, des catastrophes naturelles s'abattent sur le monde entier. L'eau monte à toute allure dans les rues de Londres et les Sauve-Qui-Peut doivent se résoudre à fuir. Montant sur le dos du Dragon d'Encre de Pavel, ils s'envolent dans le ciel déchiré par les orages.

Première partie

Du-Dehors

1

Fuite vers l'inconnu

Les ailes du Dragon d'Encre de Pavel Pollock claquaient à une cadence puissante dans le ciel battu par le vent et la pluie. L'obscurité était presque totale, seulement rompue par une pieuvre, la Trasibule aux onze tentacules éclairants maintenue à bout de bras par Dragomira, tel un phare dans cette nuit de plomb.

– Tiens bon, mon fils ! cria la Baba Pollock en se penchant sur l'échine crénelée du Dragon.

Les Sauve-Qui-Peut se relayaient en volticalant autour de la créature pour alléger sa charge. Brune Knut, la fidèle Suédoise, se lança à son tour et rejoignit Pierre et Jeanne Bellanger qui affrontaient tant bien que mal le vent déchaîné.

– C'est trop risqué ! les mit en garde Pavel d'une voix éraillée par l'épuisement. Laissez-moi vous porter !

– Hors de question ! répliqua Pierre, les mains en visière au-dessus des yeux pour se protéger du déluge qui lacérait l'air et les visages avec la force d'un fouet.

Les bras noués autour de la taille de sa grand-mère, Oksa était bouleversée. La violence des éléments était aussi fulgurante que celle du départ. En quelques minutes, tout avait basculé : Londres avait été envahie par les eaux de la Tamise gonflées par une marée hors du commun. Le destin avait alors précipité la famille Pollock et ses proches à faire un choix qui n'en était pas un : la fuite. Une fuite vers l'inconnu, aussi vaste et incertain que les ténèbres tourmentées qui les enveloppaient. Oksa tourna la tête. Son regard croisa celui de Gus, terrifié. Son ami s'accrochait de toutes ses forces à Réminiscens et son visage ruisselait. De gouttes de pluie ? de larmes ? Oksa tressaillit, fronça les sourcils et resserra son étreinte. Elle aperçut Tugdual et Zoé qui se rapprochaient du Dragon, les traits marqués par l'effort. Volticaler en pleine tempête n'était pas une expérience anodine… Se faufilant entre deux battements d'ailes, tous deux se laissèrent lourdement tomber sur le dos du Dragon. Ce dernier grogna malgré lui tout en ralentissant le rythme, ce qui fit perdre à l'étrange équipage plusieurs mètres d'altitude. Oksa ne put retenir un cri.

– PAPA !

Pavel faiblissait. Et tous ceux qui volticalaient autour de lui faiblissaient, eux aussi. Elle voulut soulager son père et commença à se dégager pour volticaler. Un rugissement surgit des entrailles du Dragon.

– NON ! Reste où tu es !

– Alors il faut qu'on stoppe un moment ! hurla la jeune fille. Pose-toi, Papa, je t'en prie ! Sinon on va tous y laisser notre peau !

Après quelques secondes de réflexion, Pavel finit par céder à cette évidence.

– Mère, range la Trasibule pour qu'on ne soit pas repérés et accrochez-vous tous à moi, mes amis !

Les Volticaleurs empoignèrent fermement sa carapace et le Dragon plongea en avant à travers le déluge d'eau glacée.

Le faisceau d'une lumière aveuglante balayait nerveusement l'obscurité. Les quatre militaires qui se trouvaient à l'intérieur de l'hélicoptère étaient pourtant sûrs de n'avoir pas rêvé : aussi incroyable que cela puisse paraître, ils venaient de croiser en plein ciel un monstre aux ailes gigantesques. Une sorte de dragon. Escorté par des humains qui volaient… Tous étaient restés face à face, incrédules et paralysés par le choc de cette rencontre improbable. La surprise avait été telle que le pilote, dans un réflexe involontaire, avait failli perdre le contrôle.

L'engin avait vacillé quelques instants avant de retrouver son équilibre et le Dragon d'Encre avait profité de ces secondes de confusion pour remonter en flèche à une altitude plus sécurisante. Le cœur cognant à tout rompre, les Sauve-Qui-Peut regardaient maintenant sous eux, surveillant d'un regard anxieux le projecteur qui les traquait. Soudain, le faisceau croisa leur présence et leur sang se figea. Ils étaient repérés ! Le vrombissement de l'hélicoptère déchira aussitôt l'air : l'appareil fonçait vers eux !

— Ils vont nous tirer dessus ! hurla Oksa en voyant un des militaires se positionner derrière une énorme mitrailleuse.

Instinctivement, elle tendit en avant la paume de la main pour empêcher les balles d'arriver jusqu'à elle. Comme elle l'avait expérimenté à plusieurs reprises, la panique monumentale qui bouillonnait en elle se mua en une formidable énergie. Entraîné par un souffle contre lequel la technologie se trouvait impuissante, l'hélicoptère se mit à tourner sur lui-même en s'éloignant de plusieurs dizaines de mètres.

— Mais qu'est-ce que j'ai fait ? s'alarma Oksa.

— Tu nous as sauvé la vie ! lui répondit Dragomira.

— Allons, profitons de cette accalmie... résonna la voix rauque de Pavel.

Le Dragon étendit ses amples ailes et obliqua vers la terre ferme en planant, à bout de forces.

2

Marche sur la lande

– La demeure du frère de ma Vieille Gracieuse se trouve à douze kilomètres à vol d'oiseau de notre point d'atterrissage, direction nord-nord-ouest, indiqua une petite créature à l'allure d'un bourdon sans pattes, le museau dressé vers l'horizon. Deux pistes se présentent à nous : la route nationale et un sentier qui parcourt la lande galloise. La route est plus rapide mais plus encombrée, le sentier plus long mais plus discret.

Comme pour illustrer les informations livrées par le Culbu-gueulard d'Oksa, les échos de la route résonnèrent jusqu'aux Sauve-Qui-Peut. Bien que l'aube soit à peine naissante, la circulation semblait dense, voire surchargée. De nombreux klaxons affolaient les oiseaux qu'on voyait fuir par nuées entières, éclairées par les phares des voitures. L'eau qui avait submergé une partie de l'Angleterre poussait les populations paniquées vers le pays de Galles et la Cornouailles.

– Prenons par la lande… annonça Dragomira en jetant un regard inquiet vers Pavel.

Le père d'Oksa, les mains posées à plat sur les cuisses, tentait de récupérer de l'infernal vol nocturne. Il faisait peine à voir. Son Dragon d'Encre était un atout colossal, mais la coexistence se révélait éprouvante. Il avait puisé jusqu'à ses dernières ressources pour emmener les siens à bon port, bravant la pluie qui l'aveuglait, la souffrance de son corps qui l'incendiait et la déchirure du départ. Il gémit en serrant les dents. Avec une netteté impitoyable, les événements récents venaient de démolir ses dernières espérances. Envolé l'espoir de vivre un jour *normalement...* Tout ce que Pavel avait fait dans ce but n'était fondé que sur du sable. Et pourtant, il avait tellement cru, tellement espéré... Le restaurant ouvert avec Pierre en plein cœur de Londres représentait le dernier espoir. Le dernier échec. Il revit en pensée la cuisine dont il était si fier. À l'heure qu'il était, elle devait être recouverte d'une boue aussi sombre que le malheur qui risquait d'engloutir le Monde. « *Nous devons partir... maintenant* », avait dit Dragomira. Ce n'était pas la première fois qu'elle les prononçait, mais ces quelques mots avaient résonné encore plus tristement que toutes les autres fois, faisant remonter en surface des souvenirs qui éclataient comme de grosses bulles amères dans le cœur de la Baba Pollock et de son fils. Pavel secoua la tête comme pour chasser ses pensées. À quoi bon s'attarder sur le passé ? Le plus important était de sauver sa femme, Marie. Voilà trop longtemps qu'elle se trouvait aux mains des Félons. Il se redressa alors que Dragomira s'approchait en tirant de sa besace une fiole de métal.

— Bois ceci, mon fils, murmura-t-elle.

— Ton fameux Élixir de Bétoine ? demanda-t-il d'une voix éraillée.

— Alors ça, c'est dégoûtant ! ne put s'empêcher de s'exclamer Oksa. Dégoûtant mais magique ! Tu vas devenir un homme neuf !

Devant l'enthousiasme de sa fille, Pavel eut un mince sourire et avala d'une traite le contenu de la fiole.

— Bah... j'ai l'impression d'avaler l'eau d'un marécage, grimaça-t-il en se redressant. Si je ne te faisais pas une confiance aveugle, je penserais que tu cherches à m'empoisonner, ma chère mère... Il faudrait vraiment que tu trouves un moyen d'aromatiser cet infect breuvage !

Oksa soupira de soulagement. Son père était le champion toutes catégories de la dérision ! Un moyen très personnel de survivre, disait-il.

— J'y songerai, mon cher fils, j'y songerai... promit Dragomira.

— Bon, assez paressé ! s'exclama-t-il, soudain requinqué. Nous devons continuer notre route.

Le jour se levait, étirant les ombres des Sauve-Qui-Peut sur la bruyère. Le sentier sur lequel ils marchaient parcourait un paysage vallonné et désertique. Des bandes de brume s'accrochaient à la végétation, rendant l'atmosphère fantomatique. Au-dessus d'eux, des hélicoptères de l'armée britannique rugissaient comme des fauves en colère, couvrant le ciel de métal hurlant et rendant toute action magique impossible. Alors, tous avançaient en silence, encore sonnés par les images cataclysmiques de Londres où ils avaient abandonné une partie de leur histoire.

— Tu tiens le choc, P'tite Gracieuse ?

Oksa laissa glisser son regard vers Tugdual. Le jeune homme foulait le sol d'une démarche féline en pianotant sans discontinuer sur son téléphone portable. Ses cheveux mouillés cachaient une partie de son visage livide et Oksa ne voyait que le bas de sa mâchoire. Elle n'aurait su dire s'il était beau ou non. Ce qu'il dégageait était bien au-delà de ces considérations. Pour elle, il avait tout d'une panthère noire : la souplesse, l'acuité et, surtout, ce magnétisme sombre et inquiétant qui mettait son cœur sens dessus dessous.

— Ça va, acquiesça-t-elle sans conviction. Je me sens juste… lessivée. Au propre comme au figuré, ajouta-t-elle en essorant son écharpe de cotonnade trempée.

Tugdual esquissa un sourire.

— Comment va le Monde ? demanda la jeune fille en jetant un œil sur le portable du garçon.

— Il a connu des jours meilleurs, fit-il en rangeant brutalement l'appareil. Disons que tu vas avoir du boulot pour rétablir de l'ordre dans tout ce chaos !

Oksa fronça les sourcils. Aujourd'hui plus que jamais, elle se sentait écrasée par le poids de ses responsabilités. Elle était la Jeune Gracieuse et d'elle dépendait l'avenir du Monde. Des deux Mondes… Celui de Du-Dehors qui l'avait vue naître et celui d'Édéfia où les racines de sa famille trouvaient leur origine. Elle seule détenait le pouvoir de rétablir l'équilibre et elle n'avait aucune idée de la façon d'y parvenir.

– N'oublie pas qu'on est là ! chuchota Tugdual, intuitif. Tu n'es pas seule.

C'est vrai, elle n'était pas seule. Les Sauve-Qui-Peut l'entouraient. Les Pollock, les Bellanger, les Knut – sans oublier Abakoum, Zoé et Réminiscens –, ils étaient tous là, près d'elle, puissants et solidaires. Mais sa mère lui manquait comme jamais et cette absence plombait son cœur. Dès qu'elle pourrait à nouveau la serrer dans ses bras, l'issue paraîtrait moins incertaine. Comme pour illustrer ses tourments, une violente bourrasque ébranla les marcheurs tout en poussant de lourds nuages au-dessus de la lande. Bientôt, drue et impitoyable, la pluie se remit à tomber.

– Je ne sais pas ce que je donnerais pour avoir un peu de soleil… grommela Oksa en remontant le col de son caban.

Alors que Tugdual alignait son pas sur le sien, elle inspira et braqua son regard sur les Sauve-Qui-Peut qui cheminaient deux par deux devant elle sur l'étroit sentier. Dragomira disparaissait sous une longue cape jaune canari qu'on pouvait voir à des kilomètres. « C'est Baba tout craché… » sourit Oksa avec tendresse. La Vieille Gracieuse prenait appui sur le bras de Pavel. Tous les deux marchaient en tête, les épaules tassées mais le pas déterminé. Oksa était fière de son père. Fière de sa force, de sa bravoure et de la décision qu'il avait fini par prendre : se lier à la communauté des Sauve-Qui-Peut, corps et âme. À sa façon très personnelle, il avait été ferme : « *Que les choses soient claires, ma chère mère…* avait-il annoncé à Dragomira. *Nous sauvons Marie et les deux Mondes, et ensuite tu me laisses vivre ma vie comme je l'entends, d'accord ?* » Juste derrière lui, Gus et Zoé avançaient en silence, la tête enfoncée dans le col de leur blouson. Gus était le seul à ne pas avoir de pouvoir magique et cette marche forcée en pleine tempête sur un chemin détrempé semblait le vider de ses forces. Balayant du revers de la main ses cheveux blond vénitien, Zoé jetait des coups d'œil réguliers à son ami, la mine soucieuse, et le cœur d'Oksa se pinça. C'est elle qui aurait dû être près de lui, pas Zoé. C'est elle qui aurait dû l'encourager. Elle serra les poings, furieuse et frustrée. Elle brûlait d'envie de faire quelque chose. Mais quoi ?

– Gus ?

Le cri était sorti sans qu'elle le contrôle et Oksa en fut la première surprise. Ses joues s'enflammèrent alors que Tugdual la regardait avec un petit sourire en coin. Gus se retourna, aussi étonné qu'elle de réagir avec une telle spontanéité.

– Quoi ? marmonna-t-il de mauvaise grâce.

Prise de court, Oksa ne sut dire autre chose :

– Ça va ?

– Pas mieux que vous tous... répondit le garçon, le visage crispé.

Avant qu'il ne tourne de nouveau la tête, Oksa décela dans ses incroyables yeux marine toute la souffrance et la rancune qui noyaient son cœur. Il lui en voulait terriblement de s'être rapprochée de Tugdual. Dès la première minute où ils s'étaient rencontrés, les deux garçons avaient instauré un rapport de franche rivalité, ironique pour Tugdual et farouche pour Gus. Depuis que le ténébreux Scandinave était apparu, Oksa avait découvert les prémices de ce que pouvait être l'amour. Le jeune homme occupait désormais une place essentielle dans sa vie et dans son cœur. Mais en contrepartie, quelque chose s'était brisé entre Gus et elle, c'était indéniable. Plus rien n'avait été comme avant. Les moments de si profonde complicité s'étaient transformés en une forme d'hostilité incendiaire qui perturbait violemment Oksa.

– Mais pourquoi je l'ai appelé ? fulmina-t-elle du bout des lèvres.

– Parce que tu es une impétueuse P'tite Gracieuse qui agit avant de réfléchir et qui adore se mettre dans des situations impossibles ! répondit Tugdual d'un air confidentiel.

Oksa serra les poings. « Je ne veux pas le perdre ! » pensa-t-elle en regardant la mince silhouette de Gus peiner sur le chemin boueux. Elle fourra les mains dans ses poches et avança, renfrognée. Du bout de ses bottillons lacés, elle donna un coup de pied dans un caillou qui roula dans le fossé. Au loin, les collines disparaissaient sous l'ondée furieuse. L'horizon, comme l'avenir, s'obscurcissait.

Les Sauve-Qui-Peut marchaient depuis plus de deux heures dans un silence épuisé quand Oksa s'exclama soudain :

– Hé ! Regardez !

Tous levèrent le nez pour fixer leur attention sur un lièvre qui bondissait à travers la lande. Dragomira laissa échapper un long gémissement soulagé et ses yeux retrouvèrent instantanément leur éclat vif.

– Abakoum... souffla-t-elle.

Le lièvre se rapprochait à toute vitesse, escorté par deux compagnons insolites : le Culbu-gueulard de la Baba Pollock qui voletait poussivement et le Veloso dont les longues jambes rayées sautaient avec allégresse au-dessus de la végétation. Quand le lièvre les rejoignit enfin, les Sauve-Qui-Peut laissèrent éclater leur joie.

– C'est bien toi, mon cher Veilleur ! exulta Dragomira, agenouillée, le visage plongé dans le magnifique pelage gris-brun de l'animal. J'ai eu si peur...

Tous savaient qu'au cours de sa vie, la Baba Pollock avait rarement été séparée de son fidèle protecteur. Dragomira n'aimait pas vivre sans Abakoum à ses côtés et l'émotion qui se dégageait de leurs retrouvailles marquait la puissance de leur attachement. Le lièvre se laissa caresser quelques instants et, sous les yeux ébahis des plus jeunes qui n'avaient jamais assisté à ce prodige, il redevint Abakoum, l'Homme-Fé. Il s'ébroua, remit de l'ordre dans sa chevelure grise, puis son regard balaya le petit groupe tandis qu'il effectuait mentalement le décompte des présents. Il s'arrêta un instant sur Oksa, grave mais débarrassé d'une lourde angoisse.

– Vous êtes tous sains et saufs, Dieu merci !

– Grâce à Pavel, oui ! renchérit Pierre Bellanger de sa voix de stentor. C'est lui qui nous a tirés d'affaire.

Pavel se détourna, gêné d'être ainsi mis en avant.

– Naftali et moi, nous avons suivi ce qui se passait à Londres, c'est épouvantable, poursuivit Abakoum, respectueux de la discrétion de Pavel. Et avec cette pluie qui redouble, les choses ne vont pas s'arranger.

Comme pour confirmer ses propos, une dizaine d'hélicoptères passèrent en rase-mottes au-dessus de la lande dans un vacarme effrayant. L'un d'eux se positionna face aux Sauve-Qui-Peut et tous frémirent d'appréhension. Dragomira eut juste le temps de dissimuler son Culbu-gueulard et le Veloso sous sa cape avant qu'un militaire ne sorte la tête de l'appareil, un mégaphone à la main.

– Il y a des blessés parmi vous ? Vous avez besoin d'aide ? résonna sa voix.

Abakoum fit signe que tout allait bien, merci, et l'hélicoptère rejoignit son escadron en direction des routes venant de l'est et de Londres d'où affluaient des milliers de sinistrés.

– Comment tu as fait pour nous retrouver ? demanda Oksa.

Amusé, Abakoum tapota son nez.

– La maison de Léomido n'est qu'à trois kilomètres d'ici…

Oksa huma l'air et s'exclama :

– Eh bien moi, je ne sens que l'odeur de la boue, c'est injuste !

– C'est juste une affaire de flair, ma chère petite, précisa l'Homme-Fé. Et puis tu as bien d'autres atouts, n'est-ce pas ?

– Tu parles ! Avec ces maudits hélicoptères qui surgissent n'importe quand, pas moyen de faire le moindre petit Voltical !

Tous sourirent, sauf Gus. Le jeune Eurasien tourna le dos avec une rudesse qui heurta Oksa.

– Bon… Allons retrouver Naftali maintenant ! proposa Dragomira. Il est temps pour nous d'être enfin réunis.

Et tous se remirent en marche, le dos courbé sous la pluie battante mais le cœur empli d'une force nouvelle.

3

Une complicité renaissante

Le feu crépitait dans l'immense cheminée, plongeant les Sauve-Qui-Peut dans une irrésistible torpeur. Chacun essayait de reprendre des forces et surtout de retrouver un certain calme après les heures de tempête. Enfoncée dans un fauteuil moelleux, Oksa luttait pour ne pas s'endormir, sans vraiment savoir pourquoi. Ce serait si bon de céder... Elle laissa sa tête reposer contre le dossier molletonné et fixa son attention sur les tableaux d'art contemporain accrochés aux murs de la nef d'église reconvertie en gigantesque salon.

La maison de Léomido – le frère disparu de Dragomira – était toujours aussi somptueuse. Sauf que son maître s'en était allé et qu'il lui manquait désormais, à elle aussi, une part d'elle-même... Oksa inspira profondément pour bloquer les larmes qui montaient. Dépitée, elle tenta d'attirer l'attention de Gus. À quelques mètres d'elle, son ami restait de marbre, faisant lever un bouillon de frustration en elle. Tout son être s'agitait, elle lui lançait des regards tantôt rageurs, tantôt suppliants, bousculée par mille émotions opposées. Soudain, alors que l'explosion menaçait, quelque chose sortit d'elle, la libérant instantanément d'un poids insupportable. Sidérée, elle sentit qu'une partie d'elle-même s'échappait sous la forme d'un effluve à peine visible, une silhouette transparente lui rappelant son propre corps. Elle vit l'émanation se diriger vers Gus et faire *à sa place* ce qu'elle désirait si profondément : lever le menton du garçon du bout de ses doigts pour le forcer à la regarder. Gus fronça les sourcils, intrigué par ce qu'il percevait comme une sensation indistincte, alors qu'Oksa ne détachait pas ses yeux du fabuleux phénomène. Tout en ressentant au bout de ses propres doigts le contact avec la peau de son ami…

« Mais qu'est-ce qui m'arrive ? » se demanda-t-elle, les yeux écarquillés. Trop fatigué pour réagir, Gus ne détourna pas la tête et tous deux restèrent là, dans une attitude aussi figée que stupéfaite. Pour la première fois depuis plusieurs jours, Gus ne la fuyait pas et semblait en être le premier étonné. Quant à Oksa, elle tenait bon en soutenant son regard. L'étrange émanation s'évanouit bientôt mais le contact, même s'il restait empreint d'un certain malaise, était rétabli, c'était l'essentiel.

– Hum hum…

Deux petites créatures en salopette vert pomme s'étaient postées non loin de Gus. L'une était grassouillette, l'autre longiligne, mais toutes deux avaient des yeux immenses comme ceux des héros de mangas, une large face et un fin duvet translucide recouvrant leur épiderme rosé.

– Oh, salut les Foldingots ! fit Gus.

– Nos hommages les plus trépidants sont adressés à l'ami de la Jeune Gracieuse, commença le Foldingot.

– Euh… merci… bredouilla Gus, surpris d'être l'objet de tant d'honneur.

Devant le silence des petites créatures joufflues, il dut insister :

– Je peux faire quelque chose pour vous ?

Les Foldingots de Léomido acquiescèrent avec vigueur en poussant devant eux un troisième congénère, le petit Foldingot qui représentait l'unique et miraculeuse naissance foldingote à Du-Dehors.

– Il est trop mignon ! s'écria Oksa.

– La domesticité du Maître-Entableauté-À-Jamais fait l'attribution d'une requête dont l'exposé du contenu va suivre, ami Gracieux… La descendance foldingote a fait la conservation du souvenir garni de chaleur quand vous avez exprimé le consentement de bercer son corps et de l'envelopper de caresses…

Gus rejeta sa longue mèche de jais en arrière, dégageant son beau visage d'Eurasien. Effectivement, lors de son premier séjour chez Léomido, il avait laissé le bébé Foldingot dormir sur ses genoux. Il était en colère, ce soir-là. Contre Oksa et contre lui-même. Comme aujourd'hui... Il jeta un regard furtif à son amie qui devait se remémorer ce moment-là, elle aussi. Abandonnant toute retenue, elle lui sourit, complice de ce souvenir, sans pouvoir s'empêcher de lui faire un clin d'œil... qu'il lui rendit spontanément. Son visage s'éclaira aussitôt d'une immense joie.

– Le souhait d'une récidive serait envisageable, c'est le questionnement ? continua le Foldingot, violet de confusion.

– Bien sûr ! répondit Gus en se penchant pour saisir le petit qui gazouillait.

Haut d'une quarantaine de centimètres, son corps était rond et doux. Ses gros yeux, bleus et brillants comme des billes, fixaient le garçon avec vénération. Il se cala contre Gus qui lui caressa le dos avec tendresse et, quelques secondes plus tard, la petite créature dormait en ronflant comme un bienheureux. Éperdus de reconnaissance, les Foldingots s'inclinèrent plusieurs fois avec une frénésie qui faisait craindre pour leur équilibre.

– L'ami Gracieux doit recevoir les trombes de notre gratitude.

– Eh bien, question « trombes », ça va aller, j'ai reçu ce qu'il fallait ! précisa Gus en montrant par la fenêtre la pluie qui tombait toujours.

Sous les yeux amusés de toutes les personnes présentes, la Foldingote se jeta de tout son long sur le sol avec une telle démesure qu'elle glissa sur le parquet ciré comme un pingouin sur la glace.

– Ooohhhh ! Votre domesticité détient l'attribution d'un cerveau si creux ! se lamenta-t-elle. Ferez-vous l'accord du pardon pour cette déclaration si misérable ?

Tout le monde se retenait de rire devant la réaction excessive de la petite intendante.

– C'est déjà oublié ! les rassura Gus.

– Votre mansuétude connaît des dimensions colossales et nos remerciements perdureront jusqu'à la fin du Monde !

Cette dernière remarque jeta un froid sur les Sauve-Qui-Peut qui frissonnèrent, soudain rejoints par la cruelle réalité.

– *Jusqu'à la fin du Monde*... C'est vrai qu'on avait presque fini par oublier ce détail ! railla Tugdual avec une nonchalance provocante.

Ses grands-parents, Brune et Naftali, lui adressèrent un regard plein de reproches. Le jeune homme adorait mettre une certaine dérision dans les choses les plus graves. Mais ceux qui le connaissaient bien savaient que c'était le seul moyen qu'il avait trouvé pour supporter l'insupportable. Il balaya l'assemblée d'un sourire artificiel qui ne trompa personne, puis il se redressa, jeta un dernier coup d'œil à Oksa et sortit avec raideur. L'ambiance, ponctuée par les ronflements du petit Foldingot et par le bruit de la pluie, se fit plus pesante. Personne n'avait envie de parler, tout le monde était assommé de fatigue. Les bracelets de Dragomira tintèrent lorsqu'elle se leva en resserrant contre elle les pans de son cardigan de laine pourpre. Brune et Naftali – les excentriques vieillards scandinaves – ne tardèrent pas à se lever à leur tour pour rejoindre les douillettes chambres du premier étage, suivis par la frêle Réminiscens et les Bellanger. Ceux qui restaient s'enfoncèrent dans leurs pensées, formant de petits îlots de léthargie aux quatre coins de l'immense salon.

Revigorée par l'épisode Foldingot, Oksa était la seule à échapper à l'engourdissement général. Elle s'approcha de Gus, les yeux rivés sur le bébé et le cœur battant avec une ardeur qu'elle se sentait incapable d'analyser.

– Vas-y avec douceur... murmura Gus.

Elle eut une hésitation. Parlait-il de la main qu'elle tendait pour caresser la petite créature ? ou bien de son comportement vis-à-vis de lui ?

– Je ne suis pas une brute ! protesta-t-elle.

Cette remarque le fit rire et Oksa lui fit écho. La trêve qu'il avait annoncée en lui rendant son clin d'œil semblait bien engagée !

– Dans ce cas, tu peux y aller... dit-il en indiquant du menton le Foldingot qui ronflait comme un bienheureux.

Du bout des doigts, Oksa effleura la peau duveteuse. Son regard passait du petit dormeur joufflu à Gus qui restait impassible. Seules ses paupières qui frémissaient anormalement trahissaient sa lutte intérieure. Soudain, au même instant, ils ouvrirent tous les deux la bouche pour dire quelque chose. Leurs paroles se cognèrent les unes aux autres pour former un échange incompréhensible. Surpris, ils s'esclaffèrent.

– Qu'est-ce que tu voulais dire ? lancèrent-ils, de nouveau en même temps.

Gus leva les yeux au ciel, gêné de montrer combien il était amusé.

– Euh... je ne sais plus... avoua Oksa.

– Alors ça ne devait pas être bien important, comme d'habitude ! rétorqua Gus pour la provoquer gentiment.

– Oohhh, t'as pas honte ?! fit mine de s'insurger Oksa.

– Non. Et toi ?

Oksa se rembrunit et fixa son ami d'un air enflammé.

– Bonjour les allusions perfides... maugréa-t-elle.

Toute légèreté avait quitté les yeux de Gus. Avait-il voulu la blesser ou bien était-ce elle qui avait mal interprété ses paroles ? Une moue se dessina sur le visage d'Oksa, ombrant son regard ardoise.

– C'est bon, ma vieille, n'insistons pas... souffla Gus. À ton avis, qu'est-ce qu'il essaie de faire ?

Saisissant la perche qu'il lui tendait pour sortir de cette impasse, Oksa tourna la tête vers la créature qui venait de faire irruption : une sorte de morse extrêmement plissé tentait d'ajouter une bûche dans la cheminée. Une tentative qui apparaissait plus que vaine au vu des proportions colossales du rondin. À ses côtés, un autre être bizarroïde à la chevelure ébouriffée se démenait comme un possédé.

– Hé, le Bien-Nommé ! Tu vois pas que ça ne rentrera jamais ? s'égosilla-t-il en sautillant.

Le morse se tourna et le regarda d'un air incertain.

— Vous vous trompez, je ne suis pas un Bien-Nommé, je suis un Insuffisant…

— C'est ce que je dis ! brailla la créature chevelue.

— Et vous, qui êtes-vous ?

— Un GÉ-TO-RIX ! Et contrairement à toi, l'Insuffisant, y en a là-dessous ! fit-il en montrant son crâne. C'est pourquoi je te dis que tu n'arriveras JAMAIS à faire entrer cette bûche dans la cheminée, c'est mathématiquement impossible !

L'Insuffisant parut si déçu en entendant cette information que Gus et Oksa éclatèrent de rire. Volant à son secours, Oksa lui lança :

— Insuffisant, tu devrais cracher !

— Cracher ? Mais ce serait très grossier ! s'opposa la candide créature.

— Non, vas-y, je t'assure !

Dans un raclement de gorge peu ragoûtant, l'Insuffisant obtempéra. Aussitôt, l'énorme bûche fondit en son centre comme sous l'effet d'un puissant acide, dégageant des volutes âcres. Riant et toussant à la fois, Oksa se leva pour aider la créature béate à mettre les deux morceaux de bois dans la cheminée.

— T'es trop fort, l'Insuffisant ! hoqueta-t-elle.

— Merci, mais ces brûlures d'estomac me rendent un peu patraque.

— Mon pauvre… compatit Oksa en tapotant sa tête moelleuse.

— Ma Jeune Gracieuse, intervint le Foldingot de Dragomira, la Vieille Gracieuse a fait l'expression du souhait de bénéficier de votre compagnie. Aurez-vous l'accord d'être convoyée par la domesticité foldingote ?

— Euh… oui, je te suis ! répondit Oksa, légèrement troublée. Salut Gus, à plus tard…

Gus lui fit un petit signe de la main. Alors elle emboîta le pas au Foldingot vêtu d'une impeccable salopette bleue et s'engagea dans l'escalier monumental.

4

Un passé indélébile

La silhouette de Dragomira se détachait à peine dans la pénombre de la chambre, mais elle serait restée reconnaissable entre mille grâce à ses nattes enroulées autour de la tête et à ses boucles d'oreilles sur lesquelles se balançaient de minuscules – et véritables ! – oiseaux.

– Entre, ma Douchka, entre... résonna la voix de la Baba Pollock.

Oksa s'approcha, ses pas étouffés par l'épaisseur du tapis d'un grenat profond. Elle s'assit dans le fauteuil de cuir face à celui de sa grand-mère, juste devant la cheminée d'où émanait la chaleur réconfortante d'un bon feu. De petites poules installées devant l'âtre gloussaient de plaisir en gonflant leurs ailes mouchetées avec un enthousiasme évident. Non loin d'elles, un Veloso rayé essayait d'attraper au vol les petits oiseaux qui venaient de quitter leur perchoir d'or pour rejoindre Oksa.

– Coucou les Ptitchkines !

– C'est la Jeune Gracieuse ! pépièrent les oiseaux en saisissant deux mèches de ses cheveux pour en faire des antennes. Qu'elle est jolie ! Comme nous l'aimons !

Puis ils se posèrent tout près de son cou pour frotter leur tête plumée contre elle.

– Ma Vieille Gracieuse et la Jeune Gracieuse connaissent-elles l'envie de laper une nouvelle tasse de thé ? s'enquit le Foldingot.

Dragomira sourit.

– Oui, merci mon Foldingot. Mais nous la boirons, tout simplement, si tu le veux bien…

Le Foldingot s'inclina avant de s'éloigner. Oksa se pencha vers Dragomira.

– Question vocabulaire, on peut dire que c'est un maître !

– Oui… fit Dragomira avec un petit rire. Même si ses choix sont parfois hasardeux !

La créature revint, soutenant de ses mains une énorme théière de porcelaine fleurie. Quelques instants plus tard, les deux Gracieuses se pelotonnaient dans leur fauteuil, une tasse fumante devant elles. Dragomira posa son regard sur Oksa et l'observa avec une attention intriguée.

– Qu'est-ce qu'il y a, Baba ?

– Il s'est passé quelque chose d'étrange tout à l'heure, n'est-ce pas ?

Oksa rougit. Sa grand-mère voulait sans aucun doute parler du singulier phénomène survenu entre Gus et elle.

– Alors, tu as tout vu…

Dragomira acquiesça.

– Je ne sais pas ce que c'est, concéda Oksa. C'est complètement dingue, mais on aurait dit qu'une partie de moi-même… prenait le contrôle et faisait à ma place ce que je souhaitais faire.

– C'est tout à fait cela, ma chère petite. Cette partie de toi, c'est ton Autre-Moi, une part de ton inconscient, si tu préfères. Mais contrairement à n'importe quel être humain, ton Autre-Moi a la capacité de se révéler sous une forme impalpable et pourtant très concrète.

– Tu veux dire que tu l'as vu ?! s'étrangla Oksa.

– Abakoum et moi avons décelé sa manifestation, répondit Dragomira. L'Autre-Moi est un pouvoir Gracieux extrêmement rare. À ma connaissance, tu es la deuxième Gracieuse dans l'histoire d'Édéfia à en disposer…

– Tu es la première ?

– Malheureusement non. N'oublie pas que je suis une Gracieuse inachevée… Celle avec laquelle tu partages ce don extraordinaire était la première Gracieuse d'Édéfia.

Le cœur d'Oksa s'affola. Elle posa sa tasse de thé et croisa les mains pour les empêcher de trembler.

– Est-ce que ça signifie que je suis la *dernière* Gracieuse ? Que je ne vais pas réussir à rétablir l'équilibre des Mondes ? Que tout va s'arrêter ?

Dragomira la regarda avec étonnement.

– Non, ma Douchka ! Bien sûr que non ! S'il existe un parallèle, je crois plutôt que tu représentes celle qui fera *renaître* Édéfia. J'en suis persuadée !

Oksa resta pensive un moment avant de questionner de nouveau sa grand-mère :

– Et comment ça marche, cet Autre-Moi ?

– Tu apprendras bientôt à le maîtriser, répondit Dragomira d'un air évasif. Et il est fort à parier qu'il nous sera d'une grande aide pour affronter celui que nous n'allons pas tarder à retrouver.

– Orthon ?

– Je reste très troublée par les révélations de Réminiscens, avoua Dragomira. Si les motivations d'Orthon ne sont nourries que par cette soif de rancune envers Ocious, son père, rien ne l'arrêtera. Plus j'y pense et plus je prends conscience des conséquences de ce que j'ai pu constater voilà près de soixante ans. Tant de choses m'ont échappé…

– Mais tu étais si jeune, Baba ! souligna Oksa, impressionnée par la gravité de sa grand-mère. Tu ne pouvais pas comprendre ce qui se passait, ni comment le comportement d'Ocious allait conditionner l'homme que deviendrait Orthon.

– Il y a pourtant une chose qui ne m'échappait pas : Ocious était un être froid et pervers. Le pire père qu'on puisse craindre d'avoir.

La vieille dame leva la tête et fixa le mur dépouillé qui lui faisait face. Elle laissa son Caméroeil se mettre en place et les images jaillirent du plus profond de sa mémoire…

C'est le visage d'Orthon adolescent qui apparut d'abord. La scène, vue à travers les yeux de Dragomira, se passait sur la terrasse d'une immense tour – la Colonne de Verre, pensa Oksa. D'opulentes plantes grimpantes s'enroulaient autour des balustrades pour former un parasol de verdure. Un fin jet d'eau qui s'échappait en arc de cercle d'une fontaine cristalline semblait beaucoup amuser la jeune Dragomira : en agitant l'index, elle imposait au jet des trajectoires aussi fantaisistes que taquines en prenant pour cible Orthon et Léomido qui devaient avoir douze ou treize ans. Le rire de Dragomira retentit, terriblement enfantin, quand un filet d'eau tourbillonna pour s'abattre sur Orthon. Le jeune garçon écarquilla les yeux, stupéfait. Il donna un coup de coude à Léomido qui riait à ses côtés et tous les deux échangèrent un clin d'œil avant de se précipiter vers Dragomira en grognant comme des fauves. S'ensuivit la plus frénétique des séances de chatouillis qu'on ait jamais vue. Le Caméræil se brouilla alors que les rires résonnaient dans la pénombre de la chambre aussi fort que dans le cœur de la Vieille Gracieuse. Soudain, l'image se bloqua sur Orthon : le visage de celui qui n'était encore qu'un jeune garçon venait de se décomposer en entendant la voix glaciale de son père. Le Caméræil se déplaça et Ocious apparut dans le champ de vision. Sa stature, corpulente tout en restant élégante, imposait un respect craintif. Ses yeux sombres se plissèrent en voyant son fils accroupi devant Dragomira qui s'était roulée en boule pour échapper à la « vengeance » des deux garçons. Orthon se redressa, pris d'une pâleur subite. Il bredouilla quelques mots que personne ne comprit, ce qui eut pour effet de noircir encore davantage le regard de son père.

— Pourquoi cherches-tu à te justifier ? lança Ocious d'une voix métallique. Tes excuses ne servent qu'à souligner ta faiblesse. Tu ferais mieux d'assumer tes actes, même les plus anodins. Car tu ne faisais rien de mal, n'est-ce pas ?

Et devant le silence oppressé d'Orthon, il ajouta :

— Léomido se défend-il de quoi que ce soit, lui ? Non. Il assume. Tu devrais t'inspirer de ton… camarade, conclut-il avant de tourner les talons.

Le secret de la naissance de Léomido, Orthon, Dragomira et Réminiscens désormais dévoilé – Malorane était leur mère à tous les quatre –, cette remarque paraissait choquante. Détestable. Malsaine. Ocious était un homme épouvantable. Oksa ne put s'empêcher d'éprouver une immense tristesse pour Orthon, un garçon blessé, délaissé par sa mère biologique et méprisé par son père. Léomido n'était pas le fils d'Ocious et pourtant, c'était lui qui recevait son admiration et son estime. Oksa comprenait les vagues de rage qu'Orthon avait dû ressentir durant toute son adolescence, jusqu'à ce que la liaison entre Léomido et Réminiscens fasse émerger la vérité sur leurs origines et voler en éclats leur existence. S'ils ne peuvent être cachés pour l'éternité, les secrets sont destinés à devenir de véritables bombes à retardement qui exploseront un jour ou l'autre au visage de ceux qui les approcheront...

Une nouvelle image envahit soudain le mur. Oksa étouffa un gémissement en reconnaissant le visage de sa mère. Le plan s'élargit, une demeure champêtre apparut derrière Pavel entouré de nombreux Sauve-Qui-Peut, tous plus jeunes d'une quinzaine d'années. Le soleil et le bonheur inondaient Pavel et Marie, radieux dans leurs habits de mariés. Sans se quitter des yeux, ils se lancèrent sur la piste de danse installée en plein air et le cœur d'Oksa fut envahi de tendresse alors que le rire de sa mère résonnait dans toute la pièce. Elle était si belle... Elle lui manquait tant...

Le Caméroeil fit un bond dans le temps pour retrouver les parents d'Oksa quelques années plus tard, ainsi qu'en témoignait le décor de l'appartement parisien des Pollock. Assis sur un canapé, la main posée sur le ventre bombé de Marie, Pavel gardait la tête rejetée en arrière, pensif. Devant eux, Dragomira semblait préparer le thé.

– Nous pourrions l'appeler Oksa, fit Marie. C'est joli, non ?

Une ombre assombrit le visage de Pavel.

– Ce sera peut-être un garçon, tu sais...

– Ce sera une fille, j'en suis sûre ! Elle sera magnifique, intelligente, nous l'aimerons à la folie et nous vivrons heureux jusqu'à la fin de nos jours.

Elle lui jeta un regard débordant d'amour avant de lui donner un coup d'épaule.

– Quand arrêteras-tu de te faire autant de souci ? Tout va bien se passer, tu verras.

Le Caméroeil s'interrompit alors avec un claquement brutal, comme une petite explosion de lumière précédant le silence épais qui s'installa autour des deux Gracieuses. Oksa mesurait le contraste entre Orthon et elle-même. L'amour – ou l'absence d'amour – de ceux qui les avaient mis au monde conditionnait toute leur vie. Il faisait d'eux ce qu'ils étaient et devenait une part essentielle de leur destinée. Ce pouvoir intangible était à la fois effrayant et fascinant. Le cœur gonflé de détermination, Oksa se tourna vers Dragomira et répéta les derniers mots de Marie :

– Tout va bien se passer, tu verras.

Dragomira opina de la tête, l'air entendu.

– J'en suis persuadée, ma Douchka. Persuadée…

5

Les nouveaux Sauve-Qui-Peut

Le départ pour l'île de la mer des Hébrides était prévu le lendemain matin.

– N'attendons plus… avait résumé Pavel en contemplant le ciel sombre qui déversait toujours des trombes d'eau.

La demeure fourmillait de vie. Les créatures et les plantes d'Abakoum, de Dragomira et de Léomido s'étaient retrouvées dans un vacarme de foire – certaines ne s'étaient pas revues depuis que Léomido s'était installé en Grande-Bretagne, plusieurs décennies auparavant. À part les trois Insuffisants qui restaient placidement spectateurs de cette agitation, tous ceux qui avaient des pattes ou des ailes s'agitaient avec frénésie. Quant aux végétaux, leur immobilité ne les empêchait pas de faire preuve d'une surexcitation aussi bruyante que celle de leurs compagnons à plume et à poil. Même la Centaurée, pourtant si raisonnable et autoritaire, ne pouvait rien faire d'autre que de se mêler à ce capharnaüm. Oksa écoutait avec un plaisir certain quatre plants de Goranovs qui commentaient sur un ton tragique l'enlèvement du spécimen de Dragomira par les Félons.

– Sauront-ils l'entretenir avec toute l'attention dont elle a besoin ? fit l'une d'elles.

S'ensuivit un débat poignant sur les techniques d'extraction de la sève de Goranov et leurs conséquences respectives.

– Les Félons sont si cruels… S'ils ne pratiquent pas la traite sur notre compagne, elle mourra, c'est sûr. Qui plus est dans d'atroces et inutiles souffrances !

— Nous allons droit vers l'extinction de notre variété…

L'émotion était à son comble et la réaction fut unanime : les quatre plantes s'effondrèrent, horrifiées par le destin poignant de leur infortunée congénère et les sombres perspectives les concernant. Dans une autre partie de la maison, tapies devant la grande cheminée, les minuscules Devinailles ne faillaient pas à leur réputation en commentant abondamment le climat désastreux. Et tout le monde devait reconnaître qu'elles n'avaient pas tout à fait tort… De nouvelles catastrophes faisaient courir un vent de panique sur le Monde : un courant sous-marin anormalement chaud créait une véritable confusion sur le flux des marées, inondant les côtes pacifiques de l'ouest des États-Unis. Du côté du ciel, les nouvelles n'étaient pas meilleures : des tornades monstrueuses s'abattaient sans pitié sur diverses parties du globe. La Terre souffrait et plus elle gémissait de douleur, plus les éléments s'acharnaient.

— Je n'aurais jamais cru que ce serait si rapide… murmura Abakoum, les yeux rivés sur la télévision où défilaient des images du chaos mondial. Ah, tu es là, jeune fille ! ajouta-t-il en constatant la présence d'Oksa à ses côtés.

— Tu crois qu'on va y arriver ? demanda-t-elle, soucieuse.

L'Homme-Fé se tourna vers elle et plongea ses yeux dans les siens.

— Il ne peut pas en être autrement ! lança-t-il avec un certain emportement dans la voix. Je ne peux pas croire que ce soit…

Il s'interrompit, la gorge nouée, incapable de continuer.

— … la fin ? compléta Oksa.

Pour toute réponse, il entoura de son bras les épaules de la Jeune Gracieuse et l'entraîna vers le grand salon. Le Culbu-gueulard et le Veloso n'avaient pas ménagé leurs efforts pour retrouver les Sauve-Qui-Peut qui allaient participer à l'expédition « Île des Félons ». Tous avaient désormais rejoint la demeure galloise de Léomido, formant une véritable communauté, à défaut d'une armée. Une vingtaine de personnes s'étaient ajoutées au noyau dur formé par Abakoum, les Pollock, les Knut, les Bellanger,

Réminiscens et sa petite-fille, Zoé. Malgré des destins très divers, ils partageaient tous la même origine et surtout la même volonté : unir leurs forces afin d'aider la Jeune Gracieuse à rejoindre Édéfia. Personne d'autre ne le pouvait et l'avenir du Monde et de ses milliards d'habitants en dépendait. Suivie par Abakoum, Oksa s'avança dans la grande pièce et, aussitôt, toutes les conversations cessèrent. Ceux qui ne vivaient pas au quotidien avec elle se levèrent de leur siège et inclinèrent la tête en signe de respect. Mal à l'aise, elle bredouilla quelques mots de bienvenue en jetant un regard désespéré à son père. Pavel lui fit un sourire encourageant, conscient du poids pesant sur les épaules de celle qui était au cœur de sa vie. Les yeux d'Oksa glissèrent sur les visages inconnus l'observant avec tant de déférence et s'arrêtèrent sur Gus qui se tenait dans l'angle le moins éclairé de la pièce, Zoé à ses côtés. Au premier coup d'œil, on aurait pu croire que le garçon boudait. Mais Oksa le connaissait bien et ne s'y trompait pas, le rictus qui plissait les commissures de sa bouche était un signe manifeste de contrariété. Prenant son courage à deux mains, elle voulut s'approcher de lui pour affirmer son amitié aux yeux de tous, mais, au bout de quelques pas, elle s'arrêta, freinée par une force invisible. Stupéfaite, elle jeta un regard interrogateur à Zoé : tel un ange gardien, la jeune fille avait levé la main devant elle comme si elle voulait empêcher Oksa d'avancer, accompagnant son geste d'un mouvement de la tête qui signifiait « non ». Oksa rougit jusqu'à la racine des cheveux. Bien sûr... Ce n'était vraiment pas le moment. Troublée par sa propre maladresse, elle fit demi-tour et vint se réfugier près de son père.

– Eh bien, nous voici au grand complet ! lança Dragomira, la voix frémissante. Oksa, ma chère petite, laisse-moi te présenter ceux qui ont accepté de se joindre à nous aujourd'hui...

Oksa connaissait déjà Cameron et Galina, les enfants de Léomido. Elle les avait rencontrés à trois reprises seulement et, la dernière fois, c'était en compagnie de leur père lorsque les Pollock avaient emménagé à Bigtoe Square, quelques mois plus tôt. Il s'était passé tellement de choses depuis... Cameron ressemblait beaucoup à Léomido : le même visage creusé, le même regard profond. À plus de cinquante-cinq ans, sa silhouette sèche avait la souplesse et l'élégance des descendants de Malorane et Oksa ne put s'empêcher de lui trouver une ressemblance avec Orthon. Discrète et délicate, Virginia, sa femme, se tenait sagement à ses côtés. Cameron avait eu une connaissance tardive de ses origines, même s'il avait toujours eu l'intuition secrète qu'elles étaient hors norme. Il avait mené sa vie avec honnêteté et prudence : honnêteté vis-à-vis de sa famille, prudence vis-à-vis du reste du monde. Le destin des Sauve-Qui-Peut n'était donc pas un mystère pour sa femme et pour les enfants du couple : trois jeunes hommes au regard tragique et à la distinction très *british*.

Galina était née trois ans après son frère Cameron. Le hasard de la génétique faisait qu'elle ressemblait terriblement à Dragomira. Une ressemblance accentuée par ses longues tresses savamment arrangées en un lourd chignon et par son regard bleu et vif. Très jeune, elle était tombée folle amoureuse d'Andrew, un jeune pasteur aussi séduisant qu'intelligent. Heureusement pour la jeune femme, car seul un esprit bien ouvert pouvait accepter ses origines extraordinaires, Andrew fut à la hauteur. Ils se marièrent et eurent deux filles aujourd'hui âgées d'une vingtaine d'années. Le souvenir que gardait Oksa était celui d'une famille enjouée, un brin fantasque et dotée d'un solide sens de l'humour. Rien à voir avec les personnes qui la fixaient à cet instant, les traits tirés, les yeux pleins d'anxiété. La Jeune Gracieuse ne put s'empêcher de penser à toutes ces vies bouleversées, ces maisons abandonnées, ces adieux empêchés par l'urgence de la fuite, la menace de l'extinction... Serait-elle digne de la confiance des siens ?

– Merci de vous joindre à nous... murmura Dragomira, très émue de se trouver face aux enfants et aux petits-enfants de son bien-aimé Léomido.

– Malgré ces circonstances fort sombres, c'est un honneur de t'aider, Jeune Gracieuse, dit Cameron, les yeux brillants.

– Notre place ne peut être ailleurs, ajouta Galina avec gravité. Nous sommes des Sauve-Qui-Peut, que nous le voulions ou non !

– Et même si certains de nous ne le sont que par alliance, toutes les contributions comptent, n'est-ce pas ? ajouta Andrew en regardant de façon insistante ses filles qui affichaient un air renfrogné.

– Tout à fait ! confirma Abakoum avec gratitude. Soyez-en tous remerciés.

Bodkin – l'ancien Mainferme Manufacturier devenu maître orfèvre en Afrique du Sud – et Cockerell – l'ancien Trésorier reconverti en banquier – saluèrent à leur tour Oksa. Profitant du tumulte dans lequel le Monde était plongé, ces vieux messieurs à l'allure de dandys n'avaient pas hésité à parcourir des milliers de kilomètres pour agrandir le cercle des Sauve-Qui-Peut par des moyens dont ils n'auraient jamais pu faire usage en temps normal. Mais la nécessité les avait affranchis de toute précaution : les Du-Dehors étaient tellement préoccupés par les cataclysmes qui s'abattaient sur eux que nul ne s'était soucié de voir des hommes courir à une vitesse défiant toute vraisemblance ou fendre les nuages comme une fusée. Et quand bien même les aurait-on vus, que serait-il arrivé ? Aux quatre coins du Monde, les hommes n'avaient qu'une chose en tête : s'abriter des mers qui noyaient les terres, des volcans qui les brûlaient et des secousses qui les brisaient. Aujourd'hui, aux côtés de ces vénérables dignitaires se trouvaient Feng Li, une authentique Sauve-Qui-Peut, ainsi que la femme et le fils de Cockerell, Akina et Takashi. Trois nouveaux regards noirs, aussi minces qu'une amande effilée, qui fixaient Oksa avec une attention pleine de mystère.

6

La Reine des Glaces

Avant même que Dragomira ne le présente, Oksa n'avait eu aucun mal à reconnaître le fils aîné de Naftali et de Brune. Olof Knut était le portrait craché de son père : immense, austère, magnétique. Debout derrière sa femme – une descendante de Sauve-Qui-Peut géante et blonde comme les blés –, il semblait prêt à affronter mille périls. Mais plus que ce couple singulier, c'est leur fille qui provoqua une certaine agitation dans l'esprit d'Oksa. Âgée d'une quinzaine d'années, la cousine de Tugdual était une véritable beauté nordique. Entièrement vêtue de beige – jean et gros pull irlandais –, son teint diaphane rehaussé par un rouge à lèvres chocolat, elle était lumineuse comme la neige la plus pure. « La Reine des Glaces », pensa aussitôt Oksa, le cœur griffé par un trouble insidieux qu'elle se sentait incapable d'expliquer. Kukka la dévisageait d'un air glacial et curieux à la fois. La Jeune Gracieuse frémit, mal à l'aise et impressionnée par cette beauté exceptionnelle, alors que Dragomira rappelait les liens indéfectibles qui unissaient les Pollock et les Knut. Le regard de Kukka quitta Oksa pour se porter sur Tugdual qui venait de se rapprocher. Aussitôt, le visage de la jeune fille s'éclaira d'un sourire polaire.

– Tiens, tiens… Mon cousin bien-aimé… fit-elle en se redressant.

Sa voix, pure et cassante, résonna comme un éclat de cristal brisé. Avec la rapidité d'un éclair, elle saisit un vase sur la table contre laquelle elle était appuyée et le jeta en direction de Tugdual qui eut juste le temps de pencher la tête sur le côté pour éviter de le recevoir en pleine figure. La porcelaine explosa contre le mur en une multitude de débris. Oksa poussa un cri tandis que les parents de Kukka s'indignaient.

– Quelle entrée en scène spectaculaire... Salut petite cousine ! lança Tugdual en s'approchant, les mains dans les poches, l'œil narquois.

Les éclats de porcelaine crissèrent sous les semelles de ses grosses chaussures.

– Je suis plus grande que toi, je te signale ! répliqua la jeune fille.

Elle bondit pour se placer devant lui afin que chacun puisse voir qu'elle le dépassait effectivement de plusieurs centimètres. Ce qui ne démonta pas Tugdual, bien au contraire...

– Je ne parlais pas de la taille, petite cousine, mais de la maturité, rétorqua-t-il avec une satisfaction évidente.

– Parlons-en ! contre-attaqua la Reine des Glaces en rejetant en arrière sa chevelure blonde. Détruire la vie de toute sa famille, voilà une magnifique preuve de maturité ! Alors permets, cousin, que je te remercie au nom de tous les Knut...

La flèche parut atteindre Tugdual de plein fouet, cette fois-ci. Il recula d'un pas en pâlissant, les poings serrés. Ses joues se creusèrent et ses narines se mirent à palpiter, comme s'il manquait d'air. Quant à Oksa, elle se sentait au supplice, impuissante à adoucir la blessure qu'elle voyait s'ouvrir à mesure que les mots de Kukka le frappaient. Gênés, les Sauve-Qui-Peut quittèrent la pièce pour laisser les Knut entre eux. Seule Oksa manifestait une curiosité impossible à contenir. À contrecœur, elle sortit pour s'installer sur les marches du grand escalier d'où elle pouvait suivre toute la scène, à l'abri de la pénombre du hall.

– Au cas où tu l'aurais oublié, poursuivit fielleusement Kukka, je te rappelle que ma tante Helena – qui est aussi ta mère, tu t'en souviens ? – a traversé une grave dépression à cause de son fiston qui se prenait pour un grand mage noir, ça te dit quelque chose ? Et grâce à l'égoïsme et aux expériences plus que douteuses de ce pseudo-mage, je te rappelle aussi que huit personnes ont dû fuir un pays qu'elles aimaient et dans lequel elles étaient parfaitement épanouies…

– Kukka ! tonna Olof d'une voix sourde.

– Il faut qu'il sache, Papa ! cracha la jeune fille. C'est trop facile de se mettre la tête dans le sable ! On vivait tranquilles avant que monsieur n'ait ses rêves de gloire sordides. Il nous a tous mis en danger. À cause de lui, plus aucun de nous n'était en sécurité en Finlande, tu trouves ça juste ? Moi, j'ai tout perdu à cause de lui, mon pays, mon lycée, mes amis, tout ! Et lui, qu'est-ce qu'il a perdu ? Des amis ? Il n'en avait pas un seul… Qui voudrait d'un monstre pareil ?

– Kukka, si Tugdual est un monstre, alors nous le sommes tous ! gronda Naftali.

– Tous, sauf moi ! grinça Kukka. Moi, je suis *normale* !

Un murmure de désapprobation se leva. Oksa avait la désagréable impression de ne rien comprendre. En quoi cette fille était-elle plus *normale* que n'importe qui d'autre ? Kukka se tourna vers Tugdual et le fusilla des yeux.

– Tu n'as absolument rien compris… murmura Tugdual d'une voix blanche.

– Je voudrais que tu n'aies jamais fait partie de ma famille ! hurla Kukka. Tu as gâché ma vie !

– Tais-toi, maintenant ! s'énerva son père.

Mais il en fallait plus pour arrêter la jeune fille hors d'elle. Elle s'approcha de Tugdual qui restait figé comme une statue et pressa son index rageur sur lui, en plein plexus.

– Tu sais où est ton père actuellement ? lança-t-elle d'un ton cruel.

Tugdual vacilla, saisi d'un vertige.

– Comment ? poursuivit Kukka avec une jubilation cruelle. Tu ignores qu'il se trouve sur une plate-forme pétrolière perdue au fin fond de la mer du Nord ? Il est parti, mon cher cousin. Parti loin de tous ces secrets, de cette folie et surtout LE PLUS LOIN POSSIBLE DE TOI !

Tugdual semblait se décomposer. Tous les deux restèrent ainsi pendant plusieurs secondes. Elle, lumineuse comme un flocon de neige, lui, ombrageux comme un ciel d'orage. Soudain, Tugdual attrapa les longs cheveux dorés de sa cousine et tira sa tête en arrière en approchant son visage à quelques centimètres du sien.

– Ne me parle plus jamais de mon père ! dit-il en articulant douloureusement chaque syllabe.

– MONSTRE ! lança Kukka en le défiant du regard.

D'où elle se trouvait, Oksa put entendre le grondement sourd et menaçant qui étouffait littéralement Tugdual. Comprenant le danger qui pointait, Naftali bondit pour empêcher son petit-fils de faire taire sa perfide cousine. Quelques dixièmes de seconde trop tard, cependant... Des yeux de Tugdual jaillit un éclair de rage qui tétanisa Kukka. La jeune fille s'effondra dans les bras de Naftali tandis qu'Olof et sa femme se précipitaient à son secours. Quant à Tugdual, plus pâle que jamais, il prit appui contre le mur et se laissa glisser sur le parquet. D'où elle était, Oksa voyait l'impitoyable morsure de la douleur marquer son visage. Kukka avait tiré dans le mille...

– On peut dire qu'il sait y faire pour semer la pagaille, ton petit ami ! résonna la voix de Gus derrière elle.

Oksa sursauta : Gus était assis à quelques marches d'elle et la fixait avec rancœur. Elle s'apprêtait à lui répondre quand une femme traversa le hall et entra dans la pièce, un jeune garçon dans les bras. Toutes les têtes se tournèrent vers elle alors qu'elle parcourait du regard le salon agité. Les voix se turent instantanément. La femme aperçut Tugdual luttant pour éteindre l'incendie de colère qui le ravageait. Le petit garçon tendit les bras vers le jeune homme et poussa un cri :

– Tug !

Tugdual leva la tête, abasourdi. Il poussa un gémissement, la respiration coupée. La femme posa le petit garçon et s'approcha, émue aux larmes, pour aider Tugdual à se relever et l'envelopper de ses bras.

– Bonjour Helena, dit Naftali en la rejoignant.

Oksa frémit. Helena ! La mère de Tugdual ! Comme Olof et ses parents, son physique donnait une étrange impression de finesse et de puissance. Grande, les membres longs et déliés, elle inspirait une fascination respectueuse. Son visage, encadré par ses cheveux châtains parsemés d'argent, était affreusement pâle et une désolation abyssale noyait son regard. Elle relâcha l'étreinte qui la liait à Tugdual pour saluer Naftali et Brune, ses parents. Non loin d'elle, le jeune homme semblait avoir retrouvé sa morgue. Seule la lueur sombre qui incendiait le fond de ses yeux – et certainement de son cœur – trahissait l'ardente émotion qu'il devait ressentir.

– Te voilà, ma fille, fit Naftali avec émotion. Et toi, mon petit Till, comme tu as grandi ! ajouta-t-il en se penchant vers l'enfant fermement accroché à la jambe de Tugdual.

– J'ai cinq ans maintenant ! clama le petit garçon.

Oksa regarda Tugdual, hébétée. Elle se rendait compte avec stupéfaction qu'il n'avait pas une fois parlé de sa famille. Mais elle ne lui avait jamais demandé quoi que ce soit, et elle s'en voulut. En cinq minutes, elle venait d'apprendre tellement de choses... Elle sourit en regardant le petit Till, beau comme un ange, qui racontait à son frère le voyage mouvementé des Knut pour arriver jusqu'au pays de Galles. Tugdual répondait au petit garçon avec une tendresse qui bouleversa Oksa. Tout en le rendant encore plus irrésistible à ses yeux...

Le calme était revenu chez les Knut. Recroquevillée dans un fauteuil, Kukka semblait remise de la confrontation avec son cousin. Du bout des doigts, elle lissait ses longs cheveux d'un air hautain, jetant des regards meurtriers à Tugdual qui l'ignorait.

– Tout est bien qui finit bien ! murmura Gus derrière Oksa en faisant claquer ses mains. Ton Prince Charmant a retrouvé son honneur, hourra !

Alors, les mains farouchement enfouies dans ses poches, Oksa grimpa les marches de l'escalier quatre à quatre. Puis elle longea le couloir qui menait à sa chambre et claqua la porte derrière elle.

7

Un cœur noir et pur

Après avoir soufflé avec rage pendant des heures, le vent avait fini par se calmer. Les premières lueurs de l'aube étaient apparues, grises et mornes, au bout de la lande qui entourait la demeure de Léomido. Oksa ouvrit les yeux et resta immobile, laissant à son esprit le temps de faire le point. Elle portait encore les vêtements de la veille – son jean élimé et son pull marin –, mais quelqu'un avait pris soin de lui retirer ses bottines et de la recouvrir d'un édredon. Son père, sûrement. Elle tendit l'oreille : un silence sépulcral semblait s'être abattu sur la maison, comme si toute forme de vie s'était éteinte pendant cette nuit pénible. Le bruit soudain d'une bûche incandescente qui se disloquait dans la cheminée la fit sursauter. C'est alors qu'elle remarqua le Foldingot de Dragomira. La petite créature gardait ses gros yeux ronds fixés sur elle, tel un gardien impassible. Oksa se redressa et lui sourit.

– Bonjour Foldingot ! Tu as passé la nuit ici ?

– Faites réception des salutations de votre domesticité, Jeune Gracieuse. La réponse à votre question est positive : la Vieille Gracieuse a fait la sollicitation d'une surveillance du sommeil de la Jeune Gracieuse et l'œil de son serviteur n'a pas rencontré la moindre déviation. Les trois Foldingots du Maître-Entableauté-À-Jamais ont fait l'application de la même protection sur tous les invités de la maisonnée.

– Tu veux dire que vous n'avez pas dormi de la nuit ? Pauvres Foldingots !

– Retirez toute plainte de votre cœur, Jeune Gracieuse : les Foldingots pratiquent l'obéissance sans aucune souffrance, répondit la petite créature.

– Vous êtes si dévoués… fit remarquer Oksa avec un soupir admiratif.

– La dévotion est contenue dans l'esprit des Foldingots, l'assurance de notre fidélité est intégrale.

– Je sais, Foldingot, je sais… murmura Oksa. Heureusement que vous êtes là.

Le Foldingot renifla bruyamment et entreprit d'ajouter du bois dans la cheminée. Puis il se retourna pour regarder Oksa droit dans les yeux.

– La jalousie ne doit pas écorcher votre cœur, Jeune Gracieuse, lança-t-il, à la plus grande surprise de la jeune fille.

Bouche bée, elle esquiva son regard.

– Pourquoi dis-tu ça ? bredouilla-t-elle.

– Le petit-fils des amis Gracieux nommés Knut fait le siège de vos pensées et la présence frigorifique de la cousine Kukka produit des griffures à l'intérieur de votre cœur.

– Comment le sais-tu ? s'exclama Oksa en s'étouffant à moitié, horrifiée à l'idée que ses sentiments soient aussi visibles.

– Votre domesticité a fait la constatation de vos regards et la lecture de vos sentiments. Le petit-fils des amis Gracieux envahit la Jeune Gracieuse d'une inquiétude amoureuse : la marmoréenne Kukka fait l'entretien d'une relation pleine d'orage avec celui qui tourmente la Jeune Gracieuse. Les cousins connaissent entre eux une intense électricité, mais une grande absence d'amour marque leurs liens, soustrayez toute crainte de votre crâne.

Oksa frémit. Tout ce que disait le Foldingot était si vrai… Oui, Tugdual occupait toutes ses pensées… Oui, le rapport volcanique qu'il entretenait avec Kukka la rendait jalouse… C'était incompréhensible mais indéniable.

– Ça se voit tant que ça ? murmura-t-elle en rougissant.

– La Jeune Gracieuse ne doit pas faire l'oubli que rien de ce qui réside dans les cœurs Gracieux n'est ignoré des Foldingots.

– C'est très gênant… fit remarquer Oksa. Je peux te poser une question ? ajouta-t-elle en tremblant.

Le Foldingot opina de la tête.

– Est-ce que… Tugdual m'aime ?

La petite créature cligna des yeux en faisant battre ses cils longs et fins.

– Le petit-fils des amis Gracieux ne transmet qu'une surface incomplète de son caractère : il ne paraît réceptionner aucune émotion alors qu'il perçoit de grandes perturbations et de violentes souffrances. Vous devez acquérir la connaissance que le pouvoir revêt à ses yeux sombres le même attrait que le feu.

– Que veux-tu dire ?

– Le petit-fils des amis Gracieux rencontre l'ambiguïté : le pouvoir fait l'exercice d'une profonde fascination qu'il n'a cependant pas la volonté d'exercer. La Jeune Gracieuse revêt l'incarnation de cette puissance chère aux yeux de beaucoup et la conséquence est que la fascination éprouvée peut faire la déviation vers la Jeune Gracieuse.

– Ce qui signifie que Tugdual ne s'intéresserait à moi que parce que je représente le pouvoir… conclut Oksa, la gorge soudain serrée.

Le Foldingot plissa son large front.

– La nature est parfois farcie de complexité, Jeune Gracieuse, mais vous devez expulser de votre cœur toute crainte. Le petit-fils des amis Gracieux ne détient pas la même logique que tous les humains. Les apparences font la tromperie et entraînent l'égarement car la réalité est inattendue : la fidélité et l'amour du petit-fils des amis Gracieux connaissent constance et intégralité. Son cœur est noir et enchevêtré, mais il fait la conservation de la pureté. Cependant, la Jeune Gracieuse ne doit pas faire la négligence des autres existences, amicales et familiales. Ni de l'anéantissement des Mondes…

– La situation est grave, n'est-ce pas ?

Le Foldingot acquiesça.

– On va s'en sortir ?

– Votre domesticité ne peut faire le don que d'une seule assurance : le retour à Édéfia connaît la proximité et la réussite appuie son espoir sur l'union des Sauve-Qui-Peut. L'union totale et indivisible de tous les Sauve-Qui-Peut.

Oksa se racla nerveusement la gorge. Son regard se porta sur le ciel gris métallique, zébré d'éclairs noirs semblables à ceux qui l'avaient tant effrayée dans le tableau. Elle s'approcha de la fenêtre, la respiration hachée. De sa chambre, elle voyait le petit cimetière entouré de vieilles grilles en fer forgé. Tugdual était là, adossé à la même pierre tombale que celle où tous les deux avaient eu leur première vraie conversation, quelques mois plus tôt. Le garçon ne la voyait pas. Sentait-il qu'elle le regardait ? Elle ne pouvait en être certaine. Il lui semblait complètement concentré sur ses propres pensées. Son visage reflétait douleur et peine. Comme si le masque était tombé. Comme si plus rien n'existait à part cette désolation. Là, assis contre la pierre gravée, il paraissait incapable de cacher quoi que ce soit et cette attitude, dénuée de tout artifice protecteur, saisissait Oksa. Le souvenir d'une chanson qu'affectionnait le jeune homme lui revint en mémoire.

I wear Black on the outside
Because Black is how I feel on the inside…
And if I seem a little strange
Well, that's because I am…
But I know you would like me
If only you could see me
If only you could meet me…
I don't have much in my life
But take it – it's yours[1].

1. Je porte du noir
Parce que c'est ce que je ressens en moi…
Et si j'ai l'air un peu étrange
Eh bien, c'est parce que je le suis…
Mais je sais que tu m'aimerais
Si seulement tu pouvais voir en moi
Si seulement tu pouvais faire ma rencontre…
Je n'ai pas grand-chose dans ma vie
Mais prends-le – c'est à toi.
(*Unloveable* / The Smiths / Stephen Morrissey, Johnny Marr / Artemis / Universal Music Publishing / Warner Chappell Music.)

Quelques semaines plus tôt, Tugdual avait chantonné ces mots avec sa désinvolture coutumière, presque gaiement. Et pourtant, ils étaient si graves, si lourds de sens. Si évidents… Oksa ouvrit la fenêtre avec d'infinies précautions et l'enjamba. Le Foldingot la regarda d'un air déconcerté, sa longue bouche étirée sur toute la largeur de sa face.

– Ma Jeune Gracieuse, soupira-t-il, ne faites pas l'oubli de mes paroles…

– Je te le promets ! souffla Oksa avant de se laisser flotter dehors, à plusieurs mètres du sol.

Tugdual leva les yeux, surpris : Oksa venait d'atterrir à ses pieds et le dévisageait avec détermination.

– Salut, P'tite Gracieuse ! lança le jeune homme.

– Salut, répondit Oksa en se laissant tomber à ses côtés.

– Bien dormi ?

– Lourdement. Et toi ?

– J'ai passé une partie de la nuit ici.

– Insomniaque ?

– Je n'ai jamais été un gros dormeur, quelques heures par semaine me suffisent. Et en ce moment, c'est encore pire.

– Tu n'es pas trop fatigué ? s'exclama Oksa en lui jetant un bref coup d'œil.

– Non. De toute façon, j'étais bien trop énervé pour pouvoir dormir. J'ai regardé le ciel, j'ai réfléchi, je me suis calmé.

Oksa hésita, puis se risqua à le questionner.

– Tu veux en parler ? fit-elle en revoyant le visage tourmenté de Tugdual tout près de celui de Kukka inconsciente.

– Ça n'a aucun intérêt.

Oksa ne put réprimer une objection :

– Mais si !

Comment avouer qu'elle mourait d'envie d'en savoir plus ? Mais plus les secondes passaient, plus Tugdual se fermait. Tout le contraire de ce qu'elle souhaitait. Comme ce garçon était compliqué… Elle décida de ne pas insister. Par peur d'alourdir sa peine ou de briser la perfection de cet instant ? Elle aurait été bien incapable de répondre à cette question.

– En tout cas, ta mère est très belle… Et ton petit frère trop craquant… conclut-elle.

Tugdual ne montra aucune réaction, si ce n'était peut-être un léger tremblement des mains. Le froid ou l'émotion ? Contre toute attente, il se rapprocha d'Oksa, si près que leurs épaules se touchèrent. Il tira sur un fil qui dépassait du jean râpé de la jeune fille et l'enroula négligemment autour de son index.

– Il va falloir qu'on ligue nos forces si on ne veut pas mourir, fit-il à mi-voix. Toutes nos forces.

Une fois de plus, il esquivait. Mais peu importait. Car comme toujours dès qu'elle se retrouvait seule avec Tugdual, Oksa se sentait transportée par un étourdissant bien-être et, malgré la gravité de ses paroles, ce matin ne faisait pas exception. Rien n'était jamais simple avec Tugdual, tout n'était qu'opposition, dualité, mystère. L'inverse absolu de Gus… Elle sentit tout son corps soupirer de dépit avant de poser délicatement sa tête contre celle de Tugdual.

Le jour enveloppait maintenant le vieux cimetière de lueurs violacées, presque noirâtres, comme si le ciel était couvert d'hématomes après le tumulte de la veille. Tugdual glissa son bras autour des épaules d'Oksa et, silencieux, figés contre la pierre tombale, tous deux fixèrent du regard l'inquiétant spectacle des nuées célestes. Au loin, la silhouette d'Abakoum se détacha sur la lande, suivie des Gélinottes de Léomido – deux énormes poules de près de trois mètres d'envergure – qui avançaient en se dandinant.

– L'heure du rappel a sonné… murmura Tugdual. On ne reviendra certainement plus jamais ici.

Une bouffée de tristesse submergea Oksa. Tout ce qu'elle venait de laisser derrière elle n'avait pas encore atteint le statut de souvenir, c'était trop tôt, trop présent. Le collège, ses amis, les longues soirées avec Dragomira, les moments précieux avec ses parents… Que c'était difficile de quitter sa vie « d'avant ». Elle leva la tête et battit des paupières afin de refouler les larmes qui montaient. C'est alors qu'elle reconnut la silhouette claire de Kukka à l'une des fenêtres du premier étage, les yeux rivés sur le petit cimetière avec un air si mauvais qu'Oksa eut l'impression d'en ressentir les effets glacés. Elle tressaillit. Intuitif, Tugdual porta son regard vers la fenêtre en ogive où le visage de sa fielleuse cousine venait juste de disparaître. Il retira aussitôt son bras des épaules d'Oksa, ce qui la plongea dans une douloureuse confusion. Qu'est-ce que cela voulait dire ? Tugdual avait-il honte ? Elle se souvint des paroles du Foldingot. Pourquoi tout était si compliqué ? Tugdual bondit sur ses pieds et tendit la main pour l'aider à se lever.

– Viens ! lança-t-il. On va se faire une petite balade dans les airs !

Elle fut tentée de refuser et de le laisser là, seul. Mais il l'obligea à plaquer ses mains sur ses épaules et fit de même. Ensemble, ils décollèrent vers le ciel. La main en visière au-dessus des yeux, l'Homme-Fé les regarda s'élever avec un sourire plein d'affection. Il était loin d'être le seul témoin de l'envolée magique : tout au bout de la bâtisse, Gus plaquait son front contre la vitre froide et suivait des yeux le duo qui survolait la lande. À quelques mètres, assise en tailleur sur un lit, Zoé regardait le dos du garçon se voûter. Comme toujours, elle se sentait le témoin impuissant du chagrin qui étreignait le cœur de son ami. Deux chambres plus loin, la crinière blonde de Kukka faisait volte-face avec un emportement rageur. Enfin, depuis le potager où les créatures faisaient leur gymnastique matinale, Dragomira et Pavel levèrent la tête pour voir passer la Jeune Gracieuse et son ténébreux ami à travers les bandes de brume violette. Il s'en fallut de peu pour que Pavel ne décolle à son tour afin de rejoindre sa fille qu'il voyait volticaler pour la première fois à une telle altitude. Dragomira le retint *in extremis.*

– Aie confiance… lui murmura-t-elle.

Oksa, quant à elle, était à mille lieues des réactions qu'elle suscitait sur la terre ferme. Le cœur gonflé d'un bonheur triste, elle s'abandonnait à son instinct, aveugle et sourde aux tourments de ceux qui l'aimaient.

8

Adieux

Dragomira avait-elle usé de son extraordinaire sens de la persuasion ou bien d'un moyen plus « granokien » ? Nul ne le savait. Ce qui était sûr, c'est que le vieux pêcheur n'avait pas tardé à céder à la Baba Pollock et que le plus gros chalutier du port voisin était miraculeusement ancré dans la crique, au bout de la propriété de Léomido. Après réflexion et devant l'afflux massif des populations qui fuyaient les zones inondées de l'est de l'Angleterre, les Sauve-Qui-Peut avaient décidé de rejoindre l'île des Félons par la mer. Ce qui était le moyen le plus rapide et le plus discret pour transporter les trente et une personnes qui constituaient désormais le groupe. Malgré leurs efforts constants, les Sauve-Qui-Peut passaient rarement inaperçus et, en dépit du grand désordre qui régnait dans le Monde, prendre des précautions s'imposait toujours comme un réflexe. Ou une vieille habitude. Même si dans quelques jours aucun d'entre eux ne serait peut-être plus à Du-Dehors...

Réunis pour la dernière fois dans le grand salon aux volets déjà fermés, les Sauve-qui-Peut écoutaient gravement les recommandations du sage Abakoum.

– Tout au long de ce voyage, l'essentiel est de suivre notre plan tout en restant sur nos gardes, commença Abakoum. Les Félons ont déjà prouvé qu'ils avaient une longueur d'avance sur nous en matière d'attaque. Cette fois-ci, les rôles sont inversés : nous sommes l'offensive, mais nous avançons en terrain inconnu...

– Vous oubliez votre fidèle informateur ! résonna la voix du Culbu-gueulard de Dragomira.

– Comment le pourrions-nous ? objecta la Baba Pollock en lui caressant la tête. Grâce à toi, nous avons des informations capitales et nous comptons bien te solliciter encore.

– Je suis à votre service ! lança la petite créature en se raidissant.

– Gardons notre stratégie bien en tête, reprit Abakoum, et que chacun agisse selon ses capacités en s'exposant le moins possible au danger. Maintenant, je propose que nous nous mettions en route. Si tout se passe bien, il nous faudra environ vingt-quatre heures pour rallier l'île des Félons. Nous pourrions arriver à la tombée de la nuit, ce serait parfait.

Le silence se fit lourd. Ce départ sonnait à la fois comme un nouvel exil et comme le glas de la vie des Sauve-Qui-Peut à Du-Dehors. Tous avaient désormais admis que le périple qui s'annonçait les mènerait aux portes d'Édéfia. C'est ce qui justifiait la présence ici de chacun d'entre eux. Mais, même avec cette conviction solidement chevillée au cœur, l'émotion et la mélancolie entravaient les respirations et noyaient les yeux de larmes amères. Du fond de la pièce s'éleva soudain une mélodie : Tugdual s'était installé au piano. Sa minceur pâle accentuée par ses vêtements noirs, le jeune homme jouait une musique mélancolique qui exprimait justement la peine des Sauve-Qui-Peut. Oksa leva la tête, surprise. « Encore quelque chose de lui que j'ignorais... » constata-t-elle, captivée par la beauté de cette version acoustique d'un morceau rock qu'elle connaissait bien. Les Foldingots de Léomido le fixaient avec dévotion de leurs immenses yeux bleus.

– L'initiative du petit-fils des amis Knut fait la rencontre de l'enchantement des ouïes de la domesticité Gracieuse, murmura la Foldingote. Nul n'avait pratiqué l'usage de cet instrument mélodieux depuis la disparition du Maître-Entableauté-À-Jamais et le saisissement repaît les auditeurs, la certitude est complète.

Tugdual lui jeta un coup d'œil sans ciller et referma le couvercle du piano d'un coup sec qui tranchait avec la sensibilité des derniers instants. Il ouvrit la bouche pour dire quelque chose, mais il se ravisa, perturbé par le regard éperdu de gratitude des Foldingots et par la gravité de l'ambiance.

Pavel fut le premier à rompre cette fausse quiétude en jetant de l'eau sur les bûches qui brûlaient dans la cheminée. Dragomira le regarda, surprise par le caractère définitif de ce geste plein de symbole.

– C'est peut-être dérisoire, mais je ne voudrais pas que cette magnifique maison soit détruite à cause d'un feu mal éteint, expliqua Pavel entre ses dents. Pour Léomido...

Puis il tourna les talons et sortit de la pièce. La gorge serrée, les Sauve-Qui-Peut le suivirent dans un mutisme total vers le hall d'entrée où des bagages jonchaient le sol. Chacun s'empara du sac qui lui appartenait pendant que Pierre et Naftali se chargeaient des boîtes de Granoks et de Capaciteurs, ainsi que des deux Boximinus. Le petit groupe sortit d'un pas lent, l'humeur sombre. Dragomira fut la dernière à quitter le hall. Elle contempla un instant le grand escalier éclairé par le soleil couchant et ferma la porte à clé. Elle inspira profondément en caressant le bois massif.

– Adieu... murmura-t-elle.

Pavel posa la main sur son épaule et sans un mot l'attira vers lui. Avec reconnaissance, Dragomira s'appuya sur le bras qu'il lui tendait. Enfin, se soutenant mutuellement, ils rejoignirent les Sauve-Qui-Peut qui cheminaient vers la crique en résistant tant bien que mal à l'irrésistible besoin de se retourner.

9

Des passagers surexcités

Le chalutier – baptisé le *Loup des Mers* – se balançait au rythme des flots qui, par chance, étaient calmes en cette soirée automnale. Les Sauve-Qui-Peut s'étaient réparti la dizaine de cabines étroites où certains se reposaient déjà, en proie à la fatigue émotionnelle des dernières heures. Quant à Oksa, elle n'avait pas tardé à rejoindre son père dans la cabine de navigation.

– Quand as-tu appris à manœuvrer un bateau de trente mètres ? s'étonna-t-elle en voyant son père manier les instruments avec la dextérité d'un vieux loup de mer.

– Je n'ai jamais appris, lui répondit-il avec un petit rire.

– Comment ça, « jamais » ?!

– Je n'ai jamais appris à naviguer, insista Pavel. Mais j'ai déjà vu comment on faisait.

– Super… lança Oksa avec une moue dubitative. C'est vraiment rassurant…

– Tu sais, pour certains d'entre nous, une seule démonstration suffit pour savoir.

Oksa le regarda, les sourcils froncés.

– Comme pour la Poluslingua ? Tu entends et tu sais ?

Pavel lâcha un instant des yeux le tableau de contrôle et adressa un sourire à sa fille. Momentanément rassurée, Oksa entreprit d'examiner l'environnement. La nuit finissait de s'installer, l'ouest était déjà enveloppé par une obscurité qui semblait infranchissable tant elle était dense. Droit devant, la puissante lanterne du bateau éclairait quelques dizaines de mètres de flots ténébreux, ce qui donnait à

Oksa l'impression de s'enfoncer dans de l'encre. À l'est, on pouvait apercevoir les villages côtiers dont les minuscules lumières se groupaient à flanc de falaise. De temps à autre, un phare balayait la crête des vagues qui giclaient alors en bandes phosphorescentes. Soudain, la lune émergea de l'épaisse couche de nuages et fit glisser ses rayons pâles sur une surface beaucoup plus importante que celle couverte par les lumières artificielles des phares et des lanternes. Quelques récifs semblèrent alors surgir des profondeurs de la mer comme pour barrer le passage. L'estomac d'Oksa se contracta. Mais Pavel avait déjà anticipé en dirigeant le chalutier vers le large, loin des côtes déchirées.

– Belle manœuvre, n'est-ce pas ? fit-il remarquer sans quitter la mer des yeux.

– Excellente ! approuva Oksa. On jurerait que tu as fait ça toute ta vie !

– Concentration et doigté, bravo Pavel ! résonna la voix d'Abakoum derrière eux. Veux-tu que je te relaie ?

– Plus tard, si tu le veux bien, quand nous arriverons dans la mer des Hébrides. J'aimerais avoir une vision un peu plus aérienne de l'île de nos « hôtes »…

– Bonne idée… acquiesça Abakoum.

Oksa regarda son père en silence, son dos large et contracté sous le pull de grosse laine kaki, les cheveux blond cendré, les mains noueuses. Aussitôt une image se forma dans l'esprit de la jeune fille : Pavel et son Dragon d'Encre survolant l'île des Félons, escarpée et inhospitalière, dans un ciel tourmenté. Désormais, il semblait tout à fait maîtriser cet être intérieur qui, quelques mois plus tôt, lui dévorait le cœur. Ce qui était auparavant une coexistence douloureuse s'était peu à peu transformé en une osmose harmonieuse. Le prix à payer était lourd et le sacrifice cruel, mais il avait réussi. Aujourd'hui, il était là, à l'avant du bateau, conduisant les siens vers leur avenir commun…

Les réflexions d'Oksa furent interrompues par l'agitation qui secouait deux des caisses stockées dans la cabine. Les Boximinus… Les Culbu-gueulards de Dragomira et d'Oksa voletaient au-dessus comme deux gros bourdons. Des voix en sortaient, étouffées et scandalisées.

– Alerte ! Alerte ! informèrent les Culbu. Menace de mutinerie à bord !

– Déjà ?! s'étonna Oksa en riant. On vient à peine de partir !

Abakoum s'approcha et glissa dans la serrure de chaque boîte un scarabée vert à l'étrange pouvoir. Aussitôt, les boîtes s'ouvrirent, laissant apparaître des dizaines de compartiments de tailles diverses, tous occupés par les créatures et les plantes miniaturisées. Une intense clameur jaillit : à l'évidence, les trois Devinailles étaient en plein conflit avec la Centaurée d'Abakoum.

– Vous générez beaucoup trop d'humidité ! se plaignait la Devinaille de Dragomira, réduite à une boule de plumes à peine plus grosse qu'un petit pois.

Ses compagnes l'avaient rejointe dans la case voisine et trépignaient au pied de la plante majestueuse dont le feuillage se soulevait au rythme d'une respiration accélérée.

– Plus on m'énerve, plus je transpire... déclara la Centaurée.

– Moi, je vous préviens, je vais crever d'ici peu ! lâcha une autre Devinaille. J'ai déjà subi un voyage affreux et traumatisant depuis la maison de mon maître Abakoum, je ne supporterai pas de faire un centimètre supplémentaire à bord de cette boîte !

– Vous trouvez que je transpire beaucoup ? interrogea soudain l'Insuffisant de Dragomira.

– Je refuse de voyager avec ces plantes qui exhalent une haleine si puissante ! s'insurgea une autre Devinaille.

– Les plantes n'ont pas d'haleine, les poules ! intervint le Gétorix de Léomido. Elles ont un parfum.

– Oui, eh bien quand on voyage en groupe, on fait l'effort de ne pas indisposer les autres ! On reste neutre...

– Quelqu'un a des cacahuètes ? demanda inopinément l'Insuffisant. J'aime bien les cacahuètes, ça me détend.

– Ah ! Parce qu'il t'arrive d'être tendu ? rigola le Gétorix.

– Je pense que je vais m'évanouir, fit savoir la Goranov de Léomido en frémissant des racines jusqu'aux feuilles. Cette promiscuité… ce vacarme épouvantable… c'est fort pénible…

Son feuillage s'affaissa brusquement sous le regard d'Oksa qui regardait la mini-scène par-dessus l'épaule d'Abakoum. Autour de la Goranov, trois plants plus petits se mirent à trembler en criant « Maman ! » avant de s'effondrer à leur tour. La jeune fille ne put s'empêcher de rire aux éclats.

– Même en modèle réduit, ils sont déjantés !

– Est-ce que vous avez des cacahuètes ? lui demanda l'Insuffisant en l'apercevant.

Oksa rit de plus belle.

– Je signale qu'on arrive à un taux d'humidité de quatre-vingt-dix pour cent et que la température avoisine les cinq degrés à l'extérieur, précisa la première Devinaille en grelottant. Si on voulait nous faire crever, on ne s'y prendrait pas autrement !

– Espèces d'égocentriques ! lança la Merlicoquette, petite éponge réduite à la taille d'une cerise. Vous croyez être *alone* à souffrir ? Regardez-moi ! Le roulis me rend malade, je suis verte comme une feuille de salade !

– Qu'est-ce que vous avez contre la couleur verte ? s'énerva une Pulsatilla au plantureux feuillage.

– La Merlicoquette va vomir, ça, c'est sûr ! brailla le Gétorix en sautillant dans tous les sens. Alarme ! Alarme !

– Moi, j'aime la salade… informa l'Insuffisant. Ça me fait du bien à l'estomac.

– Tous aux abris ! continua le Gétorix.

En entendant cet avertissement, les Goranovs qui avaient recouvré leurs esprits se mirent à hurler :

– Au secours ! Qu'on nous vienne en aide !

– Oh, oh, il est temps que j'intervienne, fit Abakoum en s'essuyant les yeux.

À ses côtés, Oksa et Pavel pleuraient de rire, eux aussi.

– Ils sont complètement frappés, rigola Oksa.

Abakoum sortit de son sac fourre-tout une petite bombe qu'il secoua fortement avant de pulvériser chaque compartiment. Quelques secondes plus tard, le calme régnait dans la Boximinus.

– Waouh ! Trop puissant ! s'exclama Oksa. Qu'est-ce que c'est ?

– De l'Élixir d'Or-Fée auquel j'ai ajouté quelques gouttes de sève de Brugmansia, une plante qui sécrète notamment de l'atropine et de la scopolamine. Lors de notre dernier déplacement, trop de créatures et de plantes ont été malades, ce fut une catastrophe et surtout un véritable traumatisme pour nos malheureux compagnons. Alors Dragomira et moi, nous avons mis au point ce mélange qui permet de lutter contre le mal des transports en détournant l'esprit de l'objet du tourment. Nous devrions être tranquilles un moment, je pense…

– On dirait que ça dépasse le détournement de l'esprit, dis donc ! fit remarquer Oksa en constatant l'état de torpeur bienheureuse de tous les petits habitants des Boximinus. On pourrait s'en servir comme arme, non ?

Abakoum caressa pensivement sa barbe.

– Te souviens-tu de la Morelle Endormante ?

– Oui ! Il y en avait dans ton silo quand tu m'as donné mes cours de Granokologie !

– Bonne mémoire…

Abakoum se dirigea vers une des caisses entreposées et glissa le scarabée-clé dans la serrure. Un des côtés se releva comme un volet roulant pour laisser apparaître des dizaines de petits tiroirs. Chacun d'eux portait une indication manuscrite quasiment illisible. Abakoum en ouvrit un et préleva quelques Granoks écarlates de la taille de graines de sésame.

– Donne-moi ta Crache-Granoks, Oksa !

– Tu es sûr, Abakoum ? intervint Pavel, l'air inquiet.

L'Homme-Fé acquiesça tandis qu'Oksa tendait sa Crache-Granoks.

– Tu disposes désormais d'une nouvelle Granok, lui confia Abakoum.

– Elle s'appelle comment ? Elle fait quoi ? questionna aussitôt la jeune fille.

– C'est une Hypnagos, ou Granok du Rêve Éveillé. La Morelle remplace l'Or-Fée, ce qui donne une version plus puissante que le fluide que je viens de pulvériser sur nos petits amis… L'Hypnagos est supposée provoquer des hallucinations et désorienter l'esprit jusqu'à le neutraliser dans une sorte de sommeil éveillé pendant plusieurs heures.

– Super ! C'est un peu comme la Dormident ?

– Pas tout à fait. La Dormident endort. Celui qui la reçoit n'a plus de conscience. L'Hypnagos est plus subtile. Elle va plus loin car elle bloque les intentions de l'ennemi en transformant sa perception de la réalité.

– D'accord ! souffla Oksa. C'est drôlement astucieux ! Mais pourquoi dis-tu qu'elle est « supposée » provoquer des hallucinations ?

– Parce que je n'ai pas eu le temps de faire tous les tests que j'aurais souhaités. D'où l'inquiétude que tu peux lire sur le visage de ton père…

– Quel est le risque ?

– L'atropine provoque les hallucinations censées entraîner l'esprit loin de la réalité avant que la scopolamine et la morelle n'agissent pour neutraliser puis ancrer cet esprit pendant un certain laps de temps. C'est en quelque sorte une pause sur image, ou un ralenti, si tu veux. Mais le relais entre les deux étapes est imprécis, c'est ce qui me tracasse. Car quelqu'un en proie à des hallucinations peut se révéler incontrôlable… J'ai testé l'Hypnagos sur des Du-Dehors ainsi que sur Bodkin et Naftali, qui sont Mainfermes comme tu le sais. Les Du-Dehors ont magnifiquement réagi en plongeant dans une rêverie immédiate sans même se rendre compte qu'ils n'étaient plus dans la réalité. Mais les choses sont un peu compliquées dès qu'on aborde des métabolismes particuliers comme les nôtres. Nos amis Bodkin et Naftali ont courageusement accepté de jouer les cobayes. Ils ont mis quelques secondes à réagir et se sont enfoncés dans une sorte de torpeur au cours de laquelle ils pensaient que ce qu'ils vivaient était un rêve. Cependant, la constitution Murmou de Naftali a légèrement modifié les effets de l'Hypnagos.

– C'est-à-dire ?

– C'est-à-dire que les images qu'il a vues n'avaient rien d'apaisant. Ce qui l'a fait réagir de façon inattendue.

– Mais il était inoffensif ?

– Aussi inoffensif qu'un tigre endormi... tant qu'il est endormi... Là est toute la nuance.

– OK, dit Oksa en opinant de la tête. Donc, sur des Du-Dehors, pas de problème. Et sur quelqu'un qui est un peu Mainferme, un peu Murmou et un peu Gracieux, tu crois que ça marche ?

Abakoum la regarda avec un rictus plein de doute.

– On verra bien, c'est ça ? fit Oksa.

Les yeux fixés sur l'horizon noyé dans une obscurité pleine de périls, le vieil homme lui répondit :

– Oui, à tous les points de vue...

10

Réflexions nocturnes

Harassée de fatigue, Oksa s'engagea dans la coursive étroite pour gagner la cabine qu'elle partageait avec Dragomira, Réminiscens et Zoé. Le bateau tanguait un peu, ce qui obligeait la jeune fille à se tenir aux parois métalliques. Soudain, Gus surgit à l'autre bout et s'arrêta soudain, dos à la cloison, pâle comme un mort. La Jeune Gracieuse s'approcha, inquiète.

– Ça n'a pas l'air d'aller ? demanda-t-elle d'un air embarrassé.

Gus tourna la tête dans sa direction, mais son regard vitreux laissa penser à Oksa qu'il ne la voyait pas très distinctement. Les traits de son beau visage étaient tirés, presque déformés, comme s'il était soumis à une forte pression intérieure. Surprise, la jeune fille insista :

– Tu as vraiment une sale mine, tu sais ?

– Toujours aussi délicate... marmonna Gus avec une grimace. Je suis dans un sale état, si tu veux tout savoir. Mes jambes sont molles et tout en moi s'effondre. Et je ne parle pas que du moral...

Oksa se mordilla un ongle, soucieuse.

– Je peux faire quelque chose ?

– À part arrêter ce fichu bateau, je ne vois pas ! fit-il en rejetant la tête en arrière.

– Tu as le mal de mer ? Abakoum a un remède radical contre ça, tu veux que j'aille lui demander ?

– Pourquoi tu ferais ça ? rétorqua Gus, maussade.

Oksa le regarda d'un air excédé et triste à la fois.

– Pour trois raisons : parce que tu es mon ami, parce que ça ne va pas fort et parce que je connais un moyen qui pourrait te permettre d'aller mieux. C'est assez élémentaire, tu vois…

– Oui… En gros, tu ferais ça pour n'importe qui…

Une puissante envie de saisir Gus par les épaules et de le secouer comme un prunier envahit Oksa. Pourtant, malgré son désappointement, elle réussit à garder son calme. Les signes d'amélioration de leur relation avaient été timides, mais elle avait vraiment cru que les choses allaient mieux entre eux. Et visiblement, elle s'était trompée.

– Pense ce que tu veux… soupira-t-elle, résignée. Mais sache que tu n'es pas n'importe qui pour moi. Tu m'attends là, je reviens, d'accord ?

– Il faut que je m'allonge, gémit Gus. Je me sens vraiment patraque.

Oksa dut admettre qu'il faisait peine à voir. Les yeux mi-clos, il respirait lourdement et son visage s'était couvert d'un voile de sueur qui lui donnait un teint cireux. Il remonta le col roulé de son gros pull de laine marine et croisa les bras dans un mouvement nerveux.

– Je t'accompagne à ta cabine ! lança Oksa en lui prenant le bras.

Gus se dégagea avec brutalité, les traits durcis.

– Ne te donne pas cette peine ! Je pense que tu as mieux à faire, fit-il en s'effondrant le long de la cloison.

– Oh ! Tu commences à me prendre sérieusement la tête, tu sais ? s'énerva Oksa. Maintenant, tu te laisses faire et surtout, tu te tais !

Elle l'aida à se relever et à prendre appui sur elle, étonnée de la raideur de son ami dont tout le corps semblait contracté par de terribles crampes. Il gémit de nouveau, mais ne put faire autrement que de se laisser soutenir. Une fois arrivés devant la cabine des Bellanger, Gus balbutia :

– Oksa…

La jeune fille leva la tête, une lueur d'espoir au fond des yeux.

– Quoi Gus ? fit-elle doucement.

Le front plissé, Gus sembla chercher ses mots. Finalement, il répondit :

– Non… rien…

– Ce que tu peux m'énerver… murmura-t-elle, dépitée.

Elle ouvrit la porte de la cabine et aida le garçon à s'installer sur sa couchette. Aussitôt, il se recroquevilla, les genoux ramenés vers le torse. Il étouffa une nouvelle plainte qui déchira le cœur de la Jeune Gracieuse. Comme elle détestait le voir souffrir…

– Tu ne bouges pas ! Je reviens !

Quelques minutes plus tard, elle pulvérisait sur son visage un voile du mélange Or-Fée-Brugmansia. Et alors que Gus s'abandonnait au pouvoir hallucinogène d'une confortable rêverie, elle quitta la cabine des Bellanger pour rejoindre la sienne, non sans avoir pris le temps de contempler son ami avec une affection pleine d'inquiétude et de chagrin.

Oksa n'arrêtait pas de se retourner sur son étroite couchette, le sommeil sans cesse interrompu par le bruit du moteur ou les grincements du bateau et surtout par ses propres pensées qui s'abattaient en véritables rafales. Si l'avenir était incertain, le présent n'était pas plus souriant. Tout ce que la jeune fille pouvait ressentir était désormais accompagné d'une sorte de panique installée tout au fond de son cœur aussi solidement qu'une ventouse. Sa mère était son premier tourment. Oksa avait bien compris les enjeux qui allaient mettre Marie au centre de la confrontation avec les Félons. Tout comme elle se doutait qu'Orthon allait tout faire pour tenter de déstabiliser ceux qu'il haïssait : Dragomira, Pavel, Abakoum, elle-même… Il ne manquerait pas de les provoquer et de lancer des attaques psychologiques qui feraient certainement des ravages. À l'idée de ne pas réussir à surmonter la perfidie du Félon suprême, Oksa ressentait une grande anxiété. Elle doutait de sa solidité psychique. Espérons qu'elle ne compromette pas tous les efforts des Sauve-Qui-Peut… Elle pensait aussi à son père. Serait-il capable de contenir son impulsivité ? C'était difficile à dire, Pavel était si imprévisible parfois. Surtout si on portait atteinte à la femme qu'il aimait…

À mesure que le bateau s'approchait de sa destination, le soulagement de retrouver Marie laissait peu à peu la place à une peur grandissante qui donnait à Oksa l'impression de se décomposer. Pourvu que tout se passe bien… Et surtout, pourvu que Marie tienne bon. Plus les jours avançaient, plus le sursis qui pesait sur la mère de la Jeune Gracieuse se réduisait. La solution pour la sauver était simple et horriblement complexe à la fois : il lui fallait des plants de Tochaline – l'Inestimable Fleur – qu'on ne trouvait que sur le territoire de l'Inapprochable à Édéfia. Un remède rare et précieux. L'unique qui pouvait guérir Marie. Oksa essaya de penser à autre chose. Mais tout ce qui occupait son esprit était source d'angoisse. En matière de tourments, Gus se révélait un excellent fournisseur. « Très doué… Un vrai champion ! » marmonna Oksa. Mais même si leur dernier échange avait été un peu tendu, il avait au moins le mérite de leur avoir permis de communiquer à nouveau. « Déjà ça de gagné… » soupira Oksa avec amertume. Juste après Marie et Gus, troisième sur le podium : Tugdual. Son cœur s'emballait si nettement quand il était là… Il avait une telle emprise sur elle qu'elle redoutait de se perdre à tout jamais dans ce vertige affolant. Elle aimait plus que tout qu'il la serre dans ses bras, cette sensation de tomber dans le vide et d'adorer ça. Et puis, si loin et pourtant si proche, il y avait Édéfia, le destin des Sauve-Qui-Peut, la survie des deux Mondes… Une autre forme de vertige…

Une forte bourrasque ébranla soudain le bateau, interrompant les pensées de la jeune fille. Elle retint son souffle, le cœur cognant. Elle tendit l'oreille et se redressa avec précaution, aux aguets. Le moteur vrombissait toujours aussi bruyamment et le bateau avait repris son balancement irrégulier. Oksa risqua un coup d'œil par le hublot : le jour se levait, dévoilant un ciel bas, chargé de nuages gonflés de menaces. La mer était grise et agitée, soulevée par des coups de vent discontinus qui creusaient des vagues grondantes et secouaient le bateau sans ménagement. Oksa s'assit en tailleur sur sa couchette et se colla au hublot. Au loin, elle vit un nuage noir comme du charbon déverser une véritable colonne d'eau, si dense qu'elle en paraissait compacte, et elle se réjouit de ne pas se trouver dessous. Le ciel alternait du noir au gris, avec d'inquiétantes nuées violettes qui paraissaient surnaturelles.

– C'est impressionnant, tu ne trouves pas ?

Zoé était réveillée, elle aussi. De ses grands yeux noisette, elle regardait Oksa depuis sa couchette.

– Euh… Je dois t'avouer que ça me fait plutôt flipper. Tu entends ce vent ?

Zoé lui sourit avec sa douceur habituelle tout en lissant ses cheveux mi-longs pour les nouer.

– Tu veux dire qu'après tout ce que tu as dû affronter, tu es effrayée par des bourrasques de vent ? C'est la lionne qui a peur d'une souris ! se moqua-t-elle gentiment.

– Tu parles d'une lionne… fit Oksa. Je me sens plutôt dans le rôle de la souris en ce moment !

– Mais n'oublie pas que la frêle souris peut mettre à terre le puissant éléphant ! intervint Dragomira qui s'étirait sur sa couchette.

– Oh Baba !

La jeune fille bondit de sa couchette suspendue et s'agenouilla à côté de celle de sa grand-mère pour l'embrasser tendrement.

– Ma petite-fille… soupira Dragomira en la serrant contre elle. Petite souris…

– Hé, regardez ! s'exclama Zoé. On approche d'une île !

Le cœur d'Oksa bondit alors que Dragomira pâlissait. Réminiscens se leva à son tour et pressa l'épaule de sa demi-sœur dans un geste de réconfort.

– On ne peut pas être *déjà* arrivés !? bredouilla Oksa, terrifiée.

– Je ne pense pas… dit Réminiscens. Mais allons voir nos talentueux marins ! Ils doivent savoir où nous nous trouvons.

11

Petit déjeuner sous tension

Abakoum était aux commandes dans la cabine de navigation. À côté de lui, son Insuffisant surveillait d'un œil mou le Gétorix de Dragomira qui faisait des mouvements de gymnastique. Non loin d'eux, une Devinaille calée au creux de l'épaule, Pavel sommeillait dans un hamac, le visage marqué par de lourds cernes violacés. À peine Oksa venait-elle d'entrer qu'il ouvrit les yeux. Un sourire épuisé éclaira faiblement son regard.

– Bonjour ! dit Oksa avec une gaieté feinte.

– Bonjour, mesdames ! lancèrent en chœur les deux hommes.

Réminiscens s'approcha d'Abakoum qui tressaillit imperceptiblement et lui jeta un regard troublé.

– Est-ce l'île ? demanda la belle dame en montrant la bande de terre qui émergeait à l'horizon.

Sa voix tremblait. Tout le monde suspendait son souffle pendant qu'Abakoum gardait les yeux fixés sur la mer.

– Non, répondit-il enfin. Nous avons fait la moitié du chemin. Ce que vous voyez est l'île de Man.

Même si elle savait que ce répit serait de courte durée, Oksa se sentit soulagée. Et elle n'était visiblement pas la seule car à cette nouvelle, tous les visages s'étaient décontractés.

– Bon, je crois que nous avons besoin d'un solide petit déjeuner, lança Dragomira. Venez m'aider mes petites filles ! Toi aussi Pavel !

Il paraissait évident que la Baba Pollock souhaitait laisser Réminiscens et Abakoum en tête à tête. Personne n'avait jamais voulu aborder le sujet de front, mais depuis que les Sauve-Qui-Peut avaient retrouvé Réminiscens dans les profondeurs du tableau, Oksa avait sa petite idée sur la question. Elle restait persuadée qu'Abakoum éprouvait des sentiments amoureux envers cette femme au lourd destin. Elle avait même une théorie à ce propos : l'Homme-Fé, bridé par sa loyauté, s'était en quelque sorte sacrifié puis retiré du jeu lorsque Léomido avait avoué son amour pour Réminiscens dans leur jeunesse, à Édéfia. Mais malgré le passage des années, le sentiment ne s'était pas éteint : Abakoum aimait toujours Réminiscens. Pour la Jeune Gracieuse, c'était évident. Maintenant qu'elle-même faisait l'expérience des premiers tourments de l'amour, certains signes lui sautaient aux yeux. L'intensité du regard d'Abakoum, ses attentions, sa prévenance, ses frémissements… Il avait dû tellement se taire… tellement étouffer… Avait-il espéré ? Non, certainement pas. Il s'était toujours effacé, même quand Léomido avait disparu pour l'éternité. L'espace d'un instant, Oksa essaya d'imaginer ce que serait sa vie si les sentiments qu'elle éprouvait pour Tugdual n'étaient pas réciproques. Si Tugdual serrait entre ses bras une autre qu'elle… Elle en crèverait, c'est sûr ! Elle observa de nouveau Abakoum, légèrement voûté, alors que Réminiscens posait sa main sur son avant-bras dans un geste d'une grande tendresse. Ses longs cheveux argentés encadraient son visage lumineux, elle ressemblait à une madone. De sa main libre, l'Homme-Fé pressa celle de son amour pur comme un cristal. Dragomira entraîna Pavel, Zoé et Oksa hors de la cabine.

– Baba ? chuchota Oksa à la recherche d'indices supplémentaires.

– Le temps perdu ne se rattrape pas… mais on peut toujours adoucir le présent, répondit-elle mystérieusement.

Oksa la regarda d'un air interrogateur. Elle aurait aimé en savoir plus, mais Dragomira était déjà passée à autre chose. Ce sujet semblait devoir rester une affaire privée.

– Je ne serais absolument pas contre une bonne tasse de thé bien fumant ! s'exclama la Baba Pollock.

– En ce qui me concerne, il m'en faudrait au moins deux litres pour me remettre de cette nuit, déclara Pavel en grimaçant. Je vieillis, inutile de nier l'évidence...

– Mon pauvre vieux père tout croulant... le taquina Oksa.

Elle essaya de jeter un œil dans la cabine de navigation, mais Dragomira avait déjà refermé la porte. Tant pis...

– Ça va aller ou tu veux que je te soutienne, mon antique Papa ? enchaîna-t-elle.

– Viens là, espèce de crapule ingrate ! répondit Pavel en forçant le trait. Et toi aussi, Zoé, approche de ton oncle préhistorique, veux-tu ? Dans l'état où je me trouve, je n'aurai pas trop de deux vigoureux bâtons de vieillesse.

Il leur ébouriffa les cheveux avec affection, puis tous trois suivirent Dragomira vers le centre du bateau.

Quand ils débouchèrent dans la salle qui faisait office de réfectoire, presque tous les Sauve-Qui-Peut étaient déjà attablés autour d'un petit déjeuner gargantuesque préparé avec un zèle inimitable par les trois Foldingots. Le clan Fortensky était présent ainsi que les Knut et la famille de Cockerell. Dès qu'Oksa franchit la porte, le silence s'imposa, ce qui mit la Jeune Gracieuse mal à l'aise. Le premier regard qu'elle croisa fut celui de Tugdual, faussement désinvolte mais irrésistiblement ardent. Bien malgré elle, ses joues s'empourprèrent et son cœur s'emballa. « Bravo Oksa-san ! fulmina-t-elle intérieurement. Si tu voulais que tout le monde comprenne que tu es raide dingue de lui, tu as réussi ton coup ! »

– Salut P'tite Gracieuse ! marmonna Tugdual en mordant dans un toast couvert d'une épaisse couche de marmelade d'orange.

De l'autre côté de la table, Kukka émit un gloussement moqueur en détaillant Oksa des pieds à la tête. Oksa se sentit déstabilisée. Ce qu'elle lisait dans les yeux de cette jeune fille glaciale d'une beauté incroyable lui donnait l'impression d'être une gamine idiote et banale. Une gamine amourachée d'un garçon qui jouait d'elle comme un chat d'une souris. Décidément, cette image de souris la poursuivait… Hautaine, Kukka rejeta ses superbes cheveux blonds en arrière et plongea son regard de déesse dans les yeux de la jeune fille. Oksa ressentit alors une douleur aussi vive que si Kukka avait jeté du vinaigre sur la blessure qu'elle venait d'ouvrir. Elle tressaillit pendant qu'une ombre obscurcissait le visage de Tugdual. Comprenant le trouble dans lequel sa fielleuse cousine jetait Oksa, il n'attendit pas pour intervenir : d'un geste du doigt, il fit voltiger le petit pain qu'elle était en train de beurrer avec un soin exagéré. Elle poussa un cri de rage et répliqua en lui envoyant sa serviette qu'il esquiva sans difficulté, non sans l'avoir gratifiée d'un sourire provocateur.

– Mes hommages, Jeune Gracieuse ! intervint Cameron, coupant court à la querelle des cousins ennemis.

Plein de déférence et de fascination, le regard du fils de Léomido était à l'opposé de celui de l'arrogante Kukka. Ce qui remonta le moral d'Oksa qui en avait bien besoin. Elle prit place à la table du petit déjeuner et se cacha derrière un immense bol de thé.

– L'honneur est complet de vous recevoir dans ce réfectoire, ajouta le Foldingot de Dragomira en saluant les trois nouveaux arrivants. Votre domesticité a fait la multiplication des efforts pour envelopper de satisfaction les papilles et les estomacs des Sauve-Qui-Peut.

– Je n'en doute pas, mon bon Foldingot, le remercia Dragomira.

– Vos physionomies font la démonstration d'une grande exténuation et d'une vigoureuse nervosité… fit remarquer la petite créature en fixant Pavel plus que les autres.

– C'est exactement la remarque que je me faisais, renchérit Dragomira en regardant les Sauve-Qui-Peut aux mines ravagées.

– Mais personne ne doute que tu caches dans les plis de ta robe une petite fiole qui saura nous revigorer, n'est-ce pas, ma chère mère ?

– C'est mon fils, fit Dragomira sur le ton de la confidence pour détendre l'atmosphère. Il me connaît mieux que moi-même… Que me conseillerais-tu, mon perspicace garçon ? ajouta-t-elle en souriant de toutes ses dents à Pavel.

– Ton Élixir de Bétoine est une pure merveille, mais j'opterais pour ton formidable concentré de Fortifax cette fois, répondit Pavel d'un air mi-sérieux, mi-amusé. Il nous faut au moins cela pour nous remettre de cette nuit interminable.

Confirmant ce choix, Dragomira fouilla dans les poches de son ample robe de laine grise et en sortit un flacon minuscule. Puis, passant derrière les Sauve-Qui-Peut, elle fit tomber dans chaque bol quelques gouttes d'un liquide opaque qui leur tira bon nombre de grimaces et de rictus dégoûtés.

– Je me sens déjà beaucoup mieux ! s'exclama Oksa, les yeux brillants.

– Ta grand-mère est une vraie magicienne… ajouta Naftali.

Et il n'était pas le seul à le penser. La fatigue qui marquait si durement les visages des Sauve-Qui-Peut quelques secondes plus tôt s'évanouissait à vue d'œil : chacun sentait couler dans ses veines les ondes d'une fraîcheur fortifiante. Revigorée, Oksa jeta son dévolu sur une énorme part de brioche, puis dévisagea son père assis face à elle. Le concentré de Fortifax avait gommé les cernes qui alourdissaient ses traits, mais l'angoisse n'avait pas quitté son regard.

Par pudeur, Oksa détourna la tête vers Tugdual. Le garçon s'était ostensiblement coupé du monde en enfonçant dans ses oreilles les écouteurs de son MP3 dont il avait monté le son au maximum. Son visage était impassible, inaccessible, et Oksa souffrait de le voir ainsi. Ce n'était qu'un masque de pierre, elle le savait bien. Elle brûlait de bondir se blottir contre lui et cette pensée la bouleversait. Elle se souvint du regard méprisant de Kukka qui ne voyait en elle qu'une ridicule gamine. Le pire, c'est qu'elle avait peut-être raison… Et cette incertitude faisait un vrai travail de sape. Pour la première fois de sa vie, la perception qu'Oksa avait d'elle-même se trouvait ébranlée. C'était loin d'être le moment opportun pour se poser de telles questions, et pourtant elles affluaient sans relâche. Si elle ne se trouvait pas spécialement jolie, elle se savait pétillante et plutôt intelligente. *Mais à quel point ?* En regardant Kukka, elle avait l'impression que le moindre de ses atouts fondait pour devenir aussi insipide que l'eau. Mais que se passait-il ? La crainte de ne pas aimer ce qu'elle était lui bondit dessus comme un fauve sur sa proie. Sans pouvoir se contrôler, elle se mit à transpirer. Elle regarda à nouveau Tugdual, muré dans sa solitude, et un profond abattement l'envahit. Les graines du doute, semées depuis quelques jours, commençaient à éclore. Elle se passa une main sur le visage, en proie à un vif malaise. Soudain, comme s'il sentait qu'elle flanchait, Tugdual leva enfin les yeux. Son front se plissa furtivement alors qu'une ombre inquiète voilait son regard d'acier. Une seconde après, il resserrait son écharpe noire autour de son cou et retrouvait son attitude distante, laissant Oksa se démener seule avec son tumulte intérieur devant Kukka qui observait la scène d'un air narquois.

Zoé fut la première à souligner l'absence des Bellanger. En entendant prononcer le nom de Gus, Oksa sursauta en pâlissant. Quelle amie indigne elle était… Elle se mordit la lèvre jusqu'au sang, consternée d'avoir été capable d'oublier celui qui était depuis toujours son meilleur ami. Au moment même où elle s'apprêtait à se lever pour aller prendre de ses nouvelles, les Bellanger firent irruption dans le réfectoire en compagnie de Bodkin et de Feng Li. Oksa s'en voulut encore davantage quand elle vit la mine terrifiante de Gus : le teint verdâtre, les yeux hagards, le pauvre garçon n'était que l'ombre de lui-même. Même Tugdual sembla touché par son état désastreux.

– Seigneur, mon garçon, que se passe-t-il ? s'écria Dragomira en se levant de sa chaise pour aller au-devant de lui.

– Il a le mal de mer, précisa Pierre. Oksa lui a donné le remède d'Abakoum à base de Brugmansia…

– Je n'ai plus le mal de mer, Papa… intervint Gus en se tenant la tête.

Il se tourna vers Oksa. Comme brouillés par le pinceau d'un peintre maléfique, ses yeux, habituellement d'un bleu si intense, ressemblaient au fond d'un marécage fangeux.

– Le remède a été très efficace, Oksa, merci ! lui dit-il d'une voix rauque. C'est simplement cette horrible douleur…

Il eut juste le temps de s'agripper au bras de sa mère pour ne pas s'effondrer. Certains Sauve-Qui-Peut poussèrent un cri de surprise, d'autres se précipitèrent pour le soutenir, Oksa en tête.

– Mais qu'est-ce qu'il a ? s'écria-t-elle en regardant Dragomira d'un air désespéré.

Inquiète, la Baba Pollock se tourna vers Naftali et Brune qui, loin de la rassurer, opinèrent de la tête comme pour confirmer un sinistre diagnostic.

– Viens manger un peu, mon garçon, conseilla-t-elle.

– Je ne peux pas… gémit Gus en se recroquevillant.

– Je le ramène à la cabine ! déclara gravement Pierre.

Il soutint Gus et quitta le réfectoire, suivi des deux vieilles dames, de Jeanne, de Naftali et, à une distance prudente, d'Oksa et de Zoé. Tout le monde s'engouffra dans la cabine, laissant les deux filles à l'écart. Un instant plus tard, Abakoum et Réminiscens les rejoignaient, non sans avoir soigneusement fermé la porte derrière eux.

– Ils cherchent à nous cacher quelque chose, tu ne crois pas ? murmura Oksa.

– Oui… renchérit Zoé. Et à mon avis, c'est quelque chose de grave…

Oksa eut l'affreuse impression de se vider de tout son sang. Elle sentit que Zoé lui prenait la main : elle était glacée. Glacée comme l'effroi qui pétrifiait de seconde en seconde le cœur des deux jeunes filles.

12

Questions brûlantes

L'humeur était très étrange sur le bateau qui fonçait droit vers le nord, en direction de la tumultueuse mer des Hébrides. Les Sauve-Qui-Peut occupaient le temps du mieux qu'ils le pouvaient pour tenter d'oublier leur fébrilité et leur anxiété. En parcourant le chalutier de long en large, Oksa et Zoé croisèrent les trois fils de Cameron Fortensky qui jouaient aux cartes, Andrew le pasteur plongé dans un livre, Cockerell en pleine discussion avec Naftali dans une langue étrangère, Kukka boudant dans un coin... Bien qu'elles n'aient obtenu aucun renseignement sur les causes de l'état préoccupant de Gus, les deux jeunes filles n'avaient pas abandonné leur chasse aux indices. Partageant la même inquiétude, elles entreprirent de sonder tous ceux qui avaient accompagné Gus dans sa cabine. En vain... Un pacte secret semblait avoir été passé entre les derniers témoins. Chaque fois, la même réponse : « *Ne vous inquiétez pas, tout va s'arranger...* »

– Ils nous prennent vraiment pour des gamines ! enragea Oksa. Viens, on va se débrouiller seules puisque personne ne veut rien nous dire !

Elle entraîna Zoé avec elle et toutes deux se faufilèrent dans les coursives du bateau jusqu'à la cabine des Bellanger. Quelques instants plus tard, agenouillée devant la porte, Oksa se concentrait pour déverrouiller la serrure du bout de son index.

– Tu as vu ça, Zoé ? Ils ont fermé à clé, c'est étrange, non ?

Zoé acquiesça en silence. Oksa se redressa et poussa la porte d'un air victorieux. À l'intérieur de la cabine, Pierre dormait, son corps massif tourné vers la cloison. C'est à peine si le faible rai de lumière provenant de la coursive le dérangea. Sa respiration se fit plus irrégulière pendant cinq secondes avant de retrouver son rythme lourd. Les deux filles fermèrent la porte derrière elle et cherchèrent Gus dans la pénombre. Les genoux ramenés contre le buste, il était recroquevillé sur la couchette du bas. Tout près de lui, roulé en boule sur un oreiller, le bébé Foldingot ronflait paisiblement.

– Il ne te quitte plus ! chuchota Oksa en s'asseyant près de Gus pendant que Zoé se glissait à ses côtés.

– Je crois qu'il me prend pour son père, murmura le garçon en caressant la petite tête duveteuse. Mais qu'est-ce que vous faites là ?

– On vient prendre des nouvelles à la source, lui répondit Oksa dans un souffle. Comment tu vas ?

Gus leva la tête pour la regarder : il avait une mine terrible.

– Je suis malade comme un chien, fit-il en grimaçant.

Puis il se reprit :

– Elle est nulle, cette expression, non ? Je n'ai jamais vu un chien malade comme je peux l'être en ce moment...

– Qu'est-ce que tu as *exactement* ? rebondit Oksa.

– Je n'en ai pas la moindre idée, répondit Gus en resserrant ses bras autour de ses genoux.

– Tes parents ne t'ont rien dit ? Et ma grand-mère ? Je suis sûre qu'ils savent quelque chose...

Elle distingua Zoé qui lui faisait signe d'arrêter. Trop tard... Elle venait bêtement d'ajouter une bonne dose d'inquiétude dans l'esprit de Gus.

– Si on ne me dit rien, c'est que ça doit être grave, conclut le garçon, enfonçant le clou de la culpabilité dans l'esprit d'Oksa. Peut-être même incurable.

Alors que Zoé posait sa main sur l'épaule de Gus dans un geste réconfortant, Oksa se mordit l'intérieur des joues. Ce qu'elle pouvait être indélicate quand elle s'y mettait...

– Arrête de dire des bêtises, ça va s'arranger ! souffla-t-elle tout en se rendant compte qu'elle répétait exactement les mots qu'elle avait tant de mal à croire quand Pierre ou Dragomira les prononçaient. Tu veux une petite pulvérisation de mon super produit anti-haut-le-cœur ? ajouta-t-elle en sortant un minuscule aérosol de sa poche.

Gus hésita, puis finit par accepter.

– Si mon dernier recours doit être la magie, allons-y. Attends, je vais m'allonger.

Il s'étendit de tout son long, les mains croisées sur le ventre, et Oksa ne put s'empêcher d'avoir la vision fugitive d'un de ces gisants de pierre qui l'avaient tant impressionnée lors d'une visite de classe à l'abbaye de Westminster. Bouleversée, elle se leva sans ménagement et faillit se cogner à la couchette supérieure. Zoé la retint juste à temps pour qu'elle ne perde pas l'équilibre.

– Ça va te faire du bien, tu vas voir, murmura la Jeune Gracieuse en vaporisant généreusement le visage de son ami. Tu tiens bon, d'accord ? On revient te voir bientôt…

Mais Gus avait déjà sombré dans l'inconscience. Avant de quitter la cabine, Oksa se retourna pour lui jeter un dernier regard. Et malgré l'obscurité, elle aurait juré voir Zoé lui chuchoter quelque chose à l'oreille. À moins qu'elle ne soit en train de lui donner un baiser au coin des lèvres… Le front plissé et l'œil ombrageux, Oksa adressa à Zoé un signe impatient. La jeune fille émergea de la pénombre, si grave qu'Oksa regretta aussitôt son animosité.

L'humeur plombée, les deux filles laissèrent leurs pas les mener jusqu'au pont du bateau. La mer était très agitée et le ciel sinistre. Le vent fouettait vivement leurs visages soucieux et pourtant elles ne faisaient rien pour s'en protéger. Oksa ne se pardonnait pas d'avoir pressé Zoé avec autant d'indélicatesse, le remords rendait pénible leur proximité. Mais Zoé ne semblait pas connaître la rancune et, quand elle glissa son bras sous celui d'Oksa, cette dernière faillit fondre en larmes.

Elles se promenèrent ainsi un moment sur le pont, exposées à la violence des embruns et de leurs tourments.

Gagnant l'arrière du bateau, elles aperçurent la silhouette noire de Tugdual accoudé au bastingage.

– Je retourne à la cabine, annonça Zoé.

– Hé, ne te sens pas obligée ! Ce n'est pas parce qu'il est là que je vais me ruer sur lui ! s'exclama Oksa en rougissant.

– Sauf que tu en meurs d'envie… répliqua son amie.

Oksa se sentit gênée. Était-elle si transparente ? Décevait-elle Zoé ? Elle prit son courage à deux mains et lui jeta un coup d'œil : Zoé la regardait tristement, avec sa douceur habituelle, mais sans l'esquisse du moindre sourire. Que faire ? demi-tour ? Alors qu'elle mourait d'envie de *LE* rejoindre à l'arrière du bateau ?

– Vas-y… murmura Zoé. De toute façon, pour le moment tu ne peux rien faire pour Gus.

À ces mots, les nerfs d'Oksa lâchèrent. Elle se laissa glisser le long de la cloison et fondit en larmes. Zoé s'accroupit à côté d'elle, affolée.

– Oksa ! Je ne voulais pas te faire de peine !

– Tu n'as rien fait… hoqueta la Jeune Gracieuse. C'est moi. Je ne sais plus où j'en suis… Je suis malheureuse pour Gus. Je souffre de le voir souffrir. Je souffre que les choses ne soient plus comme avant. D'avoir autant besoin de lui que de Tugdual. De douter et d'aimer en même temps. De faire n'importe quoi !

– Tu ne fais pas n'importe quoi, l'interrompit Zoé. Tu fais ce que tu peux. Tu sais, Gus a vu tes efforts pour regagner son amitié.

– Tu crois ? bredouilla Oksa entre deux sanglots.

– Il te connaît bien et il est loin d'être aveugle.

– Tu penses qu'il a compris combien il comptait pour moi ?

– J'aurais du mal à croire le contraire.

– Oh, Zoé… Comment tu fais ?

– Comment je fais quoi ?

– Comment tu fais pour… supporter tout ça ?

Zoé la regarda avec une expression à la fois intense et résignée.

— Je ne le supporte pas, Oksa.

Oksa eut un hoquet de surprise.

— Excuse-moi… bredouilla-t-elle, honteuse.

— Ne t'excuse pas. Tout va bien. La souffrance et moi, on commence à être de vieilles copines, tu sais… On ne peut plus se passer l'une de l'autre !

Un sourire impénétrable éclaira son visage. Elle prit Oksa dans ses bras et la serra avec intensité. Oksa comprit alors que son amie cherchait un réconfort qu'elle n'avait pas la force de réclamer. Elle la serra à son tour, aussi affectueusement qu'elle le put. Zoé eut un profond soupir, plein de désolation, lourd de ce chagrin qu'elle portait en elle comme un fardeau permanent.

— Va le rejoindre, dit-elle en se dégageant avec délicatesse. Mais rappelle-toi, Oksa : Gus a besoin de toi. Ne l'oublie jamais.

Contrairement à ce qu'Oksa avait cru, Tugdual n'était pas perdu dans la contemplation des vagues grises qui s'écrasaient sur la coque du bateau. Son regard était en fait rivé sur l'écran de son téléphone portable où défilaient des pages Internet extraites des journaux du monde entier.

— Te voilà, P'tite Gracieuse ? fit-il sans quitter son écran des yeux.

— On dirait bien, oui…

Il la regarda du coin de l'œil avec une gravité inquiétante.

— Quelles sont les nouvelles ? continua-t-elle.

— Tu veux vraiment savoir ?

Il éteignit son téléphone et le referma d'un coup sec avant de le glisser dans sa poche. Puis il dévisagea Oksa avec attention.

— Tu as l'air épuisée, P'tite Gracieuse.

— Tu n'as pas répondu à ma question…

— Toi non plus !

— Oui, je veux vraiment savoir ! s'exclama-t-elle.

— Alors pour résumer, Londres, ainsi que plusieurs grandes villes aux quatre coins du monde, sont recouvertes de deux mètres d'eau. Les plaques tectoniques font du patinage artistique et font trembler toutes les zones de failles, l'échelle de Richter est en surchauffe… Sinon, on observe une concentration hallucinante de glissements de terrain, d'inondations massives, de volcans en plein réveil et de feux de forêt incontrôlables…

– C'est affreux ! s'écria Oksa.

– Ah oui, j'oubliais ! Un énorme morceau de banquise s'est détaché suite à un séisme qui a précipité les choses. Trois cents kilomètres carrés de glace dérivent dans le Pacifique Nord.

– C'est atroce… siffla Oksa, la main devant la bouche.

– C'est la fin du monde, ma P'tite Gracieuse, souligna-t-il d'un air faussement détaché.

Oksa réagit à ce semblant de désinvolture en lui donnant un inoffensif coup de poing sur l'épaule – non sans avoir remarqué qu'il l'appelait « ma » P'tite Gracieuse pour la première fois.

– Aïe… fit Tugdual d'un ton morne.

Oksa rit nerveusement.

– Je peux te faire très mal si je veux !

– Je sais… admit Tugdual sur le même ton.

Il continua de la dévisager avec une sorte de défi et d'amusement qui la faisait complètement fondre.

– Moi aussi, je peux te faire très mal… murmura-t-il en laissant une mèche de ses cheveux noir corbeau retomber sur son visage.

Oksa resta silencieuse un instant, prise d'un doute douloureux.

– Tu peux, mais tu ne le feras pas ! riposta-t-elle avec autant de fermeté qu'elle pouvait. N'est-ce pas ?

Elle planta ses yeux dans ceux de Tugdual. L'espace d'une seconde, elle fut certaine qu'il avait vacillé, que quelque chose de friable venait de remonter à la surface visible de ce garçon. Elle en fut aussi rassurée que perturbée. À plusieurs reprises, Tugdual avait montré ses faiblesses. Elles étaient touchantes pour Oksa, mais n'étaient-elles pas insupportables pour lui ? Et dangereuses pour les autres ? Quand il avait pénétré à Bigtoe Square, Orthon s'était adressé à lui et à lui seul, comme s'il avait senti une sombre capacité, un potentiel destructeur chez le garçon… Oksa secoua la tête pour balayer cette pensée. Le Foldingot l'avait assurée de la pureté du cœur de Tugdual et de sa loyauté. Il ne pouvait pas se tromper. C'était impossible. Les paroles d'une chanson se mirent à flotter dans sa tête. Elle fredonna d'une voix presque inaudible.

I want to reconcile the violence in your heart
I want to recognize your beauty's not just a mask
I want to exorcise the demons from your past[1]…

Tugdual la regarda, surpris, puis détourna les yeux. Tous les deux fixèrent la mer rugissante pendant un moment, hypnotisés par la puissance de son mouvement perpétuel.

– À quoi tu penses ? demanda Oksa en s'arrachant à cette contemplation.

– Quand je te regarde ?

– Arrête de répondre à mes questions par d'autres questions ! soupira Oksa en se retenant de sourire.

– OK… Tu as le temps ?

– Réponds au lieu de poser encore des questions !

– Tu l'auras voulu… Mes pensées dépendent souvent de ce que mes yeux rencontrent et de la façon dont mon esprit va interpréter ce que je vois. Quand je regarde ton père et Abakoum, je pense à un iceberg, blanc, sain, et surtout à la force invisible qu'il recèle. Quand je regarde Réminiscens et Zoé, je pense à une dague empoisonnée qui distille au goutte-à-goutte un poison cruel en plein cœur. Quand je regarde Dragomira et mes grands-parents, je pense aux éclairs de la destinée qui frappent sans prévenir. Quand je regarde la mer, je pense à mon père perché sur sa plate-

1. Je veux réconcilier la violence dans ton cœur
Je veux reconnaître que ta beauté n'est pas seulement un masque
Je veux exorciser les démons de ton passé.
(*Undisclosed Desires* / Muse / Matthew Bellamy / Loosechord Ltd / Warner Chappell Music Publishing.)

forme-pétrolière et j'ai envie de me noyer dans ses eaux noires…

Sa voix se cassa. Atrocement pâle, il s'agrippa avec nervosité au bastingage avant de reprendre :

– Quand je regarde ma cousine, je pense au meurtre sanglant que je pourrais commettre. Quand je regarde mon petit frère, je pense à l'innocence qui sera inévitablement perdue. Et quand je te regarde, *toi*, je pense à la puissance et à l'espoir que tu incarnes. Et ça me fascine.

Ces mots prononcés, il se referma comme une huître, affichant de nouveau son masque de pierre. Mais pour Oksa, il était à la fois allé trop loin et pas assez.

– Il n'y a que ça qui t'intéresse, le pouvoir que je représente ? murmura-t-elle en s'étranglant.

Le regard de Tugdual se troubla.

– Tu sais bien que non… Tout ce qui te concerne m'intéresse. Depuis que tu es entrée dans l'appartement de ta grand-mère un soir d'automne. Tu étais en pyjama, les cheveux mouillés et les pieds nus. Et surtout, tu étais paniquée par la marque que tu venais de découvrir sur ton ventre. Et si tu veux tout savoir, ajouta-t-il en haussant la voix, OUI le pouvoir infini que tu représentes me captive. Je sais ce que tu aimerais : que j'oublie la Gracieuse qui est en toi. Mais tu ne te rends pas compte que c'est toute ta petite personne qui me fait vibrer comme jamais auparavant ? Tu es une Gracieuse et toi, tu voudrais que je fasse comme si tu ne l'étais pas ! COMMENT VEUX-TU QUE JE L'OUBLIE ?

Oksa se mordit la lèvre, heurtée par ces mots.

– Pourquoi ne me poses-tu pas la question qui te brûle ? continua-t-il en grinçant des dents.

La tension dans la voix de Tugdual, ses phrases abruptes, la crispation de sa mâchoire, tout la bouleversait. Elle était au supplice. Incapable de parler, elle le regarda d'un air désespéré, puis baissa les yeux. Alors, du bout de l'index, Tugdual releva sa tête et la fixa avec intensité.

– Tu crois que je t'aimerais autant si tu n'étais pas une Gracieuse ? martela-t-il avec dureté en articulant lourdement chaque syllabe.

Oksa frémit sous l'impact des mots. Elle ne se sentait pas prête à affronter la réponse à cette question qui pourtant la plongeait dans un doute lancinant. D'instinct, elle recula d'un pas. Mais rien ne pouvait plus arrêter Tugdual.

– Alors ? Qu'en penses-tu ? insista-t-il avec une cruauté dont il semblait lui-même souffrir. Est-ce que je serais là, à me mettre à nu comme il ne m'est jamais arrivé de le faire, si tu étais une fille comme les autres ?

Son regard était aussi polaire que fiévreux et il émanait de tout son être quelque chose d'effrayant et d'ensorcelant à la fois. Oksa chancela. Une fois de plus, solidaire de ses émotions, le ciel s'assombrit en grondant.

– La question t'obsède, mais savoir te terrifie, murmura Tugdual à son oreille. Alors, même si j'en meurs d'envie, je ne vais pas te faire languir davantage…

Il se tut et posa ses lèvres sur les siennes.

13

Démonstrations aériennes

– Nous venons de franchir le cinquante-sixième parallèle ! s'exclama le Culbu-gueulard en début d'après-midi. Nous allons bientôt passer au large de l'île de Mull, puis des îles Treshnish. Il nous restera à franchir le Point d'Ardnamurchan et le cinquante-septième parallèle, à rejoindre Rúm, et l'île des Félons sera en vue.

Cette nouvelle eut un effet galvanisant sur les passagers qui commençaient à trouver cette journée aussi pénible qu'interminable. Le voyage serait bientôt terminé ! Au fur et à mesure que le *Loup des Mers* avançait vers le nord, l'impatience marquait les visages et les gestes. Pour les besoins de la navigation, Pavel et Abakoum étaient les rares à faire preuve de concentration. Perché sur l'épaule de l'Homme-Fé, le Culbu-gueulard s'avérait un indicateur aussi précis – et surtout plus bavard – que tous les instruments et cartes de marine.

– Combien de temps nous faudra-t-il ? demanda Pavel, le front plissé par l'anxiété.

– Cinq heures, répondit le Culbu-gueulard, trop heureux d'apporter sa contribution. Nous devrions arriver avant la tombée de la nuit.

– Parfait… commenta Pavel.

Sur le pont, quelques Sauve-Qui-Peut profitaient d'une accalmie dans le ciel écossais pour prendre l'air et se dégourdir les jambes, certains poussant le zèle jusqu'à volticaler au ras de la mer grise tout autour du bateau. À la grande surprise de tous, Réminiscens s'élança soudain vers les hauteurs avec une grâce remarquable. Ses longs cheveux flottaient derrière elle alors qu'elle évoluait en de spectaculaires circonvolutions qui laissaient bouche bée tous ceux qui la regardaient. Brune et Dragomira ne tardèrent pas à la rejoindre et toutes trois s'en donnèrent à cœur joie.

– Elles sont excellentes ! s'écria Oksa.

– C'est magnifique ! renchérit Cameron à ses côtés. Absolument magnifique ! Quand je pense qu'il a fallu cacher tout ça pendant des années… Quel gâchis…

Il n'en fallut pas plus à Oksa pour disparaître du pont en un quart de seconde, laissant Cameron béat de stupeur. La Jeune Gracieuse fonça comme une fusée pour rejoindre Brune qui était montée au-delà des premiers nuages. Puis elle redescendit en piqué en hurlant à tue-tête pour se redresser à quelques centimètres de la surface de l'eau, comme le lui avait si bien appris Léomido.

– OKSA ! cria Pavel depuis la cabine.

Abakoum posa la main sur son bras.

– Ne t'inquiète pas. Que risque-t-elle ?

Pavel inspira profondément.

– Il y a toujours un risque… Imagine qu'un autre bateau ou un radar repère ces quatre écervelées ! On aurait aussitôt l'armée sur le dos et, franchement, ce n'est pas le moment…

Abakoum se rembrunit à cette idée. Réceptif aux paroles de Pavel, le Culbu-gueulard s'élança à son tour et voleta jusqu'aux volticaleuses qui faisaient des pirouettes aériennes entre la crête des vagues et les premiers nuages. Il glissa un avertissement dans l'oreille de Dragomira qui battit aussitôt le rappel. Quelques secondes plus tard, les quatre aventurières se posaient sur le pont du bateau, applaudies par les Sauve-Qui-Peut. Oksa tourna les yeux en direction de son père qui dominait la scène depuis la cabine de navigation et croisa son regard, noir et tourmenté. Elle blêmit, consciente de l'inquiétude supplémentaire qu'elle avait suscitée. Il lui adressa un petit signe crispé auquel elle répondit par un sourire éclatant dans l'espoir d'adoucir son désarroi.

– Fantastique ! commenta Cameron en s'approchant d'elle. Tu es vraiment très douée !

– Euh… pas plus que n'importe quel Sauve-Qui-Peut sachant volticaler… bredouilla Oksa.

– Tu plaisantes ? Je ne veux pas paraître goujat, mais tes trois compagnes de vol ont plusieurs décennies d'expérience de plus que toi. Rappelle-moi depuis quand tu volticales ?

– Eh bien… depuis un an.

– C'est ce que je disais : tu es très douée ! exulta Cameron.

– Je peux te poser une question ?

– Tout ce que tu veux !

– Tu volticales, toi aussi ?

– J'ai appris tardivement, lui répondit l'homme, et je n'ai jamais eu l'occasion de vraiment m'entraîner. Mon père a longtemps été réticent à nous initier, Galina et moi. Dès que nous avons été en âge de comprendre, juste avant l'adolescence, il nous a livré le secret d'Édéfia et toutes ses conséquences. Il en avait décidé ainsi pour tous les descendants de la famille Fortensky, avant tout par sécurité. Je suis convaincu que Léomido a pris la bonne décision en ce qui concernait ses descendants, même si une telle révélation a été très difficile à accepter, tu peux me croire. Il n'y a qu'à voir les dommages qu'a causés la protection de ce secret chez les Knut…

– Tu fais allusion à Tugdual ? demanda fébrilement Oksa.

– Oui. Il a payé le prix fort. Le choix qu'avaient fait les Knut de taire leurs origines a eu de lourdes conséquences pour leur famille et surtout pour Tugdual. Un secret de cette nature révélé dans des circonstances aussi précipitées, quel coup de massue ! Et quel danger ! Il faut être sacrément fort pour encaisser et Tugdual n'était pas tout à fait prêt.

– Tu crois qu'on peut être prêt à ça ? Moi, je crois que quel que soit le contexte, c'est un choc terrible d'apprendre un tel secret !

Cameron passa sa main sur son menton, dubitatif.

– Tu n'as pas tort... Je me rappelle avoir été complètement malade de peur pendant des mois à l'idée de faire quelque chose qui me démasquerait aux yeux des Du-Dehors. Surtout que mon père cultivait la psychose, je ne t'en parle même pas !

– Ça me rappelle quelqu'un, commenta Oksa en jetant un coup d'œil vers Pavel qui l'observait de loin.

– Mais il faut reconnaître que le danger était moins grand quand on savait. On vivait dans l'angoisse d'être découverts, mais avec un minimum de vigilance, il n'y avait aucune raison que quelqu'un se rende compte de notre... différence...

– C'est drôle, tu parles de tout ça au passé, fit remarquer Oksa.

– C'est derrière nous, maintenant... murmura Cameron, les yeux perdus sur la mer qui faisait de gros bouillons autour du bateau. Quoi qu'il advienne, notre vie à Du-Dehors fait partie du passé.

Oksa se figea. Cameron avait raison. Des larmes sombres noyèrent son cœur à mesure que les images des quatorze années de sa vie défilaient dans son esprit. Elle se laissa enfoncer dans le gouffre de ses souvenirs.

– Ça va, Oksa ? Réveille-toi !

Elle ouvrit les yeux et vit une dizaine de regards fixés sur elle. Elle s'aperçut qu'elle était allongée dans le hamac de la cabine de navigation et comprit alors qu'elle s'était *absentée*.

– Qu'est-ce qui s'est passé ? demanda-t-elle en se redressant.

– Tu discutais avec Cameron et tu as eu un malaise, lui répondit son père, le teint gris.

Oksa fronça les sourcils. Les images qui défilaient, toute sa vie condensée en quelques secondes d'une densité effroyable... N'était-ce pas ce qu'on ressentait quand on allait mourir ? Elle frissonna. Ce qu'elle avait été n'existait plus et pourtant, ce passé désormais révolu faisait partie intégrante de son être. Jamais elle ne pourrait faire abstraction de ce qu'elle n'était plus, c'était comme si elle mourait tout en restant *vivante* ! Et ce paradoxe la stupéfiait.

– C'est à cause de moi ? dit-elle en regardant dehors.

Le ciel s'était considérablement obscurci et se zébrait d'éclairs noirs, brillants comme de l'onyx, alors que des trombes d'eau s'abattaient sur l'océan et sur le bateau.

– Il y a des chances... admit Tugdual depuis le comptoir sur lequel il s'était perché.

– Il faudrait vraiment que j'arrive à contrôler ça... marmonna Oksa, agacée.

– Tu apprendras, ne t'inquiète pas. Chaque chose en son temps... la rassura Dragomira.

– Tu sais, Oksa, intervint Abakoum, ta grand-mère a été responsable d'un microclimat anormalement orageux au-dessus de notre village sibérien pendant plusieurs années avant de parvenir à maîtriser certaines de ses émotions.

– C'est vrai ? s'étonna Oksa.

– Tout à fait ! acquiesça Dragomira. Prends ce Capaciteur, ma Douchka, il te fera le plus grand bien.

Oksa prit la petite boule argentée que lui tendait sa grand-mère et l'avala sans poser de questions. Aussitôt, elle sentit ses forces revenir, une énergie fraîche et vive se répandre en elle comme une sève bienfaisante.

– Il faudra que tu m'apprennes ça aussi... murmura-t-elle.

– C'est noté ! confirma Dragomira.

Calé sur l'état de la jeune fille, le tumulte du ciel cessa dans la minute qui suivit. Les nuages s'évanouirent, laissant apparaître le soleil couchant qui semblait s'enfoncer dans la mer en flamboyant d'un rouge ardent.

– Hum hum...

Le Foldingot de Dragomira s'était approché du groupe et tentait d'attirer l'attention en se grattant la gorge de plus en plus fort. La vieille dame finit par s'en apercevoir et l'interrogea :

– Que se passe-t-il, mon Foldingot ?

– La Vieille Gracieuse et ses compagnons de voyage doivent recevoir la communication que l'île des Félons, ainsi nommée par la Jeune Gracieuse, connaît la visibilité de la part des yeux les plus transperçants…

Tous les Sauve-Qui-Peut présents se tournèrent brusquement vers l'horizon et plissèrent les yeux. Au loin, une minuscule bosse se détachait sur le ciel qui brûlait sous l'effet des derniers rayons du soleil couchant.

14

L'île des Félons

Escortés par Naftali et Pierre, Pavel et son Dragon d'Encre approchaient de l'île des Félons au rythme du battement des ailes de la puissante créature. Trente mètres plus bas, les vagues s'écrasaient avec violence contre des falaises de roches sombres. Une énorme lune ronde et pleine, marbrée d'ombres, jetait une lumière blafarde sur la mer. L'île était constituée d'un bloc massif devant lequel des récifs se levaient, acérés comme des crocs émergeant des profondeurs marines. Seule une minuscule crique, dépourvue d'embûches, paraissait accessible. Un bateau presque aussi grand que le *Loup des Mers* y était amarré. Le Dragon d'Encre battit plus vigoureusement des ailes : Pavel voulait survoler l'île.

– Tu ne devrais pas ! lança Naftali en s'approchant.

– Restez là tous les deux ! rétorqua Pavel. Je jette seulement un coup d'œil. De toute façon, ils savent que nous sommes là…

Naftali et Pierre ne purent que se soumettre à cette évidence. Ils se posèrent sur un gros rocher et attendirent.

La première chose que remarqua Pavel en émergeant des hautes falaises qui entouraient l'île fut la maison, construite en plein milieu d'une lande aride. Pas un arbre, pas un buisson. Seulement la végétation au ras du sol et la bâtisse, imposante, dressée envers et contre les vents qui battaient ses murs de grès. Elle était telle que le Culbugueulard l'avait décrite : construite sur un rez-de-chaussée et un étage, elle s'étirait en longueur pour former une muraille qui coupait l'île en deux. Une cinquantaine de mètres à l'écart, une petite chapelle surplombait la falaise, comme une vigie sur la mer tumultueuse.

Le Dragon d'Encre s'approcha de la maison. De la fumée sortait de la cheminée et quelques fenêtres étaient éclairées d'une faible lueur. Le cœur de Pavel battait à tout rompre alors qu'une bile âcre incendiait tout son corps. Marie était là, enfermée derrière une de ces fenêtres… Dans la gorge du Dragon résonna un grondement sourd, né de la brûlure intérieure de Pavel. Le cri éclata et parut envelopper l'île tout entière d'une onde menaçante. L'impressionnante créature fit plusieurs fois le tour de la bâtisse en faisant ostensiblement claquer ses ailes, puis se stabilisa en vol stationnaire à quelques mètres de l'entrée. À la dernière fenêtre, celle qui culminait sur la tourelle surplombant la maison comme une tour de guet, apparut une silhouette que Pavel aurait reconnue entre toutes. Immobile et attentif, Orthon regardait fixement dans sa direction. La brûlure de Pavel s'intensifia jusqu'à devenir insupportable. Une longue flamme jaillit de sa gorge et vint lécher le rebord de la fenêtre. Le Dragon fit alors volte-face et, en quelques coups d'aile, rejoignit l'océan.

Tous phares éteints, le bateau accosta dans un silence oppressant. Étrangement, le vent était tombé, ce qui avait calmé la vigueur des vagues qui clapotaient désormais avec mollesse.

– Le calme avant la tempête… murmura Tugdual en levant les yeux vers le ciel dégagé.

– C'est bien possible, acquiesça Oksa à mi-voix en foulant enfin la minuscule plage de sable qui brillait sous les rayons de la lune.

Les Sauve-Qui-Peut débarquèrent tour à tour dans la petite crique. Tous se sentaient à la fois soulagés d'être arrivés à bon port et anxieux d'affronter ces ennemis si proches d'eux. Ceux qui comme eux étaient des Du-Dedans. Et surtout des Sauve-Qui-Peut dont l'unique et colossale différence était d'avoir choisi la voie de la félonie.

– Ça va, Oksa ? chuchota Zoé en s'approchant de son amie.

– Euh... difficile à dire... Je crois qu'il était temps qu'on arrive. Une heure de plus sur ce bateau et j'explosais !

– L'action vaut toujours mieux que l'attente, déclara sentencieusement Cockerell.

– J'espère... commenta Zoé en regardant autour d'elle d'un air peu rassuré.

Les falaises impressionnantes qui encerclaient la crique amplifiaient le fort sentiment d'incertitude que partageaient les Sauve-Qui-Peut. La tête renversée, tous regardaient la muraille couverte d'arêtes tranchantes.

– Quelqu'un a vu Gus ? demanda soudain Oksa.

– Je suis là... lui répondit la voix pâteuse du garçon.

Il était assis dans le sable, voûté, les coudes sur les genoux. Dragomira et Jeanne étaient accroupies à ses côtés pendant que Bodkin tenait la Trasibule qui les éclairait d'une lumière très localisée. Ses gros yeux doux fixés sur lui, le bébé Foldingot ne lâchait pas le pull du garçon tout en gazouillant gentiment. Dragomira tendit une petite fiole à Gus et l'invita à la boire d'une traite. Oksa hésita, mais finit par se décider à avancer vers lui, le cœur battant. Son ami avait une mine désastreuse, les yeux rougis, les joues creusées. Il semblait respirer avec beaucoup de difficulté. Bodkin s'écarta pour laisser passer Oksa après lui avoir confié la Trasibule.

– Merci... murmura la Jeune Gracieuse.

L'homme s'inclina et s'éloigna.

– Comment tu te sens ? s'enhardit-elle en s'obligeant à fixer Gus.

– Comme si j'allais crever... répondit-il.

Oksa ne put s'empêcher de sourire : cette réponse lui ressemblait tellement !

– Si tu viens pour m'achever, je t'en prie, fais-le maintenant ! continua-t-il en faisant semblant de bomber le torse. Je suis prêt !

– Ne dis pas de sottises, mon garçon ! le gronda gentiment Dragomira. Cette potion devrait calmer ta migraine dans quelques minutes.

– Tu as la migraine ? s'étonna Oksa.

– Migraine et acouphènes de la mort, tu vois le genre... répondit Gus en lui jetant un coup d'œil vitreux. Une mort qui prend bien son temps pour m'achever à petit feu, quelle sadique...

Oksa rit nerveusement, partagée entre la joie de retrouver son ami et l'inquiétude que son état lui inspirait. D'instinct, elle regarda en arrière pour chercher Tugdual des yeux. Il était adossé contre la falaise et observait avec nonchalance sa Crache-Granoks. « Je les aime tous les deux », se dit-elle, effarée d'arriver à cette conclusion, là, maintenant, sur l'île des Félons.

– Peut-être vaudrait-il mieux qu'il reste sur le bateau ! résonna la voix tendue de Jeanne, interrompant Oksa dans ses pensées.

– Oh non, pitié ! gémit Gus. Pas le bateau... Je préfère encore crever sur le sable...

Il se prit la tête entre les mains.

– On peut dire que je suis vraiment un boulet, continua-t-il. Je me fais mordre par un de ces immondes Chiroptères, puis je me fais entableauter, et enfin je ralentis tout le monde avec mes bobos de misérable humain...

À ces mots, le bébé Foldingot se colla contre lui et frotta sa petite tête contre son bras alors qu'Oksa levait les yeux au ciel.

– Ça faisait longtemps que tu n'avais pas fait ton Calimero...

Pierre, qui se tenait près de son fils, s'éloigna soudain pour retrouver Abakoum et Réminiscens à quelques mètres et tous les trois se mirent à parlementer très bas. Oksa tendit l'oreille, misant sur la Chucholotte pour en savoir plus.

– Nous n'avons plus le choix, disait Réminiscens. Il ne faut pas perdre de temps. *S'ils* ont l'antidote, le processus sera ralenti et Gus aura une chance...

Oksa retint un cri. Gus aura une chance de quoi ? DE SURVIVRE ?!? Son cœur s'emballa. Son regard, horrifié, croisa celui d'Abakoum qui semblait avoir compris qu'elle avait épié la conversation. L'Homme-Fé la fixa longuement. Suivant son regard, Pierre et Réminiscens se tournèrent vers elle. Hébétée, elle fit mine d'observer les falaises.

– Allons-y ! intervint Pierre en retournant près de Gus. Je vais te porter, mon garçon.

– Marcher me fera peut-être du bien, fit Gus en se levant.

Une fois debout, il dut se tenir au bras de son père pour trouver un équilibre. Il ferma les yeux quelques secondes, puis les rouvrit en adressant un pâle sourire à ceux qui l'entouraient. Son regard s'attarda sur Oksa qui tenait toujours la Trasibule et rongeait les ongles de sa main libre.

– T'as vu, ma vieille ? lui lança-t-il d'une voix mal assurée. Je pète la forme ! Alors, arrête de te ronger les ongles !

– J'ai fini le dernier… répliqua-t-elle en lui rendant son sourire.

– T'as toujours été une véritable goinfre… renchérit-il, agrippé au bras de son père.

– Bon, je crois qu'il est temps d'aller à la rencontre de nos hôtes… fit Pavel d'une voix éraillée. Que tous ceux qui ne peuvent pas volticaler montent sur mon dos !

Sur ce, ses traits se durcirent sous l'effet de l'extrême concentration et chacun put voir à la faveur de la clarté lunaire le magnifique Dragon d'Encre s'extraire du dessin tatoué sur le dos de leur ami.

– Papa… Tu es magnifique… murmura Oksa, les larmes aux yeux.

Pavel lui adressa un regard à la fois plein de bravoure et de bienveillance qui la bouleversa. Impressionnés, Abakoum, Virginia, Kukka et Andrew s'approchèrent pour se hisser sur l'échine de la créature qui prit son envol avec une puissance fantastique. Pendant ce temps, Pierre volticalait, Gus dans ses bras. Oksa et Zoé ne tardèrent pas à s'élancer à leur tour, suivies de très près par Dragomira, Réminiscens et le clan Fortensky. Les membres du clan Knut, en leur qualité d'authentiques Mainfermes, avaient opté pour l'ascension à mains nues de la haute paroi escarpée. Comme de grosses araignées, ils se déplaçaient sur la roche verticale à une vitesse phénoménale sans être à aucun moment freinés par les affleurements pointus et coupants. Fascinée, Oksa faisait des allers et retours pour admirer leur aisance – en particulier celle de Tugdual qui semblait s'être lancé dans une course effrénée contre son oncle Olof. Derrière eux, solidement soutenu par sa mère qui volticalait prudemment, le petit Till poussait des cris de joie.

Enfin, tous les Sauve-Qui-Peut se retrouvèrent au bord de la falaise. Et le vide prodigieux qui plongeait derrière eux vers les eaux noires de la mer leur apparut soudain bien inoffensif. Car face à eux, la lande s'étendait à découvert jusqu'à la bâtisse menaçante où les attendait la clé de l'avenir des deux Mondes.

15

Danger au-dessus des têtes

Un sentier serpentait à travers la lande jusqu'à la maison élevée en plein milieu de l'île. Pavel et le Dragon d'Encre en escorte aérienne au-dessus de leurs têtes, les Sauve-Qui-Peut s'entreregardèrent. L'impatience et l'angoisse étreignaient les esprits, marquaient les visages. Mais les dés étaient jetés...

Avec une concentration appliquée, trois groupes définis lors des préparatifs se mirent en place : la Baba Pollock saisit la main d'Oksa et toutes deux s'avancèrent, encadrées par Réminiscens et Abakoum et suivies par Olof et Zoé. Derrière eux, les Foldingots puis les Insuffisants et les Gétorix se rangèrent sagement en ligne. Les Devinailles se calfeutrèrent dans les poches de la longue veste de laine de Dragomira, tandis que les Ptitchkines s'installaient dans la minuscule cage en or qu'elle portait en pendentif autour de son cou. Le deuxième groupe, constitué des plus aguerris – le couple Knut, Pierre, Cockerell et Feng Li –, s'élança avec la vélocité d'une meute de loups à travers la lande pour disparaître bientôt derrière la maison. Quant aux Du-Dehors, il avait été convenu qu'ils patienteraient dans une relative sécurité à l'intérieur de la petite chapelle, sous la protection du clan Fortensky, Jeanne, Bodkin, Helena et Tugdual. Une répartition à laquelle ce dernier s'opposait dans un mutisme buté. Aux côtés de sa mère, il fulminait, les mains enfoncées dans les poches de son jean. N'y tenant plus, il finit par se glisser entre les rangs pour rejoindre le groupe de tête en ignorant le regard désapprobateur que lui jetait Dragomira. Abakoum se retourna vers Helena qui acquiesça d'un signe de tête à son interrogation silencieuse, et Tugdual prit officiellement place derrière la Jeune Gracieuse.

– Tout va bien, ne put s'empêcher de marmonner Gus. Zorro est en *pole position*...

– Il peut se rendre utile, tu sais, lui fit remarquer sa mère.

– Tu as sûrement raison... soupira le garçon.

– Allons-y !

Les deux groupes se mirent en marche, déterminés. La lune brillait de tout son éclat, donnant au paysage une luminosité laiteuse tout à fait singulière.

– Mais ils vont nous voir arriver ! s'alarma Oksa.

– Oh ! Tu sais, ma Douchka, nous serions plongés dans une nuit impénétrable que cela n'y changerait rien. Orthon et ses amis n'ignorent rien de notre présence.

– C'est l'angoisse...

La jeune fille leva les yeux vers le ciel pour se rassurer : son père planait, son Dragon d'Encre déployé. Elle lui adressa un petit signe de la main avant de fixer à nouveau son attention sur le sentier et sur la maison. Toutes les fenêtres étaient éteintes et pourtant, nul ne doutait que derrière chacune d'entre elles se trouvait certainement un Félon en train d'observer la progression des Sauve-Qui-Peut.

– C'est vraiment l'angoisse, insista Oksa.

Dragomira resserra l'étreinte de sa main. Que faire de plus ? Les Sauve-Qui-Peut marchaient vers leur destin, aucun retour en arrière n'était possible. Il fallait avancer. Soudain, un cri étouffé retentit. Tout le monde se retourna pour constater que Gus était courbé, les mains plaquées sur les oreilles, visiblement en proie à une douleur insupportable.

– Regardez ! s'exclama Tugdual en tendant le doigt vers le ciel.

Les Sauve-Qui-Peut plissèrent les yeux et distinguèrent bientôt une nuée d'oiseaux qui se maintenaient au-dessus d'eux dans l'axe de la lune. Pavel s'approcha prudemment, contourna la masse voletante et vira jusqu'à ses amis pour les couvrir de toute l'envergure de ses ailes.

– Ce ne sont pas des oiseaux ! siffla-t-il. Ce sont des Chiroptères Tête-de-Mort !

Les Sauve-Qui-Peut tentèrent de contenir le fort sentiment de panique qui les saisissait en se positionnant aussitôt en une muraille défensive hérissée de Crache-Granoks. Mais au-dessus d'eux, la nuée de Chiroptères ne bougeait pas. Des centaines de petits yeux rouges se contentaient de luire dans la semi-obscurité, mettant les nerfs des Sauve-Qui-Peut à dure épreuve.

– Non mais, vous avez vu leur nombre ?! s'exclama Oksa. S'ils nous attaquent, on est cuits !

– Ils n'attaqueront pas, lança Abakoum. Orthon se fait juste un malin plaisir de nous effrayer...

– Tu as raison, confirma Dragomira. Ce n'est pas dans son intérêt de lancer les hostilités maintenant. Nous n'avons rien à craindre.

– Ces volatiles ont l'air patraque, fit remarquer l'Insuffisant d'Abakoum. Vous avez vu comme leurs yeux sont rouges ?

– C'est ça, l'Insuffisant ! rétorqua un des Gétorix. Ils ont une bonne grosse conjonctivite !

– Oh les malheureux, compatit l'Insuffisant avec une sincérité désarmante. Il paraît que l'eau de bleuet fait des miracles pour ce genre de choses...

– L'Homme-Fé a produit le don de paroles repues de véracité, intervint le Foldingot de Dragomira. Que les Sauve-Qui-Peut truffent leur cœur de soulagement : les Chiroptères Tête-de-Mort n'ont pas de préméditation belliqueuse.

– Hum... on ne peut pas dire non plus qu'ils soient des pacifistes effrénés... objecta le Gétorix en sautillant.

À moitié rassurés, les Sauve-Qui-Peut se remirent en marche, un œil rivé sur la nuée scintillante de prunelles rouges qui bruissait au-dessus d'eux. Derrière le groupe de tête, Gus paraissait au plus mal. Soutenu par Jeanne et Galina, il avançait péniblement.

– Je n'ai plus d'équilibre… gémit-il. Ma tête… Elle tourne… Je ne peux plus supporter…

En entendant cette plainte, Oksa se remémora une image : Gus, mordu par une de ces affreuses bestioles lors de l'« attaque de la montgolfière » au cours de laquelle Orthon et Léomido s'étaient affrontés, un an plus tôt. Elle fouilla dans sa mémoire pour retrouver ce qui avait été dit ensuite. « *Gus a été touché,* avait annoncé Léomido. *Mais ne crains rien, la morsure est superficielle et Dragomira a fait ce qu'il fallait, il n'y a plus aucun danger… – Ni aucune séquelle ?* avait demandé Naftali. *Les Chiroptères sont extrêmement… – Ne compliquons pas les choses inutilement »,* avait rétorqué Léomido.

Oksa se passa la main sur le visage tandis qu'un terrible lien se mettait en place dans son esprit. Bouleversée, elle s'arrêta net.

– Que se passe-t-il, ma Douchka ? demanda Dragomira à mi-voix.

Oksa se remit à marcher et serra la main de sa grand-mère.

– Baba, réponds-moi franchement, souffla-t-elle. Gus est malade à cause des Chiroptères, n'est-ce pas ?

– Oui, murmura Dragomira après quelques secondes d'hésitation. La morsure qu'il a subie est restée inactive pendant des mois, mais quand nous nous sommes rapprochés de l'île, c'est comme si le poison s'était soudainement répandu dans ses veines.

– Mais c'est terrible ! s'étouffa Oksa. La proximité avec les Chiroptères déclenche la douleur, c'est ça ?

– En quelque sorte, oui.

– Alors il faut l'éloigner ! Pourquoi le forcer à venir si près de ce qui le fait tant souffrir ?

– Nous n'avons pas le choix, chuchota Dragomira. Les Chiroptères ne font qu'accélérer le processus irréversible qui s'est enclenché depuis la minute où Gus a été mordu. Mais il doit venir avec nous.

Oksa sentit les larmes monter. Ses narines piquèrent, elle se mit à respirer plus rapidement, à court d'air.

– Un processus irréversible ? fit-elle en s'étranglant. Tu veux dire que…

– Orthon possède un antidote, la coupa Dragomira.

– ORTHON ?!?

– C'est lui qui connaît le mieux les Chiroptères Tête-de-Mort. Réminiscens est catégorique sur ce point : il sait les maîtriser et les commander, faire d'eux d'inoffensives petites chauves-souris ou de redoutables armes de guerre. Il sait comment les utiliser et surtout comment contrer l'effet de leur morsure.

– Tu veux dire que nous dépendons de lui pour sauver Gus ?

– C'est exactement ce que je veux dire, ma Douchka… Malheureusement…

Cette fois-ci, Oksa ne put retenir ses larmes. Son cœur lui paraissait sur le point d'éclater.

– Nous allons le tirer de là, je te le promets, fit Dragomira en lui serrant la main encore plus fort.

– Coûte que coûte, ajouta Réminiscens en lui pressant l'épaule. Tu as également ma promesse.

Oksa essuya ses joues luisantes de larmes avant de se retourner à nouveau pour regarder Gus.

– Ces vertiges… gémit-il. C'est atroce…

Dans la lumière laiteuse de la lune, le garçon semblait très affaibli. Oksa lui fit un petit signe de la main pour l'encourager.

– Tiens bon, Gus ! lança-t-elle.

Mais le deuxième groupe s'apprêtait déjà à rejoindre la chapelle. Gus répondit néanmoins par un hochement de tête : le message était reçu. Il s'éloigna, le bébé Foldingot trottinant derrière lui, et Oksa détourna la tête pour dissimuler son inquiétude. Elle scruta avec prudence les Chiroptères, puis elle inspira profondément et se laissa entraîner par Dragomira et Abakoum qui se remettaient en marche d'un pas vif. Il fallait faire vite. Pour Gus. Pour Marie. Pour les deux Mondes. Sans se poser de questions. « Surtout ne pas douter… » C'est ce que lui avait dit Tugdual quelques jours plus tôt. Elle sentait sa présence derrière elle, sur sa gauche. Elle lui glissa un coup d'œil. Il était plus déconcertant que jamais, pâle et impassible. Son regard obliqua vers elle, mais les cheveux qui tombaient devant ses yeux empêchaient la jeune fille d'y lire quoi que ce soit. C'est alors que Dragomira et Réminiscens s'arrêtèrent. Le sang d'Oksa se figea dans ses veines, précipitant les battements de son cœur : devant les Sauve-Qui-Peut, à quelques mètres seulement, se dressait la maison des Félons. Énorme. Silencieuse. Menaçante. Dragomira murmura quelques mots à son Culbu-gueulard qui quitta aussitôt l'épaule de sa maîtresse pour revenir une vingtaine de secondes plus tard avec de précieuses indications.

— Juste derrière cette porte haute de deux mètres cinquante se trouve un hall d'entrée long de six mètres vingt et large de trois mètres quatre-vingt-cinq, l'informa-t-il en se balançant sur sa base. Une double porte sur la gauche mène à un salon de quatre-vingt-huit mètres carrés partagé en deux parties égales. Une autre porte à droite ouvre sur une cuisine de quarante-deux mètres carrés. Tout au fond du hall, un escalier large d'un mètre cinquante et doté de vingt-deux marches de vingt centimètres chacune monte vers l'étage. Sous la cage de cet escalier se trouve une petite porte d'un mètre quatre-vingts qui descend au sous-sol. Cette porte est dissimulée par un trompe-l'œil et son ouverture est commandée par un ingénieux système hydraulique escamoté dans les ferronneries de la rampe d'escalier.

— Excellent travail, mon Culbu, le félicita Dragomira en tapotant sa petite tête. Et… as-tu décelé une présence humaine ? continua-t-elle, la voix tremblante.

— Vingt-huit personnes occupent ces lieux, informa le Culbu-gueulard. Parmi elles, dix-neuf Félons dont six Murmous éjectés d'Édéfia et treize personnes constituant leur descendance directe, auxquels s'ajoutent neuf Du-Dehors. Sans compter la mère de la Jeune Gracieuse.

En entendant évoquer sa mère, Oksa ne put retenir un frisson de colère. Pavel, dont le Dragon d'Encre était redevenu un inoffensif tatouage, la serra contre lui dans une ultime étreinte avant de disparaître en courant derrière la maison où l'attendaient les plus puissants de ses amis. Oksa se redressa, le regard farouche. Alors Dragomira fit le premier pas vers la sinistre maison.

– Il est temps d'affronter notre destin… murmura-t-elle. Maintenant…

16

De fielleuses retrouvailles

La porte de bois sombre était entrouverte et laissait passer une lumière vacillante. Dragomira s'avança, immédiatement imitée par les six autres membres de cette avant-garde courageuse. Abakoum retint Oksa à ses côtés, l'obligeant à rester en retrait aux côtés de l'Insuffisant et du Foldingot de la Baba qui formaient une escorte aussi insolite que pleine de ressources. D'un geste déterminé, Dragomira poussa la lourde porte qui grinça sur ses gonds. Le grand hall annoncé par le Culbu-gueulard apparut.

Des candélabres protégés par des globes de verre fixés sur les murs supportaient des bougies qui nimbaient la pièce d'une lumière changeante et vaguement inquiétante. L'éclat des flammes faisait étinceler les pampilles de cristal du lustre accroché au plafond. Le courant d'air provoqué par l'ouverture de la porte fit tinter la suspension et les murs se couvrirent de centaines de points lumineux, reflets mouvants de feu et de cristal. Au sol, le parquet assombri par les années et l'air salé de l'île laissait apparaître une figure géométrique plus claire, étrange et familière à la fois : l'étoile à huit branches. Le symbole d'Édéfia. L'Empreinte qui entourait le nombril d'Oksa. La jeune fille porta la main à son ventre, impressionnée. Elle connaissait la valeur de l'étoile, elle avait compris sa signification et tout ce qu'elle impliquait. Mais en la voyant ainsi sur le sol, immense, elle sentait en elle toute la puissance dont elle était l'héritière. Elle, Oksa Pollock, quatorze ans, fan de roller et de pop-rock, jeune fille ordinaire au destin extraordinaire… Elle se trouvait là, au centre de ce hall, de cette maison, de cette île. Au centre du Monde. Elle plissa les yeux, inspira et releva la tête. Tout au fond d'elle et pour la première fois, elle savait désormais ce qu'elle était vraiment : le Cœur des deux Mondes.

Les Sauve-Qui-Peut s'avancèrent avec prudence, unis par la même appréhension et par la même volonté : affronter leurs « frères » ennemis. Aux aguets et dans le seul but de se rassurer, ils se saisirent de leur Crache-Granoks et se resserrèrent instinctivement. Oksa, quant à elle, regardait tout autour d'elle avec circonspection, sans vraiment savoir ce qu'elle ferait si un Félon surgissait. Soudain, éclairée par-derrière, une silhouette se démarqua en haut de l'imposant escalier. Son ombre s'étendit jusqu'aux pieds de Dragomira qui se raidit. La silhouette, élégante et altière, descendit lentement les marches, suivie de deux autres plus massives. Quand elles arrivèrent au milieu de l'escalier, la lumière des bougies éclaira enfin leur visage.

– Bonsoir, Dragomira… Bonsoir, Jeune Gracieuse… résonna une voix féminine que certains reconnurent aussitôt. Je vois que vous êtes solidement accompagnées !

– Bonsoir, Mercedica, répondit Dragomira en étouffant les bouffées de rage qui montaient en elle. Laisse-moi te renvoyer le compliment… ajouta-t-elle en fixant les deux jeunes hommes qui l'escortaient.

– Permets-moi de t'en remercier, répliqua la fière Espagnole avec ironie. Ravie de te retrouver, Réminiscens, lança-t-elle brusquement. Après toutes ces années… Tu auras reconnu tes neveux, n'est-ce pas ?

Oksa sentit Réminiscens frémir. Quelques secondes avaient suffi pour ouvrir les hostilités, Mercedica n'avait pas perdu de temps… Mais Réminiscens était plus forte qu'elle n'en avait l'air : elle redressa la tête et fixa le trio d'un œil glacial.

– Mortimer et Gregor, les fils de ton frère jumeau ! fit Mercedica avec la satisfaction de celle qui tire une flèche en plein milieu de sa cible.

Les deux jeunes hommes esquissèrent un sourire provocateur, aussitôt effacé par la réplique de Réminiscens.

– Pour ta gouverne, Mercedica, sache que je ne me sens pas plus proche de ceux que tu appelles mes « neveux » que de ce mouchoir en papier qui traîne au fond de ma poche…

Sur ce, elle sortit le mouchoir roulé en boule et s'approcha du premier candélabre qui se trouvait à sa portée. Le mouchoir s'enflamma dans un silence stupéfait. Réminiscens le laissa tomber sur le sol et du bout de son pied écrasa ce qu'il en restait.

– Mais les liens du sang sont plus forts qu'un vulgaire mouchoir, ma chère Réminiscens, railla Mercedica avec un sourire forcé. Enfin, nous aurons tout le temps pour parler de cela plus tard, continua-t-elle en descendant les dernières marches. Entrez donc !

Toujours escortée par Gregor et Mortimer, elle se dirigea vers la double porte de gauche dont elle ouvrit largement les battants. Là, les yeux rivés sur les Sauve-Qui-Peut, attendaient dans un silence de mort tous ceux qui s'étaient ralliés à la cause d'Orthon.

Dragomira pénétra la première dans l'immense salon, Oksa, Réminiscens et Abakoum à ses côtés. La pièce, éclairée par la lumière oscillante de lampes à huile fixées sur les murs de grès poli, était recouverte de tapis épais. De nombreux fauteuils de cuir vieilli étaient disposés en demicercle, face à une énorme cheminée où brûlait un feu vif, ou bien regroupés autour de tables basses en métal frappé pour former plusieurs petits salons. Le mur du fond était occupé par une bibliothèque remplie de livres anciens aux couvertures marquées par le temps. Le cadre était somptueux, presque chaleureux, si ce n'était l'ambiance affreusement tendue qui y régnait.

De toutes les personnes présentes, les Sauve-Qui-Peut n'étaient pas forcément les plus impressionnés. En effet, les Félons, malgré la rudesse de leur caractère, ne pouvaient cacher leur trouble de se trouver face aux quatre personnes dont l'aura prestigieuse trouvait un écho particulier en chacun d'eux : les deux Gracieuses, la sœur jumelle de leur maître Orthon et le puissant Homme-Fé. Sans compter que la présence des créatures et celle, invisible, de ceux qu'ils devinaient à l'extérieur de la maison imposaient la prudence. De leur côté, Abakoum, Dragomira et Réminiscens connaissaient une émotion similaire en dévisageant les visages qui leur faisaient face. Plus de cinquante ans après le départ d'Édéfia, certains étaient restés miraculeusement familiers. Ainsi, malgré la conviction qu'ils les retrouveraient tôt ou tard sur l'île, les « Anciens » de Du-Dedans ne pouvaient s'empêcher de ressentir un certain trouble en reconnaissant Lukas, le talentueux Minéralogiste, et Agafon, l'ancien Mémothécaire – le conservateur des Archives Gracieuses. Des deux côtés, aucun n'aurait pu prétendre être tout à fait préparé à cette confrontation en chair et en os.

– Prenez place, je vous prie ! proposa Mercedica en indiquant de sa main baguée plusieurs canapés installés le long du mur.

Mais aucun des sept Sauve-Qui-Peut ne bougea. Tout le monde restait concentré sur l'observation d'autrui. Oksa remarqua que Mortimer ne quittait pas Zoé des yeux. Comme il avait changé ! Son corps avait perdu son excédent, il s'était à la fois affiné et fortifié. Se retournant pour soutenir sa cousine du regard, Oksa fut surprise de constater que Zoé, les bras farouchement croisés, défiait le jeune Félon d'un œil froid et hostile. Oksa porta son attention sur l'autre jeune homme dont la physionomie affichait sans contestation possible la filiation avec Orthon : silhouette sèche, yeux d'encre, posture rigide. « Alors voilà le fameux Gregor ! se dit la Jeune Gracieuse en détaillant son visage dur. Celui qui a osé lever la main sur Baba ! Celui qui lui a dérobé le Médaillon et la Goranov ! Un sacré pourri… »

Enfin Dragomira rompit le *statu quo*. Le pas sûr et les yeux fiévreux, elle s'approcha de Mercedica. Une légère agitation s'empara des Félons, plusieurs d'entre eux se raidirent dans une attitude défensive, prêts à en découdre. Le buste enserré dans un cache-cœur rouge sang, le cou et les mains couverts d'imposants bijoux, la traîtresse Mercedica semblait s'amuser de la situation et souriait fielleusement. À ses côtés, sa fille Catarina toisait les Sauve-Qui-Peut avec dédain.

– Nous ne sommes pas venus ici pour faire salon, finit par lâcher la Vieille Gracieuse d'une voix sourde. Où est Orthon ? Il se terre dans un trou ?

– Chaque chose en son temps ! répondit Mercedica en articulant de façon provocante. Mais dis-moi, vous n'êtes que sept ? Tes amis auraient-ils eu peur et rebroussé chemin ?

Certains ricanèrent, d'autres esquissèrent un sourire narquois. Dragomira, elle, ne prit pas la peine de répondre. C'est Oksa qui s'en chargea…

– Vous avez surveillé notre arrivée ! lança la jeune fille d'un ton vibrant. Alors vous savez très bien que nous sommes plus nombreux que vous !

– Chère petite Oksa… soupira Mercedica, amusée. Vous êtes nombreux, certes, mais le nombre ne fait pas toujours la force…

C'est alors qu'un grand raffut résonna depuis le hall d'entrée et que la porte s'ouvrit à toute volée. Une créature hideuse fit irruption dans le salon en braillant d'une affreuse voix éraillée.

– ARGH ! La mégère décatie et tous ses descendants dégénérés ! Qu'ils crèvent tous !

– Il ne manquait plus que lui… soupira Dragomira en reconnaissant l'Abominari.

L'affreuse créature osseuse et gluante se précipita dans sa direction, ses ongles tordus en avant. Dragomira tendit la main vers lui : un mince projectile lumineux partit à une vitesse fulgurante du centre de sa paume et vint percuter la créature. L'Abominari fut projeté contre la grille posée devant la cheminée. Il tomba sur le dos, l'épaule fumante. Il grogna, plus de rage que de douleur, et se précipita de nouveau.

– Je vais t'éventrer et faire de tes tripes faisandées un collier puant, espèce de hyène !

Cette fois-ci, c'est Mercedica qui lui barra le passage en l'attrapant par le membre visqueux qui lui servait de bras. L'Abominari se débattit.

– Je constate qu'il est toujours aussi charmant... railla Dragomira.

– Ferme ta bouche nauséabonde, harpie putride ! grogna l'Abominari.

– Vous ne détenez pas le droit de faire l'expression de goujaterie dans la direction de ma Vieille Gracieuse ! objecta le Foldingot dont le teint était devenu complètement translucide sous l'effet de la colère.

– Je détiens le droit de ce que je veux, esclave porcin !

Agacée, Oksa lança un Magnétus : le coupe-papier qui se trouvait sur un bureau dans l'angle de la pièce atterrit soudain entre les doigts de pied racornis de la créature, manquant de trancher un de ses trois orteils rabougris.

– Fille de truie ! hurla l'Abominari.

– HO ! Ça commence à bien faire ! s'énerva Oksa.

Cette affreuse créature avait dépassé les bornes ! La jeune fille avisa le panier rempli de bois posé à côté de la cheminée et se concentra. Une seconde plus tard, une solide bûche s'abattait sur la tête de l'Abominari qui chancela avant de s'effondrer sur le sol dans un indicible bruit de succion.

– Tsssstttttt, allons, allons, mes amis... Est-ce une façon d'honorer ces retrouvailles si... inespérées ? résonna une voix d'homme.

Capables de reconnaître cette voix entre mille, les Sauve-Qui-Peut se figèrent. Dans un silence épais, l'homme traversa le mur et s'avança entre les Félons pour se poster juste devant Dragomira.

– Bonsoir, Dragomira ! fit-il en inclinant légèrement la tête. Ou bien devrais-je dire : bonsoir, ma chère sœur...

17

Opération « Liberté pour Marie »

Pavel et ses amis bravaient le vent et la pluie sans ciller. Chacun apportait sa contribution en adaptant ses pouvoirs à la situation : Naftali, Brune, Pierre et Feng Li glissaient le long de la façade comme de grosses araignées, les mains enfoncées dans la moindre anfractuosité, pendant que Pavel et Cockerell volticalaient de fenêtre en fenêtre pour tenter de percevoir ce qu'il y avait derrière chacune d'entre elles. Mais quel que ce soit le moyen choisi, ils se savaient tous unis pour une même cause, pleins de hargne et de courage.

– Marie... Où es-tu ? murmura Pavel en serrant les dents.

Le visage rougi par les bourrasques glacées, Pierre lui fit signe. Son corps n'était retenu au mur que par la force de son index accroché à la minuscule corniche qui bordait le toit. Le « Viking » fit une pirouette arrière pour se détacher de la pierre et volticala jusqu'à Pavel.

– Elle est là !

En un clin d'œil, les six Sauve-Qui-Peut se rejoignirent et s'entretinrent en chuchotant, suspendus à plusieurs mètres du sol. Pavel acquiesça en posant la main sur l'épaule de Naftali. Le géant suédois s'enfonça alors dans le mur et disparut, Crache-Granoks à la main. Des cris retentirent, ajoutant à l'anxiété des Sauve-Qui-Peut. Enfin, la fenêtre finit par s'ouvrir et le visage de Naftali jaillit, illuminé par la victoire.

Devant les yeux écarquillés d'une femme bâillonnée et ligotée par l'Arborescens du Suédois, Pavel bondit jusqu'au lit où Marie était étendue. Tous les deux s'enlacèrent avec un soulagement indescriptible. Voilà plus de quatre mois que les Félons les avaient séparés et la tension qui retombait s'avérait presque aussi douloureuse que le choc ressenti à l'annonce de l'atroce nouvelle. Pavel avait l'impression que son cœur se fendillait pour relâcher toute l'inquiétude contenue pendant ces longs mois et la consolation suprême de retrouver celle qu'il aimait. Il inspira profondément, tentant de réguler les battements fous qui heurtaient sa cage thoracique, et tint le visage de Marie entre ses deux mains pour la contempler.

– Attention ! Quelqu'un arrive ! l'interrompit Pierre, l'oreille collée à la porte de la chambre.

Pavel sauta sur ses pieds pour se placer devant le lit en position défensive. Face à lui, Naftali tenait en respect la femme ligotée. Elle avait l'air paniqué et suppliant.

– Ne lui faites pas de mal ! murmura Marie.

Pavel lui jeta un regard interrogatif.

– Elle m'a beaucoup aidée... ajouta-t-elle avant que la porte ne s'ouvre avec fracas.

Quatre Félons jaillirent dans la chambre et marquèrent un temps d'arrêt en voyant les nouveaux « occupants ». Les Sauve-Qui-Peut s'avéraient plus impressionnants que leurs ennemis ne l'avaient imaginé : l'allure hors norme du couple Knut, la stature de Pierre et de Cockerell, le visage impénétrable de Feng Li et la fureur de Pavel s'ajoutaient à l'impression de farouche détermination qui se dégageait de tout le petit groupe.

Profitant de ce bref instant de flottement et de stupeur muette, Brune prit littéralement son envol pour venir frapper de ses deux pieds le torse de l'un d'entre eux. Le Félon tomba, entraînant dans sa chute les trois autres. Ils roulèrent sur le sol et contre-attaquèrent par la projection de Granoks que les Sauve-Qui-Peut parvinrent à esquiver. Des Feufolettos jaillirent alors, interceptés par Pavel qui ne semblait ni souffrir ni même ressentir la morsure du feu. Dans un râle sourd, c'est Pierre qui mit un terme à cette attaque éclair en assenant aux quatre Félons un Knock-Bong en pleine nuque. Les hommes s'affaissèrent, sonnés.

– Prenez garde ! lança Feng Li, en faction devant la fenêtre. D'autres arrivent par l'extérieur !

– Par là aussi ! fit Pierre après avoir jeté un bref coup d'œil dans le couloir.

Dans un geste qu'il savait vain, il ferma violemment la porte et sortit sa Crache-Granoks. Les Sauve-Qui-Peut s'entreregardèrent, retrouvant au fond des yeux de leurs amis l'esprit d'intense résolution qui animait chacun d'entre eux. Et c'est en véritables guerriers qu'ils s'apprêtèrent à affronter la dizaine de Félons qui ne tardèrent pas à traverser les murs et la fenêtre pour faire irruption dans la chambre de Marie.

18

Flèches empoisonnées

Oksa eut un mouvement de recul. Orthon était là, en pleine possession de son intégrité physique, ou presque. Il portait d'épaisses lunettes noires mais on voyait clairement que le Crucimaphila avait laissé quelques traces sur la peau de son visage et de ses mains – comme certainement sur le reste de son corps. De loin, son teint paraissait nacré. Mais à mesure qu'il se rapprochait, chacun des Sauve-Qui-Peut pouvait constater que sa peau était grêlée, comme *trouée* et finement *colmatée* par ce qui ressemblait à… de la sève de Goranov ! Oksa ne put s'empêcher de penser à la malheureuse plante aux nerfs si fragiles. Pourvu qu'elle ait survécu… Quant aux cheveux du Félon, ils avaient perdu leur couleur corbeau pour tourner en une étonnante teinte gris aluminium. Il s'arrêta au centre de la pièce et retira ses lunettes, dévoilant un nouveau changement physique qui stupéfia tous ceux qui connaissaient l'insondable profondeur d'encre de son regard. À l'instar de ses cheveux, ses yeux vibraient d'un éclat métallique encore plus cruel qu'avant.

Oksa sentit une petite main toute chaude qui se glissait dans la sienne : le Foldingot avait perçu le trouble dans lequel la précipitait Orthon. La Jeune Gracieuse luttait pour ne pas flancher, assaillie par tous les mauvais souvenirs et la menace des innombrables dangers que représentait cet homme. Il avait fait tant de mal à sa famille et à ceux qu'elle aimait ! Il avait été « presque mort » et, aujourd'hui, il paraissait plus fort, comme si la métamorphose subie après le

Crucimaphila l'avait rendu plus puissant. Son pull noir et son pantalon anthracite affinaient sa silhouette sans masquer une puissance qu'on devinait redoutable. Les yeux plissés, il contempla avec curiosité le groupe des Sauve-Qui-Peut et de leurs créatures. Puis, avec un intérêt redoublé, son attention se porta sur Oksa. Quand la Jeune Gracieuse entra dans le faisceau de son regard froid, elle crut avoir fait un bond de quelques mois en arrière. La même douleur insupportable qu'elle avait ressentie au plus profond d'elle le jour de la rentrée des classes – perturbante première rencontre avec le prof de maths Félon – la frappa comme un coup de poing en plein ventre. Orthon avait l'air si invulnérable... Elle lutta pour surmonter la souffrance et la panique, aidée par son Curbita-peto qui pressait sans relâche son poignet. Abakoum, qui se tenait en arrière-garde juste derrière elle, posa les mains sur ses épaules. Elle sentit un regain d'énergie et de confiance se propager en constatant qu'une imperceptible hésitation ombrait le visage d'Orthon : malgré la noirceur de sa puissance, le Félon craignait l'Homme-Fé, c'était indéniable.

Quelques secondes plus tard, il abandonnait Oksa – momentanément, la jeune fille n'en doutait pas... – pour se tourner vers sa sœur jumelle. Décomposée, Réminiscens se raidit et affronta avec dignité le regard sans fond de celui qui lui faisait face.

– Ma merveilleuse sœur... murmura Orthon.

Personne n'arrivait à déterminer si le ton d'Orthon était triste ou ironique. Un peu des deux peut-être...

– Alors, tu as choisi ton camp, continua-t-il.

– Je n'ai jamais eu à faire de choix, lui opposa Réminiscens d'une voix admirablement calme. C'est à mon cœur que j'obéis, pas à mon sang.

Cette repartie sembla déstabiliser Orthon.

– Mais pourquoi vous obstinez-vous tous à rejeter les liens qui nous unissent ? répliqua-t-il d'un ton faussement badin visant à agacer ses interlocuteurs. La génétique est une science indiscutable...

– … mais loin d'être indispensable à la solidité des liens qui peuvent unir des personnes ! l'interrompit Réminiscens.

Orthon la dévisagea avec une intensité mauvaise avant de prendre place dans le lourd fauteuil de cuir placé au centre de la pièce. Puis il reprit la discussion, brisant le silence tendu :

– Tu as l'air en pleine forme, ma chère sœur !

– Certainement pas grâce à toi ! objecta Réminiscens en resserrant autour d'elle les pans de son long cardigan de cachemire.

Le visage d'Orthon se marqua d'un rictus.

– Bien entendu, j'oubliais… Ta présence ici n'est redevable qu'à ton ex-chevalier servant, l'extraordinaire et irréprochable Léomido ! D'ailleurs, je m'étonne de ne pas le voir parmi vous, fit-il en plissant les yeux. A-t-il peur d'affronter son demi-frère ? Ou bien notre parenté lui fait-elle honte ?

Les Sauve-Qui-Peut blêmirent. Contre toute attente, Orthon n'était pas au courant de la mort de Léomido. La question qu'il avait posée à Bigtoe Square, alors qu'il avait investi le corps de Zelda, n'était donc pas une provocation. Le Félon voulait légitimement savoir ce qui était arrivé à son demi-frère ! Oksa retenait son souffle, inquiète des conséquences que risquait d'entraîner la divulgation de l'effroyable information.

– J'ai toujours su qu'il n'assumerait pas la vérité, continua Orthon à mi-voix. Quelle déception… Pendant des années, c'est lui qui était cité en exemple, toujours ! Et aujourd'hui, il se cache comme un rat craintif plutôt que de faire face. C'est extrêmement décevant…

– Léomido est mort ! le coupa Réminiscens d'une voix pleine de rage contenue avec difficulté.

La révélation atteignit Orthon de plein fouet : tous virent son visage se métamorphoser. Ses yeux s'agrandirent et parurent se noyer tandis que ses traits se contractaient dans une effroyable pâleur. Ses mains se crispèrent sur les accoudoirs du fauteuil au point que ses jointures craquèrent. Jamais il ne semblait avoir envisagé une telle explication. Un tel dénouement entre son frère ennemi et lui. Ébranlé, il finit par fermer les yeux pour échapper aux dizaines de regards qui le fixaient avec curiosité et appréhension. Quand il les rouvrit, un long moment plus tard, ce fut pour scruter le visage de sa jumelle qui faisait son possible pour cacher sa haine.

– Comment est-ce arrivé ? souffla-t-il d'une voix rauque.

– Le secret était trop lourd à porter, murmura Réminiscens. Il a préféré disparaître. Le Fouille-Cœur l'a englouti.

À ces mots, Orthon se leva sans un regard pour quiconque. Il posa les mains sur le manteau de la cheminée, dos voûté, laissant les Sauve-Qui-Peut et sa garde rapprochée dans la consternation. Dehors, le vent se mit à souffler en violentes rafales, faisant claquer les volets et trembler les murs. La prostration d'Orthon se prolongeant, les Sauve-Qui-Peut finirent par s'asseoir dans les différents canapés.

Oksa profita du silence pesant pour observer les Félons. Deux hommes attiraient particulièrement son attention. D'une prestance remarquable malgré leur âge certain, il émanait d'eux une intelligence et une férocité redoutables. « Agafon et Lukas… en déduisit la jeune fille. Les cruels Murmous… » Tous deux étaient grands et massifs, mais leur stature altière leur donnait une véritable splendeur, accentuée par leur aspect anormalement jeune. « Les Intemporentas, pensa aussitôt Oksa. Les Perles de Longévité ! » Ils étaient vêtus du costume traditionnel d'Édéfia : une sorte de kimono en lainage foncé, brodé de motifs géométriques le long du col et des manches. L'un d'eux inclina la tête quand Oksa croisa son regard brillant. Elle se détourna, troublée. Mais Orthon reprenait enfin sa place dans le fauteuil central et l'attention de tous se reporta sur le Maître des Félons.

Les bras croisés et le regard assassin, Réminiscens observait son frère jumeau, ce frère haï qui lui ressemblait tant. Ils étaient issus du même œuf, ils partageaient les mêmes cellules. Comment avaient-ils pu prendre des chemins aussi différents ? Ils s'aimaient tendrement jusqu'à ce qu'Ocious ordonne le Détachement Bien-Aimé qui allait briser la vie de la jeune fille qu'elle était et de la femme qu'elle allait devenir. Orthon aurait pu empêcher cette infamie s'il l'avait voulu. Se sentait-il coupable pour autant ? Avant d'être atteint par cette folie, sûrement... D'ailleurs, elle n'aurait pas été étonnée d'apprendre que cela faisait partie des griefs qu'il entretenait envers Ocious, leur père. Cette culpabilité qu'il n'assumait pas devait peser des tonnes au fond de son inconscient. Malgré cette conviction, Réminiscens ne supportait pas de voir Orthon parader. Une colère froide et mordante prenait possession de sa raison. Ce fut plus fort qu'elle : elle se projeta au milieu de la pièce pour atterrir à quelques centimètres de son frère et plongea ses yeux dans les siens. Les Félons réagirent aussitôt, menaçants, mais Orthon leva la main pour les arrêter.

– Tu veux nous faire croire que tu regrettes Léomido ? assena-t-elle, rageuse. Pourquoi as-tu gâché tant de vies ? Combien de personnes as-tu tuées, Orthon ? Combien ? Le sais-tu seulement ?

Le Félon pencha la tête, une expression méprisante sur le visage.

– Allons, allons, ma merveilleuse sœur... Chaque lutte s'accompagne de pertes, tu le sais bien ! Dommages de guerre, en quelque sorte...

– Mais de quelle lutte parles-tu ? rugit Réminiscens en se postant devant lui, les mains sur les hanches. Ta petite lutte personnelle pour satisfaire ton ego bourré de complexes ?

– Je ne te permets pas... gronda Orthon.

Ses yeux laissaient échapper de minuscules éclairs qui crépitaient de façon inquiétante.

– Tu as manœuvré pour que je sois entableautée à jamais parce que je risquais de contrarier tes projets ! continua Réminiscens. Tu as tué mon fils et sa femme ! TU LES AS TUÉS POUR LA SIMPLE ET UNIQUE RAISON QU'ILS TE GÊNAIENT !

Animée par une colère froide, elle sortit sa Crache-Granoks. Orthon ne bougea pas.

– Tu ne fais pas le poids, murmura-t-il entre ses dents. Tu peux me faire mal, tu peux me blesser, mais tu ne peux rien contre moi.

— Contre toi, non… répliqua Réminiscens, livide de rage. Mais contre lui, oui !

Et elle lança une Granok d'Arborescens sur Mortimer, le fils cadet d'Orthon. Aussitôt, tous les efforts des uns et des autres pour maintenir un semblant de pacifisme s'effondrèrent. Trop de colère et de rancune étouffait les cœurs des Sauve-Qui-Peut, trop d'orgueil et de rêves de gloire aveuglaient les Félons. L'Abominari fut le premier à lancer l'offensive :

— Je crache sur ta face de misérable vieille rate ! vitupéra-t-il, écumant de rage. Je dépècerai chaque partie de ton corps et je les jetterai aux crabes pour qu'ils s'en fassent un festin !

— Oui, oui, bien sûr… grommela Dragomira en lui jetant une Granok qui eut le pouvoir de sceller la bouche du monstre.

— Qui parle de cracher ? intervint l'Insuffisant.

Oksa sauta sur l'occasion. Tandis que, silencieux mais toutes griffes dehors, l'Abominari se ruait sur Dragomira, elle se pencha et glissa quelques mots à l'oreille de la créature indolente. Un instant plus tard, l'Abominari s'arrêtait net, éberlué par la douleur que provoquait la morsure du crachat mortel de l'Insuffisant. Sa peau noircit au niveau de l'impact en générant une fumée âcre et pestilentielle, et il s'effondra sur le parquet. Oksa se frotta les mains, satisfaite.

— Voilà une bonne chose de faite ! murmura-t-elle.

Pendant ce temps, la bataille faisait rage dans un désordre absolu. Orthon avait décidé de s'acharner sur l'Homme-Fé, son ennemi de toujours.

— ABAKOUM ! ATTENTION ! hurla Oksa, les sens à nouveau en alerte.

Pavel fit irruption dans la pièce juste au moment où elle allait s'élancer pour projeter son corps comme un boulet de canon contre Orthon.

— Je t'interdis de faire quoi que ce soit ! lui intima son père.

— Mais Papa…

– TU RESTES LÀ, TU NE BOUGES PAS ! ordonna-t-il en l'entraînant derrière un immense canapé.

– Et Maman… Tu l'as trouvée ?

– Elle est à la chapelle, en sécurité. Reste ici !

Malgré la situation tendue, Oksa ressentit un soulagement sans nom. De son côté, l'Homme-Fé esquivait les dizaines de Granoks qui s'abattaient sur lui en maintenant à bout de bras la baguette héritée de sa mère, la Fée Sans-Âge. Un bouclier à peine visible se dressa au-dessus et devant les Sauve-Qui-Peut, rendant les Granoks des Félons aussi inoffensives que des grains de semoule. Misant sur l'effet de surprise, Pavel s'élança et tous le virent courir *sur* les murs avec une agilité hors du commun. Gregor et Lukas réagirent aussitôt en lui lançant des éclairs du bout de leurs doigts. Mais Pavel était plus rapide. Il fit un dernier tour et prit son élan depuis le fond de la salle pour voler littéralement jusqu'à Orthon. Le cou du Félon fut pris en tenailles entre les tibias de Pavel qui se mit à tourner à l'horizontale, entraînant Orthon dans une vrille infernale. Tous deux tournoyèrent, suspendus en l'air dans une « union » si étroite qu'il paraissait impossible d'agir sans risquer de blesser celui de son propre camp. Cependant, Agafon s'y risqua.

– Orthon ! Tornaphyllon ! cria-t-il pour prévenir son maître.

Dès que la Granok atteignit le duo, Orthon s'éjecta de toutes ses forces pour échapper à l'effet centrifuge de la Tornaphyllon. Il atterrit sur ses pieds et adressa un regard plein de défi aux Sauve-Qui-Peut impuissants face à Pavel prisonnier du tourbillon provoqué par la Granok. Oksa se tordait les mains, horrifiée de voir son père dans une telle situation. Elle jeta un coup d'œil désespéré à Tugdual, mais le garçon était aux prises avec Catarina qui s'acharnait à lancer des Feufolettos contre les Sauve-Qui-Peut. Partout, ce n'étaient que duels, confrontations, défis et combats au corps à corps. Alors Oksa avala un de ses fameux Capaciteurs Ventosa et bondit vers le plafond.

– YA-HAAAA ! hurla-t-elle.

Elle s'envola et la magie opéra : ses mains se plaquèrent au plafond, comme aimantées. Elle s'approcha, se retenant de toutes ses forces à la surface lisse pour ne pas être entraînée par le tourbillon furieux. Ses cheveux et ses vêtements se tendaient à l'horizontale, aspirés. Tout en elle était attiré par le souffle vorace. Elle dénoua son écharpe qui commençait à l'étrangler et la vit disparaître.

– Fais gaffe, Oksa ! lui cria Tugdual en évitant une nouvelle salve de Granoks lancée par Gregor.

Malgré le danger, Oksa n'hésita pas et plongea son bras dans la tornade pour libérer son père en le tirant violemment vers elle. Tous les deux roulèrent sur le sol sans ménagement.

– Aïe ! gémit la jeune fille, recroquevillée.

Toute Gracieuse qu'elle était, elle n'en restait pas moins humaine et son corps le lui rappelait...

– Tu aurais dû m'écouter ! la tança Pavel en grinçant des dents. Tu as pris des risques insensés.

Elle le regarda, déconcertée. Qu'est-ce qu'il voulait qu'elle fasse ? Qu'elle attende gentiment qu'il meure ?! Sa respiration s'accéléra et son regard se noircit.

– Allons, allons, mon cher neveu, ta fille a juste le sens du sacrifice...

Oksa se raidit : Orthon venait de poser le pied là où elle souffrait le plus vivement, sur son épaule endolorie. Impitoyable, il exerçait une pression de plus en plus forte en fixant Pavel, les yeux pleins de défi. Soudain, il saisit la gorge de Pavel et poussa Oksa du bout du pied. La jeune fille se retrouva allongée de tout son long, la cage thoracique écrasée par le pied lourd comme du plomb du Félon. Le souffle coupé, elle écarquilla les yeux. Au-dessus d'elle, Orthon repoussait les assauts de Tugdual et de Dragomira tout en serrant la gorge de Pavel. « Il est invincible... se lamenta Oksa. On va tous mourir ! » Elle tenta de mobiliser cet Autre-Moi qu'elle sentait vibrer tout au fond d'elle. Qu'est-ce qu'il attendait pour réduire Orthon en bouillie ? Comment marchait-il ? Argh, elle n'arrivait à rien...

– ORTHON ! résonna subitement la voix de Réminiscens. ÇA SUFFIT !

Tous se tournèrent vers elle. Elle brandissait sa Crache-Granoks à l'extrémité de laquelle un mince filament d'Arborescens rejoignait le corps de Mortimer, puis elle battit l'air comme si elle tenait un fouet. Étroitement ligoté, Mortimer fut soulevé du sol et projeté dans tous les sens sans pouvoir contrer le moindre choc. Il se cognait au plafond, contre les murs et le sol, en poussant des cris de douleur et de peur.

– Lâche-les ! fit Réminiscens en s'adressant à Orthon d'un ton glacial.

Orthon demeura impassible.

– Es-tu sûr de ce que tu fais ? s'étonna Réminiscens en le défiant des yeux. Toi qui accordes tant de valeur aux liens du sang, tu serais prêt à sacrifier la chair de ta chair ?

Elle accentua le mouvement de sa Crache-Granoks, ce qui fit hurler Mortimer encore plus fort. Orthon blêmit alors que Gregor serrait les poings, fou de rage. Derrière le groupe de Sauve-Qui-Peut, Zoé pleurait en silence. L'atmosphère devenait intenable. Ni Réminiscens ni Orthon ne semblaient vouloir lâcher quoi que ce soit et ce duel pouvait durer des heures, tous s'en rendaient bien compte. Les cris de Mortimer devenaient moins vifs, le garçon sombrait peu à peu dans l'inconscience.

– Tu n'iras pas jusqu'au bout... murmura Orthon d'une voix vibrante de rage.

– Tu en es bien sûr ? répliqua Réminiscens en abattant si fortement sa Crache-Granoks vers le sol que le corps de Mortimer rebondit comme une balle. Et si je faisais comme toi, mon frère... Si je n'avais pas la moindre hésitation et que je tuais ton fils comme tu as tué le mien ?

– Arrête... fit Orthon, blême.

Avec une violence provocante, il projeta Pavel qui glissa de tout son long sur le parquet. Puis, du bout de sa chaussure, il repoussa Oksa. La jeune fille bondit sur ses pieds et malgré la douleur se redressa avec détermination. Mais le moment n'était plus à la bataille de clans. Comme s'ils étaient seuls au monde, Réminiscens et Orthon réglaient leurs comptes, indifférents au cataclysme qu'ils généraient autour d'eux.

– Ton fils et sa femme sont morts dans un accident d'avion, tu le sais bien ! reprit Orthon.

– Un accident d'avion manigancé par ton esprit diabolique, oui ! Ne t'abaisse pas à jouer à ce jeu, je te prie. Tu as brisé ma vie en tuant mon fils et, même si je doute que tu en souffres autant que j'en ai souffert, je vais tuer le tien ! Tu m'entends ? JE VAIS TUER MORTIMER !

Un frémissement parcourut les Félons comme les Sauve-Qui-Peut. Réminiscens paraissait si résolue, si impitoyable… Dans le camp des Sauve-Qui-Peut, chacun se rendait compte que la vieille dame douce et fragile qui avait erré pendant des mois dans le tableau était devenue leur alliée la plus solide. Mais aussi la plus féroce et la plus indépendante car à l'instant présent – et en dépit des règles que s'étaient fixées les Sauve-Qui-Peut – Réminiscens ne pouvait obéir qu'à sa soif de vengeance. Quant aux Félons, elle était à leurs yeux la digne sœur jumelle de leur maître et nul ne doutait qu'elle saurait repousser les limites de la puissance et de la cruauté. Sa détermination paraissait inébranlable, même Orthon semblait en être persuadé : la lueur tranchante qui brillait au fond des yeux de Réminiscens ne laissait aucune place au doute. Ni à l'espoir. Elle leva à nouveau le bras pour porter le coup qui menaçait d'être fatal à Mortimer. Zoé poussa un cri désespéré.

– NE LE TUE PAS ! Grand-Mère, s'il te plaît…

Réminiscens sembla fléchir un instant. Le souffle court, Oksa regarda Zoé. Pendant des mois, Mortimer avait été comme un frère pour la jeune fille perdue et l'affection sincère qu'il lui avait apportée ne s'effacerait jamais. Zoé se tordait les mains et ne pouvait plus empêcher le chagrin qui l'étouffait d'exploser.

– Ne tue pas Mortimer… hoqueta-t-elle. Il y a eu assez de morts…

– Je vous en supplie ! intervint enfin une femme en larmes en quittant les rangs du fond où elle était jusqu'alors restée en retrait. Épargnez mon fils. Le tuer vengera peut-être les morts, mais rien ne les fera revenir.

C'en fut trop pour Zoé qui revoyait sa grand-tante Barbara pour la première fois depuis qu'elle avait quitté la maison des McGraw en ce sinistre jour d'avril où sa vie avait basculé, une fois de plus… La jeune fille laissa échapper un gémissement qui fit frémir Réminiscens et s'effondra, le visage enfoui dans les mains.

– Écoute-les ! murmura Abakoum en l'implorant des yeux.

Mais la souffrance était plus forte que la raison. Dans un sanglot aussi rageur que déchirant, Réminiscens leva le bras puis l'abattit avec une volonté destructrice que rien ni personne ne pouvait arrêter.

19

Un retour à la raison laborieux

L'éclair saturé d'or qui claqua soudain au milieu de la pièce assourdit et aveugla tout le monde. Par réflexe, chacun essaya de se protéger de la lumière éblouissante en mettant l'avant-bras devant ses yeux.

– Les Sans-Âge ! s'exclama Oksa, émerveillée et soulagée.

Orthon se crispa, les yeux écarquillés sur le halo doré qui se mettait en place entre les Sauve-Qui-Peut et les Félons. Oksa le regarda, surprise par son incrédulité. « Évidemment ! se dit-elle enfin. Il ne les a jamais vues ! » Une silhouette se distingua du halo. Elle se mouvait avec une douceur hypnotique, ses longs cheveux ondulant derrière elle comme les algues au fond de la mer. Elle resta suspendue à quelques dizaines de centimètres du sol et observa longuement les deux groupes qui se faisaient face. Convaincus que le moment qu'ils vivaient allait être capital pour leur avenir, tous restaient immobiles, paralysés par cette apparition si soudaine. La silhouette s'approcha d'Oksa, faisant reculer Orthon d'un pas.

– Mes hommages, Jeune Gracieuse…

Ces mots, prononcés d'une voix cristalline et envoûtante, imposèrent un silence respectueux chez les Félons. Impressionnés, tous baissèrent leur Crache-Granoks pour se concentrer sur la Sans-Âge qui saluait Oksa avec une déférence qu'aucun d'eux n'avait eue jusqu'alors.

– L'heure du rassemblement est arrivée, annonça-t-elle. Édéfia, le Cœur du Monde, se meurt.

– Et Ocious ? l'interrompit Agafon sous le regard impénétrable d'Orthon.

– Ocious a assez fait, le coupa la Sans-Âge. Malorane et lui partagent la responsabilité du Grand Chaos qui aboutit aujourd'hui à l'anéantissement des deux Mondes. C'est à vous tous d'agir maintenant. Si vous n'intervenez pas, tout sera fini.

– Que devons-nous faire ? s'écria Oksa.

– Trouver la force d'unir vos pouvoirs, répondit la Sans-Âge.

Tous s'entreregardèrent avec scepticisme et défiance.

– Rien ne peut plus nous réunir, objecta Pavel.

– La survie des deux Mondes dépend de cette union, pourtant...

Après un silence de plomb, un véritable brouhaha finit par s'élever dans les deux camps.

– L'union est impossible ! déclarèrent plusieurs personnes, tant chez les Félons que chez les Sauve-Qui-Peut.

– C'est totalement exclu !

– Hors de question !

– La situation n'est peut-être pas aussi grave qu'on nous le dit ! retentit la voix de Mercedica au-dessus du vacarme.

Un craquement brutal les interrompit : le halo qui entourait la Sans-Âge s'était sensiblement obscurci et laissait voir des images catastrophiques du monde entier. Comme si des dizaines de télévisions étaient allumées, les voix de multiples journalistes résonnèrent dans toutes les langues. Chacun ajusta son oreille pour comprendre les commentaires, même si les images étaient suffisamment évocatrices du désastre qui s'abattait sur Du-Dehors. Les volcans se réveillaient l'un après l'autre, les séismes secouaient la Terre entière, les raz de marée submergeaient les côtes, les pluies noyaient les terres, les feux ravageaient villes et forêts... Partout, avec l'énergie d'un ultime espoir, d'interminables colonnes humaines tentaient de fuir le chaos. Mais l'effort restait vain car le chaos régnait en maître...

– L'agonie des deux Mondes approche plus vite qu'aucun de nous ne l'aurait imaginé, annonça la Sans-Âge.

L'équilibre du Cœur du Monde, protégé par la Chambre de la Pèlerine, a été irrémédiablement rompu dès la révélation du Secret-Qui-Ne-Se-Raconte-Pas. Depuis, l'ordre a pu être maintenu plus ou moins solidement, mais aujourd'hui, nous glissons tous vers le chaos. Les blessures sont profondes. Cependant, l'équilibre peut encore être rétabli. Cette rémission impose une union, des concessions et des sacrifices qui vous paraissent insupportables mais qu'il va vous falloir dépasser. Car l'avenir des deux Mondes dépend de vous. DE VOUS TOUS.

Elle se tourna subitement vers Dragomira et l'enveloppa de mille volutes d'or.

– Le Portail ne tardera pas à se mettre en place, lui dit-elle dans un souffle que seuls les plus proches perçurent. Ton Foldingot saura vous guider car il est le Gardien du Repère. Prépare-toi, Dragomira, car tu es et restes une Gracieuse. Celle qui conserve en son cœur une part de l'équilibre qui se meurt.

Les volutes entourèrent encore Dragomira dans un murmure dont nul, à part elle, ne pouvait plus percevoir le sens. Puis le halo disparut, emportant la silhouette dans son sillage doré.

Félons comme Sauve-Qui-Peut, tous se sentaient aussi stupéfaits que consternés. Soutenue par Abakoum et Pavel, Dragomira était livide. L'accablement creusait son visage et noyait ses grands yeux bleus.

– Je crois qu'il est temps que nous discutions... fit-elle d'une voix rauque.

Elle s'assit sur le premier siège à sa portée, bientôt imitée par les membres des deux groupes. Réminiscens gardait sa Crache-Granoks à la main. La précieuse sarbacane restait reliée au corps de Mortimer toujours inerte sur le sol. À contrecœur, Orthon s'assit à son tour.

– Il faut nous rendre à l'évidence, commença Dragomira. Nos différends sont définitifs, mais nous avons besoin les uns des autres pour rétablir l'équilibre. Si nous ne le faisons pas, nous mourrons tous, à Du-Dehors comme à Du-Dedans. Est-ce ce que nous voulons ?

Le silence était écrasant. La réponse envahissait les esprits à l'unanimité, indépendamment des ambitions qui animaient chacun.

– Orthon, nous avons chacun une partie de la solution qui nous permettra d'entrer à Édéfia. Tu disposes du Médaillon de ma mère…

– De *notre* mère, corrigea le Félon.

– Oui, effectivement, se reprit Dragomira en plissant les yeux. Tu possèdes le Médaillon de *notre* mère, celui qui contient l'incantation qui nous permettra d'ouvrir le Portail. Or, le Portail est quelque part dans le vaste Monde, qui sait où exactement ? Le Gardien du Repère Absolu, mon fidèle Foldingot, est le seul à pouvoir nous l'indiquer. Donc, tu as la clé, mais tu ne sais pas où est le Portail. Quant à moi, je suis en mesure de savoir où est le Portail, mais je n'ai pas la clé…

Le front d'Orthon se plissa sous un douloureux effort de concentration. Plus les secondes s'écoulaient, plus la décision paraissait difficile à prendre. Ce qui mettait certaines personnes hors d'elles…

– Peux-tu expliquer à tes amis pourquoi tu tiens tant à entrer à Édéfia ? intervint soudain Réminiscens. Le savez-vous, vous tous qui le suivez aveuglément ?

– Non, Réminiscens… lui murmura Abakoum. S'il te plaît, ne fais pas ça.

L'Homme-Fé paraissait inquiet de la tournure que risquait de prendre la discussion. Les questions soulevées par Réminiscens étaient si graves et si intimes… Le visage d'Orthon se contracta. Une lueur, mordante et violente, se refléta dans son regard. Le Félon semblait lutter pour ne pas tout ravager autour de lui.

– Tu espères que notre père t'aimera enfin ? poursuivit Réminiscens d'un ton cassant. Mais que crois-tu ? Il n'a jamais aimé que lui. Lui et le pouvoir. Et ce que tu es devenu ne changera rien. Tu as fait tout cela pour rien, mon pauvre Orthon !

– Arrête, Réminiscens ! ordonna Abakoum avec une autorité surprenante. Ce n'est pas le moment... ajouta-t-il d'une voix plus basse. Peu importe ce qui motive nos ennemis, l'essentiel est maintenant de s'unir. Le temps presse.

Et comme pour le rappeler à tous, de furieuses bourrasques de vent firent trembler à nouveau les murs de la maison. Une rafale tourbillonna dans le conduit de la cheminée et souleva des nuages de cendres incandescentes autour de l'âtre alors que dehors la pluie semblait s'être transformée en déluge de grêle. La charpente craquait sous la pression des éléments et on pouvait entendre des tuiles se fracasser sur le sol. Soudain, une secousse venue des profondeurs de la Terre agita l'île. Le plancher et les cloisons émirent un épouvantable grincement pendant que des dizaines d'objets et de tableaux tombaient autour des occupants du salon. Tous s'accrochaient les uns aux autres, terrifiés, les yeux exorbités. Puis, la secousse cessa, aussi subitement qu'elle était venue, laissant les murs fissurés et les êtres unis dans un effroi commun. Même Orthon semblait ébranlé. Il inspira profondément, son regard d'aluminium fixé sur sa jumelle. Alors Réminiscens leva sa Crache-Granoks avec une douceur incomparable. Le corps de Mortimer s'éleva, porté par l'Arborescens. D'une main habile, la vieille dame dirigea le garçon inerte jusqu'à Barbara devant laquelle elle le déposa. Orthon lui jeta un ultime regard. Un regard si énigmatique que nul n'aurait su dire si le feu qui le consumait était attisé par la rancune ou par la gratitude. Barbara à ses côtés, le Félon prit son fils dans ses bras et se dirigea vers le hall d'entrée.

– Attends Orthon ! résonna soudain une voix. Nous aussi, nous avons besoin de soins...

Orthon se retourna, imité par tous les Félons et les Sauve-Qui-Peut : trempée des pieds à la tête, le petit Foldingot à ses côtés, Jeanne Bellanger se tenait sur le palier du salon.

– GUS ! s'exclama Oksa en voyant son ami dans les bras de sa mère, complètement inanimé.

Ses cheveux noirs pendaient derrière lui et laissaient voir son visage, pâle comme la mort. Abakoum se précipita vers

Jeanne pour la soulager. Il souleva les paupières du garçon et son visage s'assombrit. Il se tourna vers Orthon qui adressa un regard interrogateur à son puissant adversaire.

– L'antidote… dit simplement Abakoum.

Les lèvres du Félon s'étirèrent alors en un sourire aussi cruel que triomphal. Ce seul mot et la vision de Gus dont les traits étaient tordus de douleur suffisaient…

– Mais avec grand plaisir ! murmura-t-il d'un ton doucereux.

20

L'antidote

La garde rapprochée d'Orthon – composée de Lukas, Agafon, Gregor, Mercedica et Barbara – s'engagea dans la vaste entrée plongée dans une pénombre lugubre. Abakoum suivait le groupe de près, accompagné par les parents de Gus, Dragomira, Naftali, Pavel et Oksa. Quand Réminiscens s'avança d'un pas pesant pour se joindre à eux, la voix d'Orthon tonna :

– Qu'elle reste ici ! Je ne veux pas d'*elle* à mes côtés !

– Il vaut mieux que tu nous attendes, Réminiscens, murmura Dragomira. Veille sur nos amis, nous comptons sur toi.

La vieille dame acquiesça et le groupe s'éloigna du salon, à la suite des Félons.

Déstabilisée par l'obscurité qui régnait dans le hall, Dragomira ne tarda pas à faire jaillir de sa Crache-Granoks une Trasibule qui éclaira la grande pièce de ses tentacules éblouissants.

– Trasibule à onze tentacules ! siffla Orthon avec une certaine admiration. J'ignorais que tu possédais un tel spécimen, ma chère sœur.

– Et ce n'est certainement pas la seule chose que tu ignores de moi, rétorqua Dragomira.

Orthon laissa échapper un rire nerveux tout en s'approchant de la rampe de l'escalier ornementée de ferronneries complexes. Il pressa la paume de sa main contre un des motifs représentant une éclipse de soleil et fit pivoter son poignet. La petite porte escamotée dans la cage d'escalier dont le Culbu-gueulard avait évoqué l'existence s'ouvrit alors sur un autre escalier éclairé de lampes à huile. Orthon s'y engagea et tous le suivirent dans un silence de plomb. La porte se referma lentement, laissant juste le temps à Tugdual et à Zoé de s'engouffrer en catimini derrière les Sauve-Qui-Peut.

– Qu'est-ce que vous faites là ? chuchota Oksa en les apercevant. C'est super dangereux !

– Tu ne croyais quand même pas qu'on allait te laisser descendre là-dedans sans nous, P'tite Gracieuse ! répondit Tugdual, le bébé Foldingot dans les bras.

Oksa leva les yeux au ciel et tourna la tête pour cacher le réconfort évident que la présence de ses deux amis lui procurait.

– Alors… voyons un peu ce que cache le repaire des Félons… murmura Tugdual en entraînant les deux filles.

Après plusieurs volées de marches, les deux clans débouchèrent dans un immense corridor bordé d'une dizaine de portes qui semblaient s'enfoncer dans les tréfonds de l'île. La lumière vacillait sur les parois de grès et l'atmosphère confinée oppressait la respiration. Mais à l'apparition des visiteurs, un énorme ventilateur encastré dans les parois se mit en marche au bout du corridor, laissant filtrer un air chargé de sel marin qui apaisa instantanément la sensation d'étouffement.

– Par ici ! ordonna Orthon en poussant une des portes.

Tout le monde s'engouffra derrière lui et la porte se referma dans un cliquetis de serrures invisibles. Les Sauve-Qui-Peut découvrirent alors une immense salle aménagée en laboratoire géant. Un alambic aussi impressionnant que celui de Dragomira trônait au milieu de la pièce et les murs étaient couverts de flacons, d'éprouvettes, de fioles et de bonbonnes de toutes tailles. Des caisses, pleines à craquer de roches et de cristaux, occupaient le fond obscur de la pièce. Orthon installa son fils sur un lit de camp et fouilla dans un grand meuble en jetant la moitié de son contenu par terre. Il en sortit une petite bouteille contenant un liquide aux reflets mordorés. Dragomira s'approcha, curieuse.

– Philtre de ma fabrication, répondit Orthon à sa question muette. Eau de source de Yellowstone dans laquelle j'ai fait macérer de la Malachite pour absorber les douleurs, un éclat de Labradorite de Madagascar pour vaincre la fatigue et un fragment d'Aragonite de Saragosse pour activer la soudure des os fracturés. Sans oublier un ingrédient indispensable dont tu me permettras de taire la nature, ma chère sœur…

Sur ces mots, il se pencha et entrouvrit les lèvres de Mortimer pour y laisser couler quelques gouttes du philtre. Quelques secondes plus tard, le garçon redressait la tête, hagard. En apercevant Dragomira et Pavel, il eut un mouvement de recul et se recroquevilla sur son lit. Aussitôt, Barbara le prit dans ses bras pour le rassurer. Il gémit, le corps toujours endolori.

– Quelques gouttes de plus… fit Orthon en lui tendant la petite bouteille.

Mortimer obtempéra, le regard arrêté sur Zoé. Sans la quitter des yeux, il s'étira alors avec la satisfaction évidente de celui qui retrouve toute la puissance de ses moyens. Le visage marqué de larges ecchymoses, il bondit de sa couchette avec la souplesse d'un félin, stupéfiant les Sauve-Qui-Peut par la rapidité de son rétablissement.

– Le pouvoir des pierres est fascinant, n'est-ce pas ? lança Orthon.

– Tout comme celui des plantes peut l'être… répliqua Dragomira, agacée par son air suffisant.

– Alors dans ce cas, ma chère sœur, pourquoi ne pas te charger toi-même de la guérison de ce pauvre garçon ? ironisa-t-il en regardant Gus.

Dragomira était interloquée par tant d'arrogance, mais elle choisit de garder une certaine modération dans son attitude.

– Tu es à l'origine de l'état de Gus, fit-elle d'un ton aussi neutre que possible, et nous savons que tu possèdes un antidote. Tu as entendu la Sans-Âge : le temps presse. Alors pourquoi perdrais-je de précieuses heures à concocter un remède dont tu disposes déjà ? Et, au cas où tu serais tenté d'exercer un éventuel chantage, rappelle-toi que tu compromettrais définitivement l'avenir des deux Mondes, et par conséquent le tien.

– Oh ! Dragomira, ma chère Dragomira... soupira Orthon. La frustration te fait divaguer. Comment pourrais-je être aussi irresponsable ?

– Comment le pourrais-tu, effectivement... renchérit Dragomira.

Elle se pencha vers Gus, allongé sur un autre lit de camp. Ses parents et Abakoum s'étaient assis sur des tabourets, près de lui. Jeanne tenait sa main et ne le quittait pas des yeux. Tout comme le petit Foldingot qui avait grimpé sur le lit pour se rouler en boule contre le garçon.

– Voudrais-tu nous expliquer ce qui se passe ? demanda Dragomira en étouffant les bouffées de colère qui l'étranglaient.

– C'est très simple, répondit Orthon avec une jubilation choquante. Le venin de mes chers petits Chiroptères est en train de se diffuser dans les veines de ce malheureux garçon. Ce venin rend l'organisme particulièrement réceptif à tous les ultrasons et infrasons produits par l'homme, la nature ou les machines. C'est un procédé que j'avoue être redoutable – la CIA s'en est d'ailleurs inspirée pour mettre au point une nouvelle génération d'armes tout à fait extraordinaires... La souffrance que votre petit protégé endure est telle qu'il a préféré sombrer dans l'inconscience.

– *Préféré* ? s'écria Pierre en fusillant Orthon des yeux.

– Donne-lui l'antidote ! ordonna Dragomira. Tout de suite !

Orthon ricana méchamment.

– Comme ton raisonnement est primaire, ma chère sœur ! Tu crois vraiment que j'aurais mis au point un procédé aussi élémentaire ? Non, non, non... Ton jeune protégé est en train de glisser bien gentiment vers la mort...

– NON ! hurla Oksa.

Jeanne plongea son visage entre ses mains et fondit en larmes pendant que Pierre se tassait sous le poids de l'accablement.

– Et pourtant si ! continua Orthon en se réjouissant de l'effet qu'il produisait. Sauf si je daigne intervenir, bien sûr…

– Vous vous êtes engagé ! l'interrompit Oksa, folle de rage.

– Oui, et c'est pour cela que je vous propose de choisir entre deux solutions.

– Quel grand prince… siffla Pavel.

– Première solution : votre protégé continue de souffrir pendant toute son adolescence en alternant périodes d'inconscience et douleurs insupportables. À l'issue de sa puberté, il s'éteindra définitivement.

– Tu appelles ça *une solution* ? s'énerva Dragomira.

– Deuxième solution : le protégé bénéficie d'un don de sang qui permettra à son métabolisme d'assimiler l'antidote. Cet antidote lui fera alors franchir allègrement cette pesante puberté au cours de laquelle le venin connaît son pic d'efficacité. Intéressant, non ?

Les Sauve-Qui-Peut restaient muets de stupeur, incertains d'avoir compris le fonctionnement et toutes les implications de cette deuxième éventualité.

– Je vous sens dubitatifs, reprit Orthon, plus sûr de lui que jamais. Ce que je propose n'est rien de plus qu'un simple choix entre la vie et la mort !

– Tu es fou… lâcha Dragomira.

– Tel que je te connais, je suppose que le généreux donneur de sang doit être un Murmou, intervint Abakoum d'une voix rauque.

Orthon se tourna vers lui et plissa les yeux.

– Bel esprit de déduction, applaudit-il avec dérision.

– C'était donc vrai… murmura Abakoum.

– Quoi, Abakoum ? ne put s'empêcher de demander Oksa. Qu'est-ce qui était vrai ?

21

L'ignoble contrepartie

L'Homme-Fé détacha ses yeux du regard cruel d'Orthon et se tourna vers Oksa et les Sauve-Qui-Peut.

– On racontait à Édéfia que les Murmous avaient mis au point une arme terrible pour contraindre certains des plus éminents scientifiques à rallier leur Société Secrète. Cette arme visait les enfants des plus réticents d'entre eux par un moyen bien plus sophistiqué qu'une simple prise d'otages : ces malheureux enfants étaient mordus par un Chiroptère. Le venin se diffusait, mais demeurait inactif jusqu'à l'adolescence. Alors, les souffrances devenaient telles que l'issue ne pouvait qu'être fatale. Cependant, les Murmous possédaient le secret d'un antidote permettant d'accélérer le passage du temps sur le corps – et en particulier la période de la puberté – en privant de ses années d'adolescence celui qui était infecté afin de s'affranchir de toutes souffrances inutiles. Mais le prix à payer était monstrueux : parents et enfants devaient accepter de devenir Murmous, avec toutes les conséquences que vous connaissez.

– Allons, allons, être un Murmou comporte bien des avantages ! susurra Orthon.

– Certes, lui accorda Abakoum d'un ton amer, mais à quel prix ? Celui de livrer aux Diaphans des sentiments amoureux d'autrui. Ce sacrifice indigne représente ce qu'Édéfia a connu de pire.

L'Homme-Fé détourna la tête pour s'adresser de nouveau à ses amis :

– Pendant des années, les Murmous ont ainsi gardé l'emprise sur les scientifiques qu'ils convoitaient en se réservant le pouvoir de vie ou de mort sur leurs enfants.

– C'est ignoble… bredouilla Dragomira.

– Mais pourquoi Gus devrait-il recevoir le sang d'un Murmou ? demanda Oksa dans un souffle.

– Parce que l'antidote ne fonctionne que sur les Murmous, jeune écervelée ! lui répondit narquoisement Orthon.

– Pourquoi, Orthon ? Pourquoi as-tu créé une telle infamie ? balbutia Dragomira, une main sur le cœur.

– L'adolescence n'est pas la période la plus enchantée de la vie d'un homme, répondit froidement le Félon. Elle n'est qu'humiliation et turpitude.

– C'est loin d'être un principe universel ! rétorqua Abakoum. Ce fut peut-être une période malheureuse pour toi, mais tes névroses ne justifient en rien cette brutalité. Et par ailleurs, malgré ce que tu prétends, tu n'es pas l'inventeur de ce procédé écœurant. C'est ton ancêtre Témistocle. Tu appliques seulement avec un zèle extrême ce que t'ont légué tes aïeuls, mais tu n'as rien inventé.

Le visage du Félon se figea dans un rictus irrité. Ses yeux se plissèrent à mesure que l'affront provoqué par les mots d'Abakoum s'enfonçait dans son esprit orgueilleux.

– Quoi qu'il en soit, aujourd'hui c'est moi qui dispose de l'antidote qui sauvera votre protégé ! lança-t-il d'un air mauvais. Moi seul.

Pierre et Jeanne jetèrent un regard implorant à Abakoum et à Dragomira, les conjurant en silence de ne pas provoquer davantage Orthon. La vie de Gus était entre ses mains et tout le monde sentait qu'il s'en fallait de peu pour que la situation ne tourne à la tragédie.

– Ou, si vous préférez, il y a une troisième possibilité, continua Orthon d'une voix métallique. Il existe deux extraits de l'antidote : celui que je possède ici, dans cette pièce, et celui qui se trouve enfermé dans une chambre forte dans le troglodyte de cristal que j'occupais avec mon père dans les montagnes À-Pic. Alors si mon aide vous répugne à ce point, faites entrer le garçon à Édéfia et administrez-lui ce deuxième extrait. Notez que cela ne l'exempte pas de la transfusion Murmou et qu'il doit pour cela survivre aux douleurs provoquées par mes Chiroptères, bien sûr. Après tout, il n'est qu'un Du-Dehors, il n'a pas notre constitution...

Un petit rire tranchant lui échappa.

– Ne tergiversons pas ! l'interrompit Pierre, glacial. Si j'ai bien compris, un Murmou doit donner son sang à Gus pour qu'il puisse ingérer l'antidote dont tu disposes. Le mal cessera, mais en contrepartie Gus vieillira de quelques années...

– Deux ou trois ans, tout au plus, précisa Orthon en balayant l'air de sa main osseuse.

– Mais comment un Du-Dehors peut-il devenir Murmou ? murmura Oksa, incrédule.

Le visage d'Orthon s'éclaira d'un sourire perfide.

– Je reconnais bien là ma très brillante petite-nièce ! s'exclama-t-il. Un Du-Dehors, comme un Du-Dedans, ne peut devenir intégralement un Murmou qu'après avoir absorbé l'élixir des Murmous...

– Le truc immonde à base de morve de Diaphans ? ne put s'empêcher de crier Oksa.

Orthon la regarda avec étonnement et opina d'un air féroce.

– Je ne sais pas d'où tu tiens ces informations, mais c'est tout à fait exact. Le sang ne suffira pas au garçon. Il le maintiendra en sursis jusqu'à ce que l'élixir finalise sa nouvelle « nature ».

– Tu bluffes ! enragea Naftali. Le sang suffit !

– Qu'en sais-tu ? le toisa Orthon.

– Je n'ai jamais eu besoin d'avaler cet élixir diabolique pour être un Murmou, expliqua le géant suédois. Ma mère m'a transmis le gène par son sang lorsqu'elle me portait.

Orthon éclata d'un rire convulsif qui résonna sinistrement entre les murs de la pièce close.

– Mon pauvre Naftali, soupira-t-il. Ta mère était une excellente chimiste, mais son esprit était si vulnérable...

Son sang aurait certes suffi pour que tu sois Murmou, mais encore aurait-il fallu qu'elle en soit déjà une quand elle était enceinte de toi ! Ne t'a-t-elle donc jamais dit que tu es né bien avant qu'elle ne devienne Murmou ? À ta naissance, tu n'étais qu'un simple Mainferme, tu l'ignorais ? C'est ta mère qui t'a elle-même administré l'élixir qui allait faire de toi le Murmou définitif que tu es devenu. Sur le bienveillant conseil de mon père, bien sûr…

Naftali blêmit et chancela sous le choc. Abakoum posa son bras sur son épaule pour le soutenir moralement.

— Elle avait tant de mal à assumer ses faiblesses… continua Orthon avec ironie. Et il y avait tant de scrupules, tant de culpabilité en elle ! Elle ne lui a pas laissé le choix…

— Tu veux dire qu'Ocious a menacé ma mère ? balbutia Naftali. Il l'a forcée à rallier les Murmous ?

— Et grâce à lui tu es devenu un homme d'une puissance incomparable ! Tu devrais lui en être reconnaissant au lieu d'afficher cet air dégoûté…

C'en était trop pour Naftali. Son corps, si massif et altier, se tassa, vaincu.

— Tout cela n'a plus d'importance aujourd'hui… murmura Abakoum à l'oreille de son ami choqué.

— Pour en revenir à ta remarque, mon cher Naftali, le sang est certes primordial, mais il ne peut suffire à votre petit protégé pour devenir un Murmou. Il ne sera définitivement sauvé qu'après avoir bu l'élixir des Murmous.

— Et qu'attendez-vous pour le lui donner ? cria Oksa, à bout de nerfs.

Orthon leva les yeux au ciel avant de fixer la jeune fille d'un air exaspéré et jubilatoire à la fois.

— Quelqu'un a-t-il déjà vu un Diaphan en ces lieux ? demanda-t-il aux Félons qui se trouvaient autour de lui. Et disposons-nous du moindre fragment de Luminescente des montagnes À-Pic qui nous permettrait de fabriquer l'élixir ?

Les Félons secouèrent négativement la tête.

— Notre Jeune Gracieuse qui semble en savoir si long sur l'élixir des Murmous pourra le confirmer : pas de Luminescente et pas de Diaphan, pas d'élixir. N'est-ce pas, Jeune Gracieuse ?

– Gus ne sera tiré d'affaire qu'après avoir bu cette chose infâme, bredouilla Oksa, affolée par la logique implacable qui se mettait en place. Ou plutôt une fois que quelqu'un aura sacrifié à tout jamais ses sentiments amoureux pour les offrir en pâture à un Diaphan…

Pour toute réponse, Orthon vrilla dans ses yeux un regard d'une férocité ancestrale et explosa d'un rire sardonique.

22

Une contribution contestée

Livides, les Sauve-Qui-Peut tentaient de réfléchir aussi froidement que possible. Leurs regards se posaient avec appréhension sur Gus qui, allongé sur son lit de camp, affichait le masque de cire d'un cadavre. Dans l'ombre des adultes, Zoé se tordait les mains, effondrée. Quant à Oksa, elle se rongeait compulsivement les ongles sans pouvoir endiguer les tremblements qui l'agitaient.

– Il faut accepter… balbutia-t-elle.

Les parents de Gus échangèrent quelques mots avec Dragomira et Abakoum, et leur décision tomba, comme le couperet d'un verdict.

– C'est d'accord… annonça Abakoum avec raideur. À une condition : que ce soit l'un d'entre nous – un Murmou Sauve-Qui-Peut – qui offre son sang à Gus.

Orthon pencha la tête, surpris et amusé.

– Vous vous croyez en position de négocier ? grinça-t-il.

Un cri déchirant les interrompit : Gus venait d'émerger de l'inconscience dans laquelle il était plongé. Il se tordait de douleur sur le petit lit de camp, les traits déformés et le corps contracté par les assauts du venin. Ses parents faisaient leur possible pour le maintenir allongé, mais ses forces paraissaient décuplées. Il bondit sur ses pieds et griffa violemment la main de Jeanne. Son agressivité était telle que tous reculèrent, inquiets du tour incontrôlable que prenait l'état du garçon. Abakoum fut le seul à oser s'approcher : indifférent aux griffures et aux morsures, il le ceintura de toutes ses forces en murmurant quelques mots mystérieux à son oreille devant le regard appréciateur d'Orthon.

– Très adroit… commenta le Félon en faisant mine d'applaudir mollement.

Dans les bras de l'Homme-Fé, Gus se débattait avec moins de vigueur. Ses yeux, agrandis par la terreur et la souffrance, s'arrêtèrent pendant une fraction de seconde sur Oksa, et le choc fut aussi terrible pour la jeune fille que si elle avait reçu la foudre.

– Je suis volontaire ! s'exclama soudain Tugdual en s'avançant, les manches relevées.

Dragomira s'approcha de lui et posa les deux mains sur ses épaules.

– C'est très généreux de ta part, mon garçon, mais je pense qu'il est préférable que nous choisissions quelqu'un dont le sang est le plus proche possible… des origines.

Tugdual se rembrunit, déçu.

– Merci infiniment, Tugdual, dit à son tour Pierre. Nous sommes très touchés par ton geste. Cependant, Dragomira a raison : Gus est un Du-Dehors et nous devons mettre un maximum de chances de son côté.

– Tu n'as toujours pas compris que tu n'étais pas assez bien pour *eux* ? lança Orthon à l'intention de Tugdual. Rejoins-moi et tu recevras la reconnaissance que tu mérites. Il est encore temps !

Tugdual enfonça le cou dans son écharpe noire et le fixa d'un air douloureux et blessé. Malgré toutes les preuves de dévouement que le garçon avait déjà données, Oksa se surprit à craindre qu'il ne cède à cette tentation. Mais pourquoi doutait-elle ? Elle se sentit ignoble d'avoir de telles pensées. Si quelqu'un était déloyal, c'était elle, pas Tugdual.

– Nous aimons Tugdual bien plus qu'il ne le pense et pas seulement à cause de ses précieux pouvoirs… rétorqua Dragomira à la grande surprise du garçon.

– Je vais chercher Réminiscens ! coupa Naftali.

– Vous refusez ma contribution pour la choisir *elle* ? s'exclama Orthon. Permettez-moi d'en rire ! Peut-être avez-vous oublié que nous partageons strictement le même sang… Le mien vaut le sien !

– Oui, mais ce que tu as dans le cœur n'a pas tout à fait la même valeur ! répliqua le Suédois. Ouvre cette porte, Orthon.

Glacial, le Félon obtempéra sans bouger de sa place, par une simple rotation du bout de l'index. Les verrous se mirent en branle dans un cliquetis brutal et la porte s'ouvrit sur le corridor de pierre. Naftali disparut sous les cris étouffés de Gus.

Quelques minutes plus tard, Réminiscens entrait dans la grande pièce, droite comme un I. Sans un regard pour les Félons, elle se précipita au chevet de Gus à nouveau inconscient. Dans un geste tendre, elle embrassa le front du garçon et frôla sa joue d'une triste caresse. Puis elle dégagea son avant-bras et serra le poing pour faire saillir de belles veines bleutées. Elle tira une dague de la poche intérieure de sa veste et s'apprêtait à inciser son poignet lorsque Orthon l'interrompit dans un éclat de rire moqueur.

– Allons, allons, ma chère sœur ! Inutile de sortir la quincaillerie chevaleresque, nous sommes au XXIe siècle, tout de même !

Piquée au vif, Réminiscens leva les yeux vers son frère honni qui s'approchait avec une potence à laquelle était suspendu le matériel médical nécessaire aux transfusions.

– Ne me touche pas… murmura-t-elle, menaçante.

Orthon s'arrêta net.

– On ne peut pas dire que tu y mets du tien ! fit-il remarquer. Annikki ! cria-t-il en direction du corridor. Que quelqu'un trouve Annikki !

La jeune femme blonde arriva quelques secondes plus tard, visiblement impressionnée par la concentration de personnages remarquables qui se trouvaient dans la pièce. Avec une déférence appuyée, elle proposa à Réminiscens de s'allonger sur une banquette et planta dans son bras une aiguille reliée à une poche en plastique. Le sang s'écoula rapidement, la poche fut bientôt remplie et Annikki put enfin pratiquer la transfusion. Et c'est ainsi que, un cathéter fiché dans l'avant-bras, Gus reçut dans un silence de mort le sang de la vieille dame, descendante du légendaire Témistocle, Gracieuse par sa mère, Murmou par son père, mélange à la fois sombre et lumineux de ce qu'Édéfia connut de plus redoutable et de plus puissant.

23

De mal en pis

Après avoir gardé pendant des heures les yeux rivés sur le corps exsangue de Gus, Oksa s'était laissé gagner par le sommeil et par des rêves agités qui laissaient peu de place à l'espoir. Le dernier, plus violent que les autres, la réveilla tout à fait. Hébétée, elle remua la tête pour chasser les dernières images qu'elle venait d'avoir de Gus transformé en un corbeau menaçant et s'éloignant à tire-d'aile vers la lumière d'un étrange horizon après lui avoir lacéré le visage de ses griffes. Elle soupira, mal à l'aise, et s'aperçut qu'elle mourait de faim. Depuis combien de temps n'avait-elle pas mangé ? Son ventre grogna et elle frémit, mortifiée. Comment pouvait-elle penser à *ça* alors que Gus se trouvait dans un tel état, à un mètre d'elle ?

Elle regarda autour d'elle : elle était seule dans cette petite alcôve avec Tugdual et Zoé qui somnolaient. Plus loin, dans le grand laboratoire, les adultes prenaient eux aussi un peu de repos. Le petit Foldingot s'était calé contre Gus et ronflait, la face enfouie dans le cou du garçon. « Quel gentil petit être… » pensa Oksa en tendant la main pour le caresser. Puis ses yeux dérivèrent jusqu'à Tugdual. Son corps maigre étendu de tout son long, les jambes croisées, le sommeil trahissait ses tourments secrets en marquant son visage d'une expression qu'Oksa ne lui connaissait pas. Elle l'observa un moment, honteuse de profiter de la situation mais incapable d'y résister.

Gus gémit légèrement et chassa de la main un insecte imaginaire. Oksa se redressa, puis s'enfonça à nouveau dans son fauteuil. Fausse alerte… Le sauvetage de son ami paraissait en bonne voie – ses traits se détendaient et sa respiration se faisait plus calme. Mais qui pouvait connaître les conséquences de cette transfusion hors norme ? Oksa regardait tour à tour le goutte-à-goutte écarlate et le corps inanimé de Gus. Son ami. Celui qui avait une place inamovible dans son cœur. La lourde pendule du salon sonna, résonnant dans toute la maison comme un sinistre glas. Six heures. Le jour ne tarderait pas à se lever. Et à la fin de cette nouvelle journée qui commençait à peine, Gus ne serait plus le même. Quelques centimètres de plus, certainement, en hauteur et en épaisseur. Un visage plus carré, une mâchoire plus forte, un regard plus mûr… Au fond de lui, aurait-il l'assurance d'un garçon de seize ou dix-sept ans ? Assumerait-il le décalage entre son nouveau physique et son mental d'adolescent ? Leurs relations en seraient-elles affectées ? L'AIMERAIT-ELLE TOUJOURS AUTANT ? Comme si elle pouvait lire dans ses pensées, Zoé lui murmura :

– L'essentiel, c'est qu'il survive à cette souffrance…

À ces mots, Oksa sursauta, embarrassée d'être observée à son insu. Bien sûr, le plus important était que Gus survive… Et en ces moments dramatiques, qu'est-ce qui la tracassait le plus ? Que Gus ait deux ou trois ans de plus qu'elle !

– Je suis lamentable… maugréa-t-elle. Plus nulle, tu meurs !

Elle inspira profondément et regarda Zoé. Son amie avait le teint terreux, les yeux rougis et les lèvres décolorées par l'anxiété. De tous les Sauve-Qui-Peut, c'est elle qui semblait la plus fragilisée. Elle avait encaissé tellement de chocs ces derniers mois… Et les retrouvailles avec Mortimer n'avaient rien arrangé.

– Il a beaucoup changé, n'est-ce pas ? fit Oksa pour engager le dialogue.

– Qui ?

Zoé se recroquevilla dans son fauteuil : elle ne semblait pas décidée à la suivre sur ce terrain.

– Mortimer, insista Oksa. Il n'est plus le même.

Zoé soupira. Ce qu'Oksa ignorait, ce que personne ne pouvait soupçonner, c'est le trouble, intense, vibrant, incommensurable qui l'agitait. Elle regarda son amie, partagée entre le besoin de se confier et l'habitude de se taire. Oksa l'encouragea du regard. Parler pouvait tellement soulager !

– J'ai cru qu'elle allait le tuer… commença Zoé dans un murmure à peine audible. J'ai eu si peur, Oksa… Je me rends compte que je ne connais pas bien ma grand-mère et ça me terrifie de voir qu'elle est capable de ça.

– Elle souffre trop… fit Oksa, la gorge nouée.

– Ça ne l'excuse pas, lui opposa la jeune fille d'une voix brisée. Il y avait une telle soif de vengeance en elle, elle ressemblait tant à Orthon… Je suis choquée par ce que j'ai découvert d'elle, je crois que je vais me déchirer en deux.

Elle inspira profondément sous le regard d'Oksa, impuissante.

– Tu vois, c'est comme si tout ça était prisonnier d'un cercle fermé qui concentrait et démultipliait les effets du mal. Mon père a été tué par Orthon. Pour moi, c'est déjà insupportable d'apprendre ça. Mais pour ma grand-mère, tu te rends compte ? C'est son frère jumeau qui tue son propre fils ! Son fils unique ! Et moi, je me rends compte de cette horreur seulement aujourd'hui, alors qu'elle, elle vit avec ça au fond de son esprit depuis des mois. Pourquoi a-t-il fait ça, Oksa ? Pourquoi Orthon a-t-il tué mon père ?

Zoé enfouit son visage entre ses mains. Face à elle, Oksa était tétanisée. Que dire ? Ni elle ni personne n'avait de réponse. Elle sentait la blessure intérieure de Zoé s'ouvrir et s'agrandir, et elle ne pouvait rien faire pour l'en empêcher. Absolument rien. Pourtant, elle se leva et força sa petite-cousine à lui laisser de la place à côté d'elle. Après avoir fouillé dans la sacoche qu'elle portait en bandoulière, elle lui glissa une petite bourse fermée par une tresse en cuir. Le talisman d'Oksa destiné à éclaircir le ciel de ses nuages… Zoé posa la tête contre son épaule et s'essuya les yeux du revers de sa manche.

– Merci… chuchota-t-elle.

Oksa lui adressa un mince sourire. Les nuages étaient bien plus sombres dans le ciel de Zoé que dans le sien…

– Moi aussi, je trouve que Mortimer a changé, reprit Zoé.

– Il n'a pas l'air très à l'aise, renchérit Oksa. On aurait dit qu'il avait envie de venir vers toi mais qu'il n'osait pas.

Zoé ne répondit pas. Le souvenir de leur dernière rencontre à Hyde Park avait eu le mérite de clarifier les choses : chacun avait choisi son camp.

– Il ne t'a pas lâchée des yeux, continua Oksa.

Zoé s'adossa au fauteuil dans un geste las. Oui, Mortimer ne l'avait pas lâchée des yeux. Et ce qu'elle y avait lu l'avait troublée : une certaine rancune, nourrie par la déception de son refus. De la tristesse aussi. Ou bien était-ce… de la pitié ? Si seulement elle pouvait verrouiller son cœur… Le rendre imperméable, n'y laisser entrer que le bon. Un vœu irréalisable, elle le savait bien. Mais comme elle l'avait dit à Oksa, le plus important était que Gus survive. Elle l'aimait tellement… Et Gus aimait tellement Oksa…

– La transfusion est terminée, chuchota soudain Annikki en s'approchant.

Avec beaucoup de précautions, elle retira le cathéter du bras de Gus. Tout au long de l'opération, il avait gardé une immobilité dans laquelle tout le monde le pensait profondément plongé. La surprise fut donc d'autant plus vive quand le garçon se redressa brutalement, les yeux grands ouverts, les pupilles dilatées. Annikki poussa un cri et recula sur-le-champ alors qu'Oksa et Zoé se redressaient.

– Comment tu te sens ? s'exclama Oksa, le cœur à la renverse.

Gus la regarda d'un air perdu.

– Bizarre… fit-il, troublé. Qu'est-ce qui s'est passé ? ajouta-t-il en voyant Annikki emporter la potence à transfusion.

Personne n'eut le temps de lui expliquer quoi que ce soit : une nouvelle crise, plus violente et dévastatrice que toutes les autres, s'empara de lui. Son corps se cabra et le hurlement qui jaillit de sa gorge glaça d'effroi les jeunes filles et Tugdual. Oksa bondit vers lui et s'assit au bord du lit de camp.

– Oksa… articula Gus, le visage tordu sous l'attaque impitoyable du venin.

– Tout va bien se passer, tu verras ! lui dit-elle, les joues luisantes de larmes. On est en train de te soigner.

– Alors pourquoi tu pleures ? demanda-t-il, plié en deux par un violent spasme. ET POURQUOI J'AI SI MAL ? hurla-t-il.

Et sans que personne s'y attende, il saisit la main d'Oksa et mordit profondément son poignet. La jeune fille poussa un cri perçant. Aussitôt, Tugdual se jeta sur lui pour l'immobiliser pendant que les Sauve-Qui-Peut et les Félons débouchaient dans l'alcôve, affolés par les cris. Pavel arracha littéralement Oksa du lit de camp où elle se tenait, pétrifiée, et l'entraîna à l'écart. Plus que la douleur indicible qui était en train de monter le long de son bras, c'était l'incompréhension qui affolait son cœur en le faisant battre furieusement.

– Pourquoi tu m'as fait ça, Gus ? balbutia-t-elle. Qu'est-ce que je t'ai fait ?

Autour d'elle, l'affolement était général. Même les Félons ne pouvaient cacher leur inquiétude. La Jeune Gracieuse avait été mordue par Gus et le garçon, en plein bouleversement cellulaire, portait en lui de grandes quantités de venin de Chiroptère. Les conséquences pouvaient être fatales, chacun s'en rendait compte avec horreur. Solidement entravé par les bras de Pierre et d'Abakoum, Gus se débattait, le cœur ravagé par la honte et la colère.

– Je ne sais pas ce qui s'est passé ! Je n'ai pas voulu ça ! hurlait-il. Oksa ! OKSA ! Pardonne-moi !

Soudain, sa tête se mit à dodeliner. Son corps se tassa pour sombrer dans une nouvelle phase d'inconscience. Tout au fond de la pièce, le visage livide, Tugdual rangea sa Crache-Granoks devant le regard épouvanté de Zoé qui n'était plus que l'ombre d'elle-même.

24

Les ondes foudroyantes

– Qu'est-ce que tu as fait ? bredouilla Zoé. Tu l'as tué… Tu as tué Gus !

Tugdual la dévisagea, accablé. Avec une délicatesse inattendue, il lui redressa la tête pour l'obliger à le regarder.

– Gus fait partie des nôtres, murmura-t-il. Jamais je ne ferais quoi que ce soit qui puisse le mettre en péril. Je lui ai simplement envoyé une Granok de Dormident. Pour protéger Oksa et pour le protéger de lui-même. Tu devrais avoir confiance en moi, Zoé, je ne serai jamais de leur côté… ajouta-t-il en indiquant les Félons.

Zoé sentit un froid polaire l'envahir. Malgré les apparences qui jouaient contre lui, Tugdual était bien plus fidèle qu'elle aux Sauve-Qui-Peut. Avait-il été tenté ? Et quand bien même… Il n'avait jamais montré la moindre hésitation, lui… Et comme pour confirmer ses pensées, il lui dit d'une voix presque inaudible :

– Tu as fait le bon choix, tu sais… Ils n'auraient fait que se servir de toi.

Il lui lança un regard plein de gravité et de compréhension, et l'entraîna vers Oksa.

Entourée par les Sauve-Qui-Peut, Oksa souffrait comme elle n'avait jamais cru qu'on puisse souffrir. La douleur envahissait chacun de ses membres et enflait de seconde en seconde. Les respirations, les pulsations de son propre cœur et de celui de ses amis, les mouvements de la mer qui entourait l'île, le battement des ailes des mouettes qui tournoyaient dans le ciel, tout se transformait en ondes de choc qui la ravageaient intérieurement. Si elle avait eu la force de mettre des mots sur le supplice qu'elle était en train d'endurer, elle l'aurait comparé à un souffle incandescent chargé d'acide qui consumait son cerveau, ses poumons et le moindre de ses vaisseaux sanguins. Elle plaqua ses mains sur ses oreilles pour tenter d'atténuer l'impact de ces ondes foudroyantes, en vain… Les infrasons ne connaissaient aucune barrière. Ils se propageaient en elle et ils allaient la tuer. Ne cachant plus leur anxiété, les Félons s'agitaient autour des Sauve-Qui-Peut. Orthon écarta ses comparses pour s'approcher d'Oksa, mais fut bientôt arrêté par Dragomira et Réminiscens.

— Tu es fier des conséquences de ton infamie ? lui cracha Dragomira en tremblant.

Orthon frémit. Son visage affichait une réelle préoccupation.

— Mon procès devra attendre, siffla-t-il avec froideur. Car il y a une *légère* urgence, voyez-vous ? Maintenant, ce n'est pas seulement votre petit protégé qui doit recevoir l'antidote, précisa-t-il, le regard glissant vers Oksa qui gémissait en se tenant la tête.

Il brandit un flacon devant les yeux de ses sœurs en les poussant du bout des doigts. Les Sauve-Qui-Peut n'eurent pas d'autre choix que de le laisser atteindre Gus.

— Annikki, une pipette ! ordonna-t-il. Et rapporte le matériel de transfusion !

La jeune femme obéit prestement. Quelques secondes plus tard, Orthon administrait le précieux antidote entre les lèvres bleuies de Gus sous le regard tendu des membres des deux clans.

— Que va-t-il se passer maintenant ? demanda gravement Dragomira.

D'une main, Orthon indiqua la potence sur laquelle Annikki s'affairait fébrilement et de l'autre, Oksa qui tremblait de douleur dans les bras de son père. Tout le monde comprit alors avec horreur ce qui devait inéluctablement se passer.

– Il n'y a pas d'autre possibilité ? murmura Pavel, décomposé.

Dragomira s'approcha de lui, la mort dans l'âme, et remua négativement la tête. Le silence était si dense, si étouffant qu'il donnait l'impression d'être devenu solide. Mais quand Orthon releva sa manche pour dégager son bras, Réminiscens bondit en rugissant.

– Ne rêve pas, Orthon ! Oksa ne deviendra pas Murmou par ton sang !

Orthon s'arrêta net. Ses yeux se plissèrent comme ceux d'un fauve quelques secondes avant de fondre sur sa proie et son torse se gonfla sous l'effet du noir ressentiment qui l'oppressait.

– Tu as déjà beaucoup donné ! fit-il remarquer. La transfusion t'a considérablement affaiblie, une nouvelle contribution pourrait t'être funeste…

Alarmés, les Sauve-Qui-Peut regardèrent Réminiscens avec une inquiétude justifiée. Sous l'effet de la fatigue et des émotions, le teint de la vieille dame était devenu gris, comme si son visage avait été recouvert d'un voile de cendres. De larges poches alourdissaient son regard fiévreux et son dos s'était voûté, cassant sa silhouette longiligne. Avec un effort surhumain, elle se redressa néanmoins et assena d'une voix ferme :

– Je suis prête à mourir pour qu'Oksa ne reçoive pas le sang de ce monstre !

Zoé, heurtée par ces mots, émit un faible gémissement. Elle comptait décidément si peu… même pour sa grand-mère qui était prête à l'abandonner. C'était un cauchemar.

– Eh bien, qu'il en soit comme ma chère sœur l'a décidé ! fit Orthon d'un air pincé. Annikki, s'il te plaît !

La jeune femme mit en place l'installation d'un air concentré. L'enjeu de cette nouvelle opération était de taille.

– Dans quelques heures, l'antidote aura fait son effet, annonça Orthon. Oksa et votre protégé seront temporairement sauvés. Ils auront juste un peu… changé…

Un petit hoquet nerveux accompagna cette dernière précision.

— Ils vont souffrir ? demanda Pavel, la voix vibrante de haine.

— Oui et non. L'antidote efface les effets du venin en dressant une barrière salvatrice contre les ondes et toutes les formes d'infrasons, mais la croissance accélérée peut entraîner des douleurs physiques, ainsi que quelques inconvénients sur le plan émotionnel.

— Quelques *inconvénients* ? mugit Pierre.

Orthon lui jeta un coup d'œil perfide.

— On ne vieillit pas de plusieurs années sans en être un peu ébranlé…

— S'il vous plaît ! intervint Pavel. Nous ne pouvons plus attendre !

Tous se tournèrent vers lui. Dans ses bras, le corps d'Oksa gisait, plongé dans une léthargie affreusement inquiétante.

25

Accélération

Lorsque Oksa émergea des abysses où l'avait entraînée sa perte de conscience, la première impression qui lui vint à l'esprit fut celle d'un bien-être absolu. Elle se souvenait parfaitement des derniers instants de lucidité, mordants et féroces, de cette souffrance insupportable qui anéantissait toute volonté, y compris celle de rester en vie. Était-elle morte ? La morsure de Gus l'avait-elle tuée ? Elle sentait son corps, replié sur lui-même, léger comme s'il était en apesanteur. Sa respiration soulevait régulièrement sa poitrine et elle sentait même son estomac gargouiller ! « Je suis vivante ! » se dit-elle, le cœur fou de joie. Mais où était-elle ? Les dernières images qui lui restaient étaient celles d'Annikki qui enfonçait une aiguille dans le bras maigre de Réminiscens et le regard de son père, fou et malheureux. La douleur avait disparu mais le souvenir était encore là, vivace et menaçant. Et pourtant, elle n'avait pas peur. Alors qu'elle aurait dû trembler d'épouvante, elle se sentait bien. Sereine et confiante.

C'est dans cet état d'esprit qu'elle se risqua sans crainte à ouvrir les yeux. Une brume opalescente et tiède l'enveloppait, mais elle ne l'empêchait pas de percevoir tout près d'elle les limites de son abri. Elle tendit la main et ce qu'elle pensait se confirma : ce que ses doigts caressaient n'était autre que les contours intérieurs de la Nascentia, la bulle de réconfort. La fine membrane nervurée, issue du placenta de jumeaux Foldingots, palpitait comme un cœur paisible, insufflant à la jeune fille force et soutien comme elle l'avait fait quelques mois plus tôt, après le choc de l'« attaque du labo ». En tendant l'oreille, Oksa réussit à distinguer quelques sons familiers, les voix des Sauve-Qui-Peut. Celle d'Orthon aussi... Parfaitement éveillée, elle n'était néanmoins pas tout à fait prête à sortir. Pas encore. D'autant plus qu'elle sentait contre son dos une autre respiration, un autre cœur qui battait. Elle se contorsionna pour changer de position et entreprit de se retourner. La Nascentia oscilla sur elle-même, ce qui suscita à l'extérieur des cris de soulagement qui arrivèrent jusqu'à elle.

Parvenue à faire un demi-tour complet, elle se retrouva face à un dos et à une chevelure dont la profonde couleur de jais ne lui était pas inconnue. Gus ! Gus était dans la Nascentia avec elle ! Mais oui, bien sûr ! Tous deux avaient subi le même traitement. Ils étaient exactement dans la même situation. Ou presque... A priori, le sang des Du-Dehors et des Du-Dedans était compatible. Mais qui pouvait en être certain ? Oksa observa ce qu'elle voyait de son ami, le cœur assombri par l'appréhension. « Calme-toi, Oksa ! se dit-elle intérieurement pour se rassurer. Il est vivant. Nous sommes vivants tous les deux. Le reste n'a pas d'importance... » Elle continua son observation : les cheveux de Gus avaient poussé et la main qui soutenait sa tête s'était allongée. Ses épaules semblaient s'être élargies et tendaient le tissu de sa chemise dont les coutures étaient sur le point de craquer. Elle-même devait reconnaître qu'elle se sentait bien à l'étroit dans ses vêtements... « Oh ! là, là... » s'affola-t-elle sans oser penser aux changements qui ne l'avaient certainement pas épargnée, elle non plus.

– Gus ? murmura-t-elle. Gus ? Tu m'entends ?

Elle se figea en entendant sa propre voix, plus ronde, plus mûre, et son cœur s'emballa. Aussitôt, la Nascentia marqua plus franchement ses battements, insufflant à un rythme lent et régulier une onde bienfaisante. Avec la coopération active de son Curbita-peto, Oksa eut l'impression qu'un certain calme s'emparait d'elle, une sorte de résignation positive qui effaçait toute alarme. Cependant, quand Gus se retourna, le choc était certes atténué mais tout de même inévitable. Les deux amis se retrouvèrent bouche bée dans la contemplation ébahie l'un de l'autre.

– Waouh... bredouillèrent-ils en chœur.

La voix de Gus était douce et grave, mais ce changement était dérisoire par rapport aux autres. Ses pommettes saillaient plus fièrement sur son visage dont les contours affirmaient une nouvelle solidité. Tout en gardant sa finesse, sa mâchoire s'était modelée à ce menton un peu plus carré sur lequel apparaissaient quelques poils drus. Même ses yeux brillaient d'une autre lumière. Oksa reconnaissait sans peine qu'il était toujours aussi beau. Mais cette beauté-là n'avait plus rien à voir avec celle de ses quatorze ans.

– C'est dingue ! s'exclama-t-elle. C'est toi et en même temps, ce n'est pas toi...

Gus avait les yeux écarquillés.

– Tu ne t'es pas vue, ma vieille...

Oksa regarda ses mains et gémit. Elle se tâta le visage avec précaution : son ossature s'était modifiée, comme affinée et étirée. Ses joues semblaient avoir perdu leur rondeur, son nez paraissait moins fort.

– Je suis comment ? demanda-t-elle avec une curiosité inquiète.

– Affreusement laide, lui répondit Gus d'un ton placide.

Oksa gémit. Ce qui éclaira le visage de Gus d'un sourire éclatant. Et rassurant pour la Jeune Gracieuse...

– Mais non ! T'es super jolie ! fit-il en baissant ses yeux marine.

Oksa continua son inspection et poussa un cri. Son visage n'était pas le seul à avoir changé, son corps avait suivi une évolution tout aussi spectaculaire, le développement de sa poitrine étant le changement le plus... perturbant. Interloquée, elle arrêta de s'examiner tandis que Gus détournait la tête avec pudeur tout en s'empourprant – une habitude embarrassante qu'il n'avait malheureusement pas perdue, constata-t-il.

– Tu crois qu'on peut sortir maintenant ? lança-t-il, déconcerté.

– J'ai la trouille...

— Moi aussi, mais on ne va pas rester dans cette bulle jusqu'à la fin de notre vie, tu sais ?

— C'est agréable, ici… renchérit la jeune fille.

— Mais terriblement exigu, vu notre nouvelle stature ! Je suis sûr que tu fais au moins un mètre soixante-dix !

— Arrête ! Tu m'angoisses !

Ils restèrent un instant immobiles et silencieux, figés par l'évidence de *leur* nouvelle réalité qui galopait comme un cheval fou dans leur esprit. Oksa pensa à son père. Il devait être malade d'inquiétude. Et sa mère ? L'impatience de la retrouver la galvanisait. Ses pensées s'attardèrent sur Tugdual et son cœur s'affola. Aimerait-il la « nouvelle Oksa » ? Elle s'agita dans la bulle, la faisant tanguer. La membrane laissa alors apparaître une ouverture et un visage chaleureux émergea à l'intérieur.

— Abakoum ! s'écrièrent les deux amis.

— Comment vous sentez-vous, mes enfants ? demanda l'Homme-Fé.

Un immense soulagement était perceptible dans sa voix et dans ses yeux, en dépit de la surprise qu'il s'efforçait de masquer.

— Serrés comme des sardines ! s'exclama Oksa.

Abakoum ne put retenir un large sourire. Son regard s'attarda sur eux avec émotion, puis il écarta l'ouverture de la Nascentia pour former un passage.

— Vas-y en premier, fit Oksa en poussant Gus.

— Trop aimable de ta part ! répliqua Gus, anxieux mais heureux de montrer à son amie qu'il savait assurer.

La tâche n'était pas facile, ni psychologiquement ni physiquement. Abakoum aida le garçon qui, à grand renfort de contorsions, réussit à s'extraire de la bulle. Sa chemise ne résista pas à la manœuvre et se déchira au niveau des épaules. Une fois sur ses pieds et devant l'air absolument stupéfait de la dizaine de Sauve-Qui-Peut et de Félons qui se trouvaient autour de lui, il se sentit aussi misérable qu'une bête de foire qu'on exhibe à la merci de la curiosité des hommes. Un frémissement agita les deux clans.

– Seigneur… murmura Dragomira, les mains plaquées sur le cœur.

– Extraordinaire… commenta Orthon à mi-voix.

Seuls Jeanne et Pierre ne semblaient pas choqués. Ils se précipitèrent vers lui pour le serrer dans leurs bras, ce qui fit craquer les dernières coutures de sa chemise.

– Dieu merci, tu es vivant ! s'exclama Jeanne.

Gus était plus grand qu'elle désormais et la différence de taille avec son père s'était considérablement réduite. Il se laissa étreindre et embrasser, un peu sonné et mal à l'aise. Son pantalon, large et confortable quelques heures plus tôt, le serrait au point que la ceinture lui cisaillait le ventre. Sans qu'il puisse l'empêcher, toutes ses pensées se portèrent sur ce vêtement qu'il craignait avec horreur de voir exploser. Déjà que sa chemise révélait la moitié de son torse… Abakoum comprit son embarras et l'enveloppa de sa veste ouatée. Gus se sentit aussitôt mieux.

– Il faut aider Oksa maintenant… fit-il pour dévier l'attention sur quelqu'un d'autre. Allez, viens ma vieille ! lança-t-il en plongeant la tête dans la Nascentia. À ton tour !

– Je ne suis pas sûre… d'avoir envie de sortir… bredouilla Oksa.

– Tu ne vas pas faire ça ? s'indigna Gus tout en comprenant parfaitement sa réticence. On n'attend que toi !

– Il y a qui d'autre ?

– Allez, viens !

Il lui prit la main et ce premier contact les électrisa. Surpris l'un comme l'autre, ils tâchèrent de ne rien en montrer, mais la sensation était vraiment très saisissante. Oksa enjamba l'étroit passage de la Nascentia, leva les yeux timidement et fut prise d'un vertige de bonheur.

– MAMAN !!!

Sa mère se tenait devant elle, droite dans un fauteuil roulant. Oksa eut un véritable éblouissement. Son cœur se mit à battre à tout rompre, le soulagement extrême qu'elle ressentait pulsait à une vitesse astronomique dans ses veines, elle allait exploser ! Sa mère était là, ENFIN ! Elle bondit vers elle.

– Ma douce petite… soupira Marie en plongeant son visage dans les cheveux de sa fille.

– Maman… Je suis si heureuse… lâcha Oksa dans un souffle en enroulant ses bras autour d'elle.

Puis, sans prévenir, un flot de larmes jaillit des yeux ardoise de la Jeune Gracieuse. La peur incommensurable des dernières semaines la quittait avec brutalité, en déchirant de petites fractions de cœur sur son passage… La jeune fille n'avait jamais avoué sa terreur d'avoir perdu sa mère à jamais et pourtant, tapie au fond de son esprit, cette terreur ne l'avait jamais quittée. Plus que la souffrance physique, plus que le plus grand des dangers, c'était la perte de ses parents qui la terrorisait plus que tout. Un sanglot agita son corps. Enfin, elle essuya ses joues luisantes d'un geste crâne et, le visage enfoui dans le creux de l'épaule de sa mère, elle étouffa à la fois l'épouvante, la joie et le soulagement.

– Comment tu vas ? murmura-t-elle à l'oreille de sa mère. Tu ne marches pas…

– Je vais bien, je t'assure. Je ne marche pas, mais je vais bien. Beaucoup mieux maintenant que tu es là, en tout cas.

Effectivement, Marie semblait aller plutôt bien. Outre l'exaltation des retrouvailles qui faisait briller ses yeux et rosissait ses joues, elle avait l'air en meilleure santé que lorsque Oksa l'avait vue pour la dernière fois quatre mois plus tôt, juste avant l'Entableautement. Ses longs cheveux châtains avaient perdu de leur brillant, mais son visage était moins creusé, ses gestes plus sûrs, son corps plus robuste. C'était rassurant et déconcertant à la fois. « Les Félons l'ont bien traitée, pensa la jeune fille. Elle n'a pas été séquestrée dans une cave en étant seulement nourrie de pain sec et d'eau ! »

– Vous constaterez que nous sommes loin d'être des barbares sans cœur ! intervint Orthon comme s'il lisait dans ses pensées. Nous avons accueilli notre hôte avec toute la considération qu'elle méritait.

– *Accueilli votre hôte ?!* s'étrangla Oksa. Vous ne manquez pas de toupet !

Marie balaya l'air d'une main. Les propos du Félon n'avaient que peu d'intérêt.

– Oh ! Maman… murmura Oksa en se blottissant contre elle.

– Tout va bien maintenant… fit Marie à son oreille en caressant ses cheveux qui tombaient sur ses épaules. Tu es là, tu es vivante, c'est tout ce qui compte.

– Comment je suis, Maman ?

Marie la prit par les épaules et la poussa légèrement en arrière pour pouvoir la contempler. Ses yeux s'embuèrent.

– Tu es et tu resteras ma fille pour toujours, rien d'autre n'a d'importance.

Oksa sentit soudain la main lourde de son père effleurer sa joue. Pavel était là, à la fois bouleversé par leurs retrouvailles et catastrophé de devoir reconnaître en cette jeune fille celle qui était restée dans son cœur sa petite Oksa. Oksa se jeta dans ses bras et se laissa embrasser, la respiration entravée par l'émotion. Elle avait l'impression que son corps s'était épanoui, mais elle faisait tout pour repousser mentalement le moment de se confronter à sa nouvelle image. Par-dessus l'épaule de son père – qui lui arrivait maintenant au menton… – elle aperçut les regards médusés de Dragomira et de Réminiscens. La Baba Pollock semblait pleurer. Orthon et Mercedica se tenaient en retrait. Tous deux affichaient un air supérieur et satisfait. Autour de Dragomira et de Réminiscens, Brune et Naftali gardaient une attitude sobre, mais il n'était pas difficile de voir le saisissement au fond de leurs yeux humides. À leurs côtés, Zoé et Tugdual ne pouvaient détacher leur attention de l'étrange duo qui venait d'émerger de la Nascentia. Zoé était blême, les yeux écarquillés. Quant à Tugdual, il fronçait les sourcils, plus intrigué que choqué. Ses yeux détaillaient Oksa de la tête aux pieds, avec délicatesse et pudeur, mais elle en fut tout de même horriblement gênée. Elle avait du mal à respirer, ses vêtements comprimaient son corps, elle n'avait aucune idée de ce à quoi il pouvait ressembler et tout le monde avait les yeux braqués sur elle. Tout à fait le genre de situation qu'elle a-do-rait...

– Tu es magnifique... intervint Pavel.

– Tu dis ça parce que tu es mon père !

Pavel soupira en levant les yeux au ciel et, la prenant par la main, l'entraîna vers le fond de la pièce où se trouvait un grand miroir sur pied. Au passage, Oksa jeta un œil à Gus qu'elle voyait « déplié » pour la première fois. Il était si grand ! Et si beau...

– Oui, je sais, on dirait l'Incroyable Hulk... fit son ami en montrant ses habits déchirés et son pantalon qui lui arrivait à mi-mollet.

Oksa ne put s'empêcher de rire. Si Gus avait gagné une bonne quinzaine de centimètres, il n'avait rien perdu de son humour. C'était si bon de le retrouver ainsi !

– Tu veux qu'on passe l'épreuve du miroir ensemble ? demanda-t-il, redevenant soudain grave.

Elle acquiesça de la tête, sans pouvoir sortir un mot. Alors, escortés à distance par leurs parents, ils se dirigèrent en tremblant vers l'immense psyché.

26

Combat de coqs

Le Culbu-gueulard de Dragomira se positionna au-dessus de Gus et d'Oksa qui se tenaient figés devant le miroir. Il voleta en bourdonnant comme un gros insecte et clama d'une voix claire :

– En ce jour, la Jeune Gracieuse est âgée de seize ans deux mois et treize jours ; elle mesure un mètre soixante-douze et pèse cinquante-six kilos. Son tour de taille est de…

– C'est bon, Culbu ! l'interrompit Oksa avant qu'il ne donne des détails trop intimes. Passons à Gus…

Le jeune homme gémit en murmurant : « Pitié ! »

– À vos ordres, Jeune Gracieuse ! lança la petite créature en se redressant. L'ami de la Jeune Gracieuse est maintenant âgé de seize ans, sept mois et vingt-huit jours. Il mesure un mètre soixante-dix-neuf et pèse soixante-deux kilos. Voulez-vous d'autres détails ?

– Non, merci Culbu, ça ira comme ça… murmura Oksa d'une voix blanche.

Décontenancée, elle s'approcha du miroir et, du bout des doigts, elle toucha l'image qui s'y reflétait. Une image à la fois familière et inconnue. C'était elle… et quelqu'un d'autre à la fois. Des formes plus dessinées, plus pleines. Un regard plus profond, différent. Elle balaya d'un geste de la main ses cheveux châtains qui atteignaient maintenant ses épaules. Il lui arrivait parfois – avant… – de s'imaginer avec quelques années de plus. Comme sur un jeu de simulation, elle se projetait, blonde ou brune, généreuse ou longiligne, sportive ou apprêtée. Mais aussi loin qu'elle s'en souvienne, elle n'avait jamais espéré ressembler à l'image qu'elle contemplait en ce moment même avec une exaltation débordante. Cette image lui plaisait, mais elle n'était pas vraiment sûre qu'elle lui appartienne. C'était trop tôt. Et trop soudain. Dans le miroir, elle jeta un timide sourire à Marie qui la contemplait.

– Tu étais déjà canon avant, mais alors là... résonna la voix de Tugdual derrière elle.

Elle n'osa pas se retourner, se contentant de le regarder dans le miroir alors qu'il s'avançait.

– On est presque de la même taille maintenant ! lui fit-il remarquer en plaquant les mains sur ses épaules.

Il était si près qu'elle sentait son souffle dans son cou. Cependant, comme pour ne pas l'effaroucher, il conserva une attitude distante en limitant le contact à ce geste. Seul son regard ardent fixait le sien dans le miroir. La paume de ses mains diffusait une chaleur étrange dans le cœur de la Jeune Gracieuse. Instinctivement, ses yeux dérivèrent jusqu'à Gus qui regardait Tugdual avec une rage froide.

– T'es pas si grand que ça, en fait... fit-il d'un ton ironique.

– Non, je ne suis pas si grand que ça, répliqua Tugdual. Mais est-ce que les centimètres comptent vraiment ? ajouta-t-il en se rapprochant imperceptiblement d'Oksa.

Gus grommela en lui jetant un regard noir. Quant à Oksa, l'évidence de la « nouvelle » situation était en train de s'imposer dans son esprit : en quelques heures, c'est comme si Gus avait rattrapé Tugdual sur tous les plans. Ils se trouvaient désormais à égalité. Chacun à sa manière, qu'ils le veuillent ou non, ils partageaient les mêmes qualités et les mêmes défauts : un charme fracassant, un caractère de chien, une intelligence subtile, une part sombre et tourmentée. Et surtout, ils faisaient tous les deux battre son cœur à la volée.

– Ça va trop vite... murmura-t-elle.

En apparence, nul doute qu'elle était devenue une jeune fille et c'était extrêmement perturbant. Toutes ces formes, ce regard qu'elle ne savait pas encore maîtriser... Mais à l'intérieur, au fond d'elle-même, le bouleversement était plus vertigineux encore. Avec quelle force battait maintenant son cœur ! Rien à voir avec les battements timides de ses quatorze ans, la différence était prodigieuse. Là, à cet instant, une gigantesque sensation tourbillonnait en elle, le mélange de deux envies incompatibles : s'abandonner corps et âme à Tugdual et plonger son visage dans le creux de l'épaule de Gus pour s'y perdre. Comment pouvait-elle avoir de telles pensées ? Qui était-elle devenue ?

Témoin de son émotion, Tugdual posa un baiser aussi léger qu'une plume à la naissance de son cou. Aussitôt, tout en elle s'enflamma. Tout ce qu'elle ressentait « avant » et qui lui paraissait si puissant était comme décuplé. Ses grands yeux gris fixaient Tugdual dans le miroir avec une fièvre qu'elle comprenait et qu'elle ressentait, mais qu'elle n'arrivait pourtant pas à admettre comme étant la sienne.

– Tu es fantastique, P'tite Gracieuse... murmura Tugdual à son oreille.

Le frisson qui agita la jeune fille n'échappa pas aux deux garçons. Tugdual resserra son étreinte, déclenchant un véritable incendie dans les veines d'Oksa. Il l'entraîna avec lui vers Marie, qui les attendait dans l'autre partie de la pièce. Oksa ne put s'empêcher de tourner la tête.

– Réfléchis bien à ce que tu fais... lança Gus en l'enveloppant d'un regard lourd de souffrance.

Un poignard s'enfonça dans le cœur d'Oksa et le déchira en deux moitiés parfaitement égales.

– Et pas la peine de nous faire le coup de l'orage ! cria le garçon en retournant le poignard dans la plaie. Assume ! T'es plus une gamine, ma vieille !

27

Une famille recomposée

Il fallut rapidement revenir à une autre réalité : celle des Sauve-Qui-Peut et des deux Mondes. Oksa jeta un œil par la fenêtre qui dévoilait le jour morne sur la lande. La vue était dégagée, le petit groupe se trouvait vraisemblablement au premier étage de la demeure des Félons. Le vent s'était tu, mais le ciel arborait d'inquiétantes traînées noires comme autant de cicatrices béantes. La mer qui se fracassait contre les rochers faisait jaillir d'impressionnantes gerbes d'eau grise. Au loin, les Gélinottes se dégourdissaient les pattes, leur tête plumée ébouriffée par les embruns. Tout paraissait plombé, y compris l'humeur des personnes présentes. Seul Orthon affichait une satisfaction déplacée.

— Je vous convie tous à venir prendre un bon déjeuner ! lança-t-il soudain.

Dragomira le regarda avec défiance.

— Il a raison, fit Abakoum à mi-voix. Nous devons reprendre des forces après cette nuit éprouvante.

Oksa ne l'aurait avoué pour rien au monde, mais son problème de faim ne s'était pas arrangé, loin de là ! Elle était affamée. Son estomac était si contracté qu'elle avait l'impression qu'il formait un vrai sac de nœuds ! Comme si elle n'avait pas mangé depuis… deux ans !

— Vous êtes mes invités ! insista Orthon.

— Inutile d'en rajouter… répliqua Réminiscens, exaspérée.

— Plus, ce serait trop, mon cher ! renchérit Dragomira avec aigreur.

Orthon lui adressa un sourire provocateur et ouvrit la porte de la pièce. Le maître des lieux et Mercedica s'engagèrent dans un couloir de pierre, suivis par Pavel, qui poussait le fauteuil de Marie, et par les Sauve-Qui-Peut qui encadraient Oksa et Gus. Leurs anciens vêtements les serrant jusqu'à leur faire mal, tous deux avaient dû se changer en empruntant des habits aux Sauve-Qui-Peut ayant le même gabarit qu'eux. Oksa portait un *jean* et des bottillons appartenant à une des petites-filles de Léomido, et Tugdual avait insisté pour lui prêter un *sweat* noir à capuche. Quant à Gus, il avait catégoriquement refusé de porter les habits de son rival mais accepté avec reconnaissance le pull en laine kaki et le pantalon de grosse toile grise du fils de Cockerell. Les jambes courbaturées, les deux amis avançaient avec hésitation, pas encore accoutumés à leur nouveau corps. Oksa jetait des regards désespérés à Gus mais le garçon, le rouge aux joues, gardait une attitude exagérément distante. Il fixait le dos d'Abakoum qui marchait devant lui et rien ne semblait pouvoir le faire dévier. Alors que le groupe descendait au rez-de-chaussée, Oksa sentait ses nerfs à fleur de peau. L'indifférence feinte de Gus la troublait et surtout l'énervait. Elle lui donna un bon coup de coude qui le laissa de marbre.

– Regarde-moi ! fit-elle entre ses dents.

– Je t'ai déjà dit que tu étais très jolie... répliqua Gus, les yeux rivés droit devant lui. Qu'est-ce que tu veux de plus ?

– Ce n'est pas pour ça ! s'énerva Oksa. Regarde-moi ! S'il te plaît...

– En souvenir de notre amitié, c'est ça ?

Oksa soupira avec irritation.

– Laisse-moi, Oksa... lâcha enfin Gus. J'espère que je vais m'habituer. Tu n'imagines pas à quel point tout ça est difficile pour moi.

– Je sais...

– Non, tu ne sais pas, la coupa Gus avant de s'engouffrer dans la cuisine.

Cette conversation, à peine murmurée, avait fini de crever le cœur d'Oksa. Observatrice, Marie s'approcha d'elle et lui prit la main.

– Tu souffres ?

– Je ne sais plus où j'en suis, Maman...

– Il faudra un peu de temps pour que les choses trouvent leur place, dit doucement Marie. Vous avez vécu tous les deux des changements très brutaux.

– Il va falloir rester concentrée, Oksa-san... intervint Pavel d'un ton grave. De lourdes épreuves nous attendent et il ne faut pas oublier que vous êtes maintenant trois à avoir une épée de Damoclès au-dessus de vos têtes.

Ils furent les derniers à rejoindre l'immense cuisine où avaient été dressées quatre tables couvertes de petits pâtés fumants, salades, fromages, brioches et boissons chaudes. Contrastant avec l'opulence de ce déjeuner, l'ambiance était glaciale. Les deux groupes avaient pris soin de ne pas se mélanger et chacun mangeait avec une fausse application dans un silence seulement troublé par le bourdonnement d'un grand fourneau. Quand Oksa entra en poussant le fauteuil de Marie, tous suspendirent leur souffle. Gus les avait plus ou moins préparés en faisant une entrée remarquée quelques minutes plus tôt. Pourtant, le choc n'en demeurait pas moins brutal : tout le monde resta stupéfait devant le spectaculaire changement de la Jeune Gracieuse. Elle parcourut la pièce des yeux. Gus l'ignorait avec soin, toute son attention faussement concentrée sur son bol de chocolat. Alors, quand Tugdual lui fit signe, elle n'hésita pas. Le cœur déçu sans pouvoir vraiment dire pourquoi, elle manœuvra le fauteuil de sa mère en direction du jeune homme et s'assit à côté de lui.

– Comment se trouve ma P'tite Gracieuse ? lui glissa Tugdual à l'oreille tout en lui servant une immense tasse de thé noir comme du café.

– Elle est folle de joie d'avoir retrouvé sa mère ! répondit Oksa. Sinon, elle se trouve très bizarre...

– Tu as mal ?

– Pas du tout ! Je me demande d'ailleurs comment on peut grandir aussi vite presque sans aucune douleur. J'ai juste quelques courbatures, tu te rends compte ?! Quand je pense aux crises de croissance que j'avais quand j'étais petite... C'est dingue, non ?

– On peut dire que ce n'est pas banal comme expérience... Tu sais que tu as maintenant sept mois de moins que moi ?

– Seulement ? s'étonna Oksa.

– Et... tu vois l'avenir comment du haut de tes seize ans, deux mois et treize jours ?

– Honnêtement, tout cela ressemble à un cauchemar. Quand je pense à ce qui nous attend et surtout à ce qui nous menace si on n'y arrive pas... Il va falloir localiser Édéfia, ce qui équivaut à chercher une aiguille dans une botte de foin. À supposer qu'on la trouve, il faut qu'on réussisse à entrer, puis qu'on mette la main sur un Diaphan pour que Gus et moi on devienne des Murmous à part entière – si on n'est pas morts dans d'atroces souffrances avant. Ensuite il faut qu'on cueille de la Tochaline pour Maman sur le Territoire de l'Inapprochable. Et qui dit Inapprochable dit... difficile à approcher. Enfin, il faut trouver la Chambre de la Pèlerine avant Orthon et sauver les deux Mondes. Super programme, non ? murmura-t-elle, le front plissé.

– On n'a jamais su faire simple chez les Sauve-Qui-Peut... commenta Tugdual. Et les Pollock battent tous les records !

– Tu m'étonnes !

Pour cacher son envie de pleurer, elle mordit à pleines dents dans une grosse brioche couverte de sucre. Le silence l'enveloppa à nouveau. Autour d'elle, chacun se concentrait sur son propre déjeuner en jetant de temps à autre des coups d'œil furtifs au clan ennemi. La seule touche de légèreté était incarnée dans les Ptitchkines qui pépiaient au-dessus de la tête de Dragomira en faisant des loopings. Plus loin, autour du fourneau, les Foldingots remplissaient à la perfection leur rôle de « travailleurs d'intérêt domestique » avec l'aide des créatures éprises de solidarité.

– Oh, cette chaleur, quel bonheur ! gloussaient les Devinailles collées au toasteur.

– Vos ailes vont cramer, les poulettes ! pouffa un des Gétorix. Des Devinailles déplumées, on va bien rigoler, ho ho ho !

Les Devinailles s'ébrouèrent d'indignation.

– Vos paroles font l'évocation d'un tempérament farci de persiflage, fit remarquer le Foldingot de Dragomira tout en pressant des oranges.

– Tu l'as dit, mon ami ! acquiesça le Gétorix en sautillant comme un surmené.

Le Foldingot suspendit soudain son geste. D'où elle était, Oksa le vit clairement se figer sur place, un torchon à la main. Ses deux compagnons le regardèrent, intrigués, alors que le Gétorix tirait sur son tablier pour le sortir de sa torpeur. Les yeux exorbités, la fidèle créature de Dragomira bougea enfin et se dirigea d'un pas traînant vers sa maîtresse.

– Que se passe-t-il, mon Foldingot ? s'inquiéta la Baba Pollock en voyant son teint translucide.

Le silence se fit encore plus oppressant.

– La Vieille Gracieuse et ses amis, ainsi que ses ennemis, doivent faire la réception d'une information truffée d'importance, annonça le Foldingot.

Devant son hésitation, Dragomira l'encouragea.

– Une indication a effectué le jaillissement dans l'esprit de votre domesticité, finit par lâcher la petite créature. Ma Vieille Gracieuse, le Repère a fait le don de sa révélation.

Une rumeur sourde s'éleva des rangs des Sauve-Qui-Peut. Du côté des Félons, l'incrédulité dominait.

– Le Portail a réalisé la livraison de son accès, poursuivit le Foldingot, et votre domesticité se trouve désormais dans la connaissance de son emplacement garnie de précisions géographiques.

Le visage exsangue, Dragomira affichait un air accablé qui étonna tous les Sauve-Qui-Peut, Oksa en tête. Abakoum se pencha vers sa vieille amie et plongea ses yeux dans les siens. Dragomira opina de la tête avec gravité. Puis elle se leva péniblement et annonça d'une voix cassée :

– Le Gardien du Repère a parlé : le Portail est apparu, Édéfia et les Du-Dedans nous attendent...

28

Douze jours et douze nuits

– Il est hors de question que nous vous suivions comme de vulgaires laquais ! tonna Orthon.

– Tout comme il est hors de question que nous te permettions d'avoir la moindre longueur d'avance sur nous ! répliqua Dragomira. De toute façon, nos destins sont liés et tu le sais bien. Alors arrête tes simagrées de grand seigneur offensé, je t'en prie ! Nous irons ensemble là où *je* vous mènerai et ce n'est pas négociable.

La Baba Pollock tapa du poing sur la table face à Orthon ivre de rage. Les deux ennemis jurés s'affrontèrent du regard pendant de longues secondes.

– Je ne te fais aucune confiance… martela Orthon.

– Moi non plus, si tu veux tout savoir, lui opposa Dragomira. De toute façon, nous sommes à égalité puisque tu as le Médaillon…

Orthon grimaça.

– Certes… Mais permets que je m'octroie une garantie supplémentaire, ma chère sœur !

Sur ces mots, il bondit à une vitesse irréelle pour se saisir du Foldingot qui devint complètement transparent de stupeur. Pavel et Naftali se jetèrent sur Orthon pour l'en empêcher, mais Gregor et Agafon avaient déjà fait barrage de leur corps. Aussitôt les Sauve-Qui-Peut sortirent leur Crache-Granoks, faisant face à un rang compact de Félons qui avaient eu exactement le même réflexe. Dans un geste impulsif, Tugdual s'élança vers Orthon comme un guépard qui fond sur sa proie, renversant Mortimer au passage, et saisit le Foldingot pétrifié à bras-le-corps pour le ramener aux côtés de Dragomira.

– Tu nous fais perdre du temps, pesta la Baba Pollock en toisant Orthon. Quand comprendras-tu *enfin* qu'il ne sert à rien de nous affronter ? Nos forces sont égales, tu ferais bien de l'admettre.

Sur ce, elle se baissa pour prendre dans ses bras son Foldingot qui tremblait de tous ses membres et tourna les talons, laissant son demi-frère blanc de rage.

– Alors Dragomira ? Où est le Repère ? demanda Abakoum.

– Je ne sais pas encore, confessa la vieille dame. Mais mon cher Foldingot va nous le révéler sans tarder !

Le noyau dur des Sauve-Qui-Peut s'était rassemblé tout en haut de la demeure des Félons, dans la tourelle qui surplombait le toit. Dévoués, Cockerell et Olof montaient la garde au pied de l'escalier montant au petit belvédère.

– Nous t'écoutons, mon Foldingot…

La petite créature ouvrit démesurément les yeux, prit son souffle en manquant de s'étouffer, et chuchota enfin la précieuse information :

– Le Repère a fait la transmission de l'emplacement du Portail d'Édéfia. La Vieille Gracieuse et la Jeune Gracieuse, leurs amis Sauve-Qui-Peut et leurs ennemis Félons vont devoir produire un déplacement jusqu'au désert de Gobi, quarante-deux degrés nord, cent un degrés est. Le Portail a établi la fixation de sa situation sur la côte ouest de Gaxun Nur.

Aussitôt, Tugdual pianota sur son téléphone portable et, après quelques secondes, donna un complément d'information.

– Gaxun Nur est un lac situé à une vingtaine de kilomètres au sud de la frontière entre la Chine et la Mongolie. Le fleuve Xi se jette dans ses eaux et une petite route le contourne.

Ces informations plongèrent les Sauve-Qui-Peut dans un état d'esprit ambigu où l'appréhension et le soulagement se retrouvaient à armes égales. Le Portail était enfin repéré ! Mais la route pour parvenir jusqu'à lui promettait d'être bien chaotique…

– C'est drôlement loin, fit remarquer Oksa, tracassée.

– Sept mille quatre-vingt-quatre kilomètres à partir d'ici, précisa Tugdual en consultant son écran.

Oksa siffla entre ses dents.

– Est-ce que nous atteindrons le Portail à temps ? Et puis, il y a autre chose… Tu avais dit, Foldingot, que le Repère qui nous permettrait de trouver le Portail était mobile. Est-ce qu'il ne va pas changer de place avant qu'on arrive ?

Le Foldingot se racla la gorge et se dandina d'une jambe sur l'autre.

– Édéfia est au bord du Monde et le Repère connaît la mobilité, l'affirmation est absolue. Mais votre domesticité donne la confirmation : le Phénix est dans l'attente jusqu'à l'arrivée des Deux Gracieuses à l'endroit revêtu d'exactitude dont votre majordome fait l'indication, soit le désert de Gobi, quarante-deux degrés nord, cent un degrés est, côte ouest de Gaxun Nur. Le Phénix connaîtra la patience pour une durée de douze jours et douze nuits. Ce temps consommé, le Portail fera l'effacement du Repère et le Phénix, comme les deux Mondes, subira la disparition définitive.

Pavel poussa un juron à peine étouffé tandis qu'un vertige de panique saisissait unanimement les Sauve-Qui-Peut. L'avenir se précisait…

– Bon… Il va être temps de se mettre en route, non ? murmura Oksa après de longues minutes de silence.

– Souhaitons-nous bonne chance, mes amis… fit Abakoum d'une voix émue. Nous en aurons bien besoin.

Rassemblés autour de Dragomira, Sauve-Qui-Peut d'un côté, Félons de l'autre, tous écoutaient avec fébrilité les informations qu'il était essentiel de connaître pour la suite des événements.

– Nous avons donc douze jours pour faire sept mille kilomètres et trouver le Portail, c'est bien ça ? demanda Agafon, brisant le silence de plomb que l'annonce de Dragomira avait entraîné.

La Vieille Gracieuse acquiesça sans ciller.

– Ne me dis pas que tu n'as pas plus de détails ! intervint Orthon.

– Je connais tous les détails nécessaires, lui répondit Dragomira avec raideur. Mais ne compte pas sur moi pour te les donner. Tu sauras tout en temps voulu.

Orthon serra les poings en la fusillant des yeux. Puis, d'un geste autoritaire, il tendit la paume de la main vers Mercedica et ordonna sans la regarder :

– Le Médaillon, s'il te plaît !

Les secondes passèrent sans que Mercedica bouge d'un millimètre. Irrité, Orthon se tourna vers elle.

– Le Médaillon, Mercedica ! répéta-t-il d'une voix métallique.

La fière Espagnole releva le menton.

– Le Médaillon ne t'appartient plus, Orthon ! fit-elle en le toisant. Il est désormais à moi et à moi seule !

29

Les confessions d'une Félonne

– Où est le Médaillon ? rugit Orthon. Qu'en as-tu fait ?

Le Félon était hors de lui, la mâchoire crispée et les yeux brillants d'une rage ardente. Devant le silence orgueilleux de Mercedica, il leva la main avec la volonté évidente de gifler celle qui venait de le défier en public d'une façon aussi intolérable. Mais Mercedica arrêta son geste, ce qui eut pour effet de décupler la haine d'Orthon.

– Je ne te le répéterai pas ! cracha-t-il à quelques centimètres du visage de son ancienne alliée. OÙ EST LE MÉDAILLON, TRAÎTRESSE ?

De tous côtés, la consternation était totale. Sous la pression de l'affolement qui montait, Oksa s'agita nerveusement.

– Être qualifiée de « traîtresse » par le Maître des Félons, c'est plutôt un honneur… s'entendit-elle marmonner, surprise par sa propre réaction.

Elle tremblait. Sans Médaillon, Édéfia restait et resterait à jamais une Terre Perdue. Gus et elle souffriraient le martyre jusqu'à en mourir et le mal continuerait de ronger sa mère jusqu'à ce que la mort l'enlève. Mais tout cela n'aurait plus d'importance puisque les deux Mondes s'éteindraient bientôt… À cause d'un maudit Médaillon et d'une détestable Félonne.

– Je t'ai été fidèle depuis le premier jour où je t'ai retrouvé, résonna soudain la voix impérieuse de Mercedica. Tout comme j'ai été fidèle à ton père pendant les huit années que j'ai passées au sein du Pompignac. Mais vous devez tous savoir ce qui m'amène aujourd'hui à agir de la sorte.

Mercedica toisa l'assemblée avant de s'asseoir dans le fauteuil central occupé peu avant par Orthon. Ce dernier lui jeta un regard assassin et resta debout, les poings serrés.

– Toi et moi avons toujours été animés du même désir et de la même ambition, poursuivit Mercedica en le fixant. Le pouvoir est notre moteur. Quand je suis arrivée à Du-Dehors, c'est cette volonté de domination qui m'a sauvée et j'ai utilisé tous mes dons pour parvenir à mes fins. J'ai d'abord joué un grand rôle dans le milieu de la finance car j'ai rapidement compris que dans ce monde, c'est l'argent qui conditionne le pouvoir. Après avoir amassé une fortune considérable avec une facilité déconcertante, je me suis laissé tenter par les relations internationales. Et je dois dire qu'agir dans l'ombre des gouvernements, notamment en Amérique du Sud et au Proche-Orient, m'a beaucoup amusée... Tous ces conflits réglés à grand renfort d'accords totalement déloyaux ont confirmé ce que je pensais de la faiblesse des hommes. Manipuler a été au centre de mes activités pendant une vingtaine d'années et j'avoue m'en être donné à cœur joie.

– Personne ne se permettrait d'en douter... murmura sombrement Dragomira.

– Puis, par le plus grand des hasards, ma route a croisé celle d'Orthon dans les couloirs de la CIA au printemps de l'année 1978, reprit Mercedica. Au cours de ma vie, j'ai été courtisée par de nombreux hommes, mais je n'en ai sincèrement aimé que deux : le père de ma fille Catarina et toi, Orthon.

La voix de la fière Espagnole trembla un peu alors qu'autour d'elle, tout le monde était stupéfait. Orthon plissa les yeux, ce qui le fit ressembler à un féroce cobra.

– Malgré les dix années qui nous séparaient, je suis aussitôt tombée sous ton emprise. À partir de cet instant, je me suis vouée corps et âme à toi. Pourquoi ? Par amour, tout simplement.

– Par amour du pouvoir, tu veux dire ! rétorqua Orthon, pincé.

– Oui, je ne dirai jamais le contraire. Mais surtout par amour pour toi. Car crois-tu que je n'avais pas davantage de pouvoir en œuvrant avec les plus puissants de ce monde ? Crois-tu que ce n'était pas plus exaltant, plus gratifiant de conspirer à leurs côtés ? Le plus obscur et le plus corrompu des gouvernements sud-américains a été plus reconnaissant envers moi que tu ne l'as jamais été. Et pourtant, pendant les trente années que j'ai passées auprès de toi, t'ai-je fait défaut ? T'ai-je déçu ? À ton avis, que signifie cette loyauté ? Aujourd'hui, j'ai plus de quatre-vingts ans. L'amour que je t'ai porté pendant toutes ces années n'a jamais reçu d'autre écho que celui de ton ambition égocentrique. Cet amour a atteint ses limites, Orthon. Tu t'es servi de moi comme tu te sers de tous ceux qui t'entourent servilement.

– C'est faux ! s'éleva Agafon d'une voix forte. Si nous sommes aux côtés d'Orthon, c'est par conviction !

– Soit… assena Mercedica avec froideur. Mais pour ma part, j'ai fait de cruelles concessions : j'ai d'abord accepté de trahir Malorane, puis Dragomira et les Sauve-Qui-Peut que j'avais été si heureuse de retrouver.

Dragomira eut un hoquet d'indignation en entendant ces mots. Mercedica se tourna vers elle et une ombre de tristesse voila son regard hautain.

– Oui, Dragomira, crois-le ou non, fit-elle à mi-voix. J'ai beau être une femme de tête, impitoyable et machiavélique, te revoir a été un des plus grands bonheurs de ma vie. Je n'oublierai jamais ce jour. Orthon avait fini par retrouver la trace de ta famille quelques années plus tôt et m'avait envoyée à Paris pour prendre contact. Quand je t'ai vue à travers la vitrine de ton herboristerie, le choc a été immense bien que l'émotivité ne soit pas ma principale qualité. Tu étais devenue une femme et, pourtant, je t'ai reconnue immédiatement. Abakoum se tenait près de toi comme le digne Veilleur qu'il a toujours été. Bien sûr, vous m'avez tous accueillie à bras ouverts. La solidarité qui scellait vos liens m'a touchée, mais elle n'a pas réussi à réformer ma nature profonde, ni mon attachement à Orthon. Alors je vous ai trahis. Avec un certain regret mais sans aucune hésitation car, je le sais aujourd'hui, rien n'est plus fort que l'amour. Et rien n'est plus destructeur qu'un amour bafoué.

Mercedica se tut un instant, plongeant l'assemblée dans un malaise grandissant. Puis elle se leva avec majesté avant d'ajouter :

— J'ai passé la moitié de ma vie à attendre que tu me rendes l'amour que je te portais, Orthon. Je suis allée jusqu'à tuer pour toi. Et toi, qu'as-tu fait pour me remercier ? Tu m'as utilisée comme tu utilises tous les autres, n'en déplaise à Agafon... Nous aurions fait un couple fabuleux, tu sais. Ensemble, nous aurions pu dominer le Monde. Tu as fait le mauvais choix en préférant me considérer comme une vulgaire « femme de main ». Mais aujourd'hui, c'est moi qui possède la clé qui te manque. Les rôles sont inversés, Orthon... Le Médaillon se trouve dans un endroit que je suis la seule à connaître...

— Qui as-tu tué ? l'interrompit Réminiscens d'une voix blanche.

Malgré l'extrême faiblesse provoquée par les deux transfusions, Réminiscens se tenait debout, appuyée au dossier d'un fauteuil contre lequel elle se soutenait à grand-peine. Son corps tremblait. Abakoum et Naftali ne tardèrent pas à l'encadrer, assombris par une funeste intuition. Mercedica se tourna et riva son regard noir dans les yeux délavés de Réminiscens.

— Sur ordre d'Orthon auquel j'ai aveuglément obéi, j'ai tué ton fils et sa femme, Réminiscens. PAR AMOUR POUR ORTHON ! fit-elle en pointant son doigt vers le Félon.

Abakoum et Naftali n'y purent rien : avec la rapidité d'un éclair, Réminiscens sortit sa Crache-Granoks et souffla fermement. Mercedica écarquilla les yeux avant de s'effondrer sur le sol.

30

Désunion

– Tu es complètement folle ! cracha Orthon en direction de sa jumelle. Tu viens de gâcher notre dernier espoir de retourner à Édéfia !

Abakoum et Naftali retenaient Réminiscens par les bras, médusés par ce qui venait de se passer. Comprenant la gravité de la situation, plusieurs Félons se précipitèrent près du corps inerte de Mercedica. Son lourd chignon s'était défait, formant un voile mortuaire autour de son visage bleui à la suite de l'étouffement provoqué par la Granok de Stuffarax lancée par Réminiscens. Impuissantes, certaines personnes se mirent à pleurer, dont Oksa qui sentait l'imminence d'un véritable désastre. Dragomira s'approcha avec précaution de Réminiscens et murmura dans un souffle oppressé :

– Pourquoi as-tu fait ça ?

– Elle a tué mon fils, Dragomira. Elle les a tués sans aucun état d'âme, lui et sa femme. Imagine qu'elle ait fait la même chose à Pavel et à Marie… comment aurais-tu réagi ?

Dragomira fut secouée par un frisson d'horreur. Comment répondre à cette question ? Cette hypothèse était cauchemardesque. Inconcevable. Elle regarda longuement Réminiscens, puis les Sauve-Qui-Peut, en s'attardant sur Oksa, paniquée.

– Ta vengeance est compréhensible, mais tu as signé notre arrêt de mort à tous… réussit-elle à dire avant de se laisser tomber sur un siège.

– Elle n'est pas morte ! s'écria soudain Catarina, agenouillée près du corps de Mercedica.

Orthon fut le premier à bondir. Il écarta sans ménagement ceux qui entouraient Mercedica et, poussant Catarina, il s'accroupit pour coller son visage à celui de son ancienne alliée.

– Elle respire encore… fit-il au bout de quelques secondes. Où est le Médaillon ? haleta-t-il en la secouant par les épaules.

– Je doute que tu y arrives de cette façon, lança Dragomira en s'approchant. S'il reste un espoir, aussi mince soit-il, il serait charitable de ta part de ne pas le saboter !

– Tu aurais dû le rappeler à cette détraquée avant qu'elle n'agisse ! rugit Orthon en braquant un poing rageur vers sa sœur.

– Pousse-toi ! ordonna Dragomira en sortant une petite fiole de sa besace.

Orthon ne bougea pas.

– Peut-être ignores-tu que c'est Abakoum et Léomido qui ont conçu la Stuffarax… continua Dragomira. Par conséquent, tu peux te douter que, connaissant les secrets de sa fabrication, ils ont mis au point une préparation qui permet d'en contrer certains effets…

Orthon s'effaça aussitôt pour la laisser passer. La Baba Pollock ne paraissait pas aussi sûre que ses paroles le laissaient entendre, mais seuls ceux qui la connaissaient bien pouvaient s'en rendre compte. Elle s'agenouilla auprès de Mercedica qui la fixait de ses grands yeux noirs immobiles. Sa tête reposait sur les genoux de Catarina qui affichait une expression de franche panique. Dragomira ouvrit la fiole. Une fumerolle sombre en sortit, accompagnée d'une forte odeur de végétaux décomposés, et gagna le nez de Mercedica. Ses yeux se révulsèrent et son corps fut agité de convulsions si violentes que chacun craignit que l'inhalation n'ait été fatale.

– Mais c'est quoi, ce truc ? bredouilla Oksa.

La Jeune Gracieuse n'était pas la seule à être horrifiée par la scène. Des narines et de la bouche de Mercedica s'échappèrent des cohortes d'insectes minuscules. Un véritable nuage, grouillant de centaines de carapaces et d'ailes noires, se constitua. Il stagna quelques secondes au-dessus de Mercedica qui les fixait avec une terreur sans nom et finit par disparaître dans une petite explosion sourde.

– Il était temps… murmura Dragomira en rebouchant sa fiole.

– Tu veux dire que ces horribles insectes auraient explosé *à l'intérieur* de Mercedica si tu n'avais rien fait ? demanda Oksa en écarquillant les yeux.

– Oui. Dans sa gorge très précisément.

Malgré ce sauvetage *in extremis,* Mercedica paraissait bien mal en point. Sous le choc de l'attaque de la Stuffarax, son visage était devenu terreux et chaque inspiration qui soulevait sa poitrine semblait la faire souffrir au plus haut point. Au prix d'un effort considérable, elle souleva la main et attira Dragomira vers elle. Orthon comprit qu'elle était sur le point de livrer son ultime secret. Il se jeta sur Catarina et, d'un geste brutal, il la tira par le bras pour la serrer contre lui. Tout en restant dans l'axe de vue de Mercedica, il mit Catarina bien en évidence comme un trophée.

– Ne t'avise pas de me doubler… gronda-t-il entre ses dents.

– Elle est en train de mourir ! s'indigna Dragomira.

– Justement ! Elle n'a plus rien à perdre. Sauf si elle veut entraîner sa propre fille dans sa tombe.

– Tu es immonde ! grimaça Dragomira. Dis-nous où est le Médaillon, Mercedica… implora-t-elle en se tournant vers son ancienne amie à l'agonie. Si tu ne le fais pas pour *lui,* fais-le pour nous ! En souvenir de toutes ces années où tu faisais partie des nôtres… S'il te plaît !

Mercedica eut un soubresaut. Elle gémit, regarda sa fille bloquée par le bras d'acier d'Orthon et ouvrit la bouche sans qu'aucun son en sorte. Ses yeux s'écarquillèrent pour rester fixés sur la jeune femme qui se débattait en pleurant. Puis elle laissa doucement sa tête tomber sur le côté. Un dernier souffle affaissa sa poitrine et son visage se détendit.

– Son cœur n'a pas tenu, annonça Dragomira avec accablement. Elle est morte…

31

La clé

Mercedica fut enterrée derrière la maison, sa tombe tournée vers la mer qui grondait sourdement. En dépit de la félonie de la redoutable Espagnole, Dragomira et Abakoum assistèrent à la courte cérémonie menée avec gravité par le pasteur Andrew, époux de Galina. Les Sauve-Qui-Peut étaient d'ailleurs tous présents, sauf Réminiscens qui s'était retirée dans une chambre au premier étage. Personne parmi eux n'avait oublié que Mercedica avait fait partie des leurs. Ses confessions n'excusaient pas les terribles actes dont elle avait été l'auteur, mais le cheminement qui l'avait menée à sa perte faisait désormais de cette femme orgueilleuse un être digne de compassion. Autour de sa tombe recouverte de galets plats, ses anciens amis ne lui pardonnaient rien : ils la plaignaient profondément, sachant qu'elle aurait détesté cela plus que tout au monde. « Il vaut mieux faire envie que pitié » avait toujours été sa devise et elle prenait tout son sens aujourd'hui. Du côté des Félons, seule Catarina était présente, fermement escortée par Agafon et Lukas missionnés par Orthon.

– On dirait que les Félons ne supportent pas la félonie… murmura Tugdual à l'oreille d'Oksa.

La jeune fille lui jeta un regard noyé de larmes. Tugdual passa son index sur sa joue et lui fit un pâle sourire. Ce n'était malheureusement pas la première fois qu'Oksa voyait quelqu'un mourir sous ses yeux, et elle en souffrait. Le fait que ce soit Mercedica, celle qui avait fait tant de mal à sa famille, ne la soulageait pas. Étrangement… Les chocs se succédaient, elle encaissait. Mais jusqu'à quel point le pourrait-elle ?

De retour dans le salon après le dernier adieu à Mercedica, la Baba Pollock reprit les commandes de la négociation.

– Mes chers enfants, murmura-t-elle à Tugdual, Oksa et Gus, je vous charge d'établir la feuille de route qui nous permettra d'atteindre Gaxun Nur en moins de douze jours. Avec deux contraintes de poids : nous sommes cinquante-huit et nous ne devons en aucun cas être séparés.

– C'est comme si c'était fait ! fit placidement Tugdual en sortant son téléphone portable.

– Mais le Médaillon, Baba ? demanda Oksa.

– J'en fais mon affaire, lui répondit mystérieusement Dragomira.

Les trois jeunes gens s'installèrent à l'écart des deux groupes ennemis, près de l'immense bibliothèque chargée de livres. « Comme ils sont grands maintenant… » ne put s'empêcher de remarquer Dragomira, le cœur pincé.

– Maintenant, à nous ! continua la vieille dame en regardant Catarina, voûtée par l'accablement.

– J'ai fouillé toute la chambre de cette traîtresse de Mercedica… fit Orthon.

– Et alors ? demanda Dragomira. Tu n'as pas trouvé le Médaillon ?

– Non… Mais je suis persuadé qu'il est dans ce coffre, répondit-il en montrant un caisson de la taille d'une valise.

– Eh bien, ouvre-le ! s'exclama Dragomira.

Le Félon se rembrunit.

– Nous avons tout essayé, avoua Gregor, le fils aîné d'Orthon. Ni la magie ni la force n'ont pu faire céder la serrure…

– Mais j'ai un excellent moyen de savoir comment y parvenir, fit savoir Orthon en sortant sa Crache-Granoks et en la pointant vers Catarina.

– Je ne sais rien ! se défendit Catarina, les yeux écarquillés de peur. Ma mère ne m'a donné aucune indication, je le jure, Orthon !

– Tu veux dire qu'aux portes de sa propre mort, elle nous aurait égarés ? rétorqua-t-il en penchant la tête d'un air mauvais. C'est toi qu'elle a regardée juste avant de nous quitter.

– Parce que je suis sa fille ! laissa échapper Catarina dans un long gémissement mêlé de terreur et de chagrin.

Orthon fit mine d'observer sa Crache-Granoks avec une application malveillante, puis il dévisagea Catarina qui faisait son possible pour dissimuler son angoisse. Dragomira s'avança, le regard courroucé.

– Nous avons tous compris que tu avais opté pour la brutalité, Orthon ! fit-elle. Mais peut-être parce que tu ne sais pas qu'il existe des moyens plus subtils et plus efficaces…

Elle plongea la main dans les replis de sa veste et en ressortit une Devinaille aussi hirsute que surexcitée.

– La température de cette pièce est acceptable, mais laissez-moi vous dire qu'à l'extérieur, les conditions climatiques sont absolument épouvantables ! brailla la petite poule.

Oksa leva la tête et sourit.

– Je ne sais pas si c'est très prudent de lui dire qu'on va devoir traverser le désert de Gobi, murmura-t-elle.

– Le problème, c'est qu'on ne peut rien lui cacher… fit remarquer Gus en levant les yeux de l'atlas géographique qu'il était en train de consulter.

– On va avoir de sérieux ennuis quand elle va comprendre ! ajouta Tugdual en continuant de pianoter sur son téléphone portable.

Oksa avait redouté le pire quand Dragomira leur avait confié cette mission. Elle s'était assise entre les deux garçons, installés chacun à un bout du canapé. Ils évitaient de se regarder et l'ambiance était restée tendue pendant quelques minutes. Puis, devant l'urgence de la situation, chacun avait lâché du lest. Un répit appréciable qui ne tarda pas à être rompu…

– Je peux t'aider ? intervint soudain Kukka en s'imposant à côté de Gus, surpris.

Oksa se pencha pour jeter un œil furtif à la jeune fille dont les longs cheveux blonds effleuraient négligemment la main de Gus. Elle se sentit piquée au vif. Cette fille ne manquait pas de toupet !

– Laisse-la croire qu'elle est irrésistible... murmura Tugdual en voyant la contrariété ombrer le visage de la Jeune Gracieuse. Et puis tu sais, elle est loin d'être aussi belle que tu le crois.

Son épaule collée à celle de Gus, Kukka glissa quelques mots à l'oreille du garçon qui la regarda avec stupéfaction.

– Bon, si ma délicieuse cousine veut bien cesser son grand jeu de la séduction... lança Tugdual en se concentrant sur son téléphone. Nous avons un travail sérieux à faire.

Kukka eut un petit rire provocateur qu'Oksa tenta d'ignorer.

– Écoutons ce que va dire la Devinaille ! dit-elle pour contenir son énervement.

La Devinaille se tenait toute raide sur l'épaule de Dragomira en dirigeant son petit bec aux quatre coins de la pièce.

– Six degrés centigrades avec un taux d'humidité de quatre-vingt-dix pour cent et un vent qui souffle à quatre-vingt-cinq kilomètres par heure, je n'appelle pas cela un climat tempéré ! retentit sa voix criarde. Une fois de plus, on veut m'induire en erreur. Mais on n'arrivera pas à me duper !

– Devinaille, nous avons besoin de toi, intervint Dragomira en enveloppant la frileuse dans une boule de coton hydrophile.

– Je vous écoute, ma Vieille Gracieuse ! Et je vous remercie de compatir à la sensibilité fort éprouvée de votre Devinaille dont la survie est mise en péril à chaque minute dans ces contrées inamicales.

– Sais-tu où se trouve le Médaillon ?

La Devinaille s'enfouit un instant dans la boule de coton, puis sa minuscule tête en ressortit bientôt, les plumes complètement ébouriffées.

– ÉVIDEMMENT QUE JE LE SAIS ! s'égosilla-t-elle. Je suis une Devinaille ! Je n'ignore rien des secrets les plus enfouis, c'est ma fonction depuis que je suis un poussin, vous le savez bien !

Elle se mit à siffler avec agacement. Les Félons s'entre-regardèrent avec stupeur. Les plus âgés n'avaient pas vu de Devinaille depuis leur départ d'Édéfia et les générations qui les suivaient avaient entendu parler de ces petites créatures sans en avoir jamais rencontré.

– Elle est de mauvais poil, chuchota Tugdual.

– Juste un peu acariâtre, je dirais... souligna Oksa en lui souriant.

– Il y a un courant d'air nord-nord-ouest totalement infernal qui traverse cette pièce, continua la Devinaille alors que tout le monde était suspendu à ses paroles. Aucun de vous n'a jamais eu l'idée d'isoler les portes et les fenêtres ?

– Devinaille... l'appela doucement Dragomira. Je t'ai posé une question...

– Oui, oui, je sais ! Et moi, je meurs de froid !

Réprimant un soupir, Abakoum saisit avec autant de ménagement qu'il le put la boule de coton et s'approcha au plus près de la cheminée.

– Voilà *enfin* quelqu'un qui me comprend !

– Il nous reste peu de temps, Devinaille... implora l'Homme-Fé.

– Pfffffff... s'ébroua la poule. Le Médaillon est là où la Félonne Mercedica l'a caché !

– Quel précieux indice ! ironisa Orthon.

– Une femme dans cette salle connaît la cachette, continua la Devinaille.

Orthon rugit et saisit le bras de Catarina d'une poigne de fer.

– Elle ment ! gémit la jeune femme. Ce n'est pas moi !

– Mais vous m'insultez ! Vous devriez savoir que les Devinailles ne mentent jamais pour la simple et bonne raison qu'*elles ne savent pas mentir*. Si je dis qu'une femme connaît la cachette, c'est qu'une femme connaît la cachette ! Je n'ai jamais dit que c'était vous...

À cet instant, la tournure des événements échappait à toute logique et instaurait une panique unanime dans tous les esprits. Tous, sauf un…

– Cessez donc de vous acharner sur cette serrure ! intervint soudain Marie d'une voix impérieuse.

La stupéfaction fut générale. Les Félons qui entouraient le coffre à bijoux interrompirent aussitôt leurs tentatives d'effraction. Tous les regards convergèrent vers la mère d'Oksa qui, très droite dans son fauteuil roulant, toisait Orthon avec effronterie.

– Eh oui, Orthon… fit-elle. C'est moi qui détiens le secret de ce coffre.

– Alors ? renchérit la Devinaille en gonflant ses plumes. On ose toujours prétendre que j'ai menti ? Qu'on s'excuse ! Qu'on implore mon pardon ! Qu'on se prosterne à mes pieds !

Dragomira l'enfouit dans sa poche pour la faire taire. Les exigences de la petite créature finirent par décroître, puis par cesser.

– Que croyez-vous ? reprit Marie en s'adressant au Maître des Félons. Que la malheureuse impotente sans aptitude que je suis à vos yeux allait rester cloîtrée dans sa chambre sans rien faire ? Non, Orthon. Malgré mes moyens dérisoires, j'ai mis à profit ces longues semaines de séquestration, j'ai observé, écouté et surtout compris beaucoup de choses. Notamment le jour où j'ai surpris Mercedica en train de vous dérober le Médaillon. Cette femme savait être d'une grande cruauté, sans scrupules ni états d'âme. Et pourtant, son cœur n'était pas pourri comme le vôtre. Mais savez-vous seulement ce qu'est un cœur, Orthon ?

Le Félon claqua la langue d'un air excédé. Marie se tourna vers Dragomira et Abakoum.

– Mercedica vous a trahis de la façon la plus abjecte qui soit, mais paradoxalement elle disait vrai quand elle évoquait l'émotion et le bonheur qu'elle avait ressentis en vous retrouvant à Paris. Et c'est en souvenir de ces années de sincère amitié qu'elle m'a confié comment retrouver le Médaillon si la nécessité devait se présenter.

Orthon s'approcha d'elle, menaçant et victorieux à la fois.

– Inutile de me brutaliser ! l'arrêta Marie. Vous ne croyez tout de même pas que c'est si simple ? Mercedica était prévoyante. Elle m'a dit où était le Médaillon, mais c'est loin d'être suffisant, vous verrez…

– Comment ouvre-t-on ce coffre ? rugit Orthon.

– Ça ne sert à rien de hurler, fit Marie avec raideur. Il y a un mot de passe.

Orthon semblait prêt à exploser de rage. Les veines de son cou étaient gonflées et ses yeux lançaient des éclairs, mais il réussit à garder un semblant de dignité glaciale.

– Catarina, tout le monde appelait ton père Rupert, continua Marie en s'adressant à la fille de la Félonne. Mais il avait changé d'identité pour échapper aux nazis, n'est-ce pas ? Seules Mercedica et toi connaissez son véritable prénom.

La jeune femme la regarda, interloquée.

– Samuel… annonça-t-elle.

Orthon prononça aussitôt le prénom au ras de la serrure. Rien ne se passa.

– Vous êtes d'une naïveté confondante, se moqua Marie. C'est à moi que Mercedica a confié la solution, pas à vous. SAMUEL ! articula-t-elle à son tour.

Le caisson s'ouvrit alors, dévoilant des centaines de colliers, de boucles d'oreilles et de bracelets.

– Reconnaissance vocale… murmura Oksa en regardant sa mère avec admiration. C'est super astucieux !

Orthon plongea les mains dans cet enchevêtrement de merveilles : chacun des bijoux de Mercedica représentait un véritable joyau, une œuvre d'art étincelante de diamants, d'émeraudes, de rubis… Le Félon étouffa un cri de frustration.

– Le deuxième élément de la solution est le mot *clé*, poursuivit Marie.

Orthon se mit à fouiller le caisson avec frénésie, bientôt aidé par ses fils. Autour d'eux, Agafon et Lukas triaient les bijoux, écartant ceux qui étaient trop petits pour contenir quoi que ce soit, ne serait-ce que la plus minuscule clé.

Quand il ne resta plus qu'un seul bijou – une somptueuse bague surmontée d'un énorme diamant –, la rage du Félon atteignit son paroxysme. Il prit une poignée de bijoux qu'il lança contre le mur. La tension était terrible, tout le monde restait figé, dans l'attente de quelque chose sans savoir vraiment de quoi. Soudain, Gus se leva pour se diriger vers Marie. Malgré le regard dissuasif d'Orthon et la crainte que ce dernier lui inspirait, il empoigna le fauteuil roulant pour le mettre à l'écart.

– Tu as bien dit que la solution était le mot *clé* ? murmura-t-il à l'oreille de Marie. Le *mot* ?

Elle acquiesça, dubitative. Puis son visage s'éclaira : elle avait compris, elle aussi !

– Vous permettez ? fit-elle en poussant Orthon avec son fauteuil. Reculez-vous jusqu'au fond de la pièce, vous et vos sbires...

Orthon obtempéra de mauvaise grâce, Marie ne lui laissait pas le choix. Avec l'aide de Gus, elle se mit à chercher dans l'amoncellement de bijoux, détaillant avec minutie chacun d'eux, jusqu'à ce que le garçon brandisse une montre à gousset, annonçant la défaite des Félons.

– Cette montre appartenait à mon père, expliqua la fille de Mercedica à l'intention des deux clans. Il l'avait offerte à ma mère lorsque je suis née. Regardez ce qui est gravé sur le couvercle...

Les Sauve-Qui-Peut observèrent le bijou : il était ancien, magnifique et ouvragé avec minutie. Sur le fermoir, de minuscules éclats de pierre précieuse formaient le texte d'un court hommage du père de Catarina à Mercedica, la femme qu'il aimait :

À toi qui possèdes pour l'éternité
La clé de tous mes secrets.
S.

Dragomira pressa avec délicatesse sur le mot *clé* et le couvercle s'ouvrit, laissant apparaître les aiguilles de la montre qui égrenaient les secondes dans un imperceptible tic-tac.

Du bout de l'index, elle les fit rejoindre le chiffre douze et un léger clic résonna. Le cadran s'ouvrit alors en deux, dévoilant un double fond dans lequel apparut, brillant comme une étoile, le légendaire Médaillon des Gracieuses.

– C'est génial ! s'exclama Oksa. Gus, tu es un génie !

Mais avant que le garçon puisse répondre, Orthon et ses alliés profitaient de ce moment de flottement pour se rapprocher des Sauve-Qui-Peut.

– ATTENTION ! cria Tugdual.

En une fraction de seconde, Orthon arracha violemment le Médaillon des mains de Dragomira. Personne n'eut le temps de réagir. La montre tomba sur le sol où elle finit brisée en mille morceaux sous le talon du Maître des Félons.

– Je vous remercie infiniment, mes chers amis... lança-t-il triomphalement.

Il regarda les Sauve-Qui-Peut avec bravade et, ses yeux d'encre rivés dans ceux de Dragomira, il mit lentement le Médaillon autour de son cou.

– Alors, ma tendre sœur, où en étions-nous avant que cette *légère* déconvenue ne nous interrompe ?

Dragomira fit volte-face et, le cœur lourd, quitta la pièce.

– J'ai perdu cette bataille, Orthon ! clama-t-elle depuis l'escalier du grand hall. Mais je n'ai pas perdu la guerre !

32

La vague scélérate

Le *Loup des Mers,* aidé par un vent favorable, filait droit vers le sud. Le navire des Félons, baptisé *The Darkness Eagle*[1], fonçait dans son sillage. Autour des deux bateaux, la nuit tombait, nimbant d'un brouillard sinistre les côtes torturées de l'Écosse. L'île des Félons avait définitivement disparu de l'horizon. Une nouvelle page se tournait. Tout comme Dragomira l'avait fait sur le seuil de la maison de Bigtoe Square et de la demeure de Léomido, Orthon avait fermé la porte de sa résidence de pierre grise. Sans un regard pour la tombe de Mercedica, il avait rejoint la crique où était amarré *L'Aigle des Ténèbres,* suivi dans un silence de plomb par ses alliés.

— Je ne sais pas ce qui se passe en Irlande, mais c'est sûrement sérieux, fit soudain remarquer Pavel, les yeux rivés sur le ciel.

Plusieurs escouades d'avions militaires venaient de traverser le ciel dans un vrombissement infernal, cap à l'ouest.

— Tremblement de terre dans la région de Dublin, informa Tugdual, connecté en permanence au monde grâce à son téléphone portable. Magnitude huit sur l'échelle de Richter.

— Seigneur… souffla tristement Dragomira. Pauvres Irlandais… Pauvre Terre…

1. *L'Aigle des Ténèbres.*

– ACCROCHEZ-VOUS ! cria soudain Pavel en barrant vers la côte.

– Qu'est-ce qui se passe ? s'exclama Oksa.

D'un index tremblant, Gus indiqua l'arrière du bateau. Dans la lumière du couchant et des phares du *Loup des Mers*, le navire des Félons suivait la même trajectoire. Cependant, l'avertissement de Pavel ne concernait pas les adversaires des Sauve-Qui-Peut, mais un ennemi bien plus irréductible : une énorme vague se dressait à l'horizon, terriblement menaçante. Malgré la robustesse de leur moteur, les deux bateaux reculèrent, entraînés par le courant qui refluait. Des cales s'éleva le mugissement des machines soumises à l'implacable puissance

– C'est le tremblement de terre... bredouilla Gus. Il a dû provoquer un raz de marée !

Cédant les commandes à Abakoum, Pavel sortit précipitamment de la cabine et, depuis le pont, déploya son Dragon d'Encre et prit son envol. Naftali et Pierre le rejoignirent aussitôt. Il jeta un coup d'œil anxieux à *L'Aigle des Ténèbres* qui abritait une des clés pour entrer à Édéfia. Si le Médaillon était perdu, tout était fini. Une longue flamme s'échappa de la gorge du Dragon en même temps qu'un cri empreint de colère et de peur.

– Regarde ! lui cria Pierre.

Les Félons avaient eu la même idée que les Sauve-Qui-Peut : une dizaine de Volticaleurs confirmés entouraient le bateau à la coque noire et cette vision emplit le cœur de Pavel d'un nouvel espoir. La vague géante, telle une muraille d'eau, n'était plus qu'à quelques centaines de mètres. Tous pouvaient l'entendre gronder. La luminosité diminuait à vue d'œil, entraînant un épouvantable sentiment d'apocalypse.

– Il faut qu'on échappe à cet enfer ! hurla Oksa, terrorisée.

Elle s'apprêtait à rejoindre son père, mais Dragomira la retint.

– Baba ! s'insurgea Oksa. Je suis une Gracieuse, je peux être d'une aide considérable !

– Oksa ! Obéis à ta grand-mère ! lui ordonna Marie sur un ton qui ne tolérait aucune contestation.

La jeune fille se mordit la lèvre jusqu'au sang. Soumis à une pression terrible, les deux bateaux grinçaient comme s'ils allaient se briser à tout moment. Abakoum s'acharnait sur les commandes dans l'espoir vain, il le savait, de dominer la puissance dévastatrice de la nature. Il avisa le mur liquide qui s'approchait, puis le ciel. Oksa et les Sauve-Qui-Peut, regroupés dans la cabine, suivirent son regard. Une lueur dorée familière enveloppa soudain le bateau des Sauve-Qui-Peut. La coque émit des craquements terrifiants qui firent craindre le pire à ceux qui étaient à bord. C'est alors que le *Loup des Mers* s'éleva, soulevé des flots tourmentés par la force de Pavel et de ses amis, aidés par les Sans-Âge dans ce sauvetage d'urgence. Derrière, *L'Aigle des Ténèbres* n'était pas en reste : de la même façon, les Fées et quelques Félons œuvraient ensemble pour extirper de la vague meurtrière le deuxième bateau. Les deux navires se retrouvèrent à plusieurs dizaines de mètres de hauteur, flottant au-dessus des eaux noires. Quelques secondes plus tard, les Sauve-Qui-Peut et les Félons virent passer la lame monstrueuse sous la coque de leur embarcation. Les eaux s'abattirent en bouillonnant et poursuivirent leur course impitoyable vers les côtes toutes proches. On entendit retentir les sirènes d'alerte des villages côtiers alors que de nouvelles escouades d'avions surgissaient dans le ciel. Et il advint ce que Pavel avait redouté quelques jours plus tôt : quatre pilotes, plus observateurs que leurs coéquipiers, repérèrent ces deux bateaux enveloppés d'une nuée dorée et suspendus en l'air. Sans compter que l'un d'eux semblait retenu par… les griffes d'un Dragon ! Les quatre avions s'approchèrent bientôt dans un vacarme aussi menaçant que celui de la vague géante.

– On est morts… gémit Oksa en voyant les monstres d'acier foncer droit sur eux. Ils vont croire qu'on est des extraterrestres et qu'on est responsables de toutes ces catastrophes ! Ils vont nous abattre, c'est sûr !

Tous s'entreregardèrent, décomposés. « Adieu le Monde, pensa Oksa. Cette fois, je ne vois pas comment on va se tirer de ce mauvais pas... » Mais soudain, le petit Foldingot se dressa, le teint si décoloré qu'il en devenait presque transparent, et émit un sifflement suraigu suivi d'un phénomène étrange : comme si elles étaient étirées par un élastique, les secondes semblèrent s'allonger, s'allonger... Les gestes des Sauve-Qui-Peut se ralentirent, leurs membres paraissaient englués dans une colle épaisse. Mais l'effet était bien plus puissant sur les Du-Dehors : leurs mouvements, comme leurs pensées, s'interrompirent, figés par le temps. Stupéfaite, Oksa regarda Gus. Le garçon était paralysé, le regard rivé sur elle. Marie et les quelques Du-Dehors affichaient la même rigidité horrifiée. De même que les pilotes des quatre avions, interrompus dans leur approche offensive.

– Tuuu aaaaaaas... arrêêêeêtéééé le temmmmps ?!? ânonna Oksa en se tournant vers le petit Foldingot.

La créature concentrée ne répondit pas.

– Notre ami est un bambin, il ne sait pas encore gérer son angoisse, expliqua Abakoum en articulant avec un effort surhumain. Et, par bonheur pour nous, c'est cette incompétence qui génère cette distorsion temporelle.

– Je me sens tout mouuuuuu... fit l'Insuffisant.

– Haaaaaaaaa ! résonna la voix alanguie du Gétorix.

Les mots résonnaient au ralenti, déformés par l'immobilité du temps, et, malgré la gravité de la situation, Oksa ne put s'empêcher de sourire.

– C'est complèèèèèèètement dééééééélirant... souffla-t-elle d'une voix rendue pâteuse par le ralentissement du temps.

Profitant de ce prodige, les Sauve-Qui-Peut et les Félons, aidés par les Sans-Âge, ne tardèrent pas à redéposer les deux bateaux à la surface de l'eau. Le halo doré s'estompa bien vite – les Fées avaient accompli leur tâche – et les Volticaleurs des deux clans rejoignirent leurs amis, conscients du miracle qui venait de se produire et soulagés d'avoir évité le pire. Ils étaient sauvés ! Quand tout fut rentré dans l'ordre, le petit Foldingot se détendit enfin. Son visage se colora de nouveau d'un rose enfantin alors que les secondes recouvraient peu à peu leur rythme ordinaire et chacun l'intégrité de son corps et de son esprit. Les quatre avions tournèrent autour des deux bateaux. Puis les pilotes firent enfin demi-tour, plongés dans une profonde incertitude quant à ce qu'ils avaient cru voir.

– On l'a échappé belle… murmura Oksa, livide. Merci petit Foldingot ! ajouta-t-elle en le prenant tendrement dans ses bras.

La créature gazouilla et posa sa tête sur l'épaule d'Oksa avant de rejoindre celui qu'il ne voulait plus quitter : Gus.

– La domesticité du Maître-Entableauté-À-Jamais et sa progéniture rencontrent l'euphorie d'avoir pu donner une contribution, fit le Foldingot.

– Une contribution remarquable… renchérit l'Homme-Fé avec un regard plein de gratitude. Tu as été extraordinaire, petit Foldingot !

Tous les Sauve-Qui-Peut applaudirent avec reconnaissance, les yeux brillants de larmes émues.

Pavel serra sa fille contre lui avant de lancer gravement :

– Nous avons bien failli y laisser notre peau, cette fois-ci…

– Du-Dehors est au bord du gouffre, murmura Dragomira.

– Raison de plus pour ne pas perdre de temps, acquiesça Abakoum. Hâtons-nous ! Nous avons un avion à prendre, mes amis…

33

Observations

Les yeux dans le vague, Oksa était allongée dans le hamac fixé aux cloisons de la cabine du bateau. Non loin, Gus s'était couché sur des caisses en bois. Les bras derrière la tête, il ne quittait pas Oksa des yeux, tout comme Tugdual, assis à califourchon sur une chaise à roulettes qu'il faisait pivoter de temps à autre.

– Tu ne peux pas arrêter de faire tourner cette chaise ? demanda Gus d'un ton excédé.

– Pourquoi ? lança Tugdual.

– Parce que ça m'énerve.

– Si tu as les nerfs aussi fragiles, je doute que tu sois de taille pour supporter ce qui nous attend...

– Je pourrais bien t'étonner, fit Gus.

– Je n'attends que ça ! répliqua Tugdual en souriant

– Vous n'en avez pas marre de vous provoquer sans cesse ? intervint Oksa.

– C'est ton *ami* qui me cherche des poux dans la tête ! se défendit Tugdual.

– C'est ton *petit ami* qui fait tout pour me provoquer ! rétorqua Gus.

Oksa inspira profondément.

– Pour le moment, il n'y a ni *ami* ni *petit ami* ! Il y a juste deux sales gosses super énervants !

Tugdual se mit à rire alors que Gus bougonnait des menaces de futures représailles. Il se massa les tempes pour chasser la migraine qu'il sentait s'installer en arrière-fond. Depuis ce qu'il fallait bien appeler sa métamorphose, il n'avait plus ces affreuses douleurs provoquées par la morsure des Chiroptères et il en était soulagé. Mais la menace planait, il le savait bien. Le mal s'était installé tout au fond de lui et restait tapi comme un prédateur attendant le bon moment pour attaquer. Oksa ressentait-elle la même chose ? Il n'avait pas eu le temps – ou plutôt le courage... – d'en parler avec elle. Mais ils étaient embarqués dans la même galère... Il se surprenait à pouvoir la regarder avec cette intensité pleine d'une audace qu'il n'aurait jamais pensé avoir. Elle était très jolie, le front plissé par la concentration, absorbée par les notes qu'ils avaient tous les trois prises lorsque Dragomira les avait chargés d'organiser le voyage. Il avait tellement envie qu'elle le regarde comme elle regardait Tugdual...

De son côté, Tugdual paraissait imperméable au tumulte, sûr de lui. Et pourtant, mille douleurs griffaient son cœur. Helena, sa mère, semblait l'éviter et le pire de tout, c'est qu'il la comprenait. À cause de lui, sa famille avait explosé. Son père avait fui. Il était peut-être mort, englouti par les vagues meurtrières qui sévissaient un peu partout sur toutes les mers du Monde. Les dernières informations délivrées sur Internet faisaient part d'une série particulièrement destructrice en mer du Nord, peu de plates-formes pétrolières avaient résisté. Il n'en avait rien dit, mais l'inquiétude faisait peu à peu place au chagrin. Et à des remords cuisants. Son père était un Du-Dehors et il y avait peu de probabilités qu'il ait survécu aux cataclysmes. En restant avec les siens, il aurait eu une chance...

Kukka avait elle aussi sa part de responsabilité dans les douleurs que ressentait le jeune homme. Il faisait son possible pour éviter sa perfide cousine, mais elle rôdait sans cesse autour de Gus qui n'était jamais très loin d'Oksa et par conséquent de lui. Tous avaient fini par former un bien étrange quatuor auquel s'ajoutait Zoé, enveloppée dans un silence malheureux. La jeune fille n'aimait pas Tugdual. Ou plutôt, elle éprouvait trop de méfiance envers lui pour pouvoir l'apprécier. Il le savait et arrivait à le comprendre. Il était tout à fait lucide de l'image qu'il donnait – volontairement ou non – de lui-même et il n'y avait rien d'étonnant à ce qu'on ne le porte pas dans son cœur. Il assumait son apparence, son attitude, ses choix et il préférait largement la franche défiance de Zoé à la sournoiserie de Kukka. Sa cousine arrivait trop souvent à le piéger. Il dépensait des quantités d'énergie pour se blinder contre ses attaques pleines de fiel. Chaque fois, il réussissait à ne pas perdre la face, mais intérieurement il bouillonnait et ses propres résistances l'empoisonnaient à petit feu. Il détestait étouffer ses impulsions.

Et puis il y avait Oksa. Plus que n'importe qui, elle était en danger de mort. En avait-elle conscience ? Il avait surpris les bribes d'une conversation entre Orthon et Agafon qui craignaient que le venin des Chiroptères, transmis par la morsure de Gus, ne soit fatal à la Jeune Gracieuse. Avec une insensibilité à toute épreuve, les deux Félons redoutaient que leurs projets ne soient compromis si la mort saisissait Oksa avant son entrée dans la Chambre de la Pèlerine. Ce qui avait mis Tugdual dans une rage noire et silencieuse. Il regarda la jeune fille en s'appliquant à rester impassible. C'est tout ce qui lui restait : ne rien laisser paraître. Sa seule défense. Il vit Oksa tourner les yeux vers Gus qui la regardait avec gravité. Il était fou d'elle, c'était si évident… Comment pouvait-on être aussi transparent ? Il ne comprenait pas qu'il se mettait en position de faiblesse ? Du point de vue de Tugdual, les démonstrations du garçon, ses regards insistants étaient pathétiques, à la limite du ridicule. Et pourtant, tout au fond de lui, il aurait adoré être comme lui : naturel et spontané.

– Mais vous n'écoutez rien ! retentit la voix d'Oksa.

Interrompus dans leurs pensées, les deux garçons sursautèrent.

– Il faut qu'on revoie tout ! annonça la jeune fille tendue. Le Culbu-gueulard vient de nous informer que l'aéroport d'Édimbourg était impraticable !

Aussitôt, Tugdual pianota sur son téléphone.

– Tu as encore du réseau ?

– Oui, c'est bon, la rassura-t-il.

— Essaie de voir comment ça se passe à Glasgow, suggéra Gus.

Quelques secondes plus tard, le verdict tomba.

— C'est bon ! annonça Tugdual. Le vol Glasgow-Ouroumtsi d'aujourd'hui est assuré !

— Ouf ! s'exclama Dragomira qui les avait rejoints.

— Est-ce que cela modifie la suite de notre périple ? s'inquiéta Pavel.

— Non, lui répondit Oksa en regardant l'écran par-dessus l'épaule de Tugdual. Une fois à Ouroumtsi, nous rejoindrons Qingshui en train. Il faut une douzaine d'heures et la ligne est desservie quotidiennement. Puis, une fois à Qingshui, nous pourrons emprunter une autre ligne ferroviaire pour rallier Saihan Toroi. Il restera alors une centaine de kilomètres à parcourir dans le désert de Gobi pour arriver à Gaxun Nur…

— Bravo mes enfants ! les félicita gravement Dragomira. J'espère que notre voyage va se poursuivre plus calmement qu'il n'a commencé…

— Il est difficile de tout prévoir, fit remarquer Tugdual. Apparemment, c'est le chaos partout dans le Monde. Les gens fuient loin des côtes et des volcans. D'Ouroumtsi à Gaxun Nur, il y a eu quelques secousses telluriques, mais elles n'ont pas causé de gros dommages. Les lignes ferroviaires n'ont pas été touchées. Il faut juste souhaiter que rien d'irréparable n'arrive avant qu'on ne rejoigne Gaxun Nur.

— Sans compter qu'à cette époque de l'année, il se peut qu'il neige dans le désert de Gobi et cela nous ralentirait, ajouta Gus. Espérons que les trains circulent ! Sinon…

Il jeta un coup d'œil inquiet à Oksa.

— Sinon, nous ne pourrons compter que sur nous-mêmes… compléta-t-elle. Et sur la magie…

34

Meurtrissures

Malgré le vent furieux et les trombes d'eau qui s'étaient acharnés pendant toute la nuit à freiner leur avancée, les deux bateaux atteignirent l'embouchure de la rivière Clyde au lever du jour. Depuis le pont ou depuis leur cabine, les passagers du *Loup des Mers* et de *L'Aigle des Ténèbres* regardaient les côtes avec désarroi. L'insomnie avait été générale après l'épisode périlleux de la vague géante. Tous se sentaient à la fois épuisés et surexcités, et le spectacle de désolation qui s'étalait sous leurs yeux ajoutait une forte impression d'accablement. La Clyde était visiblement sortie de son lit et semblait avoir surpris les habitants dans leur sommeil. En se retirant, les eaux avaient laissé un véritable carnage derrière elles. Les maisons qui n'avaient pas été éventrées affichaient les traces de la violence des éléments : des meubles, des voitures, une multitude infinie d'objets cassés et couverts de boue envahissaient ce qui ressemblait vaguement à des rues. Partout, des amoncellements indistincts s'élevaient comme de tristes monticules de souvenirs et de vies. On pouvait voir des gens errer comme des zombies, sous le choc de la puissance dévastatrice des flots. D'autres s'activaient dans une sorte de vaine frénésie.

– Adieu Du-Dehors… murmura Dragomira, les larmes aux yeux.

– On va y arriver, Baba ! Tu verras ! la réconforta Oksa.

La vieille dame trembla. Elle remonta le col de sa veste de mohair prune, dissimulant une partie de son visage, et s'accrocha de toutes ses forces au bastingage.

– Ça va, Baba ?

Dragomira détourna la tête, comme si elle voulait éviter de répondre. Oksa la dévisagea avec inquiétude.

– Ta grand-mère est un peu fatiguée… intervint Abakoum en jetant un regard sombre à sa vieille amie.

Puis il entoura les épaules de la jeune fille et l'entraîna vers la cabine.

– Nous n'allons pas tarder à accoster à Glasgow, ma petite fille ! fit-il. Allons battre le rappel, veux-tu ?

– Qu'est-ce que savent les Félons sur notre destination ?

– Pas grand-chose, à vrai dire. C'est d'ailleurs ce qui rend Orthon si furieux.

– Son orgueil de mégalo en prend un sacré coup ! lança Oksa.

– Oui, et je dois avouer que j'en retire une certaine satisfaction personnelle.

– Oh, Abakoum ! fit la jeune fille sur un ton faussement indigné. Un homme sage et droit comme toi !

– Tout Homme-Fé que je sois, je n'en reste pas moins humain et il y a des petits plaisirs dont je ne saurais me passer, confessa Abakoum avec un rire. Imaginer Orthon dépendant de nous et fulminant sur son magnifique bateau me réjouit vivement.

– Il doit être vert ! s'esclaffa Oksa.

Abakoum lui adressa un sourire complice. Profitant de cette parenthèse, Oksa ne put s'empêcher de revenir sur sa grand-mère dont le comportement l'avait troublée.

– N'oublie pas que j'ai maintenant plus de seize ans et que je peux comprendre beaucoup de choses ! Elle doute, c'est ça ? Elle croit qu'on va échouer ?

– Nous avons tous encaissé de terribles chocs ces derniers jours… lui répondit placidement le vieil homme.

Puis il se tourna pour s'affairer sur les deux Boximinus et la caisse à Granoks qu'il sangla avec fermeté : le sujet était clos.

– Nous serons à Glasgow dans une demi-heure ! annonça Pavel dans le haut-parleur.

Oksa inspira profondément et regarda le ciel abîmé. Un frisson l'agita. Les Sauve-Qui-Peut seraient-ils assez forts pour affronter cette destinée qui ne semblait connaître aucune limite pour les mettre à l'épreuve ?

Le déluge avait relativement épargné Glasgow. Seules les parties les plus basses de la ville souffraient encore de l'envahissement des eaux boueuses et, pourtant, la panique était bien perceptible. De longues files d'attente se formaient devant les magasins et les pharmacies, et la circulation dans les rues transformées en capharnaüm était un véritable casse-tête.

Le *Loup* et l'*Aigle* réussirent tant bien que mal à se frayer un passage parmi les dizaines de bateaux qui dérivaient dans le port de Glasgow suite à la tourmente de la nuit. Les Sauve-Qui-Peut et les Félons amarrèrent leur embarcation à l'un des pontons et descendirent sur le quai en veillant soigneusement à ne pas se mêler. Malgré ce clivage, Annikki osa s'approcher des Sauve-Qui-Peut pour s'assurer que Marie allait bien et Oksa fut surprise de lire sur son visage une expression de bienveillance et de respect qui la rassura. La jeune femme semblait mettre un point d'honneur à protéger la malade, comme si elle tenait sincèrement à elle.

— Allons-y, mes amis… annonça Abakoum.

Alors, sans un regard en arrière, tous s'avancèrent vers la pagaille monstre de la ville meurtrie.

— Il faut qu'on trouve le moyen d'aller jusqu'à l'aéroport, indiqua Dragomira.

— Tu veux dire que nous devons prendre l'avion ? demanda Orthon, rageur.

— Nous devons prendre le vol de onze heures pour Ouroumtsi, répondit Dragomira d'un ton glacial. Ce qui nous laisse à peine deux heures pour gagner l'aéroport… ajouta-t-elle en regardant sa montre. Il n'y a pas de temps à perdre.

Les Félons paraissaient furieux. La gestion des opérations leur échappait et Orthon était celui qui le supportait le moins.

– Le Repère du Portail se trouve à Ouroumtsi ? rugit-il en attrapant Dragomira par l'épaule.

La Baba Pollock se dégagea avec vivacité tandis qu'Abakoum et Pavel s'approchaient d'un air menaçant.

– Ouroumtsi n'est que la deuxième étape après Glasgow, lança-t-elle d'un air effronté. Et franchement, Orthon, tu crois que je vais t'en dire plus ?

Et elle fit volte-face, lui tournant le dos.

– Il y a une navette pour l'aéroport dans dix minutes, annonça Tugdual, le téléphone collé à l'oreille. L'arrêt de bus est à deux cents mètres.

– Bravo mon garçon ! le félicita Dragomira. Toi au moins, tu sais te rendre utile ! conclut-elle en regardant Orthon avec insistance.

– Merci qui ? bougonna Gus. Merci Zorro !

Oksa lui jeta un œil noir.

– Quand tu en auras assez de tourner en boucle sur le même sujet, tu préviendras… fit-elle, maussade.

Les deux groupes marchèrent jusqu'à l'arrêt de bus où Gus se laissa soudain tomber. Ses longues jambes ramenées sous lui, il se prit la tête entre les mains. Quelques secondes plus tard, Oksa l'imitait bien malgré elle, saisie par une douleur subite.

– Que se passe-t-il ? s'affola Pavel. Ça ne va pas ?

Oksa lui adressa un regard vitreux.

– Affreusement mal à la tête… répondit-elle en se frottant les tempes avec vigueur.

– Comme si quelqu'un était en train de forer l'intérieur de ton crâne ? gémit Gus.

– Exactement !

Aussitôt, Dragomira fouilla dans sa besace et sortit son Coffreton. Elle tendit deux minuscules billes argentées à Gus et Oksa en leur intimant l'ordre de les avaler.

– Ma chère sœur et sa pharmacopée… commenta Orthon avec ironie.

– Sans les inventions diaboliques de tes ancêtres, nous n'en serions pas là ! rétorqua Dragomira. Et je te signale que notre avenir dépend entièrement de la santé de ces deux enfants.

– Vous pouvez me laisser crever là, ça ne changerait rien... grommela Gus.

Ce qui lui valut un vigoureux coup de coude de la part d'Oksa.

– Ferme-la, Gus... grogna-t-elle. Fais comme moi, s'il te plaît : souffre en silence !

La petite bille argentée de Dragomira dissipait peu à peu l'atroce douleur pour laisser la place à un état nauséeux très inconfortable qui brouillait la vue et la réflexion des deux jeunes gens. Autour d'eux, les Sauve-Qui-Peut et les Félons attendaient avec impatience l'arrivée du bus. Certains s'étaient adossés aux murs détrempés des bâtiments, d'autres faisaient les cent pas. Mais quelle que soit leur attitude, tous se sentaient tendus.

Oksa finit par se lever pour se dégourdir les jambes. En apercevant son reflet dans une vitrine, sa tête se mit à tourner plus fort. « C'est moi, ça ? » s'étonna-t-elle en approchant. Le nez collé à la vitre, elle se tâta le visage, à la fois fascinée et abasourdie par sa propre image. Tant qu'elle ne se voyait pas, gérer ce changement ne posait pas trop de problème. Il fallait juste s'habituer aux longueurs et aux formes... Mais ce nouveau visage et cette nouvelle silhouette lui plaisaient, elle arriverait à s'y faire. La gestion de ses sentiments était nettement plus difficile. Tout était plus puissant, plus violent, plus bouleversant. Ce que suscitait la présence de Gus ou le regard de Tugdual n'avait plus rien à voir avec ce qu'elle ressentait quelques jours plus tôt. Quelques jours pendant lesquels elle avait vieilli de deux ans... Comme pour le lui rappeler, elle aperçut le reflet de Tugdual qui se détachait dans la vitrine. Comment y échapper ? Elle ne voyait que lui ! La silhouette parfaite de la blonde Kukka apparut soudain entre eux, sûre d'elle, impériale. Oksa se retourna et la vit s'approcher de Tugdual. À son plus grand désarroi, le garçon ne fit pas un geste pour éviter sa venimeuse cousine. « Laisse-le tranquille… pesta Oksa, le cœur pulvérisé par la jalousie. Mais pourquoi la laisse-t-il approcher ? Il la déteste ! » Abattue, elle reprit sa place sur le bord du trottoir à côté de Gus dans un mutisme morose et se massa les tempes dans l'espoir dérisoire de chasser ses idées noires.

Vingt minutes plus tard, la navette n'était toujours pas arrivée et l'impatience avait laissé place à une désagréable fébrilité. Ayant compris qu'il ne servait plus à rien d'attendre, chacun essayait de trouver une solution.

– Volticalons ! proposa Gregor.

– Pour attirer une nouvelle fois l'attention de l'armée, non merci ! rétorqua Pavel.

– Nous aurions tout à fait la capacité de neutraliser les militaires les mieux armés… lui opposa Gregor.

– Certes… mais encore faut-il avoir un état d'esprit dénué de toute valeur humaine, ce qui n'est pas notre cas.

Orthon applaudit avec ironie.

– D'accord, mais ce ne sont pas de telles valeurs qui nous permettront d'atteindre notre but ! lança-t-il.

– Le dépôt de tous les bus de la ville est seulement à quelques pas d'ici, intervint Tugdual, le Culbu-gueulard sur l'épaule. Nous pourrions peut-être en emprunter un, non ?

Tous s'entreregardèrent d'un air hébété. La solution était si simple !

– Excellente idée, mon garçon ! fit Abakoum. Dépêchons-nous, le temps presse !

Le mécanicien vit entrer le groupe de près de soixante personnes dans l'entrepôt, mais n'eut pas le temps de réagir : Dragomira lui avait déjà envoyé une Granok de Gom-Souvenance. L'homme resta figé devant sa boîte à outils, l'œil vide.

– Prenons celui-ci ! lança Pavel en montrant un des nombreux bus en stationnement. Il est assez grand pour nous tous. Culbu, tu saurais nous guider ?

La créature acquiesça.

– Alors reste près de moi, veux-tu ? Tu m'indiquera néraire. Plus vite nous rejoindrons l'aéroport, plus gra seront nos chances de monter dans cet avion aujourd'hui, précisa-t-il en regardant sa montre avec inquiétude.

Les Sauve-Qui-Peut et les Félons commencèrent à s'installer. Gus s'assit juste à côté d'Oksa.

– Ton père a déjà conduit un bus ? lui murmura-t-il.

– Euh… non ! répondit-elle, amusée. Pas plus qu'un bateau !

– Eh bien, j'espère qu'il y aura un pilote dans l'avion…

Le moment était certainement très mal choisi, mais tous deux ne purent s'empêcher de pouffer de rire à l'évocation du film[1] qui les avait tant amusés, s'attirant le regard faussement indifférent de Tugdual. Oksa lui adressa un clin d'œil et le garçon tourna aussitôt la tête pour cacher un sourire.

– QU'EST-CE QUE VOUS ÊTES EN TRAIN DE FAIRE ? retentit soudain une voix.

Un homme venait de surgir dans l'entrepôt ! Les trois Félons qui n'étaient pas encore montés dans le bus se retournèrent, sur la défensive.

– Vous êtes en train de voler ce bus, ma parole ! fit l'homme. Descendez tout de suite ou je préviens la police, bande de sales pilleurs !

Les Félons sourirent : ils pouvaient faire de cet imprudent une bouchée de pain. Mais c'est Oksa qui intervint. La Jeune Gracieuse baissa prestement la vitre et lança une Granok. Aussitôt, le visage de l'homme se détendit pour afficher un sourire béat. Il se dirigea vers Agafon, le sévère Félon, et lui offrit une chaleureuse accolade.

– Je te souhaite un bon retour, mon cher parrain ! s'exclama-t-il. Je garde bien à l'abri ce fantastique whisky que tu apprécies tant et je te promets une belle revanche aux cartes, tu ne perds rien pour attendre ! ajouta-t-il en riant aux éclats.

Gus regarda Oksa d'un air interrogateur.

---

1. *Y a-t-il un pilote dans l'avion ?*, film réalisé en 1980 par Jim Abrahams, David et Jerry Zucker.

– Je rêvais d'utiliser ma nouvelle Granok, fit-elle.

Elle se tourna vers Abakoum avec un immense sourire.

– Elle marche d'enfer, ton Hypnagos ! J'adore !

Complice, l'Homme-Fé lui rendit son sourire.

– La voie est libre, attention au départ ! clama Pavel en mettant le bus en route.

Les premières manœuvres furent un peu hasardeuses, mais il ne tarda pas à comprendre toutes les subtilités de l'imposant véhicule. Le bus s'engagea dans les rues encombrées de Glasgow.

35

Fuite chaotique

Calée sur son siège, Oksa se laissait bercer par le mouvement régulier du train qui filait sur Saihan Toroi. Même si les activités physiques avaient été très réduites pendant ces deux derniers jours passés à voyager en avion et en train, elle se sentait épuisée. Elle regardait le paysage à la fois somptueux et monotone qui défilait. Les collines et les plaines du désert de Gobi recouvertes d'une fine couche de neige se succédaient sans que rien vienne perturber l'harmonie apparente. Tout paraissait si calme qu'il était difficile de croire que Du-Dehors sombrait inexorablement dans le chaos. Comme si cette partie du Monde était à l'abri du tumulte, les quelques villes desservies par la ligne de chemin de fer semblaient continuer à vivre comme si de rien n'était : la vie restait toujours aussi dure et pourtant les habitants gardaient leur sens de l'accueil et leur sourire éclatant.

Cette relative sérénité n'avait cependant pas régné sur l'intégralité du voyage. Malgré la virtuosité de Pavel au volant du bus, rejoindre l'aéroport de Glasgow avait été une véritable épreuve. Jamais on n'avait vu une circulation aussi surchargée dans les faubourgs et sur les routes qui permettaient de quitter le centre de la ville. Dans la crainte de nouvelles inondations, tous ceux qui le pouvaient tentaient de fuir les zones côtières pour se réfugier à l'intérieur des terres. Et les prévisions des plus grands spécialistes en sciences de la Terre ne pouvaient que leur donner raison… À Glasgow comme dans le Monde entier, des embouteillages monstrueux se formaient à la périphérie des villes les plus exposées aux raz de marée, vagues scélérates, éruptions volcaniques, secousses telluriques, glissements de terrain… Certains de ces périls avaient une cause logique : la négligence de l'homme et plusieurs décennies d'aveuglement et de surdité à l'égard des concepts les plus élémentaires de l'écologie universelle. Mais personne n'arrivait à expliquer la plupart des catastrophes qui dévastaient le Monde. Les menaces restaient incompréhensibles, innombrables, imprévisibles.

Bloqués dans les embouteillages, les Sauve-Qui-Peut et les Félons avaient donc bien failli manquer l'avion qui devait les mener jusqu'à Ouroumtsi. Dragomira avait dû recourir à une discrète manœuvre magique pour dégager une voiture tombée en panne au milieu de la voie… Le bus enfin arrivé à l'aéroport, quelques dizaines de minutes seulement avant le décollage, la tension était à son comble. Les billets furent prestement achetés, la destination des Sauve-Qui-Peut et des Félons n'était pas la plus prisée et le vol était loin d'être plein. Mais les terminaux d'embarquement grouillaient de passagers hystériques voulant à tout prix trouver un vol pour échapper au danger. Il fallait jouer des coudes, parfois des poings, dans cette jungle où toutes les valeurs du monde civilisé s'effritaient à vue d'œil. Un moment particulièrement horrible avait traumatisé Oksa : un homme s'était rué sur Marie et l'avait jetée par terre pour s'emparer de son fauteuil roulant dans l'espoir que le fait d'être handicapé lui donnerait une chance supplémentaire d'obtenir un billet d'avion. Pavel et Naftali n'avaient pas manqué de le clouer au sol – non sans lui avoir envoyé une Granok de Dormident… Réminiscens et Zoé, encore sous le choc de la mort de Mercedica, avaient également été des proies faciles pour les loups qu'étaient devenus certains hommes. Réminiscens s'était fait voler son sac et, en voulant le récupérer, Zoé avait reçu un méchant coup sur l'épaule. Cette fois-ci, c'est Tugdual qui était intervenu par le biais de la magie – Magnétus pour récupérer le sac et Putrefactio pour punir le goujat qui l'avait volé. Un véritable vent de panique avait soufflé dans l'aéroport quand le bras de l'homme avait commencé à pourrir en exhalant une épouvantable odeur.

– Tu n'y vas pas de main morte, dis donc ! s'était exclamée Oksa.

– C'est le cas de le dire, P'tite Gracieuse… avait-il murmuré avec un sourire irrésistible.

En se souvenant de cette scène, Oksa chercha Tugdual des yeux. Les Sauve-Qui-Peut et les Félons partageaient le même wagon du train qui s'enfonçait dans le désert de Gobi. Depuis le début du périple, Tugdual et Gus n'avaient pas manqué une seule occasion de se placer à côté d'elle, mais aucun des deux n'avait réussi : Marie, Pavel, Dragomira ou Abakoum s'étaient attribué ce « privilège ». Les deux rivaux gardaient néanmoins un œil protecteur sur la jeune fille. Tout comme Orthon qui ne se trouvait jamais très loin… Depuis le départ de l'île, le Félon ne décolérait pas. Dragomira était restée parfaitement hermétique : aucune information sur la destination des Sauve-Qui-Peut et de leurs adversaires n'avait filtré. Grâce à une vigilance de chaque instant, toutes les ruses des Félons avaient pu être déjouées. Même le philtre de vérité habilement versé dans le thé de la Baba Pollock n'avait pas permis à Orthon d'arriver à ses fins.

– Quel pourri, cet Orthon… murmura Oksa en détournant les yeux du Félon.

– Qu'est-ce que tu dis, ma chérie ? demanda Marie.

La Jeune Gracieuse regarda tristement sa mère. Marie ne disait rien des souffrances qu'elle endurait, mais son état se dégradait d'une façon si évidente qu'il n'était pas nécessaire d'en parler pour en être conscient. Ces deux derniers jours, son visage avait pris une vilaine couleur grise et s'était creusé de profondes marques. Son corps s'était recroquevillé, atrophié par le mal.

– Je me disais qu'Orthon n'avait pas ménagé notre famille, répondit Oksa, le cœur plombé.

– C'est le moins qu'on puisse dire, lâcha sa mère en clignant nerveusement des yeux. Comment te sens-tu ?

— Oofffff... J'ai l'impression de traverser un cratère en fusion sur un fil de funambule. Un pas de travers et je tombe ! En entraînant tout le monde derrière moi, tant qu'à faire... Tu vois le genre ?

— Tout à fait... soupira Marie. Mais on va s'en sortir !

— Y a intérêt, murmura Oksa.

Elle détourna la tête pour fixer son attention sur le ciel balafré de longues traînées noires et sur les collines enneigées. Contempler l'étendue infinie du paysage la calmait. Elle resta ainsi pendant un long moment, abritée par une torpeur réconfortante, jusqu'à ce que ses yeux glissent malgré elle vers Gus. Il se trouvait dans son champ de vision, figé dans une impassibilité qui devait certainement cacher une profonde angoisse, elle n'en doutait pas. La traversée du désert de Gobi semblait faire ressortir la part chinoise qui était en lui. Songeait-il à la femme qui lui avait donné la vie et qui se trouvait quelque part dans cet immense pays ? Peut-être... À moins que son esprit ne soit complètement absorbé par le terrible sursis qui menaçait de se rompre à tout instant.

— Tu penses à quoi ? demanda-t-elle en s'asseyant à côté de lui.

— À rien de spécial, répondit-il en se poussant légèrement.

— C'est un long voyage... insista-t-elle.

Il s'enfonça dans son siège et tourna la tête. Elle le regarda en biais.

— J'adore ta compagnie, tu sais ? Tu es si... volubile ! le piqua-t-elle.

— Hé ! C'est pas parce que tu t'ennuies comme un rat mort que tu as le droit de venir m'enquiquiner !

Oksa se mordit la lèvre et étendit les jambes de tout leur long. L'attention faussement concentrée sur le siège devant elle, elle gratta la toile usée et tira sur un fil qui dépassait.

— Je ne suis pas un rat mort... lança-t-elle au bout d'un long moment.

Gus lui jeta un coup d'œil furtif.

— Excuse-moi.

– C'est déjà oublié ! fit-elle, soulagée par cette trêve.

Elle attendit qu'il continue sur cette lancée, mais il restait silencieux, la mine soucieuse, le front plissé.

– Tu comptes détricoter ce malheureux fauteuil ? lui demanda-t-il soudain.

– Pourquoi tu ne me dis pas ce qui te tracasse ? rétorqua Oksa en se tournant franchement vers lui, coude posé sur l'appuie-tête.

– Tu as déjà imaginé que certains d'entre nous pourraient ne pas entrer à Édéfia ? lâcha-t-il, la voix tremblante.

Oksa écarquilla les yeux et sa respiration se fit plus hachée.

– De quoi veux-tu parler ?

– Et si les Du-Dehors se retrouvaient bloqués à l'entrée d'Édéfia ? poursuivit Gus. Si l'entrée leur restait interdite ?

Oksa passa la main sur son visage. Une sueur glacée perlait à ses tempes alors qu'un vertige la précipitait vers une alarme sans nom.

– Pourquoi tu dis ça ? Pourquoi tu penses à des choses aussi *atroces* ?

Gus plongea ses yeux dans les siens. Elle tressaillit.

– Je ne suis pas le seul à le penser, Oksa. Tout le monde y pense, tes parents, les miens, Dragomira… Toi, tu veux juste éloigner cette pensée de ton esprit. Mais ce n'est pas en lui mettant l'étiquette « inconcevable » que tu la rends moins… probable.

– PROBABLE ?!? Mais, Gus…

Les mots s'étranglèrent dans sa gorge. Elle regarda autour d'elle, paniquée. Sa mère avait posé la tête sur l'épaule de Pavel qui lui caressait doucement les cheveux. Marie leva soudain les yeux et lui adressa un sourire difficile. Le cœur d'Oksa se serra : la conviction que la crainte de Gus n'était pas sans fondement s'installait avec une brutalité choquante. Oksa balaya le wagon des yeux. Olof et sa femme cajolaient Kukka ; le clan Fortensky parlementait à voix basse ; Cockerell tenait les mains de sa femme en coupe contre lui… Elle constata la même chose du côté des Félons : tous les Du-Dehors faisaient l'objet d'une attention particulière. Exceptionnelle ? La question resta en suspens : Gus venait de se contracter sur son siège, les mains crispées sur les accoudoirs. Une nouvelle crise ? « Oh mon Dieu, non… » implora intérieurement Oksa.

– MAIS QU'EST-CE QUE C'EST ? s'exclama le garçon en se levant précipitamment.

Comme tous les passagers du train, Oksa regarda par la fenêtre : des centaines d'animaux couraient vers le sud, dans la direction opposée à celle du train qui filait vers le nord. Des léopards des neiges et de très petits chevaux ouvraient la voie, suivis par des chameaux au galop désordonné, des ours à l'allure puissante, des moutons, des chèvres, des nuées d'oiseaux affolés. Loin derrière eux, d'énormes nuages de poussière s'élevaient du sol, bouchant l'horizon. Le train ralentit sensiblement, comme si le conducteur hésitait à s'approcher de ce qui ressemblait de plus en plus à une barrière infranchissable. Pour ne rien arranger, les deux Boximinus commencèrent à s'agiter convulsivement. Leurs occupants paraissaient gagnés par la même panique qui faisait fuir les animaux du désert, ce qui n'augurait rien de bon. Tous les passagers étaient désormais collés aux fenêtres et fixaient la barrière de poussière avec une fascination horrifiée. Soudain, le train s'arrêta. Des cris fusèrent jusqu'à ce que les deux conducteurs surgissent en hurlant dans le wagon occupé par les Sauve-Qui-Peut et les Félons.

– Qu'est-ce qu'ils disent ? ne put s'empêcher de demander Oksa. C'est du chinois, on ne comprend rien !

Les plus expérimentés du groupe affûtèrent leur oreille, mettant à profit leur précieux pouvoir de Poluslingua. Les conducteurs, affolés, criaient en faisant de grands gestes.

– Le Grand Dragon Jaune… traduisit enfin Abakoum en pâlissant. Une tempête de sable géante…

36

Le Grand Dragon Jaune

Les énormes volutes de poussière avançaient toujours en mugissant comme un monstre gigantesque. Elles envahirent bientôt le ciel, cachant les maigres rayons de soleil et plongeant les dunes dans une obscurité opaque.

– C'est terriblement haut ! gémit Oksa.

– Culbu... ânonna Dragomira en plongeant la main dans sa besace.

– Ma Vieille Gracieuse ? fit la créature au garde-à-vous.

– Que sais-tu de cette tempête ?

Le Culbu-gueulard se colla à la fenêtre pendant quelques secondes et répondit :

– Cette tempête de sable déploie une puissance dévastatrice. Comme vous le voyez, elle envahit même le ciel, les Sauve-Qui-Peut et les Félons ne pourront pas soulever le train comme ils ont soulevé les navires pour échapper à la vague scélérate.

– Est-elle profonde ?

Le Culbu se plaqua à nouveau contre la fenêtre et se concentra.

– Le nuage de sable est profond de cent vingt-cinq kilomètres environ et se déplace à la vitesse de cent soixante kilomètres par heure.

– On va crever ! s'alarma Oksa en se tordant les mains.

– Il nous faut environ quarante minutes pour passer... calcula Gus, concentré.

– Quarante minutes ? s'exclama Oksa, tremblante. Mais on ne pourra pas tenir aussi longtemps, on va mourir étouffés ! Il faut faire quelque chose ! Si je provoquais un orage, vous croyez que ça pourrait nous aider ? Parce que là, je ne suis pas loin de craquer, si vous voulez tout savoir…

Tout le monde réfléchit à cette proposition.

– Étant donné la force des vents à l'intérieur du mur, j'ai bien peur qu'une énergie supplémentaire ne soit absorbée et qu'elle ne s'ajoute à celle de la tempête, annonça Abakoum. Ce qui serait encore pire…

– Et les Granoks de Tornaphyllon ? suggéra à nouveau Oksa. Si on s'y met tous, on arrivera peut-être à repousser cette… horreur !

– Ça vaut la peine d'essayer… lança Pavel en se dirigeant vers la porte du wagon.

Les Sauve-Qui-Peut et les Félons qui possédaient des Crache-Granoks se retrouvèrent sur le sable enneigé. Unissant leurs efforts pour la première fois, ils se concentrèrent, les yeux braqués sur le mur qui avançait en rugissant. Oksa avait l'impression que son cerveau allait exploser. Elle forçait, luttant contre la panique. Des éclairs noirs comme du jais claquaient au-dessus des Sauve-Qui-Peut et des Félons qui mobilisaient toutes leurs forces.

– Ensemble, à mon signal ! fit Abakoum. Trois… deux… UN !

Tous soufflèrent en même temps dans leur Crache-Granoks, non sans avoir prononcé intérieurement la formule consacrée.

Par le pouvoir des Granoks
Déchire ta coque
Vent autour de toi
Comme l'ouragan t'emportera.

Telle une immense bulle de savon, un rouleau translucide se forma pour se précipiter à une vitesse prodigieuse vers le mur mouvant. L'impact projeta quelques tonnes de sable en l'air pour former un trou… qui se reboucha quelques secondes plus tard.

– On recommence ! cria Dragomira.

Après deux nouvelles tentatives, les Sauve-Qui-Peut et les Félons remontèrent dans le train en cachant difficilement leur inquiétude.

– Et si nous faisions demi-tour ? proposa Naftali.

– Ce train n'est pas un train à grande vitesse, nous serions rattrapés, dit Pavel.

– Le bébé Foldingot pourrait ralentir le temps, suggéra à son tour Pierre.

– Ce qui aurait été une excellente solution… lui répondit Abakoum. Malheureusement, ce pouvoir ne s'exerce que sur les êtres humains, pas sur les éléments.

– Oksa ? l'interpella Gus, les yeux fixés sur le redoutable nuage qui se rapprochait sans faiblir. Tu te rappelles cette vidéo qu'on a vue sur Internet ?

Oksa le regarda, intriguée.

– Laquelle, Gus ?

– Les Australiens qui s'étaient retrouvés face à une énorme muraille de sable qui se dirigeait droit sur eux… Tu te souviens comment ils s'en sont sortis ?

– Au lieu de faire demi-tour et de fuir, ils ont foncé pleins gaz pour traverser la tempête.

– Exactement !

– Mais Gus… intervint Marie, la gorge nouée. Nous ne pourrons pas tenir quarante minutes dans cet enfer !

– Quarante minutes, c'est si nous restons immobiles. Si nous avançons nous aussi, il nous faudra beaucoup moins de temps pour traverser, répondit Gus.

– Mais le sable va nous bloquer, nous allons être piégés comme des rats…

– Pas si les Tornaphyllons nous ouvrent la voie en formant un tunnel !

Tous s'entreregardèrent, interloqués.

– Gus ? fit Oksa d'une voix éraillée.

– Oksa ?

– Tu sais que tu es génial ?

Le garçon lui adressa un mince sourire et détourna la tête.

– VITE ! s'exclama Dragomira. La tempête approche !

Abakoum se rua vers la caisse contenant sa réserve de Granoks et en distribua à tous les détenteurs de Crache-Granoks. Puis il se précipita vers la locomotive désertée par les conducteurs – aussi terrorisés par la tempête que par ces passagers aux pouvoirs étranges. Il prit les commandes du train tandis que Pavel fonçait à l'extérieur sous les cris de protestation de ses amis.

– Pavel, je t'en prie, N'Y VA PAS ! hurla Marie en essayant vainement de le retenir.

Sous les yeux de ses compagnons et des passagers ébahis, le Dragon d'Encre jaillit du dos de Pavel et prit son envol.

– Le combat des Dragons… murmura Abakoum en actionnant les commandes du train.

Une trentaine de personnes se massaient autour d'Abakoum dans un silence concentré, le but étant de se relayer aux fenêtres laissées entrouvertes pour lancer un maximum de Granoks. Au-dessus de la locomotive, le Dragon d'Encre de Pavel escortait le train lancé à plein régime sur la muraille de sable.

– On est complètement fous… bredouilla Oksa.

Elle tremblait comme une feuille, terrorisée.

– Ça va marcher ! fit Tugdual en se serrant derrière elle et en l'enveloppant de ses bras.

– PRÉPAREZ-VOUS ! annonça Abakoum, crispé sur les commandes.

L'énorme rempart et le train s'avançaient l'un vers l'autre à une vitesse affolante, le choc était imminent. Le souffle court, les Sauve-Qui-Peut et les Félons se concentrèrent en luttant contre le sentiment de terreur qui montait. Quelques dizaines de mètres encore, quelques secondes…

L'obscurité était presque totale au cœur de la tempête de sable. La visibilité se révélait nulle, seul le gros phare du train nimbait d'une vague lumière jaune la locomotive qui filait vaillamment. Oubliant le froid intense causé par la chute brutale de la température, les membres des deux groupes ennemis joignaient leurs efforts en cadence : leur intensité décuplée par l'union, les Tornaphyllons fusaient en gros rouleaux d'énergie pure et ouvraient un véritable tunnel dans lequel le train s'enfonçait à toute vitesse. Pavel et son Dragon d'Encre apportaient eux aussi une fantastique contribution, puisant dans les profondeurs de leur esprit un souffle puissant qui repoussait les assauts de la tempête. Sauve-Qui-Peut comme Félons, tous mesuraient l'importance capitale de la participation de Pavel. Et tous craignaient pour sa vie. Si la tempête avait raison de sa force, il serait emporté... Tout en se concentrant sur les Tornaphyllons, Oksa ne pouvait s'empêcher d'évoquer cet atroce dénouement. « Tiens bon, Papa... Tiens bon ! » implora-t-elle silencieusement. Le Curbita-peto ondulait sans relâche autour de son poignet, jamais elle n'avait eu autant besoin de lui. Elle se sentait épuisée et affolée – un cocktail redoutable qui brûlait toutes ses forces.

– Il nous reste exactement quarante-huit kilomètres à parcourir, informa soudain le Culbu-gueulard. Si nous gardons le même rythme, nous devrions ressortir du nuage de sable dans douze minutes.

Douze minutes. Douze petites minutes qui paraissaient aussi longues que des heures... Y parviendraient-ils ? La question vrillait les cœurs et la réponse était plus qu'incertaine. Tous savaient que la puissance des Du-Dedans, aussi fabuleuse soit-elle, ne pouvait dominer le pouvoir de la Nature. Le seul espoir était qu'aujourd'hui, aux portes d'Édéfia, cette Nature leur accorde une chance. Une seule petite chance...

– Encore un effort ! lança Dragomira, le visage ravagé de fatigue. Nous avons fait le plus dur !

Malgré les paroles encourageantes de sa grand-mère, Oksa se sentait submergée par une terrible impression, comme si « le plus dur » était plutôt à venir... La tempête redoublait de violence et les forces des Sauve-Qui-Peut et des Félons s'amenuisaient. Le train filait toujours à la vitesse maximum, mais les offensives des tourbillons de sable lui portaient des coups féroces. Hormis celles de la locomotive qui restaient à peine entrebâillées, toutes les issues étaient fermées. Pourtant, le sable s'engouffrait par le moindre interstice et tapissait désormais le sol des wagons sur près de un mètre d'épaisseur, amplifiant la panique et le désespoir. Alourdi, le train finit par réduire son allure.

– Abakoum ? Que se passe-t-il ? s'alarma Dragomira.

L'Homme-Fé n'eut pas le temps de répondre : une secousse agita brutalement le train qui sembla vaciller sur ses rails.

– Nous sommes trop lourds ! lâcha-t-il en pâlissant. Nous allons dérailler ! Naftali ! Pierre ! Il faut détacher des wagons !

Les deux hommes se précipitèrent, aussitôt suivis par Orthon et Gregor. La démarche entravée par le sable, ils ne tardèrent pas à volticaler vers l'arrière du train sous le regard halluciné des passagers qui s'étaient regroupés dans les wagons de tête. Quelques minutes plus tard, allégé de moitié, le train reprenait de la vitesse. Pour ralentir de nouveau au bout de quelques centaines de mètres sous la violence de la tourmente.

– Allez ! les exhorta Oksa en se surprenant elle-même. Ce serait vraiment trop bête de finir ensablés, non ?

Du sable jusqu'à la taille, chacun puisa dans ses dernières ressources. Il fallait à tout prix sortir de cet enfer ! Un rugissement plus déchirant que tous les autres parvint du toit. Les ailes du Dragon d'Encre cognèrent soudain contre les petites fenêtres de la locomotive. Elles s'élevèrent encore dans une faible tentative, puis s'abattirent définitivement pour couvrir l'avant du convoi qui se mit à vaciller sous la force de la tempête. Le Dragon Jaune était en train de terrasser le Dragon d'Encre !

– AH NON ! hurla Oksa. Ça ne peut pas finir comme ça !

Il ne lui fallut que quelques secondes pour visualiser son père, inanimé sur le métal glacé, le visage griffé par le sable. La révolte de la jeune fille était telle que d'énormes bouillons de colère explosaient en elle, éveillant son Autre-Moi dans un appel au secours désespéré. Fiévreuse, elle sentit très concrètement cette partie d'elle-même sortir, jamais elle n'avait eu de perception aussi lucide de sa conscience, de son esprit, de ce qu'elle était. Dragomira la fixait, émerveillée par le prodige qui se déroulait sous ses yeux. Les Deux Gracieuses échangèrent un regard plein de compréhension secrète alors que l'Autre-Moi d'Oksa s'échappait par les interstices des lucarnes.

37

Au secours du Dragon d'Encre

Oksa ne vit pas ce qui se passa ensuite : elle le sentit aussi intensément que si elle le vivait en personne. Son Autre-Moi s'étendit, s'étira, se dilata pour couvrir de toute sa force protectrice Pavel et son Dragon, inconscients sur le toit du train. Peu à peu, Oksa comprit que sous cet abri inespéré, le cœur de son père se remettait à battre. Elle sentit dans son corps le sang qui circulait de nouveau dans les veines de celui qui avait tant donné de lui, au risque d'en mourir. Elle poussa un cri de victoire, répercuté au centuple par l'Autre-Moi dans un souffle fantastique.

– Regardez ! s'exclama Abakoum.

Était-ce une illusion d'optique ? Un mirage né de l'instinct de survie ? Oksa cligna des yeux et tout son être s'emplit d'un bonheur indicible. Enfin ! Le nuage de sable s'éclaircissait ! La lumière du jour devenait de plus en plus perceptible, les vents étaient nettement moins violents.

– On est sauvés !

Les cris de joie résonnèrent dans le train tout entier. La plupart des passagers – Sauve-Qui-Peut, Félons et Du-Dehors – pleuraient de soulagement.

– Où est Papa ? s'inquiéta Oksa.

Elle ne sentait plus rien. Son Autre-Moi avait réintégré les profondeurs de son esprit sans qu'elle s'en rende compte, certainement. Abakoum arrêta le train et allongea le bras pour ouvrir la porte de la locomotive. Le sable s'écoula à l'extérieur en formant un impressionnant monticule. Oksa bondit pour sortir et atterrit sur le sol poudreux. Elle leva les yeux, le souffle heurté.

– PAPA ! hurla-t-elle d'une voix rauque. PAPA ! Où es-tu ?

Le calme était revenu. Le ciel, pur et clair, était dégagé de tout nuage. Tout autour, le désert de Gobi s'étalait, morne et démesuré. Étrangement, la seule forme de vie était matérialisée dans l'énorme muraille qui poursuivait au loin sa course dévastatrice en soulevant des tonnes de poussière jaune.

– Papa… se mit à gémir Oksa en tombant à genoux.

Dragomira et Abakoum sortirent à leur tour du train, les traits marqués par l'inquiétude. Ils balayèrent des yeux le ciel et les collines de sable. En vain. Oksa s'éleva du sol dans un ultime Voltical.

– Il est là ! cria-t-elle, debout sur le toit du train. Papa !

Pavel gisait de tout son long, couvert par le corps épuisé du Dragon d'Encre qui le protégeait de sa carapace mordorée. Dès qu'Oksa s'approcha, le Dragon fondit et réintégra le tatouage. Pavel tendit alors le bras vers sa fille.

– On a réussi… articula-t-il entre deux quintes de toux.

Oksa se jeta sur lui pour l'étreindre.

– Papa ! Tu as été extraordinaire !

Sur la dune, les passagers se congratulaient et applaudissaient à tout rompre. Pavel regarda les Sauve-Qui-Peut et les Félons qui s'étaient spontanément séparés en deux groupes bien distincts.

– Nous avons *tous* été extraordinaires… fit-il avec émotion. Tous…

Il détourna la tête et ses yeux s'étrécirent. Oksa suivit son regard : l'horizon laissait apparaître un faisceau vertical qui rayonnait d'une étrange couleur. Une couleur que la Jeune Gracieuse et son père n'avaient jamais vue…

38

La dernière soirée

– Mais puisque je te dis que je ne vois rien ! Tu as oublié ? Je ne suis qu'un Du-Dehors ordinaire avec des yeux ordinaires qui ne peuvent distinguer que des choses ordinaires… Ton fichu rayon vertical, je ne le vois pas, OK ?

La mine renfrognée, Gus donna un coup de pied rageur dans le siège devant lui.

– Aïe ! résonna la voix de Brune.

– Désolé… s'excusa Gus. Je n'ai rien contre toi. C'est à cause d'Oksa.

– Eh ben voyons… soupira la jeune fille.

Contrariée, elle détourna la tête et se concentra sur la route. Deux heures plus tôt, le train couvert de poussière avait fini par déposer les Sauve-Qui-Peut et les Félons à Saihan Toroi. La petite ville avait essuyé la violence du Dragon Jaune et pansait ses plaies. Comme aux quatre coins du Monde, les habitants se relevaient avec douleur après le déchaînement des éléments. Certains n'avaient plus qu'une obsession : fuir les zones dévastées. Aussi, dès son entrée en gare, le train fut-il pris d'assaut par des hordes d'hommes et de femmes hystériques. La ligne s'arrêtait à Saihan Toroi et repartait en sens inverse vers le sud. Au nord, selon les dernières informations, des séismes déchiraient la Terre sans répit. Malgré les mauvaises nouvelles qui parvenaient de tous les continents, chacun croyait pouvoir trouver une issue en fuyant. De tout temps, c'est ce que les hommes avaient fait : fuir dans l'illusion qu'ailleurs, ils seraient épargnés.

Dans l'affolement général, personne ne fit attention au récit abracadabrantesque de quelques passagers évoquant des voyageurs aux pouvoirs étranges dont certains – ils le juraient sur leur vie ! – pouvaient voler ou se transformer en Dragon… Les Sauve-Qui-Peut et les Félons profitèrent de la confusion générale pour s'esquiver discrètement et se fondre dans l'agitation de la ville mutilée. Dragomira et Abakoum réussirent à « réquisitionner » deux autobus archaïques qui tenaient à peine sur leurs essieux et tout le monde embarqua sans se faire prier, cap vers le nord et Gaxun Nur.

Les bus brinquebalants avançaient poussivement sur la route cabossée. Mais les voyageurs étaient si fatigués que personne ne pensait à se plaindre. Une fois que le Repère était apparu à l'horizon, Orthon s'était empressé de prendre le volant du premier bus. Il filait droit devant sur l'unique route, suivi par Naftali qui conduisait le second.

– Laissons-lui croire qu'il peut avoir un avantage sur nous… avait soupiré Dragomira.

Gus s'était lui aussi précipité. Non pour prendre le volant, mais pour se placer à côté d'Oksa avant Tugdual… Tugdual avait eu une petite moue déçue, puis s'était rattrapé en adressant à Gus un sourire moqueur. Dès que les deux bus avaient quitté la ville, Oksa avait entrepris Gus sur l'incroyable rayon qui les attirait comme un aimant. Mais le garçon avait mal réagi, meurtri et honteux de ne pouvoir partager la fascination de son amie. Oksa essaya de fixer son attention sur une pensée, un détail qui lui permettrait de réfléchir à autre chose. Mais son esprit la ramenait invariablement au faisceau étrange qui barrait le ciel et surtout aux paroles de Gus qui faisaient un véritable travail de sape. Comme de l'encre indélébile, le doute noircissait son esprit. *« Et si les Du-Dehors se retrouvaient bloqués à l'entrée d'Édéfia ? Si l'entrée leur restait interdite ? »* Elle secoua la tête, effarée, et regarda Gus. Il s'avérait que seuls les Du-Dedans et leurs descendants pouvaient percevoir l'intensité lumineuse du rayon. Sa couleur prodigieuse n'était pas perceptible par d'autres yeux, ce qui mettait Gus dans cet état… et aggravait l'appréhension de tous. La jeune fille gardait en mémoire ce que Dragomira avait dit quelques mois plus tôt… « *Tu sais sûrement que les choses ne peuvent être vues que quand la lumière qu'elles réfléchissent arrive jusqu'à nos yeux. Or, la lumière d'Édéfia profite de ce rayon de soleil exceptionnel. Depuis Du-Dehors, ce manteau solaire est complètement invisible, infranchissable et dissuasif. Les Du-Dehors peuvent se trouver à proximité d'Édéfia, mais une forme de phénomène étrange se produit alors, rendant notre Terre invisible et faisant dévier de leur direction ceux qui s'en approchent. Vue du ciel, c'est la même chose : Édéfia reste invisible aux satellites les plus sophistiqués, vraisemblablement pour les mêmes raisons. D'après ce que nous avons constaté, cette lumière est plus rapide que la lumière ordinaire. À Du-Dedans, le manteau d'Édéfia est visible, il est notre frontière et notre œil s'est génétiquement adapté à cette vitesse lumineuse phénoménale qui lui donne une couleur qu'aucun de nous n'a jamais retrouvée à Du-Dehors. Une couleur inconnue…* » Cette explication, fournie par la Baba Pollock quand Oksa avait découvert le secret de ses origines, prenait tout son sens aujourd'hui en ouvrant des perspectives bien sombres pour les Du-Dehors. S'ils ne voyaient pas le faisceau et que leurs pas étaient déviés… Oksa frissonna. Ses yeux glissèrent vers Gus.

– Excuse-moi… murmura-t-elle.

– C'est bon… répondit Gus en forçant sur son attitude maussade. Dis-moi juste à quoi ressemble cette couleur et on sera quittes.

Oksa fronça les sourcils. Comment décrire quelque chose qui n'existe pas ? Le rayon était bien visible, et pourtant il était impossible de trouver les mots exacts. Oksa se creusa la tête et, tout en faisant de son mieux pour ne pas blesser davantage son ami, elle choisit de lui dire exactement ce qu'elle voyait :

– On pourrait croire que le rayon part du sol pour se perdre dans le ciel mais, si on regarde de près, il vient en réalité du ciel. Il tombe comme un rayon de soleil vertical.

– Jusque-là, je peux suivre, la rassura Gus. Mais la couleur, Oksa ? Dis-moi à quoi ressemble cette couleur ?

– À rien, Gus… avoua Oksa.

– Mais comment peut-on ressembler à rien ?

Oksa lui jeta un coup d'œil dépité.

– Je pourrais te dire que c'est un mélange de toutes les couleurs qui existent, mais ce ne serait pas juste. Je ne sais pas, Gus… Je ne sais pas à quoi cette couleur ressemble.

Gus soupira bruyamment.

– D'accord, je te crois… capitula-t-il.

Le bus s'arrêta soudain. Naftali se leva et étira son corps de géant.

– La nuit ne va pas tarder à tomber, nous devrions prendre un peu de repos…

Oksa se rembrunit. Après tant de kilomètres parcourus et d'épreuves endurées, tous n'auraient dû avoir qu'une seule envie : franchir le Portail. Or tout le monde semblait s'efforcer de retarder l'arrivée au rayon lumineux. Ce n'était pas logique ! L'inquiétude de la Jeune Gracieuse ne fit qu'augmenter quand elle vit Orthon qui tapait à la porte du bus, furieux.

– Pourquoi vous arrêtez-vous ?

– Nous allons passer la nuit dans ce village, lui répondit Dragomira, impériale et placide.

Orthon la fusilla des yeux.

– Perte de temps… fulmina-t-il.

– Tu n'as qu'à partir devant et nous attendre ! répliqua la Baba Pollock. Nous, nous passons la dernière soirée entre nous ici.

LA DERNIÈRE SOIRÉE ?! Oksa se figea. Elle regarda sa grand-mère d'un air paniqué, puis ses parents. Elle quitta sa place, le pas chancelant, et se dirigea vers sa mère.

– Maman ? Qu'est-ce qui se passe ? Dis-moi que ce n'est pas vrai…

Sa voix se brisa net. Marie la serra contre elle, sans un mot pour contredire ni acquiescer, rendant son mutisme éloquent. Le bus grinçait à mesure que les Sauve-Qui-Peut en sortaient et Pavel finit par prendre Marie dans ses bras pour descendre. Sans lâcher la main de sa mère, Oksa suivit, hagarde.

– Regarde comme c'est beau… résonna la voix de Gus derrière elle.

Le village semblait abandonné. Les maisons étaient toutes en ruine, des pans de mur effondrés laissaient voir des intérieurs couverts de poussière, des meubles renversés, des vestiges de vies bouleversées par le chaos. Mais au milieu de ce carnage s'élevait un temple bouddhiste presque intact, construit de pierre grise et de bois patiné par les années. Seules quelques tuiles vernissées manquaient sur son toit recourbé à l'extrémité duquel de toutes petites sculptures d'hommes chevauchaient des dragons. Le jour se couchait, ajoutant à cette antique bâtisse un caractère indéfinissable.

– Tu as raison, murmura Oksa. C'est magnifique…

Dragomira se dirigeait déjà vers le temple d'un air décidé : c'est ici qu'elle et les siens dormiraient cette nuit. Elle gravit les quelques marches qui menaient à la porte d'entrée et fit émerger sa Trasibule avant de pénétrer à l'intérieur.

– J'espère qu'il n'y a pas de vieux fantômes de moines démoniaques, chuchota Gus d'une voix faussement effrayante à l'oreille d'Oksa.

La jeune fille sursauta et lui donna une tape sur l'épaule.

– Espèce de sinistre idiot !

– Viens, on va faire du tourisme.

Oksa lui sourit, reconnaissante de cette tentative pour alléger l'ambiance, et le suivit. L'intérieur du temple était délabré, mais représentait un abri aussi solide qu'apaisant. Au centre de la grande pièce principale, un brasero ne tarda pas à réchauffer l'atmosphère grâce aux fagots récoltés par Pierre et Abakoum, et au Feufoletto de Dragomira. Après avoir fouillé dans les maisons alentour, les Sauve-Qui-Peut rapportèrent de quoi préparer un véritable festin : pommes de terre, viande séchée, saindoux et noix.

– Je meurs de faim… avoua Oksa en lorgnant avec convoitise les pommes de terre enfouies sous les braises.

– Tout le monde sait que tu es une grosse goulue ! lança Gus.

Oksa le regarda, les yeux brillants, partagée entre l'envie de rire et celle de fondre en larmes.

– Et ne me dis pas que c'est parce que tu es en pleine croissance…

– Ooooffff, soupira la jeune fille. J'ai l'impression que ça fait des jours que je n'ai rien avalé.

– Vous êtes au régime ? lui demanda l'Insuffisant, l'œil intrigué. Mais vous êtes maigre comme un clou !

Il croqua dans une noix et cracha la coquille avant de mastiquer le fruit.

– Tu es tordant… s'esclaffa Oksa en passant sa main sur la peau fripée de la créature.

Tout le monde s'installa autour du brasero rougeoyant. Animées par une forme d'instinct de clan, les familles s'étaient regroupées : les Pollock, les Bellanger, les Knut, les Fortensky… Les visages accusaient une grande fatigue, mais aussi une profonde angoisse. Cependant, comme unies par un accord tacite, personne n'abordait le sujet du rejet éventuel des Du-Dehors aux portes d'Édéfia. Bien trop difficile à supporter… Alors chacun se concentrait sur les êtres chers dans un silence tourmenté avec l'espoir infini que tout allait bien se passer.

Le ventre plein et les mains luisantes de saindoux, Oksa posa la tête sur l'épaule de sa mère.

– Ça va aller, ma chérie… murmura Marie en caressant les cheveux de la jeune fille. Quoi qu'il arrive, il faut toujours croire en toi. En nous. Tu as une immense responsabilité et tu dois tout faire pour réussir, tu comprends ? Tout… C'est ça le plus important. Et dis-toi bien que rien n'est jamais désespéré, il y a toujours une solution…

Oksa ravala un sanglot.

– Tu crois, Maman ?

– Bien sûr que je le crois !

Marie semblait si convaincue ! Ses mots vibraient dans la pénombre triste, touchant le cœur de ceux qui les entendaient.

– Tu n'es pas seule, tu ne le seras jamais, n'oublie pas ça, ma fille.

Une grande lassitude s'empara d'Oksa. Son regard glissa vers Tugdual qui la fixait d'un air grave. Si les Du-Dehors n'entraient pas à Édéfia, il ne serait séparé d'aucun membre de sa famille. Tous les Knut étaient issus de Du-Dedans. Sauf le père de Tugdual, déjà perdu, englouti par le tumulte dans lequel le Monde se débattait sans aucune chance de remporter la bataille.

– Tu devrais aller voir Gus, suggéra Marie à l'oreille d'Oksa. Il a besoin de toi…

Oksa balaya la pièce des yeux : Gus n'était plus là. Sa silhouette se détachait plus loin, dans la clarté opalescente de la lune. Appuyé à la balustrade qui longeait le temple, ses cheveux noirs formant un rideau pour cacher son visage, il tournait le dos aux Sauve-Qui-Peut. Oksa s'approcha et s'accouda à ses côtés. Tous deux restèrent silencieux un moment, le regard perdu.

– Tu l'aimes ? lança soudain le garçon.

– De qui tu veux parler ? répondit Oksa, sur la défensive.

– À ton avis ? De ton « Superman gothique » !

– Ooff ! Gus… souffla Oksa, exaspérée. Tu crois vraiment que c'est le moment de parler de ça ?

– On n'aura peut-être pas l'occasion de se retrouver en tête à tête de sitôt…

Oksa se tassa sur elle-même.

– Qu'est-ce que ça change ? murmura-t-elle.

– Mais Oksa… ça change tout !

– Alors, dans ce cas, tu comprendras que je ne réponde pas à ta question.

Gus tourna la tête pour la regarder. Ses yeux marine s'assombrirent.

– Tu me dois bien ça, non ? C'est important pour moi de savoir si tu l'aimes ou pas.

– Oh ! Gus… soupira Oksa en pâlissant.

– C'est normal, non ? Avant que toute ma vie soit bouleversée, j'ai le droit de savoir si tu en aimes un autre !

– Je rêve ou tu es en train de me faire une scène ? s'indigna Oksa.

Gus se renfrogna.

– Pas du tout, ma vieille…

– C'est ça, oui… répliqua Oksa, suspicieuse.

Elle tapota nerveusement sur le bois poli de la balustrade en évitant le moindre contact physique avec Gus.

– Je peux te poser une question à mon tour ? reprit-elle au bout de quelques minutes.

– Mmmm… marmonna Gus.

Elle toussa. Les mots s'affolaient dans sa gorge. D'une voix mal assurée, elle finit par lâcher :

– Est-ce que tu es amoureux de moi ?

Gus se figea comme une statue. Seule sa respiration accélérée trahissait le trouble qu'il ressentait.

– Qu'est-ce que tu crois ? fit-il à mi-voix, les yeux rivés devant lui. Comment un garçon aussi brillant et courageux que moi pourrait s'intéresser à une fille comme toi ? C'est vrai ! Regarde-toi, tu es insipide, laide, ennuyeuse, dénuée d'intelligence et d'humour… Qui voudrait de toi à part le « Corbeau suédois » ?

Oksa aurait éclaté de rire si elle n'avait pas ressenti dans le ton de ces paroles douces-amères la profonde affliction de Gus. Durant le silence embarrassant qui suivit, le garçon se plongea dans l'observation vaine du village abandonné et Oksa en profita pour poser la main sur son avant-bras. Il essaya mollement de se dégager. C'est alors qu'elle se tourna vers lui et, sans réfléchir, elle déposa avec délicatesse un baiser à la commissure de ses lèvres.

39

Aux portes d'Édéfia

Les eaux du lac de Gaxun Nur miroitaient sous la lumière du Repère qui diffusait un rayonnement étrange et spectaculaire. Depuis Saihan Toroi, le ciel s'était peu à peu obscurci, comme gagné par une gangrène inquiétante. De temps à autre, des éclairs de jais claquaient sèchement, déchirant le silence du désert et faisant sursauter les voyageurs.

Le soleil déclinait derrière d'épaisses bandes de brume sombre quand les autobus des Sauve-Qui-Peut et des Félons arrivèrent aux abords du lac. Orthon avait poussé les gaz à leur maximum, ivre d'impatience. Le rêve – ou la revanche… – de toute sa vie allait se réaliser. Enfin… À peine les bus stoppés, il bondit comme un fauve et se campa devant le Repère brillant, droit comme un I, prêt à affronter son destin. Entourée par les membres des deux clans, Dragomira s'approcha à son tour en tremblant. Oksa et Abakoum lui prirent la main. Des larmes perlaient sur les joues de la Baba Pollock et de l'Homme-Fé, l'émotion qui se dégageait de cet instant décisif était presque tangible.

– La Vieille Gracieuse, la Jeune Gracieuse, leurs amis Sauve-Qui-Peut et leurs compagnons ennemis doivent recevoir l'indication que le Portail connaît l'imminence de son ouverture, informa le Foldingot en se postant devant Dragomira. Le Phénix de la Jeune Gracieuse fait le signalement de son approche. Quand la rencontre aura abouti, le Médaillon va faire la divulgation du chant recélé dans ses entrailles et les Deux Gracieuses devront formuler l'i tation avec harmonie pour provoquer l'ouverture du F…

Dragomira chancela. Abakoum la retint et affirma son soutien en prenant son bras sous le sien.

– Ça va, Baba ? murmura Oksa.

Dragomira lui adressa un triste sourire. Un vertige saisit brutalement Oksa. Sa grand-mère paraissait soudain si vieille…

– Ma chère sœur, nous y voilà enfin ! susurra Orthon en brandissant triomphalement le Médaillon.

Sans un regard ni un mot pour son ennemi, Dragomira tendit le bras pour prendre le Médaillon. Elle le tourna avec lenteur entre ses doigts, le contempla avant de lever les yeux vers le ciel qui se couvrait de marbrures d'encre. Le Médaillon émit un léger cliquetis en s'ouvrant. Puis un mécanisme se mit en marche, découvrant des mots gravés qui défilaient lentement sur l'or vieilli. Oksa regarda Dragomira et attendit son signal.

– Le temps fait l'expression urgente de l'action… rappela le Foldingot.

– Laisse-moi une minute, mon Foldingot, le pria Dragomira d'une voix brisée. Juste une minute…

Un à un, elle serra tous ses amis contre elle en s'attardant particulièrement sur Abakoum et Pavel. Quand il ne resta qu'Oksa, elle s'avança pesamment, ses beaux yeux noyés de larmes qu'elle contenait à grand-peine. Elle pressa Oksa contre elle avec intensité.

– Tout va bien se passer… murmura Oksa. Ne t'inquiète pas ! Tu vas retrouver Édéfia, ta Terre Perdue, Baba !

Dragomira se plaça derrière elle et l'entoura de ses bras. Dans un silence parfait, le Repère s'effaça en glissant lentement dans les eaux de Gaxun Nur. Le lac se colora alors de reflets indéfinissables qui semblaient venir des profondeurs de la Terre.

– Le Phénix… murmura Réminiscens.

Oksa leva la tête. Une fabuleuse créature aux plumes rouges comme le sang grossissait à vue d'œil, ses amples ailes battant l'air à un rythme paisible et puissant.

— Il est magnifique ! s'exclama Oksa à mi-voix.

Le Phénix survola les Sauve-Qui-Peut et les Félons pour se poser aux pieds de la jeune fille. Son envergure était aussi large que celle d'un aigle, mais son allure nettement plus flamboyante, comme si chacune des plumes qui couvraient son corps mêlait le feu et l'or. Quant à ses yeux minuscules, ils avaient l'intensité de la lave en fusion. Le Phénix s'inclina avec respect, faisant osciller le fin panache au-dessus de sa petite tête. Oksa s'agenouilla et tendit la main pour caresser la fantastique créature. Aussitôt, une exaltation nouvelle éclaira son visage.

— Qu'est-ce… qu'est-ce que je dois faire maintenant ? bredouilla-t-elle.

Dragomira resserra son étreinte. Oksa sentit le cœur de sa grand-mère battre à la volée et elle en éprouva une vive angoisse. Tremblante, la vieille dame tendit le Médaillon afin que toutes deux puissent lire l'incantation qui défilait.

La Terre Perdue sera retrouvée
Si les ennemis ancestraux
Unissent leur puissance.
Le Phénix guidera alors
Son peuple exilé
À travers le Portail
Né du pouvoir
Des Deux Gracieuses.
Le Secret-Qui-Ne-Se-Raconte-Pas n'est plus
Mais l'espoir des deux Mondes
N'est pas mort.
Que le Portail livre maintenant
Le mystère de son passage.

Quelques secondes s'égrenèrent dans une atmos phère terriblement tendue. Soudain, le Phénix prit son envol et partit vers l'ouest, là où le soleil se couchait derrière les dunes. Il ralentit son vol pour tourner la tête en direction d'Oksa et son chant résonna dans tous les cœurs alors qu'il disparaissait dans la lumière crépusculaire.

40

Quand la fatalité frappe de plein fouet…

Mille fois Oksa s'était imaginé ce moment. Même si chaque version était différente, toutes s'accompagnaient de magie, d'excitation et de pure aventure. Mais quand elle vit les Sauve-Qui-Peut et les Félons littéralement aspirés vers une sorte de néant invisible dans la plus grande anarchie, elle comprit que rien ne se déroulait comme elle l'avait envisagé. De nombreux cris de panique résonnèrent avant de se taire, étouffés dès la frontière entre les deux Mondes franchie. Elle se sentit séparée de Dragomira, comme si sa main fondait dans la sienne, et vit passer Orthon, Naftali, Tugdual, Gregor… mais aucun Du-Dehors. Son cœur se glaça. Son père lui jeta un dernier regard affolé avant d'être séparé de Marie et de disparaître dans ce qui ressemblait affreusement à un trou noir. Alors, une force implacable l'attira à son tour.

Les yeux écarquillés, sans aucune emprise sur son corps, elle laissa la force l'aspirer. Elle se vit clairement traverser un halo d'or qui lui fit penser à la forme éthérée d'un fantôme. Un instant plus tard, elle atterrissait sans douceur sur une nouvelle dune qui ne différait en rien de celle qu'elle venait de quitter, si ce n'était la luminosité, plus éblouissante. De nombreux Sauve-Qui-Peut et Félons étaient là, hébétés mais vivants. Son père, Abakoum, Naftali… tous la dévisageaient d'un air accablé. Ils avaient réussi, mais à une condition qu'aucun d'eux n'était prêt à supporter.

– Maman… gémit Oksa, la main sur la bouche.

Tout son corps tremblait, l'onde de choc était puissante et dévastatrice. Ce que tout le monde avait craint était arrivé : les Du-Dehors n'étaient pas passés. Mais quand Oksa vit les regards se porter derrière elle, un terrible pressentiment l'envahit, répandant dans son esprit une boue encore plus écœurante. Elle se retourna et poussa un hurlement déchirant.

– Baba ! Non !

Le halo d'or que tous avaient traversé était toujours là. Ses contours semblaient indéfinis et, pourtant, chacun reconnaissait la silhouette de Dragomira, son port altier, ses tresses coiffées en couronne. Oksa s'effondra sur le sable, le cœur brisé en mille morceaux. Le halo oscilla et sembla vouloir se rapprocher d'elle. La jeune fille tendit la main, remplie de l'espoir fou que tout allait s'arranger, qu'elle vivait juste un atroce cauchemar. Mais elle était éveillée, elle le savait bien. Ce n'était pas un atroce cauchemar, c'était l'atroce réalité.

– Baba… Reste avec nous, je t'en supplie ! gémit-elle.

Ses pleurs et ses larmes n'y changèrent rien. Dragomira s'effaça dans une brume dorée, entourée par les Sans-Âge qui l'emportaient à tout jamais vers le ciel tourmenté d'Édéfia.

Deuxième partie

Édéfia

41

La Nouvelle Gracieuse

Oksa sentit qu'un bras entourait ses épaules. Pavel s'était assis à côté d'elle, les yeux noyés.

– Baba... est morte ? bredouilla-t-elle, sous le choc.

– C'est son pouvoir de Gracieuse qui a permis que le Portail apparaisse, répondit Pavel d'une voix étranglée par la douleur. En même temps qu'il s'ouvrait, l'esprit de ta grand-mère nous a quittés pour rejoindre les Sans-Âge.

– Je ne m'en remettrai jamais...

La jeune fille fondit en larmes, le corps agité de violents sanglots. Elle ne pouvait pas croire que le destin soit aussi impitoyable. Elle courut vers le haut de la dune, là où le Portail s'était matérialisé pour disparaître ensuite. D'une pâle couleur irisée, le Manteau d'Édéfia apparaissait désormais, ténu mais visible. Dès qu'Oksa s'approcha de cette frontière tangible, elle sentit une franche résistance qui l'empêchait d'avancer. Aveuglée par sa souffrance, la jeune fille voulut insister : elle fut projetée en arrière sans ménagement et roula sur le sable jusqu'au bas de la dune. Elle se redressa. Les Sauve-Qui-Peut avaient réussi leur incroyable mission, ils avaient retrouvé leur Terre Perdue. Mais le prix à payer était épouvantable. Et nul ne pouvait dire si cet effroyable tribut n'allait pas compromettre le sauvetage des deux Mondes.

Oksa s'allongea de tout son long sur le sable froid. La douleur envahissait chaque partie d'elle-même, jusqu'aux plus infimes recoins, brûlant, griffant, arrachant tout ce qui faisait d'elle quelqu'un de vivant. Tout ce qui faisait de sa vie quelque chose de… bien. Dragomira, sa Baba… Celle qui avait été à ses côtés depuis qu'elle était née, qui l'avait guidée, qui l'avait soutenue. Celle qui lui avait tout appris de cette magie qui était en elle. Elle ne pouvait pas être partie comme ça ! Oksa sentit une présence à ses côtés. Abakoum était là, le visage gris, en compagnie du Foldingot de Dragomira. L'Homme-Fé ouvrit la bouche, vainement. Le chagrin l'étranglait, aucun mot ne pouvait sortir. La petite créature aux yeux immenses posa sa main dodue sur le front d'Oksa pour l'apaiser.

– Ma Jeune Gracieuse…

Son teint était décoloré, comme si plus une goutte de sang ne coulait dans ses veines.

– La Vieille Gracieuse a fait l'abandon de sa présence charnelle et osseuse. Désormais, sa domesticité, réduite au Foldingot que vous avez devant vous, rencontre l'intégralité de l'appartenance à la Nouvelle Gracieuse.

Oksa le regarda, les yeux rougis.

– Tu es… mon Foldingot…

Elle tourna la tête pour ne pas fondre de nouveau en larmes.

– Le cœur de la Nouvelle Gracieuse est farci de souffrance, comme celui de tous les Sauve-Qui-Peut, de leurs compagnons Félons et de votre domesticité. Avez-vous le souhait de partager quelques mots ?

Oksa secoua négativement la tête.

– La souffrance ne se partage pas, assena-t-elle en fermant les yeux aussi fort qu'elle le put.

– La présence de votre domesticité est une assurance gorgée de permanence. Le moment choisi par la Nouvelle Gracieuse sera à jamais en adéquation avec celui accepté par votre intendant Foldingot.

Un silence pesant s'installa. On n'entendait plus que les sanglots oppressés des membres des deux clans qui avaient laissé à Du-Dehors des êtres aimés. Oksa n'arrivait même plus à se rappeler la dernière image qu'elle avait de ceux qu'elle ne reverrait peut-être plus jamais. Tout s'était passé si vite. Si mal. Un cri sourd jaillit d'elle sans la soulager. Le visage de sa mère finit par émerger, à la fois stupéfait et horrifié. Horrifié de voir passer tous les siens et de rester sur le seuil de cette nouvelle vie… Et Gus ? Elle revit l'éclat de ses yeux quand elle avait effleuré ses lèvres. Il avait semblé transporté au paradis… Elle repensa aux dernières paroles qu'ils avaient échangées, à la volonté de Gus de connaître exactement les sentiments qu'elle avait pour lui, à l'inoffensif chantage affectif qui ressemblait davantage à une sombre prémonition qu'à une menace sérieuse… Oksa les imaginait tous ravagés d'angoisse, perdus en plein désert de Gobi. Les larmes montèrent à nouveau. Qu'est-ce qu'ils allaient devenir ? Allaient-ils errer sans fin ? Seraient-ils engloutis par les cataclysmes ? Soudain, le Foldingot qui s'était assis sur le sable, ses petites jambes sagement allongées devant lui, prononça d'une voix hésitante mais déterminée :

– Vous devez avoir la certitude solidement amarrée que seule la mort peut entraîner la non-consolation des cœurs. Or aucune mort ne rencontre la déploration. Et quand la mort n'a pas jeté son dévolu sur les vivants, l'espoir connaît la subsistance. L'oubli de cette vérité ne doit jamais s'absenter des esprits.

Oksa se redressa. Elle jeta un regard dévasté sur le désert morne qui s'étalait autour d'elle et se tourna vers la créature pour lui coller un énorme baiser sur la joue.

– Tu es excellent, mon Foldingot ! murmura-t-elle. Merci. Tu as raison, tout vaut mieux que la mort. Mais Baba…

Sa voix s'étrangla de nouveau.

– L'ouverture du Portail a produit la disparition de la Vieille Gracieuse, mais son âme se trouve en la compagnie féerique des Sans-Âge, ses désormais semblables, et son devenir fera l'élévation vers un rôle plein d'amplitude et de puissance.

L'Insuffisant s'approcha, cahin-caha. Le museau en l'air, il affichait l'éternelle candeur qu'Oksa adorait.

— Je ne comprends pas un mot de ce que dit cet étrange individu, fit-il en observant le Foldingot.

Toutes les créatures étaient groupées derrière lui, tristes mais animées par une même volonté : marquer leur solidarité avec celle qui venait tragiquement de devenir leur unique Gracieuse. Une Devinaille voleta jusqu'à Oksa et déposa la petite cage en or que Dragomira portait autour de son cou quelques minutes plus tôt.

— Les Ptitchkines !

La jeune fille libéra les menus oiseaux, émue, alors que la Devinaille se pelotonnait dans sa main.

— Même si j'apprécie la clémence relative de cet environnement, je dois vous dire, ma Gracieuse, que je partage votre peine. Mais le Foldingot a tout à fait raison : seule la mort est grave. Votre mère, votre ami et tous ceux qui n'ont pu franchir le Portail sont plus forts que vous ne le pensez.

— Votre domesticité fait l'ajout d'un conseil truffé d'importance, intervint le Foldingot. Vous devez faire la conservation d'une conviction : vous êtes la Gracieuse et vos pouvoirs vont rencontrer la multiplication et la dilatation.

— Le Secret-Qui-Ne-Se-Raconte-Pas… souffla Oksa.

— Le Secret-Qui-Ne-Se-Raconte-Pas n'est plus, lui opposa la Devinaille.

— C'est gentil de piétiner nos derniers espoirs ! maugréa le Gétorix en s'agitant avec démesure.

— Mais le Secret-Qui-N'est-Plus-Un-Secret peut faire l'évolution en direction d'une variante, ajouta le Foldingot.

Oksa laissa ce flot de paroles et d'informations imprégner son cerveau et ses yeux s'écarquillèrent. Il y avait une possibilité… Une seule possibilité, infime et immense à la fois, celle de l'ultime espoir. Elle regarda son père, le visage enfoui dans les mains, Abakoum, Zoé, Tugdual… Les Sauve-Qui-Peut et les Félons brisés par l'atroce épreuve qu'ils venaient tous de subir. Alors elle essuya ses joues couvertes de larmes poussiéreuses d'un revers rageur de la main avant de conclure avec une ardeur vibrante :

– J'ai compris, mon Foldingot : tant qu'il y a de la vie, il y a de l'espoir ! Et inversement : sans espoir, plus de vie !

Le Foldingot acquiesça d'un air plein de sagesse avant qu'Oksa ne le soulève de terre pour le serrer très fort contre elle. L'espoir. C'est tout ce qui restait. Mais c'était surtout le seul moyen de rester en vie.

42

Le comité d'accueil

Quand Abakoum se releva soudain, le visage soucieux, tous les regards suivirent le sien : un groupe de personnes se détachait dans le ciel gris acier d'Édéfia et venait vers eux à grande vitesse. Les uns volticalaient, d'autres s'accrochaient à des sortes de planches volantes comme s'ils nageaient dans l'air. Pavel se rapprocha d'Oksa et la pressa contre lui dans un geste aussi inquiet que protecteur tandis que les Sauve-Qui-Peut se massaient autour d'eux. Les Gélinottes gonflèrent leur cou et se placèrent sur les côtés, gardant sous leur protection massive les autres créatures. Quant aux Félons, ils se rassemblèrent derrière Orthon qui scrutait l'horizon avec impatience.

– Le comité d'accueil n'a pas perdu de temps… murmura Abakoum en sortant sa Crache-Granoks.

Tout le monde l'imita, y compris Oksa.

– Ça craint ! ne put-elle s'empêcher de commenter.

– T'inquiète, P'tite Gracieuse, lui glissa Tugdual. Personne ne peut te faire de mal.

Oksa sentit qu'elle se décomposait.

– À moi, non… renchérit-elle. Mais à vous, oui.

– Et tu crois qu'on se laisserait faire ? fit le garçon, les yeux rivés sur les hommes qui tournaient maintenant comme des vautours à une dizaine de mètres au-dessus d'eux.

À côté d'elle, Pavel se raidissait. Oksa percevait l'extrême tension qui agitait son père et qui menaçait de faire émerger son Dragon d'Encre. Le feu qui le brûlait à l'intérieur se propageait en ondes incandescentes autour de lui, il n'allait pas pouvoir le contenir très longtemps.

– Pavel ! murmura Abakoum en posant la main sur son épaule. C'est trop tôt, ton Dragon doit rester un recours secret.

– J'aimerais bien ! grinça Pavel. Mais la menace est si grande...

– Mon Foldingot, appela Oksa à mi-voix sans quitter les hommes volants des yeux.

– Ma Gracieuse ?

– Mon père... Aide-le...

Aussitôt, le Foldingot saisit la main de Pavel et se concentra. Son mystérieux pouvoir allié à celui de l'Homme-Fé fit rapidement effet : le feu qui commençait à consumer Pavel s'éteignit en douceur, son sang se refroidit et son esprit se libéra de la fièvre qui entravait toute réflexion. Au-dessus des têtes, les hommes volants tournaient toujours en formant un entonnoir dont l'embouchure se rapprochait peu à peu du sol d'où les observaient les Sauve-Qui-Peut et les Félons. Le meneur de cet étrange ballet se posa enfin au sommet de la dune, suivi de la trentaine d'hommes et de femmes qui l'accompagnaient. Tous portaient la tenue qu'Oksa avait vue sur les Félons lorsque Dragomira avait projeté les images du Grand Chaos au Caméræil : court pantalon de kimono, bottillons lacés, armure et casque de cuir souple. Impressionnants d'austérité, ils fixèrent les nouveaux venus depuis la crête de sable avant de s'avancer d'un même pas, faisant voler de petits nuages de poussière derrière eux. Abakoum et les plus anciens des Sauve-Qui-Peut reculèrent de quelques pas en reconnaissant celui qui marchait en tête alors qu'Orthon se redressait, le visage éclairé par une férocité renaissante.

D'un geste de la main, l'homme de tête donna l'ordre muet d'encercler les deux clans. Il scruta un à un les Sauve-Qui-Peut et leurs créatures, puis les Félons, d'un air à la fois stupéfait et jubilatoire. Quand son regard s'arrêta sur Oksa, la jeune fille ne put s'empêcher de frissonner.

C'était Ocious, le terrible Murmou, elle l'avait bien compris. Malgré son grand âge – tout le monde savait qu'il était largement centenaire –, il ne donnait pas l'impression d'être un vieillard. Il se dégageait de lui plus de puissance et d'autorité que chez n'importe lequel des membres de sa garde rapprochée pourtant fort intimidante. Son crâne chauve était d'une absolue perfection et mettait en relief son visage à peine marqué par les années. Il observa la Jeune Gracieuse pendant quelques secondes dans un silence qui sembla se solidifier tant il était épais. Ses yeux étaient d'un noir si profond qu'Oksa eut la sensation qu'ils pouvaient l'engloutir. Un mince sourire étira ses lèvres fines, creusant les petites rides qui se perdaient dans sa courte barbe grise. Puis il continua son inspection pour s'immobiliser sur Orthon. Il s'avança alors d'un pas ferme en tendant les bras. Orthon ne bougea pas, laissant venir son père jusqu'à lui.

– Mon fils… fit Ocious en posant deux mains sur les épaules d'Orthon pour le contempler avec curiosité. C'est bien toi…

Que se passait-il dans la tête d'Orthon à ce moment précis ? C'est la question que tout le monde se posait. Ressentait-il de l'émotion ? de la joie ? du soulagement ? Son père était vivant… Même si cette condition risquait de compliquer terriblement la mission capitale des Sauve-Qui-Peut, tout reposait sur elle. Comment les retrouvailles entre le père honni et le fils méprisé allaient-elles se passer ?

Orthon faisait preuve d'un sang-froid remarquable. Son visage aux reflets nacrés restait impassible. Seule sa poitrine se soulevait à une fréquence accélérée, trahissant son trouble.

– Oui, père, c'est bien moi… dit-il enfin d'une voix parfaitement contrôlée. Et comme tu peux le constater, je ne suis pas revenu les mains vides ! ajouta-t-il, les yeux tournés en direction d'Oksa.

– Quoi ?! s'insurgea aussitôt Oksa. Vous voulez faire croire que c'est vous qui nous avez amenés jusqu'ici ? N'importe quoi !

Ocious se tourna vers elle, intrigué par ces mots qui lui parvenaient partiellement.

– Oksa ! Tais-toi ! gronda son père entre ses dents.

– Mais Orthon ment, Papa !

– Écoute ton père, Oksa... intervint Naftali en murmurant. On a tout intérêt à ce que ces retrouvailles se passent au mieux.

Oksa serra les poings, furieuse de s'être emportée et frustrée de laisser s'installer une tromperie aussi flagrante.

– Cette jeune fille serait donc notre Nouvelle Gracieuse ? continua Ocious avec un sourire carnassier.

– Tout à fait ! acquiesça Orthon avec une satisfaction à peine contenue. L'arrière-petite-fille de ma mère, Malorane, et petite-fille de Dragomira, en personne ! J'ai parcouru le Monde entier pour la retrouver et la ramener à Édéfia.

– Et il t'a fallu toutes ces années ? lança Ocious.

La perfidie, brutale et inattendue, cloua de stupeur les spectateurs de la scène. Orthon pâlit. Ses yeux se voilèrent d'une ombre dure. Puis il redressa la tête, encaissant le choc. Impressionné par la maîtrise de son fils, Ocious inclina la tête.

– Ton absence a été si longue, lâcha-t-il. J'ai tellement pensé à toi...

– Je n'en doute pas un instant, répliqua Orthon en plongeant son regard d'aluminium dans celui de son père.

Les alliés d'Orthon s'entreregardèrent avec inquiétude. Personne n'osait plus bouger, même les plus aguerris, même les plus fidèles. Ocious inspecta le groupe d'un regard inquisiteur et salua ceux qu'il reconnaissait.

– Lukas... Agafon... J'ai toujours su que je pouvais compter sur vous. Cinquante-sept ans... et vous êtes toujours à nos côtés.

– Nos familles ont toujours été dévouées à la tienne, Ocious, répondit Agafon. À Édéfia comme à Du-Dehors.

– Ah, la famille ! exulta Ocious en passant son bras autour des épaules d'Orthon qui se laissa faire de bonne grâce. Quoi de plus solide ? Quoi de plus fort ?

– C'est ce que je me suis exténué à faire admettre à ma chère sœur et à… notre parentèle pendant de longues et vaines années, expliqua Orthon.

Le vieux Maître réagit vivement à cette déclaration.

– Réminiscens ? Elle est parmi vous ?

– Pas parmi nous, Père. Parmi *eux*.

D'un geste frondeur, Orthon indiqua le clan des Sauve-Qui-Peut. Réminiscens se dégagea de la protection d'Abakoum pour entrer dans le champ de vision de celui qui était son père. Ce dernier dévoila une émotion manifeste dont Orthon sembla se froisser. Un rictus de contrariété plissa son front pendant qu'Ocious s'avançait vers sa fille.

– Réminiscens ! s'exclama-t-il.

– Reste où tu es ! répliqua la vieille dame d'un ton glacé. Je te défends de m'approcher !

Ocious marqua un temps d'arrêt, surpris et vaguement amusé, puis lâcha :

– Malgré toutes ces années, je te reconnais, ma fille. Tes cheveux ont blanchi et ton visage s'est creusé, mais tu es restée la même. Je constate qu'aujourd'hui comme hier, tu t'obstines à faire les mauvais choix… Ton chevalier servant – pardon… ton demi-frère – n'est pas à tes côtés ?

– Léomido n'est plus parmi nous, riposta Réminiscens avec une colère froide qui tendait tous ses muscles. À cause de toi ! Et puisque tu veux tout savoir, Dragomira s'en est allée, elle aussi !

Ocious parut ébranlé, comme si un séisme intérieur l'agitait en ne montrant à la surface qu'une infime partie de l'onde de choc. Une ombre mêlée de peine et de regret ternit son regard féroce. Mais il se reprit prestement, tête haute et ton cassant.

– Te voici donc veuve de ton propre frère… Comme la vie est ironique… lança-t-il à Réminiscens qui se décomposa, blanche de rage.

– Laisse-la en paix ! intervint Abakoum en faisant barrage de son corps. Et sache qu'elle a été plus courageuse que ne le sera jamais ton fils Orthon !

– Tiens, tiens... riposta Ocious. Abakoum... ou devrais-je dire Celui-Qui-N'a-Jamais-Su-Être-Plus-Qu'un-Valet-De-L'Ombre...

– Vous n'avez pas le droit ! s'énerva Oksa, les joues écarlates.

Ocious la dévisagea avec curiosité.

– Et voici notre Nouvelle Gracieuse...

– Je ne suis pas *votre* Nouvelle Gracieuse !

– Oh, si ! répliqua Ocious. Tu es entièrement en mon pouvoir, jeune fille !

À ces mots, les Félons resserrèrent le cercle qui emprisonnait les Sauve-Qui-Peut.

– Laissons-nous faire, murmura Abakoum à ses amis. Nous battre ne servirait à rien d'autre qu'à risquer de nous faire tuer.

– Abakoum ! s'opposa Oksa, terrorisée.

– De l'intérieur, nous saurons être plus forts...

– Le ver dans le fruit, P'tite Gracieuse... ajouta Tugdual en lui serrant la main.

Alors, réprimant à grand-peine la terreur qui la glaçait, Oksa s'avança, les Sauve-Qui-Peut et les créatures à ses côtés. Ocious lui adressa un sourire diabolique.

– Bienvenue à Édéfia, ma Gracieuse !

43

Une échappée tentante

Solidement escortés par les Félons réunis, les Sauve-Qui-Peut volticalaient avec prudence dans le ciel charbonneux d'Édéfia. Les créatures et les Sylvabuls qui n'étaient pas dotés de ce pouvoir aérien s'étaient juchés sur le dos des Gélinottes. Les grosses poules battaient des ailes à un rythme lent en laissant échapper de petits gloussements aigus. Impérial, Ocious ouvrait la voie, fils et petits-fils à ses côtés.

– Il est pire qu'Orthon… commenta Oksa en fixant la silhouette du patriarche des Félons.

– Dans le genre acide citrique, c'est sûr qu'il est imbattable, acquiesça Tugdual qui volticalait à côté d'elle.

– N'oublions pas que c'est par lui que tout est arrivé, insista Pavel.

– Mais Orthon n'a pas encore ouvert le jeu, renchérit le jeune homme. Et c'est lui qui a toutes les cartes en main. Ça risque de faire mal.

– Très mal…

Oksa détacha son regard de l'armure de cuir d'Ocious pour observer le paysage. Édéfia… La Terre Perdue enfin retrouvée. Le retour tant attendu, tant espéré. Édéfia était meurtrie. Sous une luminosité à l'éclat métallique, la poussière avait englouti tout ce qui vivait, jusqu'au plus minuscule brin d'herbe. L'atmosphère était crépusculaire, tout semblait à l'agonie, perdu à jamais. Des squelettes d'arbres brandissaient leurs branches mortes, comme autant de griffes desséchées tendues vers le ciel. L'un d'eux se distinguait des autres par sa taille démesurée et sa prestance disparue.

– Le Majestique… fit Brune, profondément affectée. Mais qu'est devenu notre monde ?

Le Majestique ? Oksa se souvint des images qu'avait montrées Dragomira au Caméræil : une forêt luxuriante entourant le lac Saga aux eaux fraîches et claires. Dépassant d'une bonne trentaine de mètres les frondaisons les plus hautes s'élevait l'arbre bien-nommé. Rien de commun avec ce désert de poussière et ces cadavres végétaux qui s'étalaient à perte de vue. Seul l'horizon reflétait la sauvegarde d'une certaine forme de vie en offrant à la vue de tous une lumière vive et mouvante comme des aurores boréales envahissant le bord de cet étrange Monde. Tout autour, le ciel semblait agoniser dans une torpeur grise comme du plomb. Fascinée par la singularité du spectacle, Oksa extirpa de son sac à dos des lunettes de soleil pour supporter l'intensité des éclats métalliques et plusieurs de ses compagnons de vol l'imitèrent. Son corps était contracté, tous ses muscles étaient sollicités. Jamais elle n'avait volticalé aussi longtemps, ni aussi… librement. Une liberté soumise à l'autorité implacable des Félons, mais une liberté quand même. À Édéfia, elle allait pouvoir être elle-même. Elle allait *devoir* être elle-même. Elle tendit les bras en avant pour tenter de décontracter ses membres courbatus, et gémit.

– Tu veux rejoindre Abakoum sur la Gélinotte ? lui demanda Pavel avec inquiétude.

Elle fit non de la tête. La douleur physique était insistante mais secondaire. Car c'est dans son esprit que le tumulte était le plus mordant. La jeune fille était la proie de multiples sensations paradoxales qui la plongeaient dans un état qu'elle n'avait jamais connu auparavant, y compris dans les moments les plus rudes. Les souffrances étaient si nombreuses et si violentes qu'elles paralysaient son cœur, l'empêchant de craquer. Émotionnellement, la situation était ingérable et son instinct de survie la poussait à réserver ses forces pour affronter le futur immédiat. Face à des titans maléfiques comme Ocious et sa clique, vigilance et réactivité maximales s'imposaient. Les plaies seraient pansées plus tard.

La Gélinotte rousse convoyait les créatures et Abakoum à un rythme qui aurait pu être qualifié d'insupportablement indolent tant l'équipage lambinait. Mais si ses ailes battaient au ralenti, le cerveau de l'énorme poule n'en fonctionnait pas moins à plein régime. Par précaution, c'est le Foldingot de Dragomira qui se fit l'interprète de la stratégie à laquelle le volatile avait pensé.

– La Gélinotte rousse fait la proposition d'une tactique d'échappement, murmura-t-il à l'oreille d'Abakoum sous le regard suspicieux d'un Félon escorteur. Sa vigueur musculaire et sa vélocité insoupçonnée peuvent aider l'Homme-Fé à se désolidariser de l'emprise des geôliers.

Malgré le trouble que cette possibilité entraînait, Abakoum garda une attitude impénétrable. Les Devinailles qui voletaient avec docilité près de leur énorme congénère se rapprochèrent. L'une d'elles se posa sur l'épaule d'Abakoum et l'informa en soufflant :

– Le Culbu-gueulard de la Jeune Gracieuse vient de nous prévenir qu'un groupe de Sylvabuls a réussi à préserver de la désertification une partie de Gratte-Feuillée, sur le territoire de Vert-Manteau. La ville se trouve à cinquante-quatre kilomètres d'ici, trois cent quarante-huit personnes y vivent et il y règne une température encore plus fraîche que dans ce désert, dix degrés centigrades avec un taux d'humidité de quatre-vingts pour cent – ce qui est effroyablement rude pour Édéfia et pour les créatures fragiles que nous sommes. C'est pourquoi nous nous opposons à cette éventualité !

– Votre altruisme vous honore ! persifla le Gétorix de Dragomira.

– Vous trouvez ? intervint l'un des Insuffisants d'un air candide.

– Pffffff, fit la Devinaille en crachotant. De toute façon, personne n'a jamais eu *aucune* considération pour notre espèce. On va crever et tout le monde s'en moque.

– Mais oui, c'est ça... soupira le Gétorix.

– Vous êtes en voie de disparition ? insista l'Insuffisant. Comme c'est regrettable...

Abakoum leva la main pour interrompre cette joute verbale sans issue possible. Les créatures se turent, renfrognées.

– La Devinaille fait la négligence d'un détail pesant de l'importance, poursuivit cependant le Foldingot. Comme tout le peuple d'Édéfia, les derniers habitants de Gratte-Feuillée connaissent la contrainte du contrôle bondé de sévérité des Félons-Murmous. Mais la résistance truffe leur cœur. Depuis que les Sans-Âge ont procuré l'information de la présence de l'Homme-Fé et de la Nouvelle Gracieuse, leur espérance rencontre un accroissement exponentiel. Ils s'apprêtent à l'accueil et à l'action rebelle ! Si votre souhait rencontre le choix de la dissidence hors de cette expédition forcée, la Gélinotte rousse fait l'assurance que l'échappée sera comblée de réussite. Elle possède la capacité physique et vous le pouvoir de garantir la protection. La conviction peut s'ancrer avec solidité dans votre conscience.

Il était clair qu'Abakoum était partagé. Son regard se porta sur les Sauve-Qui-Peut – ses amis chers et leurs descendants – puis sur l'horizon où il pouvait effectivement distinguer une oasis de verdure dans le désert gris. Non loin de la Gélinotte, Réminiscens volticalait, menue silhouette fléchie en avant. Comme elle devait être meurtrie... Comme il aimait cette femme... Il détourna les yeux pour fixer Oksa dont il ne voyait que le dos courbé et les cheveux châtains flottants. Encadrée par son père et par Tugdual, la jeune fille filait droit vers un destin qui n'avait jamais été aussi incertain. Le Foldingot se racla la gorge : une réponse s'imposait. Droit devant au-delà des collines, Du-Mille-Yeux apparaissait. La capitale d'Édéfia, nimbée d'une brume violette, n'était plus un rêve déchu.

– Je n'ai aucun doute sur les compétences de notre Gélinotte... chuchota Abakoum en ouvrant à peine la bouche. Seulement des scrupules vis-à-vis de vous tous et de notre Jeune Gracieuse. Je sais que je pourrais agir de l'extérieur bien mieux qu'en étant soumis à Ocious, mais je ne peux pas vous laisser, Foldingot. Je ne peux pas.

44

La Colonne de Verre

– Elle a un peu souffert du passage des années, mais elle n'a rien perdu de sa superbe, n'est-ce pas ? fit Ocious en s'adressant aux plus anciens.

La Colonne de Verre s'élevait au centre de Du-Mille-Yeux tel un immense cylindre reflétant les nuées marbrées du ciel. Ses parois de cristal étaient soutenues par une armature complexe et ouvragée faite de volutes d'acier qui donnait à l'ensemble l'aspect précieux d'un gigantesque joyau. Les cœurs des anciens exilés avaient bondi dans leur poitrine quand elle était apparue, sortant de la terre poussiéreuse. Les plus jeunes ne l'avaient vue qu'à travers le Caméroeil de Dragomira. Leur émotion était différente, mais tout aussi vive.

Au pied de la Colonne, la ville s'étendait comme une pieuvre assoupie. Les constructions de bois ou de verre ne dépassaient pas deux étages et comportaient toutes de grandes terrasses et de petits espaces qui avaient dû être de jolis jardins quelques années plus tôt. On pouvait d'ailleurs aisément deviner la luxuriance végétale qui avait dominé à Du-Mille-Yeux. Comme autour du lac Saga asséché, des centaines d'arbres dénudés occupaient toutes les cours, longeaient toutes les rues. Seuls subsistaient quelques îlots de verdure – des potagers qu'on devinait chèrement entretenus – sur l'une ou l'autre des terrasses. Quant aux habitants, c'était comme s'ils se terraient dans leur maison. Tout ce qui caractérisait la vie d'une cité épanouie, cette activité bourdonnante, agitée et pourtant parfaitement organisée, semblait éteint. En survolant Édéfia, Oksa avait aperçu quelques silhouettes, quelques visages tendus vers le ciel avec une curiosité pleine d'inquiétude et d'espoir. Depuis la rue, une jeune fille leur adressa un signe de la main. « Qui pense-t-elle saluer ? se dit Oksa. Que sait-elle de ce qui se passe ? » La Jeune Gracieuse ne put s'empêcher de lui rendre son salut sous le regard glacial d'Ocious et de sa garde.

– Tu vois, Ocious, le respect et la reconnaissance ne peuvent s'acquérir par la force, lui fit remarquer Naftali. Le peuple d'Édéfia saura reconnaître qui il doit suivre.

– Tu as toujours été un pauvre idéaliste ! rétorqua Ocious avec une certaine ironie. La force est et sera toujours supérieure aux plus grands principes moraux.

– C'est ce qu'ont pensé les pires dictateurs jusqu'à ce qu'ils soient écrasés par leur peuple comme de pitoyables rats.

Ocious ne put retenir un sourire mauvais.

– Tu vas être déçu, mon cher Naftali, car je ne suis pas le moins du monde impressionné par tes menaces. Allons, arrêtons de badiner, nous voici arrivés.

Le Félon atterrit au pied de la Colonne, bientôt suivi par son clan et par les Sauve-Qui-Peut. Quand la Gélinotte posa ses larges pattes palmées sur le sol, les créatures bondirent pour entourer Oksa.

– Ma Jeune Gracieuse rencontre enfin la localisation de sa résidence, fit le Foldingot en levant les yeux vers le sommet de la Colonne de Verre.

– Une résidence qui est devenue la mienne et dans laquelle tu es, bien sûr, la bienvenue... précisa Ocious.

Le Foldingot le regarda avec une expression d'intense réprobation.

– La Colonne de Verre ne connaît d'autre appartenance que celle de la famille Gracieuse.

– Et vous seriez bien avisé de vouvoyer notre Jeune Gracieuse ! renchérit le Gétorix. Seules les personnes les plus proches peuvent se permettre de la tutoyer.

– Oh, oh, la ménagerie se rebiffe ! ironisa Ocious. Mais, chers petits serviteurs, sachez que cette proximité existe : il suffit de consulter notre arbre généalogique pour constater combien nos liens sont étroits.

– Les alliances machiavéliques ne peuvent être considérées comme des liens, opposa Abakoum avant que Réminiscens n'ait eu le temps de réagir. Maintenant, si tu n'y vois pas d'inconvénient, nous aimerions prendre un peu de repos.

Les yeux d'Ocious se plissèrent pour ne former qu'une mince lame brillante. Puis il se tourna vers l'entrée de la Colonne où une dizaine d'hommes en armure de cuir montaient la garde. Ils se redressèrent au passage du Maître d'Édéfia, torse bombé et regard impassible. Quand Oksa arriva à leur niveau, leurs yeux glissèrent imperceptiblement vers elle. Curiosité ? Crainte ? Respect ? Nul n'aurait su le dire. La jeune fille avança, suivie des Sauve-Qui-Peut et des créatures. Elle aperçut un petit groupe de personnes massées à quelques dizaines de mètres qui observaient la scène avec attention. Un cri jaillit :

– Vive la Nouvelle Gracieuse !

Aussitôt, les gardes se tournèrent vers le groupe, menaçants. Ocious leur fit signe de ne pas donner d'importance à ce genre de manifestation, malgré le rictus de contrariété qui attestait le contraire. Il se hâta jusqu'à l'entrée de la Colonne d'un pas pressé. Épuisés et désespérés, Oksa et les Sauve-Qui-Peut pénétrèrent dans un incroyable hall tapissé de pavés de cristal. Les immenses portes se refermèrent derrière eux.

La structure et le décor de la Colonne étaient résolument basés sur le minéral, les principaux matériaux se trouvant être les pierres précieuses, le marbre et le verre. Au centre de ce hall baigné de lumière trônait un énorme escalier translucide qui menait à une corniche ornementée d'entrelacs en acier poli. Dans un angle, de l'eau s'écoulait sur tout le pan d'un mur incliné, formant une fontaine au murmure apaisant. Le reste de la pièce était nu et donnait une étrange impression de pureté. Quand les pieds bottés d'Ocious rompirent le silence, tous sursautèrent, interrompus dans leur contemplation de ce lieu hors du commun que certains n'auraient jamais cru voir ou revoir un jour. Les plus anciens des Sauve-Qui-Peut paraissaient très touchés. Même en ayant espéré pendant des décennies se retrouver ici, même en ayant imaginé si fort ce moment, rien ne pouvait être plus intense que cette émotion concrète qui les submergeait sans réserve.

Oksa vit Abakoum chanceler. L'Homme-Fé payait si cher ce retour aux origines... Réminiscens s'approcha de lui et posa la main sur son avant-bras. La vieille dame était décomposée. Oksa se surprit à se demander quelle était sa volonté. Avait-elle *vraiment* voulu revenir à Édéfia ? L'avait-elle fait pour ne plus être seule ? Était-elle là par amour ou par vengeance ? La Jeune Gracieuse secoua la tête, perturbée. Ses yeux s'arrêtèrent sur Zoé dont le visage marqué par la souffrance et la fatigue semblait s'être creusé. Oksa attira son regard, mais ne put rien y lire : c'est comme si Zoé s'était absentée d'elle-même. Quant à Tugdual, il observait. Les Félons, les Sauve-Qui-Peut, Oksa, le décor prodigieux, rien n'échappait au crible de sa curiosité.

– Ma Jeune Gracieuse doit connaître quelques détails d'importance, intervint soudain le Culbu-gueulard en voletant au-dessus d'Oksa.

La jeune fille tendit la main pour que le petit informateur puisse s'y poser.

– La Colonne de Verre s'élevait initialement à deux cent cinquante-sept mètres d'altitude et possédait cinquante-cinq étages. Mais lors du Grand Chaos, trois étages furent détruits, dont une partie de la Mémothèque et des appartements Gracieux.

– Repoussons la visite guidée à plus tard, l'interrompit brutalement Ocious, et montons directement à mes appartements.

Les créatures s'agitèrent, mécontentes de cette présentation trop personnelle à leur goût. Ce qui n'échappa pas au Félon.

– Il y a cinquante-sept ans qu'aucune Gracieuse n'a pénétré dans ce lieu, vitupéra-t-il. Et pendant cinquante-sept ans, qui a fait en sorte que cette résidence garde sa magnificence ? Qui a permis à Édéfia de survivre ? Est-ce vous ?

Tout le monde était aussi stupéfait que mal à l'aise. Ces questions absurdes appelaient des réponses diablement évidentes…

– Aucun de vous n'était là pour réparer les dégâts causés par le Grand Chaos. Alors, arrêtez de jouer les outragés et permettez que je me sois attribué la propriété de ce lieu ! conclut Ocious.

Sur ce, il tendit le bras en direction d'Oksa pour l'inviter à se diriger vers les cabines de verre qui se trouvaient contre une des parois opalescentes. Sans un mot, la jeune fille s'avança, suivie de près par les membres de son clan, et entra dans ce qui s'avéra être un ascenseur. Aussitôt, la cabine fila vers le sommet de la tour dans une luminosité aveuglante. Prise d'un vertige causé autant par le contexte du présent que par l'appréhension du futur, Oksa chercha la main de son père et ferma les yeux.

45

La splendeur déchue d'Édéfia

À part dans des films ou dans des rêveries délirantes de grandeur, Oksa n'avait jamais vu une pièce comme celle dans laquelle elle se trouvait en ce moment. Le luxe était un peu décati, altéré par les années difficiles qui avaient déposé des traces ici ou là, mais il était partout, dans les moindres détails, indéniable et pourtant si discret.

Allongée sur un lit immense recouvert d'innombrables coussins et d'une courtepointe douce comme de la plume, Oksa était rompue de fatigue mais ne parvenait pas à s'assoupir. Trop d'émotions, trop d'angoisse... Alors, immobile sur son lit géant, elle observait d'un œil fasciné ce nouveau décor éloigné de ses repères habituels. Nul doute que le bois aux nervures brunes qui constituait les murs était d'une essence précieuse. En entrant dans la pièce, Oksa n'avait pu s'empêcher de le caresser du bout des doigts et d'en apprécier le velouté. Il lui faisait penser aux ailes des papillons... Le sol était tout aussi somptueux, couvert de gigantesques dalles de pierre bleu turquoise. Quant au mobilier, il était rare : l'endroit était dédié au repos. Un bassin de belle taille occupait une partie de l'espace – Oksa s'était promis de s'y plonger dès que l'occasion se présenterait.

En attendant, elle se contentait d'admirer les reflets hypnotiques de l'eau sur le plafond, au risque de céder à une torpeur fort tentante. En revanche, elle n'avait pu résister à la salle de bains attenante, toute d'ardoise, et aux multiples onguents, huiles et savons disposés dans une vasque en bois de rose. Des vêtements avaient même été laissés à sa disposition, mais la jeune fille avait préféré mettre les derniers jean et tee-shirt propres qui restaient dans son sac à dos. Plus loin, une baie vitrée occupait un pan entier de la chambre, offrant une vue absolument inouïe sur Du-Mille-Yeux et bien au-delà. À part une chaîne de montagnes qui découpait l'horizon, tout n'était que poussière. Parfois, de grosses volutes apparaissaient, soulevées par l'activité des hommes, pour se disperser dans le ciel sombre. Édéfia n'avait plus rien d'une terre d'abondance…

– Ma Jeune Gracieuse souhaite-t-elle que je lui donne quelques descriptions sur ce que fut cette Terre ? demanda le Culbu-gueulard.

Oksa regarda le petit informateur volant qui prouvait une fois de plus combien son sens de l'opportunité était inégalable.

– Bien sûr, mon Culbu. Baba m'a toujours parlé de la luxuriance d'Édéfia mais… il n'y a plus rien ! s'exclama-t-elle en montrant le paysage aride qui s'étalait à l'infini.

Le Culbu-gueulard acquiesça avec vigueur.

– La Vieille Gracieuse ne vous a dit que la stricte vérité : Édéfia était un véritable paradis étendu sur environ cent vingt mille kilomètres carrés, valeur de Du-Dehors. Ces montagnes que vous apercevez au loin occupent la partie ouest d'Édéfia. C'est le territoire À-Pic, difficile d'accès à cause de ses falaises abruptes et de la roche qui les compose, un cristal très pur, d'un rose presque transparent, émergeant de la roche noire dont la dureté rend ardue toute utilisation. Vous voyez ce sommet qui dépasse au sud de la chaîne ?

Oksa s'approcha de la baie vitrée et plissa les yeux pour observer les montagnes.

– C'est le Mont Démezur, précisa le Culbu-gueulard. Bien nommé puisqu'il culmine à douze mille neuf cent soixante-dix-huit mètres.

– Mais c'est énorme ! À côté, l'Everest est tout petit !

– En tout cas, il n'est pas le Toit du Monde. Vous vous doutez que l'altitude exceptionnelle du Mont Démezur en fait l'endroit le plus frais d'Édéfia. Il faudra que vous visitiez la caverne qui a été sculptée au sommet, la vue est absolument fantastique et on croirait pouvoir toucher le ciel. De là-haut, on peut redescendre dans des rondins évidés en se laissant glisser sur d'immenses toboggans creusés dans la roche, c'est très divertissant.

– Je suis sûre que j'adorerais cela… fit Oksa, absorbée par les descriptions du Culbu-gueulard.

– À l'extrémité sud de ce territoire, les falaises recouvertes de lapis-lazuli ont un éclat remarquable. Depuis la région voisine de Du-Mille-Yeux, on peut les apercevoir quand elles sont éclairées par le soleil couchant et c'est un spectacle dont on ne se lasse jamais. De nombreuses cascades s'écoulent des falaises À-Pic, parmi les plus considérables la Cascade d'Argent et la Scintillante, deux spectaculaires chutes d'eau de plus de cinq mille mètres. Vu la sécheresse qui semble régner, j'ignore si elles existent toujours. Mais d'après ce que je sais du monde Du-Dehors, aucune n'atteint cette hauteur.

– Je te le confirme. Et Vert-Manteau ? demanda la jeune fille.

– Vert-Manteau était le poumon d'Édéfia. Rien à voir avec ce désert que nous avons survolé pour arriver jusqu'ici… On y trouvait des forêts prodigieuses, épaisses et touffues. Les plus spectaculaires étaient les forêts d'Ombrelliers, des arbres gigantesques : leur tronc pouvait faire jusqu'à cinquante mètres de diamètre et leur hauteur atteindre cinq cents mètres. À côté d'eux, même les plus gros séquoias d'Amérique auraient eu l'air d'arbustes… Ces arbres tenaient leur nom de leurs feuilles en forme de larges ombrelles. Une seule d'entre elles pouvait abriter du soleil quarante personnes à la fois ! Leur écorce, mâchée longuement, permettait de rebondir sur ses pieds comme savent si bien le faire les kangourous d'Australie. Elle servait aussi de répulsif contre les insectes friands de sucre, comme les fourmis… Et à propos de fourmis, ici, les plus petites faisaient en moyenne huit centimètres…

Oksa grimaça tout en souhaitant ne jamais se retrouver face à un de ces spécimens hors norme.

– Plus au nord de Vert-Manteau poussaient des gabarits d'arbres plus modestes : les Majestiques, par exemple, disposaient d'un feuillage très robuste en forme de trèfle. Ils produisaient des fèves dont les plus grosses pouvaient peser jusqu'à trois kilos et à l'intérieur desquelles on trouvait la Papillax, une substance permettant de fabriquer les Frissonnettes.

– Des Frissonnettes ?

– Une délicieuse invention que nous devons à l'un des plus grands Gustateurs qu'Édéfia ait connu, un inventeur culinaire de génie… C'étaient des glaces qui prenaient vos goûts favoris, ceux qui réjouissaient vos papilles. Si vous vouliez une Frissonnette aux fruits de la passion, il suffisait de le vouloir et votre Frissonnette avait le goût de fruits de la passion. Vous décidiez de changer de goût, la Frissonnette s'adaptait et vous proposait celui que vous souhaitiez.

– Génial ! s'exclama Oksa en s'imaginant déguster une Frissonnette à la framboise, sa saveur préférée.

– Parmi les arbres vénérables, on comptait aussi les Boules-Feuillues au feuillage en forme d'énorme globe. Les oiseaux aimaient s'y loger et certains Boules-Feuillues pouvaient accueillir plus de cinq cents nichées ! Non loin de Vert-Manteau se trouvait l'Inapprochable, le territoire des bêtes sauvages, dont le redoutable rhinocéros bleu à la corne longue de trois mètres et le serpent-zèbre rayé de noir et de blanc, d'une extrême toxicité. Mais parmi les animaux les plus impressionnants, on comptait surtout le tigre d'argent, long de six mètres, dont le pelage a été très convoité, il y a plusieurs siècles, en raison de son extraordinaire couleur blanche aux reflets de nacre. L'espèce s'est trouvée au bord de l'extinction, tout en causant la mort – par ingestion et digestion… – de quelques dizaines d'imprudents chasseurs avides de tirer vanité de cette fourrure prodigieuse à laquelle on prête encore des vertus magiques.

– C'est vraiment dingue, souffla Oksa. Tu crois que l'Inapprochable existe encore ?

Ce n'étaient ni les rhinocéros bleus ni les reptiles zébrés qui intéressaient la jeune fille. Non. Pour elle, l'Inapprochable était irrémédiablement lié à la Tochaline, l'Inestimable Fleur, qu'Abakoum lui avait dit ne pouvoir trouver que sur ce territoire mystérieux. Marie était restée à Du-Dehors, mais il n'en demeurait pas moins que cette fleur était le seul remède capable de la soigner et Oksa ne risquait pas de l'oublier.

– Bien sûr, répondit le Culbu-gueulard, sensible aux pensées secrètes de la jeune fille. Je pourrai faire un vol de reconnaissance pour établir un état des lieux, si vous le souhaitez.

La gorge serrée, Oksa remua la tête pour exprimer son approbation. La petite créature observa un instant de silence respectueux avant de reprendre :

– À l'est et à l'ouest de Vert-Manteau, d'immenses lacs entourés d'une végétation dense et généreuse représentaient les principaux lieux de pisciculture et d'algoculture. Les Du-Dedans étaient très gourmands d'algues, vous savez... Autour et au-delà de ces lacs, on trouvait des zones de culture de céréales, notamment les Perles-d'Or, l'équivalent du maïs dont chaque grain était aussi gros qu'un abricot.

– J'imagine la taille du pop-corn ! s'esclaffa Oksa.

– Vous êtes taquine, releva le Culbu. Quant aux cultures maraîchères, on retrouvait les mêmes variétés qu'à Du-Dehors en beaucoup plus grande quantité, fraîcheur, abondance et taille. Une terre riche et une température chaude, sans être caniculaire, vingt-cinq à trente degrés, profitent toujours aux cultures... Les carottes mesuraient un mètre de long, les pommes de terre cinquante centimètres de diamètre et les fraises pesaient au minimum quatre cents grammes... Par fruit, bien entendu. Et cela sans engrais chimiques ni pesticides ! Quant à l'énergie, elle était exclusivement écologique : des éoliennes géantes dans les plaines, des capteurs solaires sur toutes les habitations, l'utilisation généralisée de la géothermie et de l'énergie hydraulique. Aucun véhicule, aucune machine, aucune fabrique n'utilisait de combustibles polluants. Uniquement le soleil, le vent ou l'eau !

– Trop fort ! s'écria Oksa. Et… les gens ? Je sais qu'il y avait quatre tribus…

– Affirmatif, Jeune Gracieuse. Le dernier recensement effectué avant le Grand Chaos comptabilisait seize mille deux cent quarante-cinq personnes effectivement réparties en quatre grandes tribus : Mainfermes, Sylvabuls, Gorges-Hautes et Fées Sans-Âge…

– Sans compter les Diaphans… ajouta Oksa.

Le Culbu-gueulard ne put réprimer un frisson à l'évocation de la cinquième tribu, si redoutable et si honteuse pour le peuple d'Édéfia.

– Comme dans toutes les sociétés, quelques rares personnes avaient choisi la voie de la marginalité ou de l'ignominie. Il y avait aussi des désaccords sur certains sujets. Mais le système tout entier était basé sur l'autosuffisance et sur l'équilibre des besoins et des ressources. Et on peut dire que les Du-Dedans vivaient dans l'harmonie, tous s'entendaient plutôt bien, même si chaque tribu avait ses particularités. Comme vous le savez, les Mainfermes ont des sens très développés, à l'image des animaux et notamment des rapaces. À Édéfia, ils sont reconnus pour leur grande force physique qui les oriente plutôt vers les métiers de la construction et de l'architecture, la fabrique et la transformation des métaux et du verre, ainsi que le travail de la pierre. Ils maîtrisent magnifiquement les sciences, la chimie et les techniques : ils ont découvert, il y a plus de six cents ans, comment utiliser l'énergie solaire pour faire fonctionner des moyens de locomotion comme les véhicules volants, des machines et des outils…

– Plus forts que Léonard de Vinci ! s'exclama Oksa.

– Oh, mais sachez que ce fantastique inventeur a été une grande source d'inspiration pour les Mainfermes. C'est la Gracieuse Laure-Amée qui régnait à cette époque. Ses rêvoleries l'ont souvent menée jusqu'en Italie, dans les ateliers du génial visionnaire, et elle n'a pas manqué de faire quelques suggestions inspirées aux meilleurs ingénieurs Mainfermes qui ont appliqué scrupuleusement les plans de Vinci avec leur propre technologie. Mais les sciences et techniques n'étaient pas leurs seuls talents, ils ont aussi œuvré dans le domaine de la minéralogie et élaboré ce très riche complément de la pharmacopée Sylvabul qu'est la médecine par les pierres, mise au point il y a mille cinq cents ans. J'ignore ce qu'il en est aujourd'hui, mais avant le Grand Chaos, les Mainfermes vivaient essentiellement sur le territoire À-Pic dans d'immenses habitations troglodytiques aménagées dans les falaises de pierre précieuse.

– Ça devait être grandiose !

– Ça l'était, oui, confirma le Culbu-gueulard. Mais les Sylvabuls n'étaient pas en reste. Ils avaient réussi le prodige de construire leurs habitations directement dans les arbres, de véritables villes aériennes d'une incroyable beauté qui se moulaient à la forme des végétaux. Aujourd'hui encore, leurs aptitudes particulières et leur sensibilité proche de la nature les entraînent très logiquement vers les activités en rapport avec la terre, même si celle-ci est agonisante. Les Sylvabuls ont le pouvoir de la Vertemain : à leur contact, les légumes, les fruits et les céréales poussent avec une vigueur encore plus accentuée qu'avec n'importe quel Du-Dedans.

– Je connais... l'interrompit Oksa, les yeux soudain embués.

À l'évocation de ce pouvoir, son cœur s'emplit de nostalgie. Sa mémoire la ramenait quelques mois plus tôt, quand son père lui avait fait découvrir le *French Garden*, le restaurant-jardin qu'il était si fier d'avoir créé de toutes pièces. Elle fêtait alors ses treize ans. Elle n'avait pas vu sa mère depuis un certain temps et Marie lui manquait de façon insupportable. Comme aujourd'hui... À l'immense différence qu'elle risquait de ne plus jamais la revoir. Elle secoua la tête pour chasser cette atroce éventualité qu'elle ferait tout pour rendre inconcevable.

– Tu crois que j'ai ce pouvoir de la Vertemain ? demanda-t-elle au Culbu pour dévier le cours de ses pensées.

La créature se balança de droite à gauche sur son postérieur arrondi.

– Oui... Et vous en aurez bien besoin pour la reconstruction d'Édéfia quand l'Équilibre sera retrouvé.

Oksa s'imagina plonger ses mains dans la terre épuisée afin de faire jaillir des milliers de plantes et d'arbres, un vrai travail de magicienne auquel elle avait hâte de s'atteler ! Elle allait adorer !

– Parle-moi encore des Sylvabuls, s'il te plaît.

– Cette tribu avait le monopole des activités de bouche, sans oublier celles moins connues à Du-Dehors comme l'algoculture, la floriculture, l'élevage de créatures et la Granokologie, bien sûr !

– Tu m'étonnes que c'est moins connu ! s'exclama Oksa avec malice. Et les Gorges-Hautes ?

– Les Gorges-Hautes vivent essentiellement à Du-Mille-Yeux. Ce sont des citadins. Ils ont un sens inné de l'organisation, de la conception de systèmes à tous les niveaux, que ce soit en matière de voirie, d'urbanisme, d'éducation ou de justice. On peut dire qu'ils sont les ordonnateurs d'Édéfia.

Oksa fixa son attention sur Du-Mille-Yeux qui s'étendait autour de la Colonne de Verre. La ville était abîmée, mais de nombreux éléments témoignaient de son opulence passée. La taille des habitations et les matériaux utilisés pour les construire, l'agencement des jardins en terrasses aujourd'hui stériles... Tout faisait référence à un passé aussi brillant que révolu.

– Tu es adorable, merci pour tous ces renseignements, dit-elle, songeuse.

– Je reste à votre entière disposition, Jeune Gracieuse ! conclut le Culbu-gueulard en voletant autour d'elle.

46

Le Conseil extraordinaire

Oksa se retourna pour se mettre à plat ventre, les mains sous la tête. Une migraine lancinante vrillait son crâne. Pourvu qu'elle n'ait pas une nouvelle crise, ce n'était vraiment pas le moment ! Ocious avait accordé aux Sauve-Qui-Peut quelques heures de répit avant un Conseil au sommet qui s'annonçait pénible. On avait attribué à chacun des « invités », alliés ou adversaires, une chambre. La Colonne était vaste, il y avait de la place pour tous. Pavel se trouvait dans une pièce plus petite, mais tout aussi magnifique, juste à côté. Une porte permettait de passer de l'une à l'autre, mais comme toutes les issues elle était surveillée par une sentinelle aussi inflexible qu'insolite : une chenille volante d'une quinzaine de centimètres, à l'abdomen bleu et aux poils menaçants, nommée Vigilante. Quand Oksa avait voulu voir son père, la chenille avait jailli en lui intimant l'ordre de reculer.

– Comment ça, je n'ai pas le droit de communiquer avec quiconque ?! s'insurgea la jeune fille, écœurée par l'insecte dont les cils vibratiles tournaient à toute vitesse comme le rotor d'un hélicoptère.

– Tant que le Conseil n'a pas eu lieu, chacun doit rester confiné dans ses appartements, claironna la chenille. Le Cicérone l'a ordonné.

– Le Cicérone ?

– Le Maître, si vous préférez.

– Je ne préfère rien du tout… Et si je désobéis ? maugréa Oksa malgré la répugnance que lui inspirait l'insecte.

– Mes cils urticants ne sont pas mortels, mais la paralysie qu'ils engendrent est très douloureuse.

– Super… soupira Oksa en faisant la grimace.

Elle se jeta à nouveau sur son lit, dépitée et inquiète, et se soumit à l'attente interminable.

– Jeune Gracieuse… Jeune Gracieuse…

Oksa ouvrit les yeux. Elle avait fini par s'endormir, quelques instants seulement où elle s'était sentie sombrer dans une inconscience massive, jusqu'à ce qu'elle entende cette voix qui murmurait avec douceur à son oreille. Quand elle vit Annikki penchée sur elle, elle eut un mouvement de recul.

– Ne craignez rien, je ne vous veux pas de mal, dit la Félonne. Je viens juste vous chercher pour assister au Conseil d'Ocious. Nous avons encore un peu de temps, peut-être souhaitez-vous manger quelque chose ? Vous devez avoir si faim…

Oksa fut tentée de dire non, par pure opposition. Mais la vision d'une miche de pain et surtout son parfum étaient irrésistibles. Elle tendit la main vers le plateau posé au pied du lit et l'attira vers elle. Une motte de beurre frais accompagnée de petits carrés de fromage, de figue et de raisin eut raison de sa volonté. Annikki avait raison, elle était affamée. Elle se composa une tartine dans laquelle elle mordit avec avidité, tout en observant la jeune femme. Cette dernière avait une mine ravagée, ses yeux bleus cernés de rouge, le visage creusé et livide. Oksa prit soudain conscience qu'elle n'était pas la seule à souffrir de l'« absence » de personnes chères : le mari d'Annikki était un Du-Dehors. Comme Marie, Gus et quelques autres, il était resté aux portes d'Édéfia. Saisie, Oksa la regarda avec plus de douceur. La jeune femme s'avança prudemment pour presser sa main. Le premier réflexe d'Oksa fut de la repousser, mais elle finit par accepter ce geste dans un mutisme compréhensif.

– J'appartiens au clan des Félons et je comprends votre méfiance, fit Annikki dans un souffle. Mais sachez que je me suis beaucoup occupée de votre mère lorsqu'elle séjournait sur l'île. Malgré la situation, nos liens se sont resserrés. Nous avons appris à nous connaître et à nous respecter. C'est une femme très courageuse pour laquelle j'ai beaucoup d'admiration. Grâce à elle, j'ai compris beaucoup de choses sur les autres – ceux de mon clan – et sur moi-même.

Elle détourna la tête, les traits crispés : une Vigilante vrombissait non loin du lit, aux aguets. Oksa frémit.

– Vous permettez que la Jeune Gracieuse finisse de manger ? s'exclama Annikki d'une voix enrouée.

La chenille resta en vol stationnaire.

– Le Cicérone attend, fit-elle.

– Voilà, c'est bon… répliqua Oksa en avalant un dernier grain de raisin.

Elle jeta un regard plein de doutes à Annikki. La jeune femme fit mine de la recoiffer et en profita pour lui chuchoter :

– Ayez confiance en moi…

Et elle la poussa vers la porte dans un mouvement autoritaire qui décontenança la Jeune Gracieuse. La Vigilante s'écarta pour suivre le duo de très près jusqu'à l'ascenseur de verre qui se referma dans un silence lugubre.

Dans la Salle du Conseil monumentale, l'ambiance, accentuée par l'austérité des personnes présentes et par une clarté étouffée, était oppressante. On ne devait l'éclairage qu'à une seule source : un immense puits cylindrique partant du sommet de la Colonne et qui, au terme d'une dizaine d'étages, tombait dans la salle pour diffuser sur l'assemblée une lumière laiteuse. Construite en rond, la salle épousait à la perfection les contours du cône lumineux produit par le cylindre. Sur une petite estrade, installés en arc de cercle dans des sièges de cuir sombre, attendaient Ocious et les siens, une vingtaine d'hommes et de femmes à la mine impénétrable. Seules quatre places restaient vacantes alors que faisait face un amphithéâtre destiné aux Sauve-Qui-Peut. Sur les côtés, encadrant ce parterre central, se trouvaient tous les Félons qui vivaient sur l'île d'Orthon. Au-dessus des têtes, quelques Vigilantes montaient la garde.

Quand l'ascenseur de verre s'ouvrit et qu'Oksa déboucha en haut des gradins, les regards convergèrent dans sa direction. Tout le monde était là, sans exception, et elle se maudit intérieurement d'arriver en retard. Nul doute qu'Ocious avait fait exprès de l'envoyer chercher après les autres... Vu la composition de la salle, cet homme affectionnait les mises en scène. Les Sauve-Qui-Peut se levèrent dans le vacarme des talons qui raclaient les dalles de turquoise. Les Félons les imitèrent, certains à contrecœur, plus prompts à suivre Ocious qui se tenait debout, les bras grands ouverts, qu'à manifester leur respect envers Oksa.

– Voici donc notre Jeune Gracieuse ! fit ce dernier d'une voix tonitruante. Avance, n'aie pas peur.

D'un geste de la main, il lui indiqua le siège qui se trouvait devant lui, dos aux Sauve-Qui-Peut. Oksa hésita, impressionnée. Cette disposition lui faisait penser à un tribunal où elle serait l'accusée, seule face à ses juges. Son Curbita-peto ondulait sans relâche et le rythme cardiaque de la jeune fille finit par se caler sur la cadence idéale que la petite créature imprimait par ses mouvements réguliers. Oksa redressa la tête. L'allée centrale était bordée de visages connus et aimants. Son père, Abakoum, Zoé, Tugdual... les Foldingots... Ils la regardaient tous avec une intensité dans laquelle se reflétait beaucoup d'angoisse, mais aussi une force immense. Elle pouvait compter sur eux, ils étaient là. Pas derrière elle comme Ocious voulait le symboliser avec cet agencement déstabilisant, mais à ses côtés. Quoi qu'il arrive, ils seraient là. Alors, escortée par Annikki, elle descendit les marches d'un pas moins hésitant qu'elle ne l'avait craint, puisant dans les regards de ceux qu'elle aimait le courage qui s'était amenuisé.

Tandis qu'Oksa prenait place, Ocious la fixa avec une curiosité certaine et la jeune fille se surprit à s'interroger.

Qui voyait-il en elle ? À Du-Dehors, elle passait aux yeux de tous pour une adolescente ordinaire en jean et tennis de toile, une collégienne naturelle et impulsive. Mais pour cet homme, ce vieillard somptueux et redoutable, elle était tout autre chose et son regard incisif la mettait mal à l'aise. Pourtant, elle se fit violence pour le soutenir, s'imposant ce défi afin de ne pas perdre toute contenance. Soudain, Ocious cessa son observation pour se tourner vers Orthon et ses fils qui se tenaient dans l'assemblée des « nouveaux venus ».

– Mon fils, mes petits-fils, nous voici enfin rassemblés. Qui aurait cru un tel prodige possible ? Venez à mes côtés, je vous prie ! fit le vieil homme en indiquant les quatre sièges laissés libres à la tribune. Toi aussi, ma fille… ajouta-t-il en fixant Réminiscens.

Défiant son père des yeux, la vieille dame exsangue ne bougea pas d'un centimètre tandis que d'un pas triomphal, Orthon approchait, suivi de Gregor et de Mortimer. Tous trois s'assirent sous les applaudissements des Félons et des Murmous. Oksa avait le cœur amer : trois générations des pires Félons que les deux Mondes aient connus se trouvaient réunies. Eux avaient droit à ce bonheur alors que les Pollock et les Sauve-Qui-Peut étaient amputés de ceux qu'ils aimaient. Quelle injustice…

Oksa se mordit la lèvre, écorchée au plus profond d'elle-même. Son regard d'ardoise se porta sur les Félons et les Murmous qui se congratulaient en face d'elle avec une exubérance indécente. Seul Mortimer ne semblait pas partager cette liesse. Sous ses airs robustes, le garçon paraissait perdu, reclus dans une détresse muette. Mais oui, bien sûr ! pensa soudain Oksa. La mère de Mortimer, Barbara McGraw, était une Du-Dehors ! Oksa se souvenait de cette femme frêle, et du regard si maternel dont elle enveloppait son fils. Le peu qu'elle avait vu suffisait à Oksa pour comprendre la tristesse qui envahissait Mortimer aujourd'hui.

Orthon, lui, était loin de se soucier de quiconque d'autre que de lui-même. Il jubilait de la reconnaissance officielle de son père. Il était le fils d'Ocious, digne de siéger enfin à ses côtés. Le rêve de toute sa vie… Un rêve vite terni par une déclaration inattendue. Car après avoir donné une longue accolade à Orthon, Ocious se tourna vers un homme d'une cinquantaine d'années qui se tenait à sa droite. Long, sec, vêtu d'un costume anthracite au col montant, ce dernier restait de marbre.

– Orthon, mon fils… commença Ocious. Nos retrouvailles ne seraient pas parfaites si je ne te présentais pas Andreas. Andreas, mon fils cadet, né de mon second mariage après ton… départ à Du-Dehors.

La nouvelle eut un effet foudroyant : la place convoitée de fils unique du Maître absolu d'Édéfia venait de voler en éclats. Du côté des Sauve-Qui-Peut, la consternation était totale. Rien de pire ne pouvait arriver. Orthon allait-il supporter cette concurrence directe ? Abakoum se passa la main sur le visage, accablé. Il regarda ceux de son clan. Comment tout cela allait-il tourner ? Nul ne le savait. Devant, isolée sur son siège, Oksa se raidissait en saisissant la portée de cette révélation. Les yeux écarquillés, elle suivit des yeux les froides salutations des deux demi-frères qui se déroulaient devant elle. Orthon donnait l'apparence de celui qui acceptait la situation, mais Oksa était bien placée – dans tous les sens du terme – pour comprendre que le Félon venait de prendre un sacré coup. Le rictus qui crispait ses mâchoires ne trompait pas. Quant à Ocious, il observait la rencontre entre ses deux fils et Oksa aurait juré apercevoir l'ombre d'un plaisir malsain dans son regard ténébreux, ce qui n'augurait rien de bon pour la suite des événements. L'auguste vieillard se rassit, imité par l'assemblée tout entière, et prit la parole de sa voix caverneuse :

– Voilà soixante-douze ans que la Gracieuse Youliana, mère de notre regrettée Malorane, m'a nommé Premier Serviteur du Pompignac. C'est une responsabilité qu'il n'a pas toujours été aisé d'assumer…

Plusieurs Sauve-Qui-Peut manquèrent de s'étouffer en entendant ces mots et ne se gênèrent pas pour le faire remarquer à grand renfort de toussotements agacés. Contrariées par ces interruptions, les Vigilantes se rapprochèrent des fauteurs de troubles en les menaçant de leurs poils urticants dressés sur leur corps dégoûtant.

– Heureusement, ce n'est pas seul que j'ai dû affronter les pénibles épreuves qui ont assailli notre pauvre Terre depuis le Grand Chaos. Certains n'ont jamais failli, ils sont restés fidèles envers et contre tout.

D'un large geste de la main, il montra celles et ceux qui étaient assis à ses côtés.

– Mes amis et mon fils Andreas, dont le soutien est une aide inestimable depuis près de trente ans.

Assis à la gauche d'Ocious, figé comme une statue, Orthon maîtrisait chaque geste, chaque battement de cils, chaque pli aux commissures de ses lèvres. Seule la lividité de son visage échappait à son contrôle, prouvant à ceux qui en doutaient encore que la blessure causée par l'existence de ce demi-frère ouvrait en lui un véritable gouffre de rancœur.

– Aujourd'hui, ma famille est réunie et nous allons pouvoir allier nos forces pour mener à bien nos projets.

– Vos projets ? s'éleva la voix caverneuse de Naftali. Si tu veux parler de ce désir ancestral de conquérir le Monde Du-Dehors, laisse-moi te dire qu'il est trop tard. Tu l'ignores certainement, mais sache que Du-Dehors, comme Édéfia, se meurt.

Ocious marqua un temps d'arrêt pour intégrer cette information qui le déroutait plus qu'il ne voulait se l'avouer. Profitant de cette faiblesse du camp ennemi, Abakoum enfonça le clou :

– Pourquoi crois-tu que nous sommes revenus ?

Il laissa volontairement planer un silence pénible avant de reprendre :

– Je ne cacherai pas que depuis notre départ d'Édéfia, la nostalgie et l'espoir de revenir sont toujours restés tapis au fond de nos cœurs. Mais en cinquante-sept ans, nous avons tous fait notre vie à Du-Dehors. Nous nous sommes intégrés, puis attachés à cette Terre pourtant si imparfaite et parfois si excessive, en bien comme en mal. Tu te doutes que ce retour nous a imposé de très lourds renoncements : nous avons quitté celle qui est devenue notre nouvelle Terre et, pour la plupart d'entre nous, celle qui est et restera *LEUR* Terre. Par ailleurs, nous avons laissé derrière nous des êtres chers et, toi qui sais mesurer l'importance des liens familiaux, je te laisse évaluer le sacrifice que cela représente.

Ocious écoutait avec une attention intense dans une immobilité de statue.

– Pourquoi crois-tu que nous sommes ici ? répéta Abakoum. Pourquoi, Ocious ?

Une légère agitation se fit sentir parmi les Murmous qui siégeaient à la tribune. Seuls Orthon et ses fils demeuraient de marbre. Trop fier pour lui demander de continuer, Ocious attendait, fébrile mais déterminé à ne pas s'abaisser. C'est une femme installée quelques sièges plus loin qui rompit le silence.

– Inutile de jouer avec nos nerfs, Abakoum, clama-t-elle d'une voix impérieuse. Poursuis ton propos !

– Nous devions revenir, nous n'avons pas eu d'autre choix, lança Abakoum. Mais contrairement à ce que ton fils voudrait te faire croire, nous sommes ici de notre plein gré, ce n'est pas lui qui nous a menés jusqu'à Édéfia. Quoi qu'il en soit, avec ou sans lui, nous serions venus. Du-Dehors va mourir, et il reste très peu de temps.

Tout le monde retenait sa respiration.

– Orthon ne t'a donc rien dit ? poursuivit Abakoum en évitant avec soin de regarder le fils du Murmou Suprême.

Ocious le dévisagea en plissant les yeux, puis détourna lentement son regard vers Orthon.

– Du-Dehors se meurt vraiment ? demanda-t-il enfin.

– Du-Dehors est à l'agonie, père, lâcha Orthon. Tout comme Édéfia.

Ocious blêmit avant d'abattre son poing sur la table avec une brutalité extrême. Tout le monde sursauta et Oksa, en première ligne, s'agrippa à son fauteuil avec d'autant plus de désespoir qu'Orthon la fixait avec un sourire pincé. Elle savait ce qu'il allait dire, c'était inévitable.

– Mais cette jeune fille que tu vois devant toi, père, n'est pas seulement la Nouvelle Gracieuse que tu attends depuis près de soixante ans, fit le Félon vibrant d'un regain d'assurance. Certes, c'est elle qui pourra te permettre d'accomplir ce que tu souhaites depuis toujours, ce pour quoi nos ancêtres ont œuvré pendant des siècles : sortir d'Édéfia pour conquérir Du-Dehors. Mais aujourd'hui, puisque les deux Mondes se meurent, sortir ne servirait à rien, effectivement…

Ocious poussa un cri de colère. Tout s'effondrait autour de lui comme un jeu de cartes, l'ambition de toute une vie, l'héritage de ses puissants précurseurs… Orthon laissa quelques secondes passer, trop heureux de reprendre la main.

– Notre cher ami Abakoum a cependant donné une partie de la solution, continua-t-il avec une satisfaction évidente.

Ocious, extrêmement concentré, leva la tête.

– Pourquoi n'aviez-vous pas le choix, Abakoum ? tonna Orthon. POURQUOI ?

Abakoum resta silencieux.

– Parce que notre seule chance de survivre au cataclysme, notre seule possibilité de retrouver l'équilibre, à Édéfia comme à Du-Dehors, c'est elle ! clama Orthon en pointant l'index en direction d'Oksa. Et malgré ce que peut dire Abakoum, c'est grâce à moi et à moi seul qu'elle est ici devant toi…

Une clameur scandalisée se leva dans les rangs des Sauve-Qui-Peut, ce qui ne parut pas affecter le Félon.

– Sais-tu comment les siens l'ont appelée quand elle est venue au monde ? continua Orthon. L'Inespérée. Tous ignoraient alors la portée qu'allait avoir ce surnom… Mais ils ne pouvaient pas trouver mieux, n'est-ce pas ?

À ces mots, le visage d'Ocious s'éclaira d'un sourire infernal. Après s'être dangereusement obscurci, l'avenir se dégageait à nouveau, plein de promesses et de desseins ancestraux.

– L'Inespérée… murmura-t-il, les yeux étincelants.

Et il partit d'un grand rire qui résonna sur les parois arrondies de la pièce pour pénétrer jusqu'au plus profond du cœur d'Oksa et de celui des Sauve-Qui-Peut, anéantis.

47

Les Refoulés

Le souffle court, Gus regardait les eaux du lac de Gaxun Nur sur lesquelles se reflétait le ciel veiné de plomb. Il sentait encore la poigne ferme de son père qui, un instant plus tôt, serrait sa main dans la sienne. Ses parents avaient disparu en hurlant son nom. Oksa, Dragomira, Abakoum, Zoé… Ils n'étaient plus là. En quelques secondes, tout le monde avait été aspiré par une puissance invisible. Tout le monde sauf les tristement authentiques Du-Dehors.

– Mais qu'est-ce qui s'est passé ? murmura-t-il.

Il scruta la surface du lac où il avait vu disparaître les Sauve-Qui-Peut et les Félons. Il s'approcha du bord de l'eau en essayant de percer du regard l'air, le vide, l'imperceptible, ce Portail qui lui était resté interdit dans l'espoir de discerner quelque chose, un signe, n'importe quoi qui puisse lui donner… un espoir ? Non. Il était évident que l'espoir était mort. Ils étaient onze à s'être vu refuser l'entrée à Édéfia. Onze à subir le choc de la séparation. Effondrés sur le sable, chacun restait muré dans sa douleur avec une dignité bien involontaire : le traumatisme était si brutal qu'il pétrifiait les esprits dans une forme de stupeur muette. Seule Kukka était agitée de sanglots convulsifs.

– Mais pourquoi est-elle encore là ? s'étonna Gus. Ses parents sont des Du-Dedans…

Soudain, la jeune fille se leva pour se précipiter dans le lac.

– Je vous en prie ! hurla-t-elle. Qui que vous soyez, laissez-moi entrer ! Je veux voir mes parents…

Elle s'enfonça dans les eaux glacées jusqu'à la taille en pleurant jusqu'à ce qu'Andrew, le pasteur marié à Galina, se précipitât pour l'empêcher d'aller plus loin. La jeune fille se débattit, pleine de terreur et de désespoir.

– Je veux les rejoindre ! N'essayez pas de m'en empêcher !

Andrew la serra contre lui de toutes ses forces et la sortit de l'eau.

– Tout ce que tu risques en faisant cela, c'est de mourir d'une pneumonie... dit-il, haletant, en la lâchant sur le sable. Nous ne sommes que des humains, ne l'oublions pas. Et c'est d'ailleurs pourquoi nous sommes restés ici...

Gus s'assit sur le sable, près de Marie qui fixait le lac d'un œil vide. Il plongea la tête entre ses mains, épuisé.

– C'était si évident que nous n'arriverions pas tous à entrer à Édéfia, souffla Marie, les mains crispées sur les accoudoirs de son fauteuil roulant. L'espoir était si mince...

Sa voix se brisa net. Gus la regarda, au supplice. Que dire ?

– Tu crois... qu'ils vont bien ? risqua-t-il.

Marie détourna les yeux.

– Aucun de nous ne doit en douter, intervint Andrew en s'approchant d'eux. Ils sont puissants, solidaires et déterminés.

– Tout ce que nous ne sommes pas... constata Gus en opérant un triste état des lieux.

Les « Refoulés » comptaient dans leurs rangs autant de Sauve-Qui-Peut que de Félons et, même dans le malheur qui les touchait unanimement, les clans n'avaient pas tardé à se reformer. D'un côté, Gunnar et Brendan – les maris des jumelles Annikki et Vilma – accompagnés de Greta et Sofia – femme et belle-fille de Lukas, le Minéralogiste. Un peu plus loin, Marie, Gus, Andrew, Kukka, Virginia Fortensky – la femme de Cameron – et Akina Nishimura – la femme de Cockerell. Seule Barbara McGraw semblait ne pas avoir choisi de camp. Prostrée, les bras autour des genoux, elle avait l'air d'une biche terrorisée par une meute de chiens de chasse.

Tout le monde se regardait sans vraiment se voir, à part Gus dont l'esprit luttait pour ne pas céder à la panique. Le garçon dévisagea les Refoulés un à un. Ils faisaient peine à voir, lui y compris, certainement. De pauvres humains, voilà ce qu'ils étaient. De pauvres humains qui avaient vécu aux côtés de personnes *extraordinaires* mais qui étaient loin d'en être… Cependant, tout en restant lucides sur leurs faiblesses, ils avaient fini par s'habituer à cette proximité magique, à tel point qu'ils étaient devenus des Sauve-Qui-Peut convaincus, fiers et fidèles. Tous ensemble, ils avaient connu des joies et des périls – l'aventure n'avait jamais été de tout repos… Ils avaient été malmenés, parfois séparés. Mais même quand il avait été entableauté, Gus n'avait pas éprouvé la sensation qui l'accablait à ce moment précis. Une étape était définitivement franchie : le lien qui existait entre les deux Mondes était brisé. Chacun chez soi…

La terre fut à nouveau ébranlée par une secousse tellurique qui fit clapoter les eaux du lac. Pour ne rien arranger, d'épais nuages se percèrent pour déverser une onde glacée sur les Refoulés avec une soudaineté impitoyable.

– Vite, à l'abri ! lança Andrew en empoignant le fauteuil de Marie.

Ils se réfugièrent dans l'un des deux bus brinquebalants tandis qu'une violente averse s'abattait. Barbara McGraw monta la dernière, trempée de la tête aux pieds. Virginia sembla hésiter un instant, puis elle se décida : après avoir fouillé dans son sac à dos, elle tendit une serviette-éponge et un pull à la gracile épouse du Félon honni.

Merci… murmura Barbara.

Au bout de quelques minutes, Gus se leva de son siège, tendu comme la corde d'un arc.

– Il faut qu'on fasse quelque chose ! fit-il avec une vigueur pleine d'angoisse. On ne peut pas rester là indéfiniment !

– Et s'ils revenaient nous chercher ? avança Kukka, la voix vibrante d'angoisse. Nous ne devons pas bouger d'ici.

Andrew la regarda avec désolation.

– Ce ne doit pas être plus compliqué de sortir d'Édéfia que de sortir d'un tableau, non ? cria-t-elle, au bord de l'hystérie.

– Il a fallu plus de trois mois pour que nos amis parviennent à être désentableautés, lui répondit Andrew d'une voix posée. Alors, même s'il existait une possibilité pour qu'ils ressortent d'Édéfia, n'oublie pas que nous sommes en plein désert. Nous risquons de mourir très vite de faim et de froid.

– Andrew a raison, intervint Marie. Notre espérance de vie est très réduite ici.

– Elle est très réduite sur cette Terre, oui ! s'emporta Kukka.

– Raison de plus pour mettre toutes les chances de notre côté, même si elles sont maigres, insista Gus.

Depuis que cette conversation avait commencé, le garçon essayait de répondre à une question cruciale : que ferait Oksa à sa place ? Penser à elle était un véritable déchirement, mais c'était aussi le seul moyen pour Gus de raisonner efficacement. Si Oksa était là, près de lui, dans cette situation extrême, elle se tournerait vers lui, elle plongerait ses yeux ardoise dans les siens et elle lui dirait : « Allez, Gus ! Remue-toi les méninges et montre-nous ce que tu as dans le cerveau ! » Quelques-unes des décisions qu'il avait eu à prendre dans le passé s'étaient révélées plutôt judicieuses. Alors pourquoi pas celle-là ?

– Je serais d'avis que nous rentrions chez nous, souffla-t-il, les joues en feu.

– QUOI ?! crièrent quelques Refoulés en sursautant.

– Que veux-tu dire ? lui demanda Virginia.

– Je veux dire que si nos familles parviennent à sortir d'Édéfia, c'est chez chacun de nous qu'elles viendront nous chercher, poursuivit Gus. Ça me paraît naturel…

– Et si nous n'avons plus de « chez-nous » ? Comment faire ? interrogea Brendan.

– Nous devons rester ensemble dans un endroit évident à trouver, suggéra Andrew.

– Ce qui est très subjectif, rétorqua Brendan que la proposition du pasteur paraissait contrarier.

Tout le monde se concentra sur ces perspectives d'avenir. Dehors, la pluie ne faiblissait pas. La nuit avait fini par tomber et l'angoisse semblait vouloir résister à toutes les recherches de solutions.

– Je pense que vous avez tous les deux raison, repartit Greta, la belle-fille de Lukas. Mais de par nos alliances, nous sommes ennemis. Nous ne pouvons pas faire route commune, trop de choses nous séparent.

– Ne pouvons-nous unir nos forces comme les Sauve-Qui-Peut et les Félons ont dû le faire ? s'exclama Andrew.

– L'ont-ils *vraiment* fait, Andrew ? répliqua Greta en rejetant son épaisse chevelure blanche en arrière.

– Quand bien même ! fit Andrew, les yeux brillants. Sommes-nous condamnés à n'être que les victimes des alliances anciennes ? Devons-nous rester esclaves de cette sempiternelle guerre des clans ?

Greta soupira.

– Tu es un homme de foi, Andrew. Ta vision de la nature humaine est utopique.

– Tu te trompes, Greta. Je suis certainement plus lucide que tu ne l'es.

Sur ces mots, chacun se renfrogna sur sa banquette. Gus se pencha vers Marie pour l'envelopper de la couverture en fibre polaire qui avait glissé de ses épaules pendant la discussion.

– Ton idée est très bonne, Gus, murmura-t-elle à son oreille. Rentrons chez nous. Et attendons.

Gus la regarda avec émotion. Attendre ? Un mot qui impliquait une sacrée dose d'espoir… Et là, dans ce bus glacial et vétuste, stoppé en plein désert de Gobi secoué par les tremblements de terre, il avait bien du mal à espérer quoi que ce soit. À part, peut-être, de trouver la force de survivre à tout ce chaos…

48

Dissensions

Quand le jour se leva derrière les collines qui bordaient l'est du Monde, la décision de Gus était prise. Malgré la désolation qui consumait ses dernières illusions, dans son cœur s'installait la volonté insoupçonnée de survivre à ce cauchemar. Pas question d'espoir, juste une détermination farouche à prouver qu'il était capable de supporter des responsabilités. Celle à qui il aurait plus que tout aimé montrer le « nouveau Gus » n'était pas là et il en étouffait de chagrin. Oksa n'était pas loin, il le savait, et pourtant elle était bien plus qu'ailleurs. Car selon les critères de Du-Dehors, elle n'était nulle part. Ses parents allaient lui manquer, eux aussi, c'était certain. Mais il ne doutait pas qu'ils veillent sur son amie comme ils l'avaient fait sur lui pendant ces quatorze dernières années. Quatorze années brutalement passées à seize grâce à la *conversion* maléfique d'Orthon...

Comme pour s'en convaincre, il observa son reflet dans la vitre du bus après avoir essuyé la buée qui traçait de longs sillons givrés. Il n'était pas encore tout à fait habitué à sa nouvelle physionomie. Ses cheveux étaient longs jusqu'aux épaules et ses pommettes bien saillantes, cela lui donnait un air plus... énigmatique. Tant mieux. Il détestait tant qu'on lise en lui comme dans un livre ouvert.

La terreur de la veille, la peine, ce choc inouï avaient fini par se muer en un épuisement qui, fondant sur les Refoulés comme un serpent sur sa prise, les avait ensevelis dans le sommeil. Le jour levé, Gus émergea de cette nuit chaotique et resta immobile. Sur le siège voisin, Marie se retourna. Il faisait si froid que son souffle formait de petits nuages glacés au-dessus d'elle. Elle avait une mine dévastée. La séparation et la maladie laissaient des traces bien visibles sur son visage et sur son corps qui s'était recroquevillé, comme une feuille en automne. Elle souffrait, en surface et en profondeur, et Gus sentit plus que jamais le poids de son nouveau rôle.

– OKSA ! cria soudain Marie dans son sommeil.

Plusieurs Refoulés se redressèrent, l'esprit en alerte. Gus s'approcha de la mère de son amie. Elle s'agitait, en proie à un mauvais rêve. Mais la réalité n'étant guère plus glorieuse que ce songe dans lequel elle semblait se débattre, Gus décida de ne pas la réveiller.

– Viens par là, mon garçon… l'interpella Andrew à voix basse.

Le pasteur, Virginia et Akina s'étaient regroupés à l'avant du bus. Les jambes repliées contre le buste, Kukka se trouvait à quelques sièges, la tête tournée vers la fenêtre, l'air absent. Gus lui jeta un coup d'œil furtif auquel elle ne répondit pas.

– Ça va, Gus ? lui demanda Virginia. Tu tiens le coup ?

– Je ne crois pas avoir connu pire… avoua le jeune homme en se frottant les bras, frigorifié.

– Ta suggestion est la meilleure, annonça Andrew sans préambule. Nous allons repartir pour Londres.

– Vous croyez qu'on va y arriver ? demanda Akina d'une voix timide.

Enveloppée dans sa veste ouatée rose fuchsia, la petite femme japonaise ressemblait à une poupée maltraitée avec son visage marqué qu'encadraient ses longs cheveux de jais. Gus baissa les yeux, tourmenté par la même question sans réponse.

– Nous allons essayer de faire le chemin inverse de celui qui nous a menés jusqu'ici, dit simplement Andrew.

– Une logique implacable ! intervint Greta, la belle-fille de Lukas.

– Aucun de nous n'insistera pour que vous choisissiez la même option, rétorqua Virginia Fortensky. Chacun est libre d'aller où bon lui semble.

Tous les Refoulés étaient désormais réveillés. Quand Marie voulut se redresser sur son siège, Barbara McGraw se précipita pour l'aider, devançant Gus et Andrew. Puis la femme du Félon s'assit en silence juste à côté d'elle.

– Permettez-moi de venir à Londres avec vous, résonna la voix presque inaudible d'Akina.

– C'est un honneur ! acquiesça Andrew. Gus ? Marie ? Virginia ? Vous faites partie de l'expédition, n'est-ce pas ?

Tous trois approuvèrent avec émotion. Le pasteur murmura un remerciement troublé et se tourna vers Kukka qui restait prostrée dans son coin, emmitouflée dans une ample veste de laine écrue.

– Kukka ? Je souhaite ardemment que tu viennes avec nous. Mais bien que tu ne sois pas majeure, tu as le droit de faire un autre choix que le nôtre...

La jeune fille se rembrunit avant de se tasser encore davantage sur son siège.

– Je vais vous suivre, marmonna-t-elle sans conviction.

Les regards bifurquèrent alors vers les cinq Refoulés qui ne s'étaient pas exprimés. L'impérieuse Greta s'avança.

– Nous préférons rester ici.

– Mais comment allez-vous survivre ? s'écria Virginia. Nous entrons dans l'hiver, il n'y a rien à manger ni à boire, vous allez mourir très vite !

– Nous pensons nous établir dans le dernier village habité que nous avons traversé, à une quinzaine de kilomètres, précisa Gunnar, le mari d'Annikki. Il longe la route qui mène jusqu'ici.

– Nous laisserons des indications au bord du lac qui permettront à ceux qui sont entrés à Édéfia de nous retrouver, compléta Greta d'un air assuré.

– Tu vois Greta, toi aussi, tu es en quelque sorte une femme de foi, commenta Andrew en la fixant intensément.

– C'est de la folie... murmura Gus. Qu'est-ce qui vous dit qu'ils pourront ressortir un jour ? Vous allez passer le reste de votre vie dans ce désert, accrochés à un espoir sans fondement.

Gus n'avait jamais été un garçon optimiste, mais là, il s'avouait clairement défaitiste. Les Refoulés le dévisagèrent, les uns fâchés par son propos, les autres attristés.

– Si nous voulons garder espoir, cela nous regarde, non ? demanda Gunnar d'une voix d'outre-tombe.

– Oui, cela vous regarde ! Mais en ce qui me concerne, je préfère abandonner toute illusion... s'écria Gus, surpris par sa propre audace et par la profondeur de son renoncement. Cette fois-ci, c'est mort ! Et je ne veux pas m'accrocher à une espèce de chimère qui ne se réalisera jamais, ajouta-t-il, la voix soudain brisée.

– L'espoir n'est pas une chimère, mon garçon, lui opposa Andrew en pressant son épaule. Mais personne ne peut te tenir rigueur de ressentir une telle révolte.

– Je ne suis pas révolté ! martela Gus. Je suis lucide, c'est tout.

– Ça suffit ! hurla soudain Kukka. Arrêtez ou je vais devenir folle !

Et elle éclata en pleurs. Virginia s'assit à côté d'elle et la prit dans ses bras pour la bercer comme un enfant. Comme elle l'aurait fait avec ses enfants, ces trois garçons forts et tendres qu'elle ne reverrait certainement plus. Virginia étouffa un sanglot. Des larmes se mirent à couler sur ses joues, brûlantes, et disparurent dans les cheveux de Kukka.

– Et vous, Barbara ? intervint Marie en cherchant à attirer son regard.

Barbara McGraw parut se tasser sur elle-même, comme apeurée par ce qu'elle s'apprêtait à dire. Sa lèvre inférieure tremblait légèrement quand les mots sortirent enfin.

– Je souhaiterais venir avec vous. À Londres. Si vous m'acceptez parmi vous...

Greta poussa un cri de rage.

– Barbara ! Comment peux-tu ?

– Je le veux, Greta. Je veux rentrer à Londres, confirma-t-elle d'une voix plus ferme.

Andrew regarda ses amis. Les femmes paraissaient décontenancées, partagées entre l'apitoiement et la méfiance. Quant à Gus, il ne parvenait pas à se faire une opinion sur

Barbara. Elle n'avait jusqu'alors montré d'elle qu'une personnalité effacée et terrifiée face à la dureté des événements. Mais il ne fallait pas oublier qu'elle était la femme d'Orthon. Il n'était peut-être pas l'homme qu'elle avait pensé épouser, mais elle vivait quand même à ses côtés depuis des années, ils avaient eu un fils... Elle ne connaissait sans doute pas tous les secrets de son mari – ses origines, ses ambitions, sa profonde psychose – mais elle ne pouvait pas tout ignorer non plus. Gus l'observa à nouveau sans pouvoir déterminer si elle était une autre personne que la femme frêle et vulnérable qu'il voyait. Une personne radicalement différente. Une personne dangereuse.

– Gus ?

Tout le monde attendait sa décision comme si elle était déterminante. Gus rougit et eut l'impression de perdre contenance. C'était difficile de se voir accorder autant d'importance ! Il détestait ce genre de situation. Son regard s'arrêta sur Marie qui opina de la tête de façon quasi imperceptible.

– Je suis d'accord, s'entendit-il prononcer avec l'affreuse impression de commettre une grave erreur. Elle peut venir avec nous.

49

Bras de fer

L'ambiance était survoltée dans la grande salle ronde du Conseil. Oksa aurait donné n'importe quoi pour être ailleurs. Elle se sentait plus prisonnière que jamais, clouée dans son fauteuil face à Ocious et son clan Murmou.

– C'est donc toi qui vas rétablir l'Équilibre… fit le puissant vieillard en dardant sur elle un regard d'encre.

– … et qui va te permettre de sortir enfin d'Édéfia ! ajouta Orthon d'une voix vibrante de fierté.

Il ne put s'empêcher de jeter un coup d'œil plein de défi à Andreas, celui qu'il devait accepter comme son demi-frère, mais qui s'avérait être son plus inavouable rival.

– Magnifique ! exulta Ocious sans quitter Oksa des yeux. Approche, veux-tu !

Par instinct, Oksa tourna la tête pour trouver du réconfort du côté des Sauve-Qui-Peut. Elle se sentait si seule devant ces personnes qui la scrutaient avec une curiosité chargée d'hostilité et de convoitise. À la surprise de tous, Abakoum et Pavel se levèrent et descendirent les marches de l'amphithéâtre, aussitôt suivis par Tugdual. Orthon s'apprêtait à les repousser quand Ocious arrêta son geste, amusé comme seul pouvait l'être celui qui maîtrisait parfaitement la situation. Négligeant la dizaine de Vigilantes qui s'approchèrent dans un bourdonnement menaçant, Pavel se posta juste à côté d'Oksa et prit sa main.

– Ne t'inquiète pas, Oksa-san… murmura-t-il entre ses dents. C'est toi qui as le pouvoir, pas eux.

Abakoum se plaça derrière le fauteuil, les mains posées sur les épaules de la jeune fille qui apprécia tout de suite sa proximité rassurante. Tugdual investit l'autre côté du fauteuil et jeta un coup d'œil furtif à Oksa.

– Ne te laisse pas impressionner… chuchota-t-il. Ils ne sont pas plus forts que nous.

Oksa essayait de se convaincre que son père et Tugdual avaient raison, mais les circonstances et la jubilation des Murmous la terrifiaient. Orthon dit quelques mots à l'oreille de son père et le regard d'Ocious glissa instantanément vers Tugdual.

– Ainsi, tu es le petit-fils de Naftali et de Brune ? fit-il. Sais-tu que ton arrière-grand-mère était une des plus ferventes alliées de notre Société Secrète ?

C'en fut trop pour Naftali qui bondit de sa chaise pour se projeter de toutes ses forces vers la tribune où siégeait Ocious. Tout le monde le vit passer au-dessus des têtes comme un missile chargé d'explosifs. Les Murmous parèrent l'attaque en envoyant des Feufolettos et des Knock-Bong sans pouvoir cependant stopper le géant suédois dont la détermination ne pouvait rencontrer aucune entrave. Suivi par un essaim de Vigilantes, il atterrit juste derrière Ocious dont il enserra le cou de son bras vigoureux. D'une tape de la main, il éteignit les flammes qui léchaient son pantalon avant de déclarer avec hargne :

– Ma mère n'a jamais été une de vos ferventes alliées. Elle a été contrainte de vous rejoindre !

Tous les Murmous braquaient leur Crache-Granoks vers lui. La tension était insupportable. Oksa sentait son père bouillir intérieurement, il s'en fallait de peu pour que le Dragon d'Encre ne jaillisse… « On est au bord du carnage… » s'affola la Jeune Gracieuse. Naftali resserra sa prise, blanc de rage. Ocious se crispa.

– Et je vous défends, à toi et à ta clique, d'approcher mon petit-fils ! tonna le premier à l'oreille de son ennemi.

– Ils n'ont aucune chance de me voir rallier leur cause, grand-père, résonna la voix ferme de Tugdual.

Oksa tourna les yeux vers lui. À première vue, son visage était aussi impassible que celui d'une statue de cire, rien ne semblait pouvoir l'affecter. Unique manifestation de son tumulte intérieur : une veine qui affleurait sa tempe en faisant palpiter sa peau pâle. Avisant soudain une Vigilante qui s'approchait dangereusement de Naftali, il lança un Feufoletto qui la réduisit en cendres dans une petite explosion flamboyante.

– Tu restes cependant le bienvenu, ajouta Orthon comme une ultime provocation.

Tugdual fit mine de cracher sur cette proposition et toisa le Félon de son regard polaire.

– Maintenant, Ocious, reprit Naftali, tu vas nous dire exactement quelle est la situation à Édéfia. Sans forfanterie ni faux-semblants. Et comprends bien que je n'ai rien à perdre. Je n'hésiterai pas à te briser la nuque s'il le faut, j'en ai autant la force que l'envie…

– Mais tu ne le feras pas car tu as besoin de moi, dit Ocious en grimaçant. Vous avez tous besoin de moi !

– En es-tu sûr ? lui opposa Naftali en renforçant son étreinte. À trop surestimer ton pouvoir, tu vas finir par te perdre toi-même. Tu n'es qu'un vieillard dépassé par ses ambitions. Qu'as-tu réussi dans la vie, Ocious ? Peux-tu nous le dire ? Tu as causé le Grand Chaos qui mène aujourd'hui les deux Mondes à leur fin, tu as deux fils qui ont autant de haine l'un envers l'autre qu'envers toi, et tes pouvoirs se limitent à la terreur que tu exerces sur les autres…

Les Murmous se raidirent autour de Naftali en frémissant d'indignation. Dans le parterre qui faisait face à la tribune, un Félon lança une Granok en direction du Suédois. Mais les Sauve-Qui-Peut veillaient. Avec une fulgurance prodigieuse, Brune dévia la Granok d'une flexion de l'index, défiant quiconque d'engager la moindre action contre son mari. D'un bond habile, elle se plaça devant les Félons, aux aguets du moindre de leurs gestes. Cameron et Pierre la rejoignirent pour renforcer la garde.

– C'est Malorane la responsable du Grand Chaos, pas moi, commença Ocious d'une voix rauque.

– Malorane a sa part de responsabilité, personne ne peut le nier... admit Abakoum. Mais ses desseins n'avaient pas la noirceur des tiens. Son seul tort est d'avoir été trop naïve et de n'avoir pas compris qui tu étais vraiment. Si tu ne l'avais pas influencée comme tu l'as fait, le Secret-Qui-Ne-Se-Raconte-Pas n'aurait jamais été brisé. L'Entité Infinie serait encore là et le Grand Chaos n'aurait jamais eu lieu.

– Si ce n'avait pas été moi, un autre aurait fait pression sur elle, rétorqua Ocious. Je n'étais pas le seul à vouloir sortir d'Édéfia. À partir du moment où Malorane a montré ses rêvoleries au peuple, la plupart d'entre nous n'avaient plus que cette idée en tête.

Abakoum et les plus anciens des Sauve-Qui-Peut ne purent que confirmer les propos d'Ocious. Pour ceux qui l'avaient bien connue, Malorane était une idéaliste, une réformiste crédule qui avait négligé les appétits féroces de certains de ses congénères. Malgré sa fragilité, le secret d'Édéfia avait été préservé pendant des siècles par les Gracieuses. C'était lui qui garantissait la sécurité en maintenant les Du-Dedans dans une ignorance bienheureuse ou en les induisant en erreur sur les supposés dangers de Du-Dehors. Malorane avait voulu bouleverser ce principe ancestral en montrant la réalité de Du-Dehors.

– Tu oublies de préciser que c'est toi qui l'as incitée à rendre publiques ses rêvoleries ! s'exclama Réminiscens en pointant sa Crache-Granoks sur son père.

Ocious la fusilla des yeux.

– Tu parles sans savoir ! enragea-t-il. Vous pensez tous que Malorane était une femme candide et influençable. Mais laissez-moi vous dire qu'elle était plus obstinée que n'importe lequel d'entre nous : elle souffrait d'un profond complexe d'infériorité et son obsession était de se démarquer des Gracieuses qui l'avaient précédée, d'instaurer une autre forme de règne, d'être différente. Elle voulait qu'on se rappelle son règne...

— Eh bien, on peut dire qu'elle n'a pas raté son coup... marmonna Oksa.

— En admettant que ce soit le cas, intervint Abakoum, reconnais que ce trait de caractère t'a plutôt arrangé ! Tu en as joué sans scrupules, la manipulation est une arme que tu connais bien, n'est-ce pas ?

— Est-ce ma faute si Malorane n'a pas su me résister ? fit Ocious sans pouvoir retenir un sourire plein de fiel. Car tout n'est pas aussi noir que vous vous plaisez à le dire. Nous avons tout de même eu nos merveilleux jumeaux !

Un rire narquois fusa dans le silence ébahi qui alourdissait l'atmosphère. Réminiscens se raidit alors qu'Orthon redressait le menton, fier et dédaigneux à la fois. Quant à Zoé, elle se tassait sur son siège avec une seule volonté qui empoisonnait littéralement son cœur : disparaître à tout jamais. Comme si elle sentait le désespoir dans lequel se noyait sa petite-cousine, Oksa se retourna et la regarda, les yeux brillants, en serrant les deux poings en signe de soutien. Un geste qui n'échappa pas à Ocious...

— Des jumeaux qui nous ont donné une magnifique descendance, malgré quelques unions improbables, ajouta-t-il avant que Naftali ne serre davantage sa gorge.

— Oui, parlons-en ! Une descendance qui n'a pas hésité à assassiner ses propres membres ! éclata Réminiscens, livide de colère.

Le sang-froid dont Orthon avait fait preuve jusqu'alors avait atteint ses limites. Un éclair épais partit du bout de ses doigts et toucha sa jumelle en pleine gorge. Jeanne et Galina lancèrent aussitôt un Knock-Bong sur Orthon qui se retrouva plaqué contre le mur, trop tard malgré tout.

Abakoum se précipita, Réminiscens s'effondra dans ses bras. L'impact creusait un cercle sombre sur sa peau fine tandis que ses yeux s'écarquillaient d'un air affolé. L'Homme-Fé s'agenouilla pour l'allonger sur le sol. Il retira sa veste molletonnée et en fit un coussin pour soutenir la tête de la blessée. Quand le Foldingot de Dragomira – devenu celui d'Oksa – s'approcha en se dandinant, certains ne purent contenir leur surprise : les Foldingots n'avaient pas foulé le sol de la Colonne de Verre depuis près de soixante ans…

– La parenté de ma Vieille Gracieuse ne doit pas laisser la vie faire l'abandon de son corps, dit la petite créature en prenant la main de Réminiscens. La domesticité foldingote ne peut laisser celui qui partage votre gémellité connaître la satisfaction de vous voir rencontrer la mort.

– Mon intention n'était pas de la tuer, opposa Orthon d'une voix métallique, mais de faire taire cette provocatrice !

– La puissance du coup reçu peut pourtant entraîner la parenté de ma Vieille Gracieuse vers le trépas, répliqua le Foldingot en examinant la blessure. Le cumul des années et les épreuves font l'aggravation de la blessure et l'empêchement d'un rétablissement rapide.

– Orthon… soupira Ocious sans paraître cependant très touché. Qu'as-tu fait ?

Il lui parlait comme le ferait un père à son enfant pris en train de faire une bêtise.

– Je fais comme vous, père, répondit Orthon en remettant de l'ordre dans sa tenue avec une désinvolture choquante.

Les Knock-Bong de Jeanne et de Galina l'avaient à peine affecté, il semblait plus fort que jamais.

– Père et fils développent dans leur cœur une cruauté identique, dit le Foldingot à l'intention de Réminiscens. Mais cette cruauté ne connaît pas l'hérédité avec vous. Faites l'accompagnement de mon regard, c'est un conseil.

La vieille dame essaya de fixer les gros yeux bleus de la créature qui tournaient à un rythme mou dans leurs orbites. Parallèlement, le Foldingot plaqua sa main potelée sur la gorge brûlée et psalmodia quelques paroles incompréhensibles. La respiration de la blessée retrouva une certaine régularité alors que ses yeux perdaient peu à peu l'opacité de la mort imminente.

– Bien ! se réjouit Ocious. Maintenant que ma fille est tirée d'affaire, peut-être pourrions-nous continuer ?

Les Sauve-Qui-Peut étaient écœurés. Mais ils fixèrent leur attention sur Ocious tout en entourant Abakoum, Réminiscens et le Foldingot.

– Édéfia n'a eu de cesse de décliner depuis la disparition de l'Entité Infinie et l'avènement du Grand Chaos, enchaîna le Murmou. Tout a commencé avec la luminosité qui a décru, entraînant la baisse des températures. Le climat reste tempéré, mais il n'a plus rien à voir avec ce que nous connaissions. Peu à peu, la végétation s'est adaptée ou, devrais-je dire, elle s'est raréfiée. Les cultures se sont appauvries, les récoltes sont devenues moindres chaque année. Il y a dix ans, les premières pénuries d'eau ont commencé à se faire sentir. Une fois encore, nous avons pris des mesures de rationnement qui, chaque année, ont été plus strictes. Mais malgré nos précautions, tout s'est aggravé. Depuis cinq ans, nous subissons une terrible sécheresse. Le désert qui bordait Vert-Manteau au début du Grand Chaos a subitement gagné du terrain en engloutissant les forêts et les plaines autrefois si fertiles. Les lacs et les rivières se sont asséchés, les réserves d'eau potable sont presque épuisées et la température baisse chaque année. Édéfia s'enfonce vers le néant, inexorablement…

Il se tut. Nul n'aurait su dire si c'était la tristesse qui l'arrêtait ou simplement la volonté perverse de faire un effet de style. Quand il reprit, tout le monde était fixé : même entravé par le bras puissant de Naftali, Ocious était un homme qui aimait donner une touche théâtrale à ses interventions.

– Et puis, voilà quelques jours, j'ai compris que le funeste destin d'Édéfia venait de changer de cap : la Nouvelle Gracieuse n'allait pas tarder à se révéler à nous.

– Comment as-tu pu le savoir ? demanda Naftali.

– Oh ! c'est extrêmement simple : la Chambre de la Pèlerine est réapparue…

– QUOI ?! s'exclama Abakoum. Et tu ne le dis que maintenant ?

– Autant garder le meilleur pour la fin ! railla le Maître des Murmous. Oui, dans les profondes catacombes de la Colonne, à la verticale exacte du centre de cette salle, la Chambre se prépare à accueillir notre Nouvelle Gracieuse. Ce n'est plus qu'une question de jours...

50

Des déductions pleines d'incertitude

À l'issue de ce Conseil éprouvant, les Sauve-Qui-Peut avaient rejoint leurs appartements dans un état d'épuisement avancé. Naftali avait consenti à lâcher Ocious malgré sa forte envie de lui briser la nuque. Mais les Sauve-Qui-Peut n'étaient pas des tueurs, avait-il lancé en rejoignant son clan d'un bond athlétique. Chacun avait alors été escorté par un Félon ou un Murmou, ainsi que par quelques Vigilantes surexcitées.

– C'est un peu débile, avait grommelé Oksa, assez fort pour qu'Ocious l'entende. L'équilibre des deux Mondes dépend entièrement de mon entrée dans la Chambre de la Pèlerine, alors je ne vais pas m'évader, je ne suis pas folle !

– Aucun de nous n'a intérêt à compromettre l'intronisation d'Oksa, avait renchéri Abakoum en soutenant Réminiscens par la taille.

Mais le Maître des Murmous était inflexible : les Sauve-Qui-Peut resteraient cantonnés à l'avant-dernier étage de la Colonne de Verre.

– La garde prétorienne, c'est vraiment pas indispensable...

Oksa ne décolérait pas : devant la porte, des Vigilantes vrombissaient, zélées et nerveuses. Plus loin, deux Murmous casqués et vêtus de cuir surveillaient l'ascenseur.

– Je peux au moins voir mon père ? cria Oksa dans leur direction.

L'un des deux Murmous quitta son poste et disparut dans le couloir. Quelques secondes plus tard, Pavel apparaissait.

– Papa ! s'exclama Oksa. Poussez-vous, vous… jeta-t-elle à l'intention des Vigilantes qui s'écartèrent pour laisser passer Pavel.

Elle claqua la porte et se blottit contre son père. Le Foldingot s'approcha, la bouche étirée sur toute la largeur de son visage lunaire.

– Le père de ma Jeune Gracieuse fait l'apport d'une exaltation farcie de soulagement.

– C'est sûr ! fit Oksa en retenant difficilement ses larmes.

C'est la première fois qu'ils se trouvaient en tête à tête depuis leur arrivée tragique à Édéfia et Oksa sentait qu'elle craquait. Pavel l'entraîna vers le sofa qui faisait face à l'immense baie vitrée.

– Ils me manquent trop, Papa… gémit-elle, ses pensées absorbées par sa mère et par Gus.

– Moi aussi, ma fille, moi aussi…

– Tu crois qu'ils vont bien ?

– J'en suis persuadé.

Mais son regard trahissait son incertitude. La détresse qui l'étreignait le désarmait totalement. Incapable de réconforter Oksa, il resta silencieux, ne pouvant faire mieux que de la serrer contre lui. Quant à Oksa, jamais elle ne s'était sentie aussi exténuée. Alors ils restèrent tous les deux ainsi, collés l'un à l'autre, le cœur noyé par une douleur qu'ils partageaient avec la même violence et la même impuissance, jusqu'à ce qu'Oksa sombre dans un sommeil tourmenté, la tête posée sur l'épaule de son père.

Elle se réveilla dans la même position, alertée par le bruit de la porte qui s'ouvrait : une jeune fille sanglée dans un gilet de cuir venait d'entrer dans la pièce. Sans un mot, elle déposa un plateau couvert de plats fumants sur la table basse en métal frappé. Oksa la dévisagea avec curiosité tout en hésitant à lui dire merci. Hormis son air impénétrable, cette fille n'avait rien de différent d'elle. À quoi s'attendait-elle ? Qu'ils soient Murmous, Félons ou Sauve-Qui-Peut, ils n'étaient tous que des humains…

– Enfin, quand on voit la cruauté avec laquelle agissent certains, on peut en douter… marmonna-t-elle.

– Qu'est-ce que tu dis, ma chérie ? s'étonna Pavel.

– Rien, Papa, rien…

Elle attendit que la jeune fille sorte pour s'intéresser au plateau car elle devait bien avouer avoir une faim de loup. Comme s'il avait été préparé par quelqu'un qui connaissait ses goûts, le menu était parfait : pâtes fraîches, assortiment de légumes mijotés – sans aucune trace de poireau ! –, petits pains chauds, fromages et confitures, le tout accompagné d'eau fraîche et de jus de fruits.

– Tu as vu ? C'est comme chez nous… remarqua-t-elle.

– Tu croyais peut-être qu'on allait nous servir une côtelette d'Abominari grillée ? la taquina Pavel.

Oksa lui donna une petite tape sur le bras.

– J'espère juste que ce n'est pas empoisonné… fit-elle en plongeant sa fourchette dans des tagliatelles luisantes de beurre.

– J'en doute, vu l'attachement qu'Ocious a pour toi.

– Oh Papa ! Je le déteste, ce vieux beau qui se prend pour le Maître du Monde !

– Un vieux beau ? Tu n'y vas pas de main morte, dis donc…

Ils mangèrent en silence jusqu'à être repus. À mesure que le plateau se vidait, ils sentaient une certaine forme de solidité physique revenir en eux. Le Foldingot s'était joint à eux avec précaution, puis il n'avait pas hésité et avait englouti plusieurs petits pains aux graines de tournesol et un gros morceau de fromage très odorant.

– Le ventre fait l'expression d'une félicité dénuée de comparaison ! fit-il, le ventre bombé.

Oksa lui sourit.

– Je découvre que tu es un véritable petit goinfre ! le taquina-t-elle gentiment.

Puis elle regarda son père qui se tenait debout, les yeux perdus dans l'immensité du paysage lui faisant face. La situation n'avait jamais été aussi incertaine. Elle s'approcha.

– Qu'est-ce qu'on va devenir ? lui demanda-t-elle dans un souffle.

– Tu as entendu ce qu'a dit Ocious ? Dès que les Sans-Âge l'indiqueront, la Chambre de la Pèlerine s'ouvrira pour t'accueillir. Tu deviendras alors Gracieuse et ta première tâche sera de rétablir l'Équilibre…

– Mais comment je vais faire ? Je n'en ai aucune idée !

Oksa se sentait désemparée.

– N'oublie pas les indications d'Abakoum : ce sont les Sans-Âge qui vont te guider, lui rappela Pavel. Tu dois leur faire confiance.

– Papa, tu peux m'expliquer cette histoire d'Entité Infinie ?

– Si le père de la Jeune Gracieuse fait le don de l'acquiescement, votre Foldingot va procéder à une tentative d'éclaircissement, intervint le petit intendant.

Pavel opina.

– L'Entité Infinie faisait l'incarnation de l'Équilibre d'Édéfia, le Cœur du Monde, intervint le Foldingot.

– Des deux Mondes ! corrigea Oksa. Mais elle est où, cette Entité, aujourd'hui ?

Le Foldingot se décolora légèrement avant de reprendre :

– Elle a été atteinte par la disparition avec le Secret-Qui-Ne-Se-Raconte-Pas, la Chambre et la vie de la Gracieuse Malorane.

– C'est rude… commenta Oksa.

Le Foldingot acquiesça.

– L'Entité est donc re-née ? demanda la jeune fille.

– Ou peut-être s'agit-il d'une nouvelle… suggéra Pavel.

– Foldingot, tu sais quelque chose ?

Le Foldingot écarquilla les yeux avec démesure.

– Votre domesticité ne peut donner de parole sans détenir la certitude.

– C'est pas grave ! s'exclama Oksa. Dis-nous, même si c'est une supposition !

Le Foldingot secoua négativement la tête et répéta :

– Votre domesticité ne peut donner de parole sans détenir la certitude.

– Oh ! dommage… soupira la jeune fille.

Son regard ardoise s'ombra d'un voile inquiet.

– En tout cas, je me demande comment ça va se passer. J'ai hâte et j'ai peur en même temps.

Pavel se leva et, à pas feutrés, s'approcha de la porte contre laquelle il colla son oreille. Il revint, l'index devant la bouche.

– Ton intronisation va être une expérience magique et très positive, murmura-t-il. C'est après, quand tu seras devenue une Gracieuse, que les choses vont se compliquer. Ocious va tout faire pour que tu lui ouvres le Portail…

– Mais de toute façon, Papa, il faudra bien que je l'ouvre, ce fichu Portail ! fit Oksa en s'efforçant de parler à mi-voix. Maman et Gus ont besoin de nous. Sinon, ils vont mourir…

Les mots s'étranglèrent dans sa gorge.

– Le problème, Oksa, c'est que nous ignorons aujourd'hui ce qui remplacera le Secret-Qui-N'en-Est-Plus-Un. Quelles seront les nouvelles règles qui te seront imposées dans la Chambre ? Aucun de nous n'est certain que le Portail puisse s'ouvrir… sans que tu y laisses la vie.

La respiration d'Oksa s'accéléra brutalement tandis qu'un vertige l'emportait au fond d'un gouffre d'effroi. Le Foldingot posa sa petite main replète sur la sienne.

– Avant le Grand Chaos, les Gracieuses étaient les uniques personnes à posséder le Secret de l'ouverture du Portail, à l'exclusion de tous les Du-Dedans. Certaines ont pratiqué des visites à Du-Dehors, pour l'exemple certaines Gracieuses ont même expérimenté la rencontre avec Confucius et avec Galilée. Mais la population d'Édéfia était conservée dans l'ignorance. Le changement radical est venu avec l'accompagnement du Grand Chaos quand la connaissance du Secret a été procurée au public. Depuis, le Portail a connu deux ouvertures et, chaque fois, elles ont extrait la vie des Gracieuses qui faisaient la détention de ce pouvoir : la Gracieuse Malorane et la Vieille-Gracieuse-Tant-Affectionnée.

Oksa gémit au souvenir encore à vif de sa Baba Pollock s'effaçant à mesure que le Portail apparaissait.

– Tout ce qui compte pour Ocious, c'est d'aller à Du-Dehors une fois que j'aurai rétabli l'Équilibre, dit-elle d'une voix hachée. Il n'en a rien à faire si je meurs en ouvrant le Portail…

Le Foldingot jeta un coup d'œil à Pavel, alarmé d'avoir trop parlé. Mais Pavel inclina la tête : tout ce qui venait d'être dit n'était que la difficile et pourtant absolue vérité.

– Attendons de voir ce qui te sera confié dans la Chambre de la Pèlerine, dit-il en cachant sa nervosité. Et fais-nous confiance, nous ne laisserons personne te faire prendre le moindre risque, foi de Sauve-Qui-Peut.

Oksa lui adressa un pauvre petit sourire et se laissa tomber de tout son long sur le lit, le cœur cognant et le souffle court.

51

Une visite réconfortante

L'humeur de la Jeune Gracieuse était aussi sombre que le ciel abîmé d'Édéfia. Son père était reparti dans son appartement, escorté par un Murmou silencieux et par deux Vigilantes empressées. Cependant, ces quelques instants d'intimité et de discussion, même s'ils étaient empreints de pessimisme, lui avaient apporté du réconfort. Elle au moins, elle avait son père... Gus, lui, se retrouvait seul.

– Ne pense pas à Gus... Ne pense pas à Maman... gémit-elle en fermant les yeux de toutes ses forces.

Fidèle et réceptif, le Foldingot quitta son fauteuil et s'approcha d'Oksa. Depuis qu'il était devenu son Foldingot personnel, il ne se trouvait jamais très loin, à l'affût perpétuel de ses moindres besoins. La jeune fille se retourna, puis s'agenouilla pour se mettre à son niveau, une idée soudaine en tête.

– Mon Foldingot ! Je suis sûre que toi, tu peux me dire comment ils vont !

Le petit intendant la regarda avec sa douceur habituelle et secoua négativement la tête.

– Les frontières d'Édéfia sont d'une grande opacité, dit-il d'un ton plein de regret. Votre domesticité échoue, son accès cérébral à Du-Dehors connaît l'inaptitude.

Oksa se rembrunit.

– Mais dirigez votre regard par ici, continua le Foldingot en montrant la baie vitrée. La visite amicale fait son annonce...

À l'insu du couple de Vigilantes qui surveillaient l'extérieur, deux petits oiseaux dorés tapotaient en effet le verre de leur minuscule bec.

– Les Ptitchkines ! s'exclama Oksa en plaquant aussitôt la main sur sa bouche.

Contenant son impatience, elle se leva avec une indolence feinte et ouvrit la fenêtre, comme si elle voulait prendre l'air sur le balcon. Les Ptitchkines firent mine de s'amuser en se pourchassant mutuellement devant elle. Lassées par leurs circonvolutions, les Vigilantes finirent par les lâcher du regard. Les Ptitchkines fondirent alors sur Oksa pour se cacher sous ses cheveux juste avant qu'elle ne referme brutalement la baie vitrée.

– Jeune Gracieuse ! pépièrent-ils à son oreille. Quel enchantement de parvenir jusqu'à vous !

– Vous étiez où, les Ptitchkines ? demanda-t-elle en tournant le dos aux sentinelles.

– Dans l'appartement d'Abakoum avec les Devinailles et toute la ménagerie.

– Tout le monde va bien ?

– Ooooffff, fit l'un des petits oiseaux, c'est l'anarchie, comme toujours... Les Devinailles se plaignent du climat, les Insuffisants marchent au ralenti et les Gétorix ne tiennent pas en place. Je ne vous parle pas des Goranovs qui sont au plus mal...

– Pourquoi ? demanda Oksa.

– Elles craignent que les Murmous ne mettent en place une extraction industrielle de leur sève.

Oksa ne put s'empêcher de sourire. Elle avait toujours eu une compassion sincère mais amusée pour les Goranovs.

– Les pauvres, elles doivent être dans un état...

– Le Gétorix leur a dit que c'était leur propre névrose qui risquait de les tuer, pas les Murmous, précisa un des Ptitchkines.

Oksa rit franchement. La visite des oiseaux dorés lui faisait un bien fou !

– Il doit y avoir une sacrée ambiance... fit-elle remarquer.

– Un vrai bazar, vous voulez dire.

– L'appartement d'Abakoum se trouve où ? demanda Oksa.

Elle avait tellement envie de voir l'Homme-Fé…

– À l'opposé du vôtre, sur le côté nord-est de la Colonne, entre celui de Naftali et celui de Tugdual.

En entendant ce nom, Oksa leva la tête et dit dans un souffle troublé :

– Il va bien ?

– Il a une communication à vous faire, c'est pourquoi nous sommes venus jusqu'à vous.

Oksa se sentit gagnée par un regain d'exaltation.

– Nos geôliers surveillent les issues, mais ils ne surveillent pas l'intérieur des appartements, sauf le vôtre qui fait l'objet d'une attention plus importante que les autres, rapporta l'oiseau en pépiant de façon presque inaudible. Certains des Sauve-Qui-Peut possédant des pouvoirs Murmous ont réussi à passer de pièce en pièce sans que personne s'en rende compte.

– Super ! murmura Oksa.

Les Vigilantes s'étaient collées à la baie vitrée et ne lâchaient pas Oksa des yeux.

– Tugdual suggère que vous mettiez en œuvre une opération de destruction de ces épouvantables insectes qui observent le moindre de vos gestes.

– Car il aimerait vous rendre visite, conclut le deuxième petit émissaire.

Oksa frémit. Cette perspective générait en elle un formidable courage. Elle tourna la tête pour regarder les insectes infernaux qui l'observaient avec insistance. Ils la dégoûtaient, elle n'aurait aucun scrupule à les éliminer. Elle pensa d'abord au Feufoletto. Celui que Tugdual avait lancé lors du Grand Conseil avait été très performant, la Vigilante avait instantanément été réduite en cendres.

– Mais si je rate mon coup, on est mal… marmonna-t-elle en se mordillant un ongle.

Une Granok ? Oui, mais laquelle ? Et comment être sûre que la Granokologie avait un effet sur ces affreuses chenilles bleues ?

– Bon, Oksa-san, arrête de tergiverser… se réprimanda-t-elle. Agis !

Une option lui plaisait plus que les autres. Elle se leva et, d'un pas déterminé, ouvrit la baie vitrée. Les Vigilantes s'écartèrent alors qu'elle s'adossait à la rambarde qui bordait le balcon, mais restèrent à proximité immédiate.

– Que faites-vous ? lancèrent-elles en la voyant sortir sa Crache-Granoks.

Elles vrombissaient avec une nervosité impressionnante, les poils dressés, prêtes à intervenir.

– Je voudrais utiliser une Reticulata pour observer les montagnes, vous permettez ? répondit Oksa sans se laisser perturber par la répugnance que lui inspiraient les deux insectes et par les douloureuses conséquences qu'elle devrait endurer si elle échouait.

Les Vigilantes semblèrent hésiter, puis elles se positionnèrent juste au-dessus d'Oksa, ainsi que la jeune fille l'avait espéré. Elle prononça intérieurement la formule consacrée et, contre toute attente, elle leva la tête et souffla dans sa Crache-Granoks en direction de ses sentinelles… qui reçurent de plein fouet une Hypnagos.

– Vous ne m'aviez pas parlé d'une excursion à l'Inapprochable ? demanda l'une des deux chenilles.

– Ouiiiiii ! répondit l'autre en faisant une pirouette en l'air. Allons-y, voulez-vous ? On y trouve des fleurs au pistil hal-lu-ci-nant, vous m'en direz des nouvelles !

Et les deux chenilles s'envolèrent pour disparaître au loin sous le regard stupéfait d'Oksa.

– Ça a marché ! s'exclama-t-elle. J'adore cette Granok…

– Bravo, P'tite Gracieuse ! résonna une voix familière derrière elle.

Elle sentit une douce chaleur l'envahir et son cœur lui rappeler quelle place primordiale l'amour avait pris dans sa vie. Malgré la tragédie. Malgré l'incertitude. Malgré tout. Elle se retourna, les yeux brillants.

– Ah, te voilà ? fit-elle en se grattant la tête d'un air faussement détaché. Tu en as mis du temps !

– J'attendais juste que tu nous débarrasses de tes chaperons ailés, lui répondit Tugdual, flegmatique.

Simplement vêtu d'un tee-shirt et d'un pantalon noirs, il était appuyé contre une colonne au centre de la pièce, les mains dans les poches, le visage encadré par ses cheveux noirs.

– Ça va ? bredouilla Oksa, complètement renversée. Les murs n'étaient pas trop... épais ?

Devant cette question incongrue, tous les deux se mirent à rire, nerveux, soulagés et heureux à la fois.

– Tu as le bonjour d'Abakoum, de mes grands-parents, des Bellanger, de ma mère et de Till, fit Tugdual.

– Eh bien, lança Oksa en sifflant d'admiration, tu en as fait du chemin pour arriver jusque-là !

– Parce que tu croyais que tu allais continuer de profiter *toute seule* de ce magnifique appartement ? répondit-il en balayant l'immense pièce des yeux. C'est le plus grand et le plus somptueux, tu es gâtée...

– Le privilège des Gracieuses... rétorqua-t-elle.

Sans qu'elle s'y attende, Tugdual bondit pour se retrouver à quelques centimètres d'elle. Il prit son visage entre ses mains, la regarda longuement et posa sur ses lèvres un baiser léger comme une plume.

– Mon privilège à moi... murmura-t-il.

Elle se serra contre lui et ils collèrent leurs fronts l'un à l'autre, trop bouleversés par ces retrouvailles pour pouvoir l'exprimer autrement que par ce geste simple.

– Allez, viens, dit-il en lui prenant soudain la main pour l'entraîner vers la porte. Je vais te montrer quelque chose.

52

Excursion en sous-sol

Face à face dans l'ascenseur de verre qui s'enfonçait dans les profondeurs de la Colonne, Oksa et Tugdual ne se quittaient pas des yeux. Le duo s'était efficacement coordonné, tout s'était passé très vite : une simple Granok de Dormident lancée par Oksa avait plongé les deux Vigilantes dans le sommeil pendant que Tugdual neutralisait l'unique gardien avec une Arborescens aux nœuds bien serrés.

– En voilà un qui n'a rien compris à ce qui lui arrivait, commenta Oksa.

Tugdual se contenta de lui sourire. Son regard avait retrouvé son magnifique éclat polaire et ses traits étaient dénués de toute trace d'accablement, comme si le temps, les drames n'avaient pas de prise sur lui. Mais Oksa savait qu'il n'en était rien. Elle pouvait désormais reconnaître le masque sans toutefois saisir avec précision ce qu'il dissimulait. Elle ne put s'empêcher de relever la mèche qui cachait une partie du visage de Tugdual. Comme dans la salle du Conseil, elle retrouva alors le seul signe qui trahissait le tumulte : la tempe qui battait à un rythme vif sous la peau. Elle la pressa légèrement du bout des doigts, une façon pour elle de faire comprendre à Tugdual qu'elle savait, qu'elle était là. Il posa sa main sur la sienne pour la plaquer contre son propre visage et embrassa sa paume. Oksa aurait pu rester ainsi pendant des heures. Mais l'ascenseur arrivait à destination. Les portes coulissèrent, laissant apparaître des murs de pierre brute d'une singulière transparence. Oksa regarda Tugdual sans oser parler.

– On est dans le premier sous-sol de la Colonne, P'tite Gracieuse, l'informa le jeune homme. L'ascenseur ne va pas plus loin, mais il y a sept niveaux comme celui-là.

– Comment tu sais ça ? s'étonna Oksa.

Tugdual eut un petit sourire.

– Disons que nous sommes plusieurs à avoir décidé de mettre à profit nos dons Murmous… Il faut bien qu'on serve à quelque chose, non ?

Il l'entraîna dans un large couloir au sol incliné, ce qui rendait la démarche précipitée et dangereuse. Après s'être tordu le pied en dévalant la pente, Oksa s'accrocha au bras de Tugdual, puis ils décidèrent de volticaler pour aller plus vite. La lumière venue de nulle part nimbait les cloisons de pierre et les deux intrus d'un rayonnement laiteux presque féerique tant il était beau. Pour la première fois depuis son arrivée à Édéfia, Oksa se sentait légère et libre. Évoluer ainsi aux côtés de Tugdual lui apportait un répit inestimable. Pendant quelques secondes, elle réussit à oublier tout ce qui faisait de sa vie présente un cauchemar éveillé. Puis la réalité reprit le dessus.

– Je me demande d'où cette lumière peut venir… s'interrogea la jeune fille en admirant les incroyables miroitements.

– Elle vient du fond et elle se reflète des milliards de fois sur les pierres transparentes, fit remarquer Tugdual. Tu as vu comment elles sont taillées ?

– Comme des pierres précieuses… répondit Oksa en passant sa main sur les facettes géométriques parfaites.

– C'est ce qui permet à la lumière de se démultiplier à l'infini. En tout cas, elle est encore plus forte que lorsque je suis venu tout à l'heure.

– Mais comment une lumière peut-elle venir du fond ?

– Ça, tu ne vas pas tarder à le savoir, ma P'tite Gracieuse.

– Et bien sûr, tu ne me diras rien avant que je ne le découvre…

– Tu commences à bien me connaître, admit-il avec amusement.

Au bout du couloir, ils débouchèrent sur une volée de marches qu'ils descendirent en se tenant aux parois. Cinquante marches plus bas, un autre couloir les attendait, long de plusieurs dizaines de mètres. Au fur et à mesure de leur descente dans les fondations de la Colonne, alors que la luminosité décroissait à peine, les galeries se rétrécissaient sévèrement, rendant impossible tout Voltical. Oksa se demandait à combien de mètres sous terre ils se trouvaient maintenant.

– Bon, tu vas fermer les yeux, lui dit Tugdual au début du septième couloir.

Oksa remua la tête énergiquement.

– C'est pas le moment de jouer ! s'opposa-t-elle.

– Ferme les yeux…

Elle finit par accepter de mauvaise grâce et se laissa conduire par la main en marchant à petits pas prudents. Le sol avait retrouvé son horizontalité, mais le plafond était très bas et on pouvait toucher les deux parois simplement en écartant les bras. Tugdual se mit derrière Oksa, les mains sur ses épaules, et la guida jusqu'au bout de ce septième et dernier couloir.

– On est arrivés, indiqua-t-il. Tu peux ouvrir les yeux.

Oksa ne se fit pas prier et sa surprise fut à la hauteur de la beauté du lieu : elle se trouvait face à une immense pièce en forme de dôme, couverte de pierres translucides aux couleurs vives qui reflétaient à l'infini des rayons lumineux. L'air était doux, quoique poussiéreux et légèrement oppressant. Sur le sol, une sorte de cendre pailletée amortissait le bruit des pas et formait de petites volutes scintillantes au moindre mouvement d'Oksa et de Tugdual.

– C'est fantastique ! s'exclama la jeune fille. Tu crois que ce sont des pierres précieuses ? ajouta-t-elle en passant la main sur une paroi d'un bleu irréel.

– C'est bien possible, répondit Tugdual en essayant de voir quelque chose à travers la transparence de la pierre.

– Oksa ! résonna soudain une voix que la jeune fille connaissait bien.

Oksa se retourna comme si elle était montée sur ressorts.

– ZOÉ !!!

Elles coururent l'une vers l'autre en soulevant de véritables nuages d'étincelles derrière elles et se jetèrent dans les bras l'une de l'autre.

– Oksa ! Tu vas bien ?

– Oui, ça va ! Mais toi…

Oksa était folle de joie de retrouver Zoé, sa petite-cousine si douce et si sage, mais surtout celle qui était devenue sa meilleure amie. Elle avait très mauvaise mine. Ses grands yeux bruns semblaient envahir tout son visage tant ses traits s'étaient creusés. Elle flottait dans son tee-shirt, elle devait avoir beaucoup maigri ces derniers temps.

– Ça ne va pas très fort, mais on est tous dans le même bateau, non ? souffla Zoé en détournant la tête. On encaisse comme on peut tout ce qui nous arrive.

– Ta grand-mère ? demanda simplement Oksa.

– Elle se repose. Elle va se remettre, c'est une dure à cuire ! affirma Zoé avec un petit rire.

– Je sais ! approuva Oksa. Elle est incroyable ! Mais dis-moi, qu'est-ce que tu fais là ?

– C'est Tugdual qui a eu l'idée d'utiliser nos dons Murmous pour… « faire du tourisme ». J'avoue que certains murs m'ont posé quelques problèmes, mais c'est un bon professeur.

Elle regarda Oksa avec une insistance particulière, une façon pour elle de lui faire comprendre qu'elle savait être impartiale et objective avec Tugdual, malgré les mises en garde qu'elle avait pu exprimer dans le passé. À sa grande surprise, Oksa en éprouva un réconfort plus profond qu'elle ne l'aurait imaginé.

– On lui montre ? interrogea le garçon en s'adressant à Zoé.

– Me montrer quoi ? enchaîna aussitôt Oksa.

– ÇA ! lancèrent Zoé et Tugdual en chœur.

Oksa suivit leur regard pour découvrir un étrange phénomène sur une des parois à gauche de la pièce : une porte se découpait dans la pierre, ses contours et sa poignée apparaissaient nettement, mais toute sa surface semblait incandescente, comme si elle vibrait d'un feu intérieur. De petites flammes bleutées s'échappaient des gonds qui la maintenaient fixée au mur de pierre. Fascinée par les mouvements de lumière qui ondulaient à un rythme hypnotique, Oksa s'approcha, suivie de près par ses amis. À chaque pas, elle sentait la chaleur s'intensifier. Un souffle palpitant, vivant, parvenait jusqu'à elle et elle le supposait terriblement destructeur. Quand elle fut à quatre mètres, elle dut s'arrêter, bloquée par une puissance invisible.

– On a essayé, mais on n'a pas pu aller plus loin, même en forçant, signala Zoé.

– Qu'est-ce que ça peut être ? murmura Oksa, les yeux rivés sur la porte. Un passage secret ?

Zoé et Tugdual la regardèrent avec hésitation.

– Non, ma P'tite Gracieuse, c'est mieux qu'un passage secret, finit par lâcher Tugdual. Je crois bien que nous sommes devant la Chambre de la Pèlerine…

53

Déconvenue

– Mais oui, bien sûr ! s'exclama Oksa en se tapant le front du plat de la main. Ça ne peut être que ça ! Waouh… la Chambre de la Pèlerine…

Elle colla son visage contre le mur invisible qui l'obligeait à rester à distance et sentit la résistance s'amollir, devenir plus élastique.

– Hé ! lança-t-elle. Regardez, on dirait que je peux m'enfoncer dans ce truc !

Elle avança d'un pas en forçant, mais sa progression s'arrêta là.

– Rappelle-toi ce qu'a dit Ocious : la Chambre n'est pas prête… intervint Tugdual. C'est une question de jours.

Oksa eut un petit pincement au cœur. D'habitude, c'est Gus qui l'aidait à se raisonner, à prendre son mal en patience, à contenir ses impulsions. Elle inspira à fond, aussi perturbée par cet environnement hors du commun que par ce constat effroyable : comme n'importe quel être humain, elle ne maîtrisait pas grand-chose de sa propre existence.

On lui avait souvent dit que la vie était une affaire de choix et elle aimait cette idée de contrôle relatif : si le destin fixait les règles – Oksa en était persuadée –, le choix restait l'ultime pouvoir, celui qui pouvait tout faire basculer, dans un sens comme dans l'autre. Mais aujourd'hui, elle doutait : cette conception ne tenait plus. La preuve ! On l'avait séparée de personnes qu'elle aimait sans qu'elle puisse faire quoi que ce soit, et elle se retrouvait là, dans les profondeurs d'une Terre à l'agonie, avec une responsabilité colossale… alors qu'elle aurait dû être assise en classe en train de suivre un cours de maths ou d'histoire. Elle se sentait entièrement soumise à sa destinée sans aucune marge de manœuvre. À moins que… Elle se retourna, le regard animé d'une nouvelle effervescence.

– J'ai une idée !

Zoé et Tugdual ne purent s'empêcher de sourire devant son air exalté.

– Je vais me cacher jusqu'à ce que la Chambre soit prête ! Ensuite, je me fais introniser sans que les Murmous le sachent, je deviens Gracieuse, on va tous devant le Portail, je l'ouvre et on sort retrouver Maman, Gus et les autres !

Les mines de Tugdual et de Zoé s'assombrirent.

– C'est tentant, reconnut Tugdual, mais tu oublies quelques détails. C'est beaucoup plus compliqué, Oksa, désolé de jouer les rabat-joie.

Oksa le dévisagea, un peu surprise qu'il vienne de l'appeler par son prénom. Comme Zoé, il avait retrouvé un visage grave.

– Personne ne sait s'il sera possible de sortir à nouveau d'Édéfia, ni, si c'est le cas, quel en sera le prix. Si tu dois y laisser la vie, c'est hors de question : nous resterons tous ici.

Oksa baissa la tête et donna un coup de pied dans le sol. Elle serra les poings, furieuse.

– Et je devrai passer le reste de mes jours cachée dans un trou pour qu'Ocious ne me trouve pas. Super perspective d'avenir…

– Ocious n'est pas immortel… avança Zoé.

Oksa leva la tête brutalement et eut l'impression que Zoé pouvait avoir une détermination aussi implacable et effroyable que celle de Réminiscens quand il s'agissait d'aider son clan.

– Oui… mais en ce qui concerne Du-Dehors, il n'est pas le seul à avoir de grandes ambitions, lui opposa Tugdual.

– C'est vrai, admit Zoé. Mais nous pouvons nous battre…

Tugdual acquiesça. Sous l'apparence fragile de Zoé se cachait l'âme d'une véritable guerrière.

– La deuxième objection, c'est que tu es en sursis, Oksa, continua-t-il. Tu as besoin d'Ocious pour absorber l'élixir des Murmous, sinon…

Il se tut, le front plissé et le regard ombrageux.

– Sinon, je mourrai… acheva Oksa dans un souffle.

Elle s'assit en tailleur sur le sol et entreprit de tracer des lignes avec ses doigts dans la poussière pailletée. Elle se sentait un peu stupide de n'avoir pas réfléchi à tout cela avant de parler. Son corps avait certes grandi, mais son cerveau n'avait rien perdu de son impétuosité et de son inconséquence.

Mains dans les poches, Tugdual restait debout, ses yeux de glace posés sur elle. Quant à Zoé, elle s'agenouilla à ses côtés, ses jambes ramenées sous elle, le dos voûté mais le regard plein de compréhension. Plus loin, la porte de la Chambre brillait d'un éclat surnaturel, si intense qu'on aurait pu le croire capable de dissoudre tout objet et toute forme de vie. N'y avait-il donc aucune autre solution que de se conformer sans broncher à ce qui devait arriver ?

Un mouvement attira leur attention. La lumière était devenue si aveuglante qu'ils ne virent d'abord rien. Puis Tugdual bondit soudain sur Oksa, l'écrasant sous le poids de son corps. La jeune fille poussa un cri de surprise, effrayée, alors que Zoé saisissait de pleines poignées de poussière pour les jeter en l'air. Contrairement à ses deux amis dont les origines Mainfermes et Murmous s'avéraient à cet instant un précieux atout, Oksa n'avait pas vu entrer l'essaim de Chiroptères dans le dôme souterrain. Les chauves-souris se contentèrent de voler au ras du plafond en une sorte de ballet funèbre, tournoyant lentement, avant de s'approcher petit à petit. Leurs ailes claquaient dans un bruit angoissant. Oksa sentit monter une nausée mêlée de panique et de dégoût, une sueur acide la recouvrit. Son cœur battait si fort qu'il semblait prêt à lâcher, mais ce n'était rien par rapport à l'insupportable douleur qui se mit à sourdre en elle. Elle colla les mains sur ses oreilles dans l'espoir vain

– elle le savait bien – d'arrêter les ondes qui vrillaient sans pitié tout son corps. Comme s'ils entraient en elle par chaque pore de sa peau, les infrasons se diffusaient tel un poison et ravageaient tout sur leur passage, écorchant ses nerfs, écrasant ses organes, plongeant son corps dans un véritable supplice.

Pour empêcher les Chiroptères d'approcher, Tugdual lançait des Feufolettos, aidé par Zoé qui ne ménageait pas ses efforts. La jeune fille utilisait tous les moyens dont elle disposait : Granoks, Magnétus, lancers de poussière… Un trio de Chiroptères réussit néanmoins à passer à travers ces embûches pour se poster à un mètre au-dessus d'Oksa. La Jeune Gracieuse les fixa d'un air affolé, les yeux exorbités, le corps cambré par l'épouvantable douleur. Plus les Chiroptères étaient près d'elle, plus elle souffrait. Dans un cri de rage, Tugdual réussit à carboniser l'un d'eux. Pendant ce temps, Zoé se saisissait des deux autres pour les exploser l'un contre l'autre dans un geste d'une violence surprenante, puis d'un air impassible elle laissa tomber sur le sol leurs dépouilles disloquées. Oksa aperçut alors la silhouette sombre d'un homme qui traversait le dôme. Elle vit Tugdual lever la tête et faire une tentative pour empêcher le Volticaleur de les rejoindre. Peine perdue… Deux pieds chaussés de bottines noires se posèrent juste à côté d'elle, à quelques centimètres de son visage crispé. Elle sentit Tugdual qui s'effondrait sur elle avant de s'enfoncer elle-même dans les abysses de l'inconscience.

Tout se mélangeait dans sa tête, à tel point qu'elle était incapable de dire si ce qu'elle percevait faisait partie de la réalité ou du cauchemar comateux dans lequel elle se savait plongée. Elle n'avait plus mal, ce qui n'était pas forcément bon signe. L'absence de douleur voulait-elle dire qu'elle se trouvait loin de toute conscience ? Trop loin ? Dans un néant dont elle ne pourrait peut-être pas revenir ? Non. Elle n'avait plus mal, mais elle sentait. Quelqu'un la portait, elle en était quasiment sûre. Elle entendait le bruit de pas précipités, des voix étouffées, plusieurs personnes marchaient à ses côtés. Le visage de l'homme qui lui était apparu pendant une fraction de seconde, juste avant qu'elle s'évanouisse, lui revint en mémoire en même temps qu'une brume noire voilait l'image. Il lui sembla qu'elle s'agitait. Mais la brume se propagea, l'éloignant fermement d'un retour à la vie.

Orthon n'avait pas été surpris de découvrir Oksa et ses deux amis devant la Chambre de la Pèlerine. Quelle aubaine… Quand il avait croisé les Vigilantes engourdies venant prévenir Ocious de l'« évasion » de la Jeune Gracieuse, il avait aussitôt compris quel parti il pourrait tirer de cette échappée qui, somme toute, n'en était pas vraiment une. On ne pouvait pas s'enfuir d'Édéfia – pas pour le moment, en tout cas. Quant à se cacher, Ocious et les Murmous connaissaient cette Terre mieux que quiconque. Chaque recoin, chaque grotte, chaque souterrain…

– Laissez mon père se reposer, avait ordonné Orthon aux Vigilantes. Je m'occupe de cette affaire.

Avant de donner leur importante information, les sentinelles avaient cependant hésité.

– Le Cicérone nous a ordonné…

– Il vous a ordonné *quoi* ? les avait interrompues Orthon d'un ton brutal.

– De le prévenir en cas de problème, lui ou son fils, à l'exclusion de quiconque.

Orthon avait inspiré longuement, à la fois pour se calmer et pour imposer une autorité qu'il savait rendre impressionnante.

– Et qui suis-je ?

Les Vigilantes s'étaient montrées très perturbées par cette question.

– Vous êtes le fils du Cicérone.

– Bien ! avait exulté Orthon.

– Mais le Cicérone voulait parler de son fils Andreas.

– Certes ! Mais en me donnant l'information que vous souhaitiez lui transmettre, vous ne manquez pas à votre devoir. Je suis le premier fils d'Ocious, celui qui est venu bien avant Andreas. Ce qui me donne un droit supérieur au sien, vous en conviendrez ?

Les Vigilantes n'avaient pu que se soumettre à cette logique imparable. Et c'est ainsi qu'elles avaient appris à Orthon ce qui venait de se passer entre les murs de la Colonne.

À cet instant, Orthon jubilait. La Jeune Gracieuse inconsciente dans les bras, il remonta les sept niveaux menant au rez-de-chaussée de la Colonne et décida de volticaler jusqu'au dernier étage où résidait son père plutôt que de prendre l'ascenseur. Une entrée remarquée lui permettant en outre de semer la panique chez les Sauve-Qui-Peut qui le verraient passer avec Oksa inanimée. Voilà une façon efficace de faire comprendre à tous que le véritable maître n'était ni Ocious ni cet imposteur d'Andreas, mais bel et bien lui, Orthon. La jeune fille était mal en point, mais elle ne mourrait pas. Pas tout de suite. Pas tant qu'il maîtrisait la situation. Malgré ce que tous pensaient, son intelligence et son sang-froid faisaient de lui la seule personne d'Édéfia à avoir un minimum de contrôle... Et du contrôle au pouvoir absolu, il n'y avait qu'un pas que le Félon n'hésitait pas à franchir allègrement. Aiguillonné par son ambition brandie comme un étendard, il sortit de la Colonne sous la mine décontenancée des gardes qui se tenaient sur le parvis, jeta un regard féroce vers le sommet et s'élança.

54

Effondrements

Quand Pavel vit passer Orthon devant la baie vitrée de sa chambre, il crut d'abord à un mauvais rêve. Il sortit aussitôt sur le minuscule balcon et tendit le cou, anxieux à l'idée que cette vision se confirme. Le Félon ne tarda pas à repasser, le torse bombé d'orgueil, et Pavel poussa un cri de rage : son ennemi tenait Oksa dans ses bras ! La tête de la jeune fille tombait en arrière et son corps était inerte.

– Qu'est-ce que tu as fait à ma fille ? hurla-t-il.

Orthon se contenta de lui adresser un sourire mauvais et de filer comme une flèche vers l'étage du dessus. Pavel ne put le supporter : instantanément, le Dragon d'Encre prit vie et s'envola dans une gerbe de flammes en poussant un rugissement qui retentit jusqu'aux faubourgs de Du-Mille-Yeux. Tous les habitants de la ville et de la Colonne se précipitèrent à leurs fenêtres pour voir la prodigieuse créature tourner autour de la résidence Gracieuse avec l'énergie du désespoir. Un essaim compact de Vigilantes ne tarda pas à se mettre à sa poursuite dans un bourdonnement menaçant. Mais quelques dizaines d'assauts de chenilles-sentinelles n'étaient rien à côté de la plaie béante que venait d'ouvrir Orthon et aucun des redoutables insectes n'échappa au souffle incendiaire du Dragon. Une pluie de Vigilantes carbonisées s'abattit sur le balcon d'Ocious qui contemplait la scène depuis ses appartements privés du dernier étage.

Quand son fils fit irruption avec la Jeune Gracieuse dans les bras, le Maître des Murmous réussit à afficher une indifférence qu'il était loin de ressentir. Orthon avait atterri avec un panache indéniable, c'est un homme qui savait soigner ses entrées, qualité qu'il avait héritée de son père, il n'y avait aucun doute… Ocious aimait lui aussi les effets de style car il savait combien ils pouvaient influencer une situation ou la perception des autres. Cependant, Orthon avait choisi un moment peu opportun pour ce genre de démonstration car Oksa – leur ultime clé – paraissait au plus mal.

– Père, notre Jeune Gracieuse a tenté de s'enfuir, commença Orthon d'une voix pleine d'assurance. Je l'ai retrouvée devant la Chambre de la Pèlerine.

– Et pourquoi n'ai-je pas été prévenu ? lança Ocious, un rictus contrarié accentuant le pli qu'il avait entre les yeux.

– J'ai pris l'initiative d'agir sans tarder, résuma Orthon, l'air refroidi. Avant que l'irréparable soit commis.

– Elle n'aurait pas pu faire grand-chose, de toute façon… lui opposa son père.

Froissé, Orthon se dirigea vers un des innombrables divans pour déposer Oksa dont le visage était pâle comme la mort. À ce moment, un immense fracas retentit. Les vitres volèrent en éclats et les meubles qui se trouvaient près des fenêtres furent pulvérisés : Pavel et son Dragon d'Encre venaient de pénétrer sans ménagement dans le grand salon d'Ocious en dérapant sur les dalles d'onyx. Il fallut une volonté d'acier à Pavel pour que la créature redevienne encre car il aurait volontiers brûlé vifs ces deux hommes qui lui faisaient face, Crache-Granoks à la main, et qu'il haïssait du plus profond de son cœur.

– Splendide, Pavel ! Vraiment splendide ! applaudit Ocious en rangeant sa Crache-Granoks. Quelle puissance !

Orthon jeta un regard plein de haine à son père, ce qui n'échappa pas à Pavel malgré la complexité de la situation.

– Oh, mais tu n'es pas venu seul… continua Ocious.

Pavel se retourna : Tugdual et Zoé atterrissaient à l'instant même à ses côtés. Leurs vêtements étaient déchirés, leurs cheveux emmêlés et leur visage couvert de poussière.

Et tous deux paraissaient extrêmement inquiets. Zoé se précipita vers Oksa.

– Oksa ! Réveille-toi, je t'en prie ! gémit-elle en secouant son amie.

Pavel repoussa Orthon qui tentait de lui barrer le passage.

– Vous n'avez pas encore compris ce que nous risquions TOUS si vous continuez à vous acharner sur elle ? cracha-t-il en se penchant sur Oksa.

– Je te signale que c'est ta fille et elle seule qui s'est mise dans cette situation, rétorqua Orthon, le visage durci. Si je n'étais pas arrivé, qui sait si elle serait encore vivante ?

À ces mots, Tugdual sortit de ses gonds.

– Vous plaisantez ? Si vous n'étiez pas arrivé avec vos saletés de Chiroptères, Oksa ne serait sûrement pas dans cet état !

– Tu l'as exposée à des Chiroptères ? intervint Ocious en regardant son fils d'un air sévère.

Orthon s'obscurcit mais ne se démonta pas. Il soutint le regard ombrageux de son père sans dire un mot, dans un silence plein de défi. La tournure que prenait la relation des deux hommes n'augurait rien de bon. Il était clair aux yeux des trois Sauve-Qui-Peut – et d'Ocious… – qu'Orthon avait voulu s'imposer en utilisant Oksa comme une petite chose sur laquelle il avait droit de vie et de mort. Une façon brutale et cruelle de montrer à son père qui détenait réellement le pouvoir.

– Tu joues avec le feu… fit simplement remarquer Ocious.

Puis le vieillard se détourna pour s'approcher d'Oksa. Il semblait autant préoccupé par cette soudaine prise de conscience que par l'état de la Jeune Gracieuse.

– Vous réglerez vos comptes plus tard, lança Pavel en grinçant des dents. Pour le moment, il y a urgence !

Orthon resta en retrait, les yeux brillants de satisfaction.

– Il faut qu'Oksa absorbe votre infâme élixir afin que l'antidote fasse définitivement effet, dit Pavel à l'intention d'Ocious.

– Évidemment… répliqua le Murmou.

– Vous êtes vraiment un grand malade ! marmonna Tugdual.

La colère glaciale du garçon était impressionnante. Pavel et Zoé ne l'avaient jamais vu ainsi, décomposé par l'inquiétude et la rage. Pour la première fois depuis qu'ils le connaissaient, il montrait ouvertement toute sa sensibilité.

– Où est-il ? cria soudain Tugdual. OÙ EST L'ÉLIXIR ?

– Il y a longtemps que plus aucune goutte d'Élixir des Murmous ne circule à Édéfia, répondit froidement Ocious.

– QUOI ?! s'affolèrent les trois Sauve-Qui-Peut tandis qu'Orthon affichait des signes de nervosité.

– N'oubliez pas que le Grand Chaos a eu lieu il y a près de soixante ans, continua Ocious. Et depuis toutes ces années, nous n'avons eu de cesse d'espérer sortir.

– Mais vous saviez pourtant que votre fichu élixir n'allait rien y faire ! s'énerva Pavel. Ce n'était pas ça qui allait vous permettre de sortir…

– Je ne te permets pas de juger ! tonna Ocious. Tu n'as jamais été dans une situation comme celle que nous avons endurée ici.

– Vous n'êtes qu'un maudit apprenti sorcier ! maugréa Pavel.

– Peut-être, mais je suis le seul aujourd'hui à pouvoir fabriquer à nouveau de l'élixir, alors je te prierai de baisser le ton et de me considérer avec un peu plus de respect…

– Vous avez tous les ingrédients, au moins ? l'interrompit Pavel sans se départir de sa hargne.

Ocious le regarda, presque amusé.

– Le cube de Luminescente n'est pas un problème, tout comme le sang de notre Jeune Gracieuse qui semble couler à profusion malgré son malheureux état. Le dernier plant de Goranov a disparu d'Édéfia voilà une décennie, mais j'ai cru comprendre que vous aviez réussi à en préserver quelques pieds. Quant au Diaphan…

Le Maître des Murmous s'arrêta et passa sa main sur le bas de son visage, la mine soudain assombrie. Les Sauve-Qui-Peut étaient au supplice.

– Durant ces années difficiles, à cause de la chute de la luminosité qui garantissait leur survie sur le territoire de Brûle-Rétine, les Diaphans se sont peu à peu éteints...

Pavel gémit cependant que Zoé et Tugdual échangeaient un regard désespéré.

– Mais à qui croyez-vous avoir affaire ? continua Ocious. À quelqu'un de totalement irresponsable ?

Pavel ne cacha pas son exaspération.

– Venez-en au fait !

– Le dernier Diaphan d'Édéfia vit dans une grotte spécialement aménagée par mes soins, annonça Ocious d'un air triomphal.

Pavel ferma les yeux, submergé par un soulagement sans nom.

– Ça va marcher... murmura Zoé, les joues luisantes de larmes.

– Oui, confirma Ocious, mais à une dernière condition...

Zoé fut secouée par un violent frisson. Tugdual voulut avancer vers le canapé où était allongée Oksa, mais Zoé leva la main en avant et lança quelques mots à peine murmurés :

– N'approche pas...

Tugdual s'arrêta net. Ses pupilles s'élargirent, noyant de plomb le bleu polaire de ses yeux. Orthon parut intrigué alors qu'Ocious affichait son incompréhension. Quelque chose lui échappait...

– Le Diaphan ne nous donnera ce dont nous avons besoin que si nous lui apportons sa gourmandise préférée, lâcha le Maître des Murmous.

Cette fois, Zoé ne put retenir Tugdual : le garçon vint s'asseoir au bord du divan où se trouvait Oksa et plongea sa tête entre ses mains. Puis il prit les doigts de la jeune fille raidis par la souffrance et les embrassa.

– Tu n'aurais pas dû... souffla Zoé, décomposée.

Tugdual la dévisagea avec douleur et secoua doucement la tête. Il respirait avec difficulté. Il laissa ses cheveux retomber devant son visage pour cacher le grand trouble qui l'assaillait et serra davantage la main d'Oksa qu'il n'avait pas lâchée. Il sentit alors ses doigts remuer doucement. Les paupières de la jeune fille frémirent comme les ailes d'un papillon qui cherche à s'envoler. Elle finit par ouvrir les yeux, hébétée, et essaya de se redresser.

— J'ai bien cru que c'était fini, cette fois-ci... ânonna-t-elle avant de laisser sa tête retomber.

La silhouette d'Ocious apparut dans son champ de vision, juste derrière Tugdual qui la regardait avec une intensité qu'elle n'avait jamais ressentie. Elle prit alors conscience de l'endroit où elle se trouvait et les souvenirs les plus récents refirent surface.

— Quel cauchemar...

— On va te sortir de là, ma fille, lui dit Pavel. Tiens bon, je t'en supplie !

— Je vais faire tout ce que je peux, Papa... répondit-elle, alarmée par la gravité de son père et de ses amis.

— T'as intérêt, ma P'tite Gracieuse... murmura Tugdual en posant la joue contre la sienne. T'as intérêt...

55

Sacrifices d'amour

Ocious avait réuni ses principaux alliés auxquels s'étaient joints, contre son gré, les plus anciens des Sauve-Qui-Peut. En pénétrant dans les somptueux appartements, Abakoum et les Knut avaient eu un véritable pincement au cœur : ces lieux appartenaient aux Gracieuses, à Malorane et aux jours heureux, et la présence d'Oksa ne faisait qu'accentuer les souvenirs que les uns et les autres y avaient laissés.

La jeune fille accusait le choc de se découvrir plus que jamais en sursis et ses pensées l'entraînaient à Du-Dehors, vers sa mère et vers Gus qui, eux aussi, se trouvaient soumis à cette épouvantable épée de Damoclès. Ils devaient souffrir atrocement, dans leur cœur comme dans leur chair. Elle, au moins, avait l'espoir d'en réchapper bientôt. Les Murmous et les Sauve-Qui-Peut parlaient âprement un peu plus loin et Oksa n'arrivait pas à se concentrer pour saisir la teneur de leur discussion. Ses oreilles bourdonnaient encore et transformaient tous les sons en une sorte de brouhaha indistinct. Mais bien que les détails lui aient échappé, elle avait compris ce qui allait arriver et elle en tremblait de peur.

– Qu'est-ce qu'il ne faut pas faire pour rester en vie… murmura-t-elle sur un ton plein de dérision pour ne pas pleurer en pensant à l'élixir qu'elle allait devoir avaler.

Assis sur le sol, le dos contre le canapé où se trouvait Oksa, Zoé et Tugdual tournèrent la tête pour la dévisager et elle fut surprise par leur regard fiévreux.

– Ça va aller… fit Tugdual d'une voix fêlée alors que Zoé restait muette, incapable de prononcer un seul mot.

Et tous deux fixèrent à nouveau leur attention sur la discussion qui agitait les adultes à quelques mètres d'eux. Oksa était éreintée. Elle se laissa retomber sur les coussins et entreprit d'observer ses deux amis. Ils lui donnaient l'impression de s'être rapprochés et, en d'autres circonstances, elle en aurait été heureuse. Mais leur proximité semblait se fonder sur une connivence dont elle ne parvenait pas à déterminer la nature et elle était tracassée. Avec une spontanéité qui la surprit elle-même, elle posa la main sur la tête de Tugdual et plongea les doigts dans ses cheveux lisses. Un geste qu'elle n'aurait jamais osé faire quelques semaines plus tôt. Emporté par la douceur de cette caresse, Tugdual laissa sa tête reposer contre l'assise du canapé.

– Il faut rassembler tous les jeunes gens d'Édéfia ! résonna soudain la voix d'Ocious. Il y a forcément parmi eux des garçons ou des filles amoureux.

Le Maître des Murmous paraissait très inquiet, ce qui n'était pas du meilleur augure.

– De quoi parle-t-il ? demanda Oksa à mi-voix.

Elle avait beaucoup de mal à entendre.

– Du Diaphan, répondit Zoé avant que Tugdual puisse dire quoi que ce soit.

Oksa vit Abakoum faire les cent pas, l'air préoccupé. Tous étaient plongés en pleine réflexion. Tous sauf Orthon, qui ne quittait pas les trois jeunes gens des yeux.

– Ce sera beaucoup trop long ! Nous devons trouver une autre solution... déclara Abakoum en réponse à la suggestion d'Ocious.

Quand Orthon tendit l'index vers Tugdual d'un air triomphant, Oksa prit subitement conscience de ce que le Félon tramait.

– Oh ! non... Pas ça... réagit-elle dans un souffle, décomposée.

– Pourquoi nous compliquer la vie ? lança Orthon.

Oksa eut l'impression de recevoir le coup de grâce. L'espace d'une seconde terrifiante, elle imagina le Diaphan aspirer le sentiment amoureux de celui qu'elle aimait. Car c'était bel et bien de ça dont parlait Orthon.

– Pourquoi courir aux quatre coins d'Édéfia pour trouver un esprit vibrant de passion ? continua le Félon. Nous avons ici, à portée de main, un jeune homme qui correspond exactement à nos besoins... Enfin, à ceux du Diaphan qui sauvera la vie de notre Gracieuse, devrais-je dire ! ajouta-t-il avec un petit rire sardonique.

– C'est hors de question ! s'opposa Naftali, blanc de rage.

– Tu es fou ! siffla Abakoum.

Clouée sur son canapé, Oksa se sentit vidée de tout son sang. C'était la pire solution qu'on pouvait envisager. Elle avait déjà perdu sa grand-mère, sa mère et Gus. Si en plus elle devait perdre l'amour de Tugdual, elle en mourrait, c'est sûr.

Tugdual avait gardé la même position, la tête renversée vers Oksa, les yeux rivés sur les veinures des dalles de pierre bleue qui couvraient le plafond. Il paraissait absorbé dans des pensées profondes qui retenaient toute sa conscience ailleurs, hors de la réalité. Et pourtant, il était plus que jamais sur terre. Quant à Orthon, il était aux anges.

– Tu vois, tu aurais dû nous rejoindre quand il était encore temps, clama le Félon à l'intention de Tugdual.

À la surprise de tous, Tugdual releva la tête et le toisa avec un calme glacial.

– Arrêtez de vous faire des illusions, je ne vous aurais jamais suivi, JAMAIS ! lui lança-t-il. J'ai toujours assumé mes actes, les bons comme les mauvais, même si les mauvais l'ont parfois emporté. Et aujourd'hui, j'assume la décision que je prends et ses conséquences...

Il marqua un temps d'arrêt que certains prirent pour de l'hésitation, d'autres y voyant l'espoir ténu de s'être trompés en imaginant le pire. Puis Tugdual se leva. Des tremblements qu'il ne parvenait pas à réprimer faisaient frémir son corps longiligne de la tête aux pieds. Il se tourna vers Ocious, abandonnant Oksa et dédaignant définitivement Orthon.

– Vous pouvez m'emmener, fit-il, le souffle court. Je suis prêt à... *rencontrer* votre Diaphan.

Oksa voulait protester, mais sa souffrance et son incompréhension bloquaient toute expression. La vue brouillée par les larmes qui la brûlaient, elle vit Naftali s'approcher de Tugdual et le garçon repousser d'un mouvement brutal la main tendue de son grand-père.

– Non, Tugdual, nous ne te laisserons pas faire ! balbutia Brune.

– Mais nous n'avons pas le choix !

– Pense à Oksa, ajouta Naftali.

– Justement... rétorqua Tugdual. Je ne pense qu'à elle. VOUS VOULEZ DONC QU'ELLE MEURE ?

– Laissez-le faire selon sa volonté, intervint Ocious. Il est assez grand pour décider seul.

Le Maître des Murmous ne cachait pas sa satisfaction. Il venait de faire d'une pierre deux coups : non seulement une solution avait été trouvée pour sauver cette écervelée de Jeune Gracieuse, mais, de plus, il prenait sa revanche sur le couple Knut. Ces deux obstinés auraient été de merveilleux alliés si seulement ils avaient choisi le bon camp... Aujourd'hui, ils allaient payer par l'intermédiaire de leur descendance, ce garçon au regard de glace et au potentiel si puissant.

– Vous vous trompez de personne, s'éleva soudain la voix de Zoé, tremblante mais déterminée.

– Zoé, reste à l'écart de ça, l'interrompit Tugdual sur-le-champ.

– La passion de Tugdual n'est qu'un leurre, poursuivit néanmoins la jeune fille. Il a séduit Oksa avec beaucoup d'habileté, il a rusé pour l'attirer et, aujourd'hui, il exerce une véritable emprise sur elle. Mais tout ce qui l'intéresse, c'est le pouvoir qu'elle représente.

Tugdual tenta de la faire taire en lui lançant un Knock-Bong qu'elle évita en bondissant à l'autre bout de la pièce avec la fluidité d'un guépard. Le visage de la jeune fille se durcit et ses yeux perdirent leur douceur pour briller d'un éclat froid qui surprit tout le monde. L'espace d'un instant, l'image de Réminiscens lançant une Granok mortelle à Mercedica revint en mémoire de ceux qui avaient été témoins de la scène, quelques jours plus tôt. Zoé affichait la même attitude, résolue et impitoyable.

– Et pourquoi se sacrifierait-il, alors ? demanda Ocious, sceptique. La confrontation avec un Diaphan n'est pas un acte anodin dans la vie d'une jeune personne...

– Tugdual a toujours été fasciné par le Détachement Bien-Aimé, répondit Zoé. Il était littéralement captivé par l'histoire de ma grand-mère et par celle de la cinquième tribu. Rencontrer un Diaphan fait partie de ses délires morbides...

Le regard d'Oksa passait de Zoé à Tugdual. Elle était horrifiée par les révélations de Zoé qui lui faisaient l'effet d'un coup de poignard. De dizaines de coups de poignard... De son côté, Tugdual gardait le silence, les poings serrés, les yeux braqués sur Zoé, à l'exclusion de quiconque. Oksa avait l'impression de ne plus exister, ni pour l'un ni pour l'autre. Ou pire, elle se sentait le maillon d'une machination implacable : Tugdual et Zoé se servaient d'elle, lui par fascination du pouvoir, elle par vengeance. Ou par souci de vérité... Peu importait. Les conséquences étaient les mêmes, le cœur d'Oksa était fracassé.

– Et de toute façon, il ne risque rien à se proposer puisqu'il n'est pas amoureux d'Oksa, conclut Zoé sans se départir de son attitude glaciale. Pour lui, ça ne change rien. Mais pour nous tous, cela fait une sacrée différence : le Détachement ne pourra pas réussir, le Diaphan ne sera pas comblé.

Les Murmous, comme les Sauve-Qui-Peut, étaient décontenancés. Tout allait de travers.

– Mais je sais qui possède dans son cœur assez d'amour pour sauver Oksa, annonça Zoé devant ses amis et ses ennemis stupéfaits.

– Qui donc, ma chère arrière-petite-fille ? susurra Ocious, intrigué par la personnalité stupéfiante de Zoé.

Ajoutant à son incompréhension, Oksa entendit distinctement Tugdual murmurer : « Non, Zoé… » avant de se jeter par la fenêtre brisée par le Dragon d'Encre et de s'envoler dans le ciel obscurci de Du-Mille-Yeux. Alors, Zoé livra dans un souffle l'ultime solution :

– C'est moi.

56

Désarroi

Devant les Sauve-Qui-Peut accablés, Ocious entoura les épaules de Zoé d'un bras ferme et, sans un mot, l'entraîna à l'écart. Si le Maître des Murmous et son fils Orthon avaient pu éprouver un vague scrupule à profiter de la proposition de la jeune fille – elle faisait tout de même partie de leur famille ! –, il n'en était désormais plus rien. Réellement unis pour la première fois depuis leurs retrouvailles, tous deux exultaient : certes, la revanche envers les Knut aurait été réjouissante, mais frapper Réminiscens au plus profond de son cœur était ô combien plus exaltant ! La fille indigne, la sœur ennemie. La traîtresse qui avait renié les siens… Jusqu'alors, elle avait surmonté toutes les épreuves. Elle s'était opposée à eux sans relâche et s'était même montrée invulnérable. Mais aujourd'hui, le coup promettait d'être rude… Réminiscens allait être à terre, enfin !

– Tu peux nous expliquer pourquoi, Zoé ? Pourquoi toi ? demanda soudain Abakoum d'une voix brisée en couvrant la jeune fille d'un regard chargé de tristesse.

Zoé dévisagea l'Homme-Fé puis Oksa, avant de répondre, la tête baissée :

– J'aime un garçon qui en aime une autre, dit-elle avec une sobriété déroutante.

Ocious afficha une moue perplexe.

– Est-ce que ce sera… suffisant ?

Les Knut et Pavel rugirent d'indignation. Quant à Oksa, les motivations de Zoé lui apparaissaient brutalement. Tout se mettait en place avec une logique douloureuse.

– Ce garçon a une profonde estime pour moi, poursuivit Zoé, plus déterminée que jamais. Mais il ne m'aimera jamais. Et je préfère perdre tout sentiment amoureux plutôt que d'espérer toute ma vie quelque chose qui n'arrivera jamais. Le Détachement Bien-Aimé sera une délivrance pour moi.

Oksa remua la tête en signe de négation, le souffle coupé. Zoé aimait Gus, elle le savait depuis longtemps. Mais ce qu'elle ignorait, c'était qu'elle l'aimait au point de subir l'arrachement définitif de toute vie amoureuse !

– Mais Zoé… tu ne peux être sûre de rien ! bredouilla Oksa en s'attirant les regards orageux d'Ocious et d'Orthon. Tu ne sais pas comment les choses peuvent évoluer, tu ne sais pas… ce que sera ta vie ! Il n'y a pas que Gus sur terre !

Zoé leva la tête, le front plissé par l'effort émotionnel.

– Gus ? Mais qui te dit qu'il s'agit de Gus ?

Oksa ne put s'empêcher de pousser un cri de surprise. Zoé était-elle amoureuse de Tugdual ? Si c'était le cas, elle avait bien caché son jeu… La Jeune Gracieuse essaya de réfléchir à cette possibilité, mais c'était l'anarchie totale dans son cerveau. Elle n'y comprenait plus rien. Se serait-elle laissé abuser ? Elle se remémora brièvement les principales étapes de leurs relations et, de seconde en seconde, la probabilité que Zoé aimât Tugdual réussit à passer du statut d'impossible à celui d'envisageable. Oksa était stupéfaite.

– Zoé, ma chère petite, pense à toi, à ton avenir… intervint Abakoum, ravagé de tristesse. Tu n'as que quatorze ans, tu ne peux pas envisager ta vie ainsi !

– Je n'ai que quatorze ans, c'est vrai, enchaîna Zoé. Mais cela ne m'empêche pas d'avoir vécu beaucoup de choses et d'avoir compris l'essentiel de ce qu'est la vie.

– Une vie sans sentiment d'amour est une vie imparfaite, ajouta Abakoum.

Oksa frémit. Elle savait combien l'Homme-Fé était bien placé pour mettre en garde la jeune fille : Réminiscens connaissait l'affection, la tendresse, l'attachement… mais elle n'éprouverait jamais aucun amour pour quiconque. Y compris pour Abakoum.

– Et en même temps, on n'en meurt pas ! s'exclama Ocious avec un cynisme choquant.

– De toute façon, comme l'a dit Tugdual, nous n'avons pas le choix, assena Zoé d'une voix monocorde. Si Oksa meurt, nous mourrons tous.

La jeune fille s'avança alors vers Oksa d'un pas redevenu hésitant. La dureté qui emplissait ses yeux quelques secondes plus tôt avait disparu pour laisser de nouveau la place à la douceur et à la souffrance. Cependant, Oksa eut un mouvement de recul en voyant approcher celle qu'elle considérait comme sa meilleure amie juste avant cet épisode atroce. Qui était vraiment Zoé ? Et Tugdual ? Elle pensait avoir trouvé la réponse à ces questions depuis longtemps et tiré un trait définitif sur ses doutes. Mais aujourd'hui, elle comprenait avec horreur que ses certitudes étaient aussi friables qu'un château de sable. Et cette prise de conscience était extrêmement douloureuse. Zoé la prit dans ses bras et la serra avec une sincérité désarmante. Oksa se laissa faire.

– Ne crois pas un mot de ce que j'ai dit… murmura Zoé à son oreille.

Et elle se dégagea pour rejoindre Ocious, laissant Oksa figée et incrédule. Ne pas croire quoi ? Qu'est-ce qui était vrai ? Qu'est-ce qui était faux ? Oksa était perdue. Pour ne rien arranger, de nouvelles ondes l'assaillirent, propageant des douleurs aiguës dans son système nerveux. Bien malgré elle, elle grimaça et gémit, terrifiée par l'intensité de cet assaut. Toute notion d'équilibre lui échappait, comme si les murs et le sol fuyaient. Et à l'intérieur de son corps, chaque son se répercutait « puissance un million », les battements de paupières de tous ceux qui se trouvaient dans la pièce, les pulsations de leur cœur, les acariens sur leur peau… Tout se transformait en un épouvantable vacarme solide, une arme de destruction massive de chacune de ses cellules. Oksa se leva en vacillant et tangua vers son père pour se retenir de justesse à son bras afin de ne pas tomber. Les Sauve-Qui-Peut l'entourèrent, impuissants, et le Maître des Murmous les contempla avec un sourire dénué de bienveillance.

– Eh bien, je pense qu'il est temps de rendre visite à notre sauveur ! clama-t-il pompeusement.

Pavel s'apprêtait à réagir par une réplique acerbe, mais il décida de se taire. L'heure n'était plus au dialogue. Il s'approcha de la fenêtre et passa sur le balcon endommagé par son atterrissage. Il ne fallut pas plus de cinq secondes pour que son Dragon d'Encre s'extirpe de son dos devant le regard impressionné d'Ocious et d'Orthon.

– Oksa ! Abakoum ! appela-t-il. Montez !

La Jeune Gracieuse et l'Homme-Fé obtempérèrent alors que Naftali et Brune volticalaient de chaque côté de la créature. Désireux de garder les commandes de l'opération, Ocious et Orthon se placèrent devant l'équipage, Zoé entre eux et deux duos de Murmous en escorte. Puis ils s'élancèrent à la vitesse d'un avion à réaction, suivis par le puissant Dragon convoyant Oksa vers un nouveau chapitre de sa périlleuse destinée.

57

Espérer envers et contre tout

Les montagnes À-Pic se dressaient, abruptes et inhospitalières. Le singulier équipage avançait au-dessus de gorges qui paraissaient sans fond tant les sommets étaient gigantesques, hors de toute mesure. De temps à autre, une secousse agitait le sous-sol dans un grondement sourd et terrifiant. Des pierres se détachaient alors pour disparaître dans les gouffres sombres, augmentant le sentiment d'inquiétude des voyageurs.

Zoé sous étroite surveillance, les Murmous escortaient le Dragon d'Encre et les Sauve-Qui-Peut à travers les canyons étroits en veillant à ne perdre personne en route. Orthon volticalait aux côtés de son père. En apparence, le Félon gardait l'attitude austère, un brin narquoise, dont il se départait rarement. Mais il n'était pas difficile de décrypter dans son regard gris métallique et le port hautain de sa tête combien il jubilait d'avoir gagné les faveurs d'Ocious, ce père si exigeant. Il était le digne fils de cet homme qu'il enviait, encensait et détestait à la fois. Une parenté qui faisait de lui un être supérieur, qu'on se le dise... Débordant d'orgueil, il releva le menton. Son regard glissa vers Ocious. Le Maître des Murmous au profil d'aigle acéré filait avec une élégance puissante dans le ciel marbré, les bras plaqués le long du corps. Orthon était fier d'être son fils. Un jour, bientôt, il lui succéderait. Et ce n'est pas cet insipide Andreas qui l'en empêcherait...

À quelques dizaines de mètres derrière les Murmous, Oksa s'accrochait à l'encolure du Dragon et contemplait avec fascination le paysage grandiose. Le moment n'était peut-être pas le mieux choisi – le présent était si tragique et l'avenir si incertain –, mais pour la première fois depuis qu'elle était à Édéfia, elle éprouvait une certaine exaltation à devenir sous peu la souveraine d'un tel monde. Les stigmates de son déclin étaient certes bien visibles : les déserts avaient remplacé les forêts, les rivières ne coulaient plus, les plus solides des montagnes s'effritaient. La vie s'étiolait peu à peu, sans répit. La jeune fille pensa à sa grand-mère et à la tristesse qui l'aurait submergée en voyant ce qu'était devenue sa Terre Perdue si elle avait pu la retrouver... Et pourtant, elle ne pouvait s'empêcher de sentir le potentiel d'abondance et d'harmonie derrière ce ciel assombri, sous ces terres asséchées. Le souffle du renouveau était là, proche, puissant. Oksa n'arrivait pas à croire qu'il en soit autrement. Autour d'elle, les montagnes parcourues d'une infinité de reflets colorés brillaient à son passage malgré la luminosité décroissante. Elle devinait les brins d'herbe et les fleurs d'altitude qui affleuraient sur le moindre aplomb. Et cette mince chute d'eau – une des fameuses cascades sans fin, sûrement – qui s'écoulait du sommet de cet immense piton... Elle était ténue, moribonde, presque réduite à un filet, et pourtant elle avait tout d'un symbole d'espoir. Tout était question de point de vue, Oksa le savait. La théorie du verre à moitié vide ou à moitié plein qui avait si souvent divisé ses parents. Comme sa mère, elle avait tendance à prendre le parti du « moitié plein ». Et si la vie devait être une affaire de choix, celui-là avait sa préférence.

– Je suis horrible... murmura-t-elle, soudain effrayée par son propre optimisme.

Comment pouvait-elle espérer en ce moment si atroce ? Dans la situation où elle se trouvait, sa mère ne partageait certainement plus cette conception positive. Pour elle, le verre devait être complètement vide... Comme si elle s'en voulait de croire en l'avenir, Oksa sentit son cœur se serrer, entraînant dans son chagrin le souvenir de Gus, la dernière image de Dragomira, le désarroi causé par Tugdual et les cruelles perspectives concernant Zoé. Espérer ? Espérer quoi ? Est-ce que tout cela n'était pas… vain ? absurde ? Elle se sentait piégée par son destin, à l'image de ces montagnes qui l'encerclaient et se désagrégeaient.

Elle jeta un regard perdu sur la succession sans fin de roches miroitantes. À l'intersection entre deux passages escarpés, elle crut apercevoir une silhouette familière. Immédiatement, elle pensa à Tugdual et mille nouvelles questions l'assaillirent. L'avait-il trahie ? Elle ne pouvait pas le croire. Elle ne le voulait pas. Ce qui s'était passé entre eux depuis qu'ils se connaissaient était trop fort pour être faux. Elle n'aurait pas pu se tromper à ce point. Et pourtant, dès que Zoé l'avait poussé dans ses retranchements, il était parti. Il avait fui, sans un regard pour elle, sans un mot. S'était-il senti indéfendable ? L'était-il ? Elle avait tellement besoin de savoir, de comprendre. Mais plus que l'angoisse générée par ces interrogations, elle s'apercevait que rien n'était pire que d'imaginer le jeune homme perdu, rongé par ses propres tourments, peut-être en danger. Elle l'aimait tant… Alors, même si elle brûlait d'envie de savoir ce qui s'était réellement passé, elle saurait attendre des explications avant d'émettre un jugement. La patience n'était pas son fort, mais Tugdual méritait qu'elle fasse cet effort. Et s'il s'avérait qu'il l'avait vraiment trahie, eh bien…

Une main se posa sur son épaule. Abakoum ressentait le désordre dans lequel elle se débattait. Gênée par son absence d'équilibre, elle ne put se retourner pour puiser le réconfort dans son regard. Alors, elle posa simplement sa main sur celle de l'Homme-Fé qui vivait lui aussi de bien pénibles moments et plaqua son corps contre le Dragon pour réchauffer son cœur et son corps. La créature rugit. Une flamme s'échappa de ses entrailles et lécha les pierres scintillantes des montagnes, chassant un essaim d'insectes niché dans les anfractuosités. Et rappelant à Oksa que même sous cette forme détestée, la vie existait bel et bien.

Au détour d'une gorge, le Dragon se cabra soudain, interrompant sa progression. Il continua à battre des ailes pour se maintenir en l'air et pour chasser les pierres qui tombaient irrégulièrement alors que Brune et Naftali tournaient autour de lui. Face à eux, sur le versant abrupt de la plus haute montagne de la chaîne, une dizaine de cavernes étaient creusées à flanc de roche. Une lumière dense et mouvante en jaillissait et réfléchissait à l'infini des taches multicolores sur les parois de pierres précieuses. Devant la plus grande grotte dont l'entrée avoisinait quatre mètres de hauteur, la silhouette d'un homme se détachait et il ne fut difficile à personne de reconnaître Andreas. Oksa et son escorte étaient attendues… Quelques personnes apparurent à leur tour devant les autres cavernes. Pavel poussa un juron : la garde rapprochée du Maître des Murmous n'avait pas perdu de temps, la plupart de ses membres étaient là. En quelques secondes, le Dragon et les Sauve-Qui-Peut furent étroitement cernés. Tout le monde paraissait prêt pour le *grand* rendez-vous avec le Diaphan.

58

Rendez-vous avec le Diaphan

Soutenue par Naftali et Abakoum, Oksa descendit de l'échine du Dragon en titubant, irritée de se montrer aussi amoindrie face à ces Murmous qui ne la lâchaient pas des yeux. Les fidèles d'Ocious étaient tous là, une vingtaine d'hommes et de femmes groupés autour de leur Cicérone et de ses deux fils, Andreas et Orthon. Après l'euphorie du voyage à travers les montagnes À-Pic, ce dernier ressentait la présence de son demi-frère comme un véritable affront. Un affront amplifié par la certitude que les Sauve-Qui-Peut se rendaient compte de ce qu'il subissait. Ils ne se gênaient d'ailleurs pas pour le lui montrer : Naftali le fixait avec une intensité teintée d'ironie et Abakoum avec un apitoiement insupportable. Pour faire payer aux Sauve-Qui-Peut d'être témoins de sa déconvenue, il saisit Zoé par les épaules et la serra contre lui avec un sourire vengeur.

Oksa voyait le visage de sa petite-cousine pour la première fois depuis le départ de la Colonne de Verre. Elle fut surprise de constater son calme, cette quasi-sérénité qui adoucissait ses traits après le tumulte des révélations. Comment faisait-elle pour être aussi impassible à quelques minutes de l'atroce intervention qui allait bouleverser toute sa vie ? Zoé leva les yeux vers elle et Oksa tressaillit en voyant qu'elle tenait dans sa main le talisman qu'elle lui avait donné quelques semaines plus tôt, sur l'île des Félons. Elle ne savait pas quelle attitude adopter, cette situation était aussi effroyable qu'inédite. Alors, elle laissa son instinct la guider et adressa à Zoé un petit rictus plein d'encouragement et de soutien. Quoi qu'il arrive, quoi qu'elle ait dit ou fait, elle allait sacrifier une partie essentielle d'elle-même pour sauver Oksa. Pour sauver les deux Mondes. C'était elle, la solution à tout ce chaos.

– Bien… commença Ocious. Ne perdons pas de temps. Andreas, mon fils, merci d'avoir été si réactif et d'avoir préparé le terrain.

Orthon se crispa et masqua sa contrariété en déviant son attention sur l'observation de la grotte, à l'instar des Sauve-Qui-Peut médusés par ce décor incroyable. L'endroit n'avait rien d'archaïque. Non, c'était un véritable miracle architectural, tout en courbes et en angles harmonieux tapissés de pierreries inestimables. Quant au plafond en coupole, il était haut et parsemé d'une infinité de carrés de mosaïque d'un bleu translucide pailleté de points brillants qui évoquait la voûte céleste.

– C'est magnifique… ne put s'empêcher de murmurer Oksa.

D'un signe de la main, Andreas indiqua le fond de cette première salle où apparaissait un couloir.

– Bienvenue sur le territoire des Mainfermes et dans cette grotte du Mont Démezur, siège ancestral des Murmous, fit-il. Laissez-moi vous guider jusqu'à notre hôte. Il nous attend avec impatience.

Si cette remarque n'avait pas été d'une telle cruauté, les Sauve-Qui-Peut auraient été sensibles à la voix de cet homme qu'ils avaient jusqu'alors à peine entendue. Son timbre était d'une suavité captivante, presque irrésistible, qui tranchait avec la sécheresse de sa physionomie et la sévérité de son regard. Oksa frémit, impressionnée. Orthon avait tout du rapace, il allait droit au but, avec brutalité et précision ; Andreas lui faisait penser à un serpent hypnotisant ses proies avant de les avaler.

– Je déteste cet homme… chuchota Oksa à son père. Promets-moi de ne jamais me laisser seule avec lui.

– Promis… lui assura Pavel.

Elle lui prit la main et la serra en se demandant qui, de l'aigle ou du serpent, était le plus fort. Les deux, sûrement, chacun à sa manière…

– Suivez-moi, je vous prie… reprit Andreas.

Par une manœuvre pleine de détermination, Orthon s'engagea le premier dans le couloir, Zoé fermement maintenue contre lui.

– Je n'ai pas besoin que tu me tiennes comme si j'étais une prisonnière susceptible de s'évader, fit remarquer la jeune fille avec une assurance surprenante. Je suis là de mon plein gré, tu ne t'en souviens pas ?

Fidèle à lui-même, Orthon lui répondit d'un ton acide :

– Si tu es aussi fugitive que ma chère sœur Réminiscens, je préfère rester sur mes gardes.

– Quand on a un frère comme vous, on ne peut qu'avoir envie de fuir ! s'exclama Oksa. Ou bien devrais-je dire, quand on a deux frères comme Andreas et vous…

Pavel serra sa main si énergiquement qu'elle grimaça. Mais c'était tellement bon d'écorcher l'orgueil du Félon ! Au regard qu'il lui jeta avant de reprendre sa marche – un regard effilé comme la lame d'une épée –, elle comprit qu'elle avait fait mouche. Le sarcasme comme arme de destruction morale ! Désormais, elle ne laisserait plus Orthon en paix, elle le harcèlerait à propos d'Andreas jusqu'à ce que mort s'ensuive !

– Arrête de jouer avec le feu, Oksa… fit Pavel entre ses dents.

– Mais Papa !

– C'est un jeu tentant, mais beaucoup plus dangereux que tu ne l'imagines, je t'assure.

Oksa se rembrunit. Les Sauve-Qui-Peut devaient toujours marcher sur des œufs, c'était rageant ! Irritée, elle s'absorba dans l'examen du cadre fantastique qui l'entourait : le couloir s'enfonçait en douceur dans les entrailles du Mont Démezur. Il se séparait par endroits en galeries identifiables à la couleur des pierres qui en couvraient les parois : rouge rubis, vert émeraude, bleu topaze… la galerie principale restant émaillée de galets dont l'éclat à la fois puissant et délicat faisait indéniablement penser au diamant. Andreas conduisait le groupe d'un pas souple, obliquant à droite, bifurquant à gauche, plongeant les Sauve-Qui-Peut dans un sentiment d'égarement plutôt perturbant. L'antre des Murmous était un véritable labyrinthe, stupéfiant de beauté et d'angoisse.

Au bout d'une dizaine de minutes de marche et d'innombrables couloirs, la lumière s'intensifia à tel point qu'Oksa, Abakoum et Pavel durent avancer la main en visière au-dessus des yeux. Seuls les Mainfermes semblaient pouvoir résister à l'éclat aveuglant qui se reflétait sur les pierres.

– J'imagine que nous arrivons, dit Abakoum aux Sauve-Qui-Peut. C'est sûrement l'aménagement spécial dont nous a parlé Ocious...

Oksa le regarda, interrogative. Puis elle se souvint de ce que Naftali avait dévoilé quelques mois plus tôt : les Diaphans – la cinquième tribu – vivaient près du territoire de l'Inapprochable jusqu'à ce que les Sans-Âge leur lancent le Sortilège de Claustration pour avoir pratiqué la chasse à la passion auprès des jeunes gens. Depuis lors, les Diaphans restent soumis à l'isolement sur les terres inhospitalières de Brûle-Rétine, avec l'impossibilité de sortir de cette région à la luminosité insupportable sous peine de mort immédiate.

Cette lumière extrême était la gardienne de leur prison et, au fil des siècles, leur métabolisme s'était modifié pour s'adapter, donnant le résultat qu'Oksa pouvait aujourd'hui constater de ses propres yeux : le dernier Diaphan d'Édéfia était là, devant elle, immonde ! Saisie d'effroi, la jeune fille n'eut d'abord qu'une envie : fuir loin de ce monstre, loin de ce cauchemar. Mais ses forces l'abandonnaient. À quelques pas, Andreas parlait de sa voix onctueuse, décrivant l'ingéniosité de son père qui avait installé un système complexe d'éclairage afin de préserver la vie de ce dernier Diaphan. D'instinct, Oksa sentait qu'elle devait tout faire pour éviter de regarder la créature. Mais sa curiosité prenait le dessus, une fois de plus. La fascination de l'horreur...

– Ravi de vous rencontrer, Jeune Gracieuse… grésilla la voix éraillée du Diaphan.

Il était bien pire que ce qu'elle avait imaginé quand Naftali l'avait décrit. Il était presque de sa taille. Sa peau d'un blanc translucide luisait de l'épaisse couche de graisse qui le recouvrait pour le protéger de la luminosité. Mais ce qui écœurait Oksa, ce n'étaient ni les yeux opaques, ni le nez fondu, ni l'absence de pavillon d'oreilles… C'était la vie SOUS la peau, une effervescence qu'elle entendait avec une acuité accrue par son empoisonnement, mais surtout qu'elle VOYAIT ! Les veines qui pulsaient un sang d'encre, les organes qui palpitaient, le cœur noir qui battait avec démesure, tout était exposé.

– C'est… répugnant ! bredouilla-t-elle sans pouvoir le quitter des yeux.

– Oh, voyons, est-ce une façon de saluer celui qui va te sauver la vie ? dit Ocious avec un petit rire. Pavel, mon cher petit-neveu, tu as bien mal élevé ta fille !

– Mes parents m'ont très bien élevée ! s'emporta Oksa. Et franchement, quand on voit vos deux psychopathes de fils, on se dit que vous êtes mal placé pour donner des leçons d'éducation…

Pavel lui jeta un coup d'œil suppliant qu'elle ignora.

– Ce n'est pas grave, j'ai l'habitude de provoquer ce genre de réaction, fit le Diaphan de son horrible voix rocailleuse.

Il s'approcha d'Oksa, si près qu'elle pouvait sentir son odeur de… renfermé. Un mélange écœurant de poussière, d'œuf avarié et d'ail. Elle se força à soutenir son regard sans fond et fut surprise de se savoir emportée sans pouvoir résister. Elle se sentait engluée dans cette atmosphère confinée tandis qu'une sorte de torpeur alourdissait ses membres et gagnait son esprit. Il faisait chaud et moite, elle était fatiguée, désespérée, proche de l'abandon, si proche…

– Bravo, Ocious, tu as su tenir ta promesse, la Jeune Gracieuse promet d'être savoureuse, susurra le Diaphan en léchant de sa minuscule langue noire le pourtour de ce qui lui restait de bouche. Que de passion dans ce petit cœur !

À ces mots, Abakoum et Pavel s'interposèrent entre Oksa et la créature. Livide, le visage couvert de sueur, Zoé s'avança d'un pas.

– Ce n'est pas elle qui vous a été destinée, dit-elle, le souffle court. C'est moi.

Oksa ne put s'empêcher de gémir. Le Diaphan se tourna vers Zoé, intrigué, et la dévisagea longuement. Quand il constata qu'il serait loin d'être perdant avec elle, il grogna de satisfaction. Quelques mètres derrière, Brune détourna la tête pour étouffer un sanglot.

– Ce n'est pas possible, murmura-t-elle. Comment pouvons-nous laisser faire une telle infamie ?

Naftali lui pressa l'épaule, incapable de dire un mot. Comme Abakoum et Pavel, les larmes noyaient ses yeux tristes. Le sacrifice de Zoé déchirait littéralement leurs cœurs. Seuls Ocious et ses fils, ainsi que les plus intransigeants des Murmous, semblaient supporter sans le moindre remords ce qui se déroulait sous leurs yeux. Le Diaphan s'approcha de Zoé, ses pieds palmés traînant sur le sol dans un bruit de ventouse, et la huma. Tout le monde put voir à travers sa peau diaphane son cœur s'emballer. Les yeux de Zoé s'écarquillèrent, ses pupilles se dilatèrent et couvrirent son regard d'une brume sombre qui l'emporta dans une autre dimension, loin du réel. Le Diaphan lui saisit les mains et approcha sa face abjecte jusqu'à frôler le visage inexpressif de la jeune fille. Enfin, il inspira, d'abord lentement, puis avec une avidité de plus en plus frénétique jusqu'à se laisser tomber sur les dalles de la grotte, ivre de l'amour volé, une substance goudronneuse s'écoulant de ses narines béantes.

59

Un cœur hors service

Aux heures sombres qui suivirent ce moment atroce succédèrent des jours mornes, vides de toute lumière. Oksa ne quittait pas sa chambre. Elle passait du lit au canapé, hagarde, s'égarait parfois jusqu'au balcon. Les précieux sursauts d'espérance qu'elle avait eus depuis l'arrivée à Édéfia avaient explosé lorsque le Diaphan s'était emparé des sentiments les plus intimes de Zoé. C'était la tragédie de trop. Elle était sauvée, l'empoisonnement avait été vaincu grâce à l'ignoble élixir des Murmous. Elle ne mourrait pas, mais elle n'éprouvait plus de goût pour rien, sa tête était pleine d'une grisaille lourde comme du plomb. Son cœur devenait un simple muscle qui battait mécaniquement sans laisser entrer ni sortir la moindre émotion. Un cœur hors service pour avoir été trop éprouvé.

Sans le vouloir, elle avait encore aggravé son malaise le jour où elle avait enfin déballé toutes ses affaires. Tout au fond de son sac à dos, entre les pulls et les chaussettes, se trouvait la cravate de son uniforme de collégienne. Elle ne se souvenait même pas de l'avoir emportée… Et ce petit morceau de tissu fut l'occasion d'un douloureux retour dans le passé. Elle avait détesté porter une cravate, puis elle s'y était habituée au point de ne la quitter que très rarement. C'était peu à peu devenu le symbole de son clan, une sorte d'unité et de lien avec ses amis, St Proximus, les jours heureux. Gus… La gorge nouée, elle avait remis la cravate autour de son cou, avec un nœud desserré comme elle aimait, et s'était jetée sur son lit, ravagée de larmes.

L'inquiétude grandissait à la Colonne de Verre. Les Sauve-Qui-Peut avaient tout essayé pour tirer la Jeune Gracieuse de son état alarmant : potions, philtres, Capaciteurs... Les créatures ne la quittaient plus et rivalisaient d'inventivité pour tenter de la distraire, ou du moins la faire sourire. Malgré sa mine effroyable après ce qu'elle avait subi, Zoé s'était installée dans sa chambre pour rassurer sa petite-cousine. Mais sans résultat. Oksa ne refaisait pas surface. Même la Nascentia se montrait impuissante. L'espoir avait fondu, le mal était profond.

Les clans Murmous et Félons étaient soucieux eux aussi, car la prostration d'Oksa entraînait de graves conséquences : la Chambre de la Pèlerine restait close. Alors que quelques jours plus tôt, l'ouverture paraissait imminente, tout semblait aujourd'hui remis en cause. Le septième sous-sol se retrouvait plongé dans l'obscurité qui avait régné pendant près de soixante ans. Parallèlement, l'agonie d'Édéfia s'accélérait, la terre se convulsait tandis que le ciel s'enfonçait dans une nuit qui menaçait d'être bientôt éternelle. Ceux qui avaient laissé des êtres aimés à Du-Dehors souffraient encore plus que les autres, imaginant le pire et sachant que c'était certainement à juste titre. Oksa savait tout cela. Elle culpabilisait, essayait de se raisonner, mais elle n'arrivait pas à aller mieux.

– La Jeune Gracieuse ne doit pas dégarnir son cœur de l'espérance qui le fait palpiter, lui dit un matin le Foldingot en caressant sa main.

Oksa le regarda sans pouvoir dire un seul mot. Elle entendait, comprenait, mais plus rien ne l'atteignait. Elle était anesthésiée.

– L'espérance, c'est le sel de la vie ! s'exclama le Gétorix, les cheveux en broussaille.

– Il ne faut jamais mettre trop de sel, intervint l'Insuffisant. C'est mauvais pour la tension.

– TAIS-TOI, L'INSUFFISANT ! crièrent toutes les créatures en chœur.

— Viens, Oksa, on va sortir un peu, il faut que tu prennes l'air… proposa Zoé en tirant son amie par le bras.

Oksa se laissa faire. L'avant-dernier étage de la Colonne restait sous surveillance, mais les deux jeunes filles – comme les Sauve-Qui-Peut – pouvaient désormais aller où bon leur semblait à la seule condition qu'un essaim de Vigilantes les accompagne. Elles descendirent donc par l'ascenseur de verre, Oksa étant trop absente pour volticaler, et marchèrent dans ce qui restait du jardin Gracieux : des allées ensablées bordées de squelettes d'arbres. Adossés à leur balcon ou collés à leur fenêtre, les membres de tous les clans confondus observaient les deux silhouettes qui cheminaient lentement dans la pénombre. Chacun pouvait aujourd'hui les voir comme deux jeunes filles vulnérables. Mais tous savaient que sous cette fragilité se cachait une force colossale qui ne demandait qu'à renaître de ses cendres, comme le Phénix qui tournoyait depuis plusieurs jours au-dessus de Du-Mille-Yeux. Tous le savaient, sauf Oksa. Là était le problème. Aussi, quand un halo doré apparut dans le ciel charbonneux, les regards s'illuminèrent à nouveau.

— Les Sans-Âge sont venues te chercher, Oksa, murmura Zoé en lâchant sa main. Elles ont quelque chose à te montrer…

60

Convocation à la Source Chantante

Nichée au sein du halo, Oksa se laissait conduire dans les airs. Les Sans-Âge survolèrent Du-Mille-Yeux, puis s'engagèrent vers le nord, là où se trouvait le mystérieux îlot des Fées. Elles le dépassèrent et poursuivirent leur route pendant plus de deux heures dans un silence bienveillant jusqu'à ce que de singulières formes géométriques se révèlent sur le sol. Dès qu'elles arrivèrent à leur niveau, elles plongèrent, attirées par la surface de la Terre. Elles se posèrent tout en prenant soin d'Oksa et l'une d'elles se dégagea du halo en laissant apparaître ses formes féminines aux contours imprécis.

– Nous sommes arrivées, Jeune Gracieuse, résonna sa voix harmonieuse.

– Arrivées où ? demanda Oksa en regardant autour d'elle.

Elle ne voyait que l'immensité d'un désert de poussière et un grand portail de fer forgé trouant une interminable muraille de pierre.

– Au Dédale, Jeune Gracieuse, lui répondit la Sans-Âge.

Oksa opina de la tête. Elle connaissait le Dédale, Abakoum lui en avait parlé : c'était le passage permettant d'accéder à la Source Chantante, le lieu des souvenirs impossibles. L'Homme-Fé avait pu voir de ses propres yeux le jour de sa conception – qui était aussi celui de sa naissance – et comprendre enfin d'où il venait, qui il était vraiment. Mais elle, avait-elle vraiment envie de retrouver quoi que ce soit dans cette mémoire qui la torturait ?

Tous ses souvenirs la faisaient horriblement souffrir, elle préférait les garder enfouis. Au moins, ils restaient inoffensifs…

– Pourquoi cette muraille est-elle si haute puisqu'on peut volticaler ou passer à travers ? interrogea-t-elle pour détourner l'attention.

– C'est ce que vous pensez… confirma la Sans-Âge, mais elle n'est qu'une apparence, un symbole. Serait-elle une simple trace sur le sol que même le meilleur Volticaleur ou le plus talentueux des Murmous ne pourrait entrer dans le Dédale sans y être invité.

– Et moi, je le suis ?

– Vous l'êtes. Je vais vous aider à trouver votre chemin jusqu'à la Source. Quelqu'un vous y attend.

– Qui ? fit Oksa.

Pour la première fois depuis des jours, une brèche s'ouvrit en elle, elle ressentit une vivacité qui la surprit elle-même. Qui souhaitait-elle voir le plus ardemment ? Sa mère ? Dragomira ? Gus ? Tugdual ? Elle gémit en remuant la tête pour ne pas pleurer. Le choix était impossible.

– Suivez-moi…

Sans distinguer autre chose qu'une ombre dorée, la jeune fille sentit qu'on lui prenait la main. Le portail s'ouvrit, dévoilant un enchevêtrement infini de murets de toutes les tailles et de haies dénudées de leur feuillage. Ce labyrinthe incompréhensible était si grand qu'il semblait s'étendre sur tout le reste de la Terre comme les méandres d'un cerveau.

– Eh bien, allons-y… murmura Oksa.

Le Dédale n'offrait aucune résistance, si ce n'était qu'il se révélait terriblement complexe. Trouver des points de repère équivalait à s'orienter en plein milieu de l'océan sans instruments de mesure. Tous les murs se ressemblaient, bâtis de grosses pierres irrégulières. Quant aux haies, la désertification avait fait d'elles des amas de branches mortes infranchissables qui se ressemblaient tous eux aussi. Rien à voir avec les formidables labyrinthes végétaux français dans lesquels elle adorait s'égarer en riant avec ses parents, quelques années plus tôt. Elle ignorait alors tant de choses, qui elle était vraiment, d'où venaient les siens... Dragomira arrivait toujours la première et Oksa la traitait de « magicienne », une vérité secrète qui faisait sourire la Baba Pollock. Et pour cause... Oksa soupira et se concentra de nouveau sur l'ombre dorée qui la guidait sans la moindre hésitation.

Une heure plus tard, le décor monotone du Dédale évolua peu à peu. Les allées s'élargissaient, les murs étaient moins hauts et permettaient désormais d'apercevoir l'horizon ceinturé de collines. Au pied de l'une d'elles, une lumière bleutée jaillissait. La Source Chantante, sûrement. Oksa franchit les derniers obstacles, le cœur battant avec une vigueur qu'elle redécouvrait. Quand elle ne fut plus qu'à quelques mètres de la sortie, deux créatures impressionnantes se dressèrent. Leur corps de lion se terminait par une tête de femme... Oksa avait devant elle les mythiques Corpusleox ! La Sans-Âge l'entraîna et elle ne put faire autrement que de s'approcher. Assis sur leurs pattes de derrière, celles de devant sagement posées devant eux, les Corpusleox mesuraient plus de deux mètres. Ils étaient aussi effrayants que magnifiques. Soudain, ils rugirent, rejetant leur épaisse chevelure féminine en arrière. Oksa recula d'un pas, apeurée. Mais la Sans-Âge bloquait son recul alors qu'un des Corpusleox levait la patte dans sa direction. En voyant les griffes si longues et si acérées approcher d'elle, la jeune fille poussa un cri. Cette créature allait la déchiqueter ! Ou au mieux lui démettre l'épaule... La patte s'abattit et Oksa ferma les yeux.

– Nous vous attendons depuis une éternité, retentit la voix de son alter ego.

Les Corpusleox rugirent de nouveau. Oksa rouvrit les yeux et comprit alors que ce geste n'était pas destiné à l'effrayer, mais à la saluer. D'ailleurs, les deux créatures se prosternaient devant elle, la tête inclinée en signe de respect.

– Entrez, quelqu'un veut vous parler.

Oksa s'avança, impatiente et angoissée à la fois. Elle passa entre les Corpusleox et découvrit la fameuse caverne dont Abakoum lui avait parlé. Il y régnait une moiteur agréable, générée par la Source Chantante dont les eaux roses se reflétaient sur les parois de lapis-lazuli. C'était réellement féerique. Abakoum avait raison, on se serait cru au cœur d'un énorme joyau. Enveloppée par la sérénité de ce lieu, Oksa se sentit aussitôt mieux. Elle s'assit en tailleur au bord de la Source, tentée de boire ses eaux pétillantes, et attendit. Qui voulait lui parler ?

– Il y a quelqu'un ? lança-t-elle.

Sa voix rebondit sur les pierres bleues pour produire un écho qui la surprit. Soudain, une silhouette opalescente traversa l'eau et se maintint en surface au milieu de la caverne. La silhouette s'approcha, confirmant à Oksa ce qu'elle pensait d'instinct : les nattes enroulées autour de la tête, l'allure impériale, le sourire qu'elle devinait sous le halo laiteux…

– Ma Douchka…

Folle de bonheur, Oksa sauta dans l'eau pour aller à la rencontre de sa grand-mère.

– BABA !

61

Électrochocs

Immergée jusqu'à la taille, Oksa s'approcha de la silhouette de sa grand-mère.

– Baba ! J'y crois pas, c'est toi !

Elle se rua sur elle pour la prendre dans ses bras, mais elle ne put que traverser le corps immatériel. Elle recula, choquée.

– Tu es un… fantôme ?

– Non, ma Douchka, mieux que ça. Je suis devenue une Sans-Âge.

– Oh ! Baba…

Les émotions se bousculaient, contradictoires. Dragomira n'était pas tout à fait morte, ce qui suscitait en elle à la fois une immense joie et une peine profonde.

– Est-ce que tu vas bien ? demanda la jeune fille avec un sanglot dans la voix.

Dragomira se pencha vers elle comme pour l'embrasser. Oksa sentit un léger souffle, puis un contact ténu et fragile sur son front : un baiser de l'au-delà…

– Sors de l'eau, ma petite-fille, et viens t'installer près de moi. J'ai des choses à te dire et, surtout, à te montrer.

Oksa rejoignit Dragomira au bord de l'eau. Ses habits séchèrent en quelques secondes, cette caverne était vraiment magique ! Oksa voulut se blottir contre sa grand-mère, en vain. Ce qu'elle voyait d'elle était bien réel et pourtant insaisissable. Mais l'essentiel était de l'avoir retrouvée. Dragomira s'allongea de tout son long sur le sable scintillant et Oksa l'imita sans la quitter des yeux. Elle sentit la caresse de sa grand-mère dans ses cheveux emmêlés.

– Tu le savais, Baba…

– Qu'est-ce que je savais, ma Douchka ?

– Ce qui allait se passer pour toi quand on franchirait le Portail.

La Baba soupira avec tristesse.

– Oui, je le savais, les Fées me l'avaient dit lorsqu'elles nous sont apparues sur l'île d'Orthon.

– Voilà pourquoi tu paraissais si sombre…

– C'est un grand honneur pour moi d'avoir réussi à vous faire entrer à Édéfia. Le prix à payer est très lourd, je ne peux plus partager la vie de ceux que j'aime… Mais il en valait la peine. Je suis là quand même, à ma façon. J'ai retrouvé ma mère…

– C'est vrai ? s'exclama Oksa. Malorane est près de toi ?

– Oui, et pas seulement elle. Il y a aussi Youliana, ma grand-mère, et toutes les Gracieuses disparues. Et figure-toi que j'ai un Attentionné à mon service !

– Oh… ces créatures mi-homme mi-cerf ? Il s'occupe bien de toi, j'espère !

– Il est parfait. Aussi parfait que mon Foldingot.

La silhouette de Dragomira s'affaissa à cette évocation.

– Comment va-t-il ? demanda-t-elle, d'une voix brisée.

– Pas mieux que nous tous, Baba… C'est très dur, tu sais.

– Oui, je sais… murmura Dragomira. Je suis venue vous rendre visite à plusieurs reprises, j'ai vu ce qui se passait.

– Mais pourquoi tu ne t'es pas manifestée ? Ça nous aurait fait tellement de bien de savoir que tu n'étais pas morte !

– Je suis morte, ma Douchka. Au sens physiologique du terme. Ce que tu vois est mon âme.

Oksa gémit.

— Mais je vois ton corps ! Il est juste flou !

— Si tu me vois aujourd'hui, c'est uniquement grâce à l'intervention des Sans-Âge. Depuis notre entrée à Édéfia, je suis réduite à l'invisibilité, il me faudra quelques siècles pour me matérialiser en ombre comme elles. Après ton départ, je retrouverai ma transparence.

— Et je ne te reverrai plus... s'attrista Oksa.

— Si, nous nous retrouverons bientôt, ma chère petite.

Oksa écarquilla les yeux, paniquée.

— Je vais mourir, moi aussi ? C'est ça ? fit-elle avec fièvre.

— Non, ma Douchka ! Non ! Le Foldingot ne t'a rien dit ?

— Attends, attends... répondit Oksa en se concentrant au maximum. Est-ce que tu serais la nouvelle Entité Infinie ? Celle qui incarne l'équilibre des deux Mondes ?

Dragomira opina de la tête.

— Quand tu entreras dans la Chambre de la Pèlerine, je serai là. Et même si je suis l'Entité, seule, je ne sers à rien. Nous devrons unir nos pouvoirs Gracieux pour rétablir l'équilibre.

— C'est comme si tu étais une bombe et moi le détonateur, fit Oksa. Sans détonateur, la bombe reste inoffensive. Et sans bombe, le détonateur n'a aucun intérêt.

— C'est un peu ça, en beaucoup plus pacifique ! sourit Dragomira.

— Le problème, Baba, c'est que la Chambre ne s'ouvre pas.

— Et sais-tu pourquoi ?

Oksa fronça les sourcils.

— Parce que je ne vais pas bien... souffla-t-elle.

— Oui, exactement. Tu culpabilises alors que ce qui arrive est entièrement indépendant de tes choix et de ta volonté. Parce que tu t'en veux pour tout ce qui est arrivé, la Chambre en déduit que tu n'es pas prête.

— Mais si, je suis prête, Baba ! s'emporta Oksa.

— Non, Oksa, tu n'es pas prête, lui dit très doucement Dragomira. Mais je vais t'aider à l'être... Regarde.

Des images apparurent sur les eaux planes de la Source. D'abord floues, elles se stabilisèrent pour offrir à Oksa la réponse aux questions qui l'empêchaient d'être tout à fait elle-même.

– Le Caméroeil... murmura la jeune fille, avide de découvrir certaines assurances.

– Pour la première fois de ma vie, j'ai rêvolé, expliqua Dragomira. Et voici ce que j'ai pu voir pour toi...

La première image fut un choc pour Oksa : sept personnes se trouvaient sous une grande tente ronde – une yourte, à n'en pas douter. La jeune fille n'eut aucun mal à reconnaître les Sauve-Qui-Peut qui n'étaient pas entrés à Édéfia. Marie, Akina et Virginia se pelotonnaient sous une épaisse fourrure alors que Gus et Andrew s'affairaient autour de la cheminée centrale où brûlait un feu. Leurs traits étaient tirés et leurs yeux lourdement cernés, mais ils semblaient en bonne santé. Plusieurs personnes aux traits et aux vêtements représentatifs des peuples nomades de Mongolie vaquaient à leurs occupations. Le Caméroeil bifurqua pour montrer Kukka. Une jeune femme se trouvait à côté d'elle et brossait ses longs cheveux blonds. Visiblement, il n'y avait personne du clan des Félons. Sauf Barbara McGraw qu'Oksa eut la surprise de découvrir. Ainsi, elle était restée avec les Sauve-Qui-Peut... Pourquoi ce choix ? Il y avait d'autres Félons parmi les Refoulés, elle aurait pu les rejoindre.

– On ne va pas passer le restant de nos jours ici ! résonna soudain la voix de Kukka.

Oksa vit les regards des Refoulés se tourner vers elle. Marie affichait un air désespéré et Gus ne cachait pas son exaspération.

– Ne hurle pas, s'il te plaît... martela-t-il, les dents serrées. J'ai très mal à la tête.

– Il faut que nous reprenions des forces avant de continuer notre route, ajouta Andrew. Plutôt que de nous plaindre, soyons reconnaissants envers nos hôtes. Sans eux, nous serions perdus en plein désert et peut-être même déjà morts de faim et de froid.

Une autre scène s'enchaîna pour montrer les sept Refoulés dans la salle d'attente d'un aéroport plein à craquer de voyageurs surexcités. Le bâtiment semblait prêt à s'effondrer : certains murs présentaient de larges lézardes menaçantes, de nombreuses vitres étaient brisées et le sol jonché de débris de verre et de béton. Le Caméræil balaya l'espace et Oksa put voir des militaires armés jusqu'aux dents, ainsi que de nombreux affichages écrits en alphabet cyrillique. Marie était toujours dans son fauteuil roulant, Gus se tenait près d'elle. Tous semblaient épuisés et nerveux. Tout à coup, un message retentit dans les haut-parleurs, d'abord dans une langue qui ressemblait à du russe, puis en anglais : un avion était annoncé. Aussitôt, une véritable marée humaine se précipita vers les portes d'embarquement dans une cohue indescriptible. Le vacarme était tel qu'Oksa ne put saisir la destination de cet unique vol. Tout le monde se bousculait, la loi du plus fort apparaissait dans toute sa laideur. Les Refoulés tentaient de se frayer un chemin avec le fauteuil roulant de Marie. Andrew brandissait les billets d'avion au-dessus des têtes et, sans l'intervention de Gus, une femme devenue hystérique les lui aurait arrachés. La confusion montait, la violence enflait, les militaires décidèrent d'intervenir. Horrifiée, Oksa les vit nettement tirer en l'air. Des cris de panique résonnèrent, puis le silence s'installa quand les hommes en armes encerclèrent la foule.

– Les passagers qui ont leur billet sont priés de s'avancer vers le poste d'enregistrement, lança l'un d'eux. Les autres, vous attendez ici !

Une partie de la foule se détacha et se groupa à l'endroit indiqué. Rassurée, Oksa suivit des yeux le fauteuil de sa mère escorté par les Refoulés et par des militaires jusqu'à la porte d'embarquement. Le Caméræil fit un gros plan sur le petit groupe qui se félicitait d'avoir réussi à franchir cette pénible étape. Ils étaient tous amaigris, leurs habits en piteux état, mais prendre cet avion semblait être un énorme soulagement pour eux. Le visage de Gus apparut sur l'écran d'eau. Le garçon scrutait le plafond, à la recherche de quelque chose. Se doutait-il que Dragomira le voyait ? Le sentait-il ?

– Ooohhh, Gus… soupira Oksa, le cœur déchiqueté.

C'était si dur et pourtant si réconfortant de voir qu'ils allaient à peu près bien, qu'ils arrivaient à se sortir de ce chaos. Pourvu qu'ils tiennent bon…

Plusieurs scènes jaillirent du Caméroeil. Malgré de sévères dégradations, Oksa n'eut aucun mal à reconnaître la maison des Pollock à Bigtoe Square. Ainsi, les Refoulés avaient réussi à rejoindre Londres… Elle n'osait pas imaginer dans quel état d'esprit ils se trouvaient. Revenir dans ces conditions était effroyable. Le Monde déclinait et ils ne pouvaient rien faire d'autre que d'attendre et d'espérer. Tous s'activaient pour nettoyer, réparer, remettre en état le logis. L'eau était entrée jusqu'au demi-étage et avait tout recouvert d'une boue collante. Gus et Andrew s'occupaient du toit sur lequel de nombreuses tuiles manquaient. Le plus difficile à supporter n'était cependant pas les outrages du cataclysme, mais les pillages dont la maison avait été victime – comme des centaines d'autres en ces temps troublés. C'est ce que comprit Oksa en entendant sa mère s'en attrister auprès de ses amies : ce qui n'avait pas été détruit par les éléments avait été dérobé ou bien saccagé.

– Comme si nous n'avions pas assez de souffrance… gémit Marie en regardant autour d'elle le spectacle de désolation.

– Nous sommes sains et saufs, c'est tout ce qui compte, lui répondit Virginia en la serrant contre elle.

Le Caméroeil marqua un temps d'arrêt avant de montrer une dernière scène qui perturba violemment Oksa. Gus se trouvait dans ce qui avait été la chambre de la jeune fille. Il était allongé sur son lit, le visage défait, visiblement en proie à une violente migraine.

– J'ai si mal, murmura-t-il, je n'en peux plus…

Quelques instants plus tard, il se leva. Accoudé à la fenêtre à guillotine, il regarda le square dévasté en triturant sa cravate d'un air malheureux. Pensait-il à Oksa comme elle avait pensé à lui lorsqu'elle avait retrouvé leur accessoire commun ? Elle n'en doutait pas un seul instant. Et pourtant, quand elle vit Kukka entrer dans la pièce et s'approcher de Gus, elle sentit son cœur s'arrêter de battre.

– Elle n'a pas le droit d'entrer dans ma chambre ! s'emporta-t-elle.

Gus jeta un regard inexpressif à la « Reine des Glaces ». Ce qui n'empêcha pas cette dernière de s'installer à ses côtés et de poser la tête sur son épaule. Gus la laissa faire. Se rendait-il seulement compte de ce que cela signifiait ? Oksa poussa un cri de rage. Elle saisit une poignée de sable et la jeta sur l'eau. Le Caméræil s'éteignit aussitôt.

– Baba ! appela Oksa d'une voix éraillée par la brûlure que provoquait cette vision. Pourquoi tu m'as montré ça ? POURQUOI ?

La silhouette laiteuse avait disparu.

– Je ne suis pas comme Zoé, tu sais ! continua Oksa, les poings serrés. Je ne veux pas qu'il soit heureux sans moi !

Elle resta bouche bée devant l'énormité de sa propre déclaration. Avec la sécheresse d'un coup de fouet, la vérité venait d'éclater, la prenant par surprise.

– Et toi ? résonna la voix de la Baba Pollock. Saurais-tu être heureuse sans lui ?

– Je… je ne peux pas répondre à cette question… répondit-elle en se laissant tomber à genoux sur le sol.

– Réfléchis bien au sens de tout cela, ma Douchka… Réfléchis bien et utilise ta colère à bon escient sans oublier que c'est toi qui es au centre de toutes les attentes et de tous les espoirs. N'abandonne pas. N'abandonne jamais. Et rejoins-moi vite.

La voix s'éteignit, laissant Oksa dans un état survolté.

– Eh bien, si tu voulais que je reprenne mes esprits, Baba, je peux te dire que c'est réussi ! cria-t-elle. Je suis furieuse, je suis triste, je suis bouleversée, mais je suis bien vivante !

62

Retour à la raison

Animée d'une détermination nouvelle, Oksa se leva et marcha de long en large dans la caverne. Les images qu'elle venait de voir suscitaient en elle des sentiments très ambigus, un mélange de soulagement extrême et de frustration douloureuse. Sa mère et Gus n'étaient pas au meilleur de leur forme – tant s'en fallait –, mais ils avaient réussi le prodige de rejoindre Bigtoe Square. C'était vraiment la meilleure solution. Andrew et Virginia semblaient avoir la tête sur les épaules, ils allaient certainement prendre les choses en main... Ils étaient *tous* dotés d'un solide bon sens, ils s'en sortiraient. C'est cette perfide Kukka qui lui apportait le plus de tourment. Pourquoi était-elle restée à Du-Dehors ? Ça n'aurait pas dû arriver. Aussitôt, Oksa s'en voulut de se laisser parasiter par ce... *détail*. L'état de santé de Marie et de Gus était plus important que les manigances de cette peste, mais après l'électrochoc du Caméræil, elle n'arrivait pas à en faire abstraction. Elle ne le supportait pas. Et la maturité qu'elle avait gagnée physiquement avec sa métamorphose forcée ne l'aidait en rien. Bien au contraire : ses sentiments, la perception qu'elle avait de ses relations avec les autres, ses réactions, tout était exacerbé. Elle se sentait à vif comme jamais elle ne l'avait été.

– Ce n'est peut-être pas réciproque... tenta-t-elle de se raisonner en se souvenant de l'indifférence de Gus lorsque Kukka avait posé la tête sur son épaule.

Elle se rappela avoir été très jalouse de Zoé quand elle s'était aperçue de l'attirance de la jeune fille pour Gus.

Comme elle l'avait détestée… Et pourtant, Gus n'avait jamais dévié. Il était amoureux d'elle. C'est ce qu'il lui avait fait comprendre avant l'entrée à Édéfia. Et c'est pourquoi Zoé s'était sacrifiée : Gus ne l'aimerait jamais d'amour. À moins qu'elle ne se soit complètement trompée ? Sa petite-cousine avait semé un sacré trouble dans son esprit en insinuant que son amour à sens unique pouvait concerner Tugdual. Et pourquoi pas ? C'était concevable, Zoé savait être si secrète. Malheureusement, cela n'aidait pas Oksa à y voir plus clair… Le seul avantage était que sa colère brûlante devant ces images volées l'avait tirée de sa torpeur.

Elle s'avança vers l'entrée de la caverne. Les Corpusleox l'attendaient, l'air interrogatif. L'un d'eux lui tendit une fine chaîne à laquelle était suspendue une singulière sphère de la taille d'une prune. Oksa accepta l'offre et observa le bijou, une Terre miniature qui semblait reproduite à l'identique de la véritable planète.

– C'est génial ! s'exclama-t-elle.

Intriguée, elle souffla dans sa Crache-Granoks pour mettre en place une Reticulata et poussa un cri.

– C'est dingue ! Elle bouge !

Comme si elle se trouvait aux commandes d'un satellite, elle pouvait avoir une vision intégrale de la planète, c'était à la fois magique et effrayant. Les océans se mouvaient, tantôt en douceur, tantôt avec fureur, mordant les côtes, recouvrant les terres. Les chaînes montagneuses se distinguaient elles aussi, dressées vers les nuages qui flottaient, parfois auréolées de panaches de fumée blanche provoqués par l'incendie des forêts se consumant à leur pied. Un volcan explosa dans la partie qu'Oksa identifia comme l'Islande, crachant de minuscules gerbes de lave. Aux quatre coins du Monde, de semblables éruptions semaient la dévastation. Oksa observa avec une attention redoublée la Grande-Bretagne et plus encore la région de Londres. Contrairement à la Volga ou au Mississippi, la Tamise avait retrouvé son lit, ouf ! C'était autant de répit pour les Refoulés…

Soudain, Oksa sentit la boule trembler au creux de sa main comme le vibreur d'un téléphone. Elle plissa les yeux pour voir au travers de la Reticulata et vit nettement la côte Ouest des États-Unis s'agiter sur ses fondations. Elle referma la paume, les larmes aux yeux.

– Pauvres gens… gémit-elle en pensant à tous ces malheureux qui subissaient l'agonie du Monde.

À cause de ses états d'âme, des milliers de personnes avaient dû perdre la vie. Comme elle s'en voulait… Un des Corpusleox posa son énorme patte sur l'épaule de la Jeune Gracieuse.

– Il faut vous hâter, maintenant.

– Que dois-je faire… exactement ? demanda Oksa, la gorge serrée.

La créature lui indiqua la silhouette de la Sans-Âge qui l'avait guidée à travers le Dédale.

– Bonne chance, Jeune Gracieuse, lui lancèrent les Corpusleox.

Oksa s'approcha de son escorte qui flottait à quelques centimètres du sol.

– Allons-y, je suis prête !

Elle redressa la tête et mit la « Terre » autour de son cou. Escortée par l'ombre d'or de la Sans-Âge, elle s'éleva dans le ciel déclinant d'Édéfia. Le Cœur des deux Mondes agonisait, il était temps pour elle de faire face à son destin et d'assumer ce qu'elle était : la Nouvelle Gracieuse.

Soyez bien remerciés

Les deux auteures d'Oksa Pollock ont un cœur farci de palpitations reconnaissantes. Elles font ici l'insistance pour attribuer à certaines personnes l'expression d'une gratitude solidement ancrée :

L'équipe XO, haute perchée et fort active ; le Gracieux Bernard ; l'indispensable Caroline ; la réconfortante Édith ; l'énergique Valérie ; l'imperturbable Catherine ; l'internationale Florence ; le pétulant Jean-Paul ; la pétillante Stéphanie et toutes celles et ceux qui font le travail dans l'ombre ou la lumière.

Les équipes de SND et Jim Lemley pour leur choix et leur travail colossal.

Les Pollockmaniaks, petits et grands, dont le nombre et l'intérêt connaissent la croissance exponentielle. Leur dynamisme produit les encouragements et la félicité dans l'esprit des auteures.

Les libraires et les professionnels du livre et de la lecture, les professeurs, les documentalistes, les bibliothécaires qui font la construction des piliers comblés de confiance de toute cette aventure.

Les journalistes qui produisent la diffusion animée d'étincelles depuis le charme des débuts jusqu'à la solidité du présent.

Les éditeurs étrangers dont la perspicacité garnie d'enthousiasme donnera la réjouissance aux lecteurs des quatre coins du monde.

Cet ouvrage a été imprimé en France par

CPI
BUSSIÈRE

à Saint-Amand-Montrond (Cher)
en février 2011

Composé par Nord Compo Multimédia
7, rue de Fives, 59650 Villeneuve-d'Ascq

N° d'édition : 1889/01 – N° d'impression : 103494/4
Dépôt légal : mars 2011